KB064179

전 5권 중 제 1권

임득호 여행수필집

강원도 / 제주도

7순 노부부가 다녀온

두꺼비와 콴나의 황혼여행

THE 삶

두꺼비와 칸나의 황혼여행
전 5권 중 제 1권 / 강원도 · 제주도 편

1판1쇄 발행 / 2022년 6월 27일

발행인 김삼동
편집 · 디자인 선진기획
인쇄 선진문화인쇄
펴낸곳 도서출판 THE삼
전화 (02)383-8336 **주소** (03427) 서울시 은평구 서오릉로21길 36 현대@101동 401호
전자우편 ksd0366@naver.com

도서출판 THE**삼**은 문학브랜드입니다.

7순 노부부가 다녀온

두꺼비와 칸나의 황혼여행

강원도

두꺼비, 칸나에겐 자유여행이 답이다.

44년 2월, 45년 5월 생. 우리는 벗이요 친구며 오누이다. 성실히 일하며 은혜하는 이와 오순도순 사는 것을 복이라 여기는 꿈이 같은 여보, 자기, 당신이라 불러도 부끄럽지 않은 부부다. 나이 먹을 새가 없어 걱정이라며 엄살 부리는 것도 닮았으니 우린 짝꿍이다. 두꺼비와 칸나라 불리기를 좋아한다.

서로를 바라보다 조용히 사라지고 싶은 누군가의 엄마아빠지만 그날까지 만이라도 노인이 아니라 어르신으로 불리고 싶은 것만 봐도 천생연분이다. 연극에서 가장 바람직한 에필로그라면 관객이 유쾌한 기분으로 돌아갈 수 있게 하는 한마디의 유머라고 한다.

우리는 좋아하는 드라마가 있으면 감칠맛 나는 연기와 맛깔스런 대화에 흠뻑 빠지는 평범한 이웃이다. 안전 위주로 평범하게 다니는 여행이다 보니 에피소드는커녕 스릴, 감칠맛 나는 이야깃거리가 없다. 이렇듯 소재가 빈곤한데 글 솜씨까지 변변치 못하다면 읽어봤자 뻔하다. 지루하다 못해 흥미 없는 과학교과서 읽는 기분일 것이다.

솔직히 감동시키는 능력과 맛깔나게 글 쓰는 재주만 있었다면, 이 좁은 땅에 뭐 볼게 있냐며 콧방귀 뀌는 친구들의 입담까지 담아 단편소설 한 권 쓰는 것이 소원이었을 것이다.

그러나 남은여생을 김삿갓면 진별리에서 흙냄새 맡으며 살고 싶었던 꿈이 있었다. 접은 건 시골 텃세지만, 그분들은 나의 은인이었다. 다만 덜컥

3.5기 직장암 판정. 6월 수술. 그 호재를 놓치지 않은 영악함이었다. 길을 막아 성벽을 쌓는 치밀함. 민원은 군, 관, 민 일체에 모범으로 묵살된 것이 기회였다.

속초에 작은 아파트를 빌려 1년. 요양의 끝은 여행에 눈을 뜨기 시작한 것이다. 속초 해변이나 설악산에 필이 꽂힌 것이 첫발을 떼는 신호였다. 망설이다 보면 세월이란 짐이 더 버거워질 것 같아 용기를 내었다. 그 후 난 여행스케줄 짜느라 짬이 없었고, 점심이나 같이 하자는 친구들의 말도 부담스러웠다. 다음 여행을 준비하며 늘 바쁘게 살았다.

말이 통하겠다. 맛난 거 찾아다니며 먹을 수 있겠다. 아프면 바로 병원으로 달려갈 수 있겠다. 늘그막에 음식이 입에 맞네, 안 맞네, 걱정 안 해도 된다. 여행 떠날 생각에 언제나 웃어도 된다. 기대와 설렘이 준 선물이다. 남들은 김포, 인천공항에서 비행기 타고 뜨고 내릴 때도 두꺼비와 칸나는 네 다리와 두 발로 내 나라 구경을 원 없이 했다. 2013년 9월부터 2021년 12월까지 8년 3개월 468박 264호텔. 돌아본 세월의 흔적을 남긴다.

강 릉

강릉 장칼국수의 매력

2016년 10월 5일(수)

양양의 아침은 비와의 전쟁이었다. 아내에게 차를 탈 때 비를 맞지 않도록 배려해야 할 정도로 비가 많이 내리고 있었다.

수증기가 골짜기를 타고 올라와 봉우리 위에 모여 구름이 되고 찬 공기를 만나 비가 되니 이렇게 내리는가 보다. 산속의 일기 변화가 심한 이유다. 그래서 마을로 내려가면 비가 그쳐 있을 또 다른 세계가 기다리고 있을 것 같은 그림을 그리는 것이 가능하다.

아침에 먹기로 한 순두부집을 찾질 못하고, 동해막국수는 11시나 되어야 문을 연다니 시간이 애매하다. 그래 삼대천왕에서 호불호가 갈릴 거라며 추천한 강릉의 장칼국수 먹으러 달려가는 길이다.

강릉의 지방전통음식이라니 지나칠 수 없지 않겠어요. 시골집을 내부 수리해서 식당으로 꾸며 겉에서 보면 가정집인 줄 알겠다. 주문하고 느긋하게 기다리는 것이 이 식당의 매력이요, 매너였다.

우린 마당에 자릴 잡았다. 손님의 주문을 받으면 그때부터 만들기 시작하기 때문에 많이 기다려야 한다. 우린 간이 강하다면서도 젓가락을 놓지 못했다. 강릉 장칼국수의 매력은 기다림에 있는가 보다. 장칼국수 한 그릇의 소박한 상차림이 나를 흐뭇하게 했다.

강릉 솔향 수목원

마음속 휴식 공간. '솔향 수목원' 은 입구 양옆으로 늘어놓은 국화화분이 눈길을 확 끌어당겼다. 가을 기분이 물씬 풍기는데 코가 먼저 달려가고 있었다. 노란색, 자주색 꽃망울을 키우고 있어 가을이 조심스럽게 다가오고 있다는 걸 보여주었다.

금강소나무 원시림이 있다는 수목원에서 제일 먼저 한 일은 하늘정원까지 걷는 일이다만 중간에 비를 맞을까 봐 거리를 확 줄였다. 너무 좋은 길이라며 다시 찾은 날이 하필이면 비오는 날이라니, 솔숲광장을 둘러보기 위해 걷던 바로 그 천년숨결치유의 길로 가고 있었다.

"자기야! 우리 여기 와서 걷던 기억나세요? 다리 건너가서 조금 걷다가 자기 목마르다며 물마시던 곳인데. 생각나실 텐데. 맨날 헷갈리지 마시고 오늘은 확실하게 눈도장 찍고 가요."

오늘 여기 온 김에 구절초하고 벌개미취하고 구별하는 법을 알고 싶었다. 그거 괜찮긴 한데 혼자는 좀 그렇지 않나요. 내가 벌개미취를 알아볼 테니 자기는 구절초 알아보라고 했지요. 꽃을 봐도 자꾸 헷갈리니까 그러죠.

구절초는 꽃잎은 희고 꽃술은 노란색. 벌개미취의 꽃잎은 연보라색. 이거 내년에 두 꽃을 보면 가려낼 수 있어야 하는데….

대관령박물관

대관령박물관 입구에 큰 석합이 있다. 고려 왕실에서 왕자들의 태를 보관하던 것이라는데 엄청 크다. 높이가 1m 30cm정도에 둘레가 두 아름 정도는 될 게다. 윗돌을 들어내면 그 안에 태를 넣는 공간이 있다는데 아기의 무병장수와 자손의 번창을 비는 의미를 갖고 있다고 한다.

야외전시장은 아기를 점지해 준다는 삼신할미가 고개를 갸우뚱하고 있다. 왜 그런지 알 것 같다. 골 아프시겠다. 집집마다 아들을 점지해달라고만 빌었을 테니 어찌 안 그러하겠어요.

머슴과 낭자 상도 있다. '나는 머슴, 마님은 낭자.' 머슴들이 사용했을 돌 세숫대야가 재미있다. 세수가 끝나면 물을 흘려보내도록 구멍을 뚫어 놓았다.

그리고 각종 비각들과 강원도 화전민이 많이 애용했다는 나무껍질로 지붕을 인 굴피집, 물레방아, 탑들 사이에는 문인석이 있고 돌부처도 있었다.

박물관 안으로 들어가면 선사시대부터 조선시대까지 대관령 지역 사람들의 사는 모습을 잘 알 수 있도록 했다. 비슷한 것 같으면서 어딘가 다르다. 이 박물관은 아동 교육용으로 활용할 생각을 갖고 준비한 것 같다.

경포호 산책길

대관령고개를 넘어오면서 그리 좋기만 하던 산들이 엇비슷한 풍경으로 이어지다보니 싫증이 난 모양이다. 그냥 그게 그거로만 보여서인지 지루했다. 한참을 달려온 우리 마음은 어느새 동해의 힘찬 파도를 바라보고 있었다.

진한 솔바람 냄새는 이제 그만, 비릿한 바다 냄새를 맡으려고 달려왔다고 해야 할까보다. 우리는 초당두부마을의 토담순두부집에서 얼큰한 순두부 한 그릇에 모두부를 깔끔하게 비우고 체크인 했다.

오후 6시 40분. 서두를 것 없다고 그러시네요. 호수산책 코스는 4.35km니까 저녁 산책을 하면 분위기 있겠다며 남아서 어스름한 시간을 기다리고 있었다. 가로등이 켜지고 걷는 사람들이 더 여유로워지는 시간, 호숫가 분위기는 차분한 분위기였다. 걸음이 빠르면 칼로리 소모량이 많아 체중감량에는 도움이 될 수 있을지 모르나, 느려지면 얻을 수 있는 것은 포기해야 한다.

'홍판서와 두 아들' 의 이야기를 익살스런 표정의 엄지 청동상으로 얘기보따리를 풀어낸 아이디어가 기발했다. 홍길동의 이야기다. '홍장' 과 '박신' 의 이야기도 빼놓을 수 없다. '박신' 이 강릉을 순찰하던 중 절세미인 '홍장' 을 만나면서 시작되는 핑크빛 사랑 이야기다. 친구의 재치로 재회의 기쁨을 한껏 맛보고 결국 이 고장 강릉에서 행복하게 여생을 보냈다는 박신과 홍장의 설화이야기를 표정으로 읽을 수 있게 한 것도 흥미가 있었다.

걸으며 읽다보니 지루할 새가 없다. "어머! 벌써 다 왔네." 그랬다. 나도 그랬걸랑요. 우리 마님 한 바퀴 더 걷자고 하는데 당황했다. 어찌할지 몰라서요. 한편 얼마나 재미있게 걸었으면 또 걷자 그럴까. 지금도 궁금하다. 과연 힘이 남아서 그랬을까. 분위기가 좋아서 그런 건 아니고.

그 내용을 기억하려고 애쓸 필요는 없다. 기억력도 떨어지는데 그 순간만 재미있으면 된다. 그것뿐만이 아니다. 세 가족의 사랑 이야기며, 향토작가들의 작품을 보는 것도 큰 재미 중 하나였다. 우리 부부는 여행하다 잠시 쉼터에 날아든 흰나비다. 강릉 바다에 왔으니 먼 바다로 떠나는 한 마리의 황어가 되는 꿈을 꾸고 싶은 것이다.

경포비치호텔

강릉 정동심곡 바다부채길

2018년 10월 4일(목)

'정동심곡 바다부채길' 의 정동은 임금이 거처하는 한양에서 정동에 있다는 뜻이요. 심곡은 깊은 골짜기 마을이란 뜻이라고 한다. 탐방로의 지형이 바다를 향해 부채를 펼쳐놓은 모양과 같다 해서 바다부채길.

젊은이들이 없어 활기 넘치지는 않아도, 늙수그레한 사람들 틈에 끼어 걸으니 조금 오버하지 않아도 될 것 같다. 파도와 하늘이 빚어낸 재미있는 형상의 바위들을 보느라 걸음이 자꾸 느려진다고 눈치 줄 사람도 없지만, 눈치 볼 필요도 없이 자연에 취해 걸으면 그만인 곳이다.

동해 바다의 시퍼런 물과 웅장한 기암괴석. 이런 경치를 천혜의 비경이라고들 한다. 숨도 크게 못 쉬었다. 이런 곳에서 빨리 걷는 것이 얼마나 촌스러운 짓인지도 알게 해 주었다. 아기자기해서 더 좋다.

우린 어느 산이나 계곡을 다니면서 한 번도 본 적 없는 놀라운 비경에 넋을 잃곤 한다. 서 있기만 하는데도 가슴이 벌렁벌렁한다며 좋아 죽는 시늉이라도 해야 할 것 같은 풍경이다. 가까운 곳에서 바다를 보는 순간 자연을 경외하는 마음이 생기지 않을 수가 없었다. 무슨 말이 필요하겠어요. 전설 따라 해안 절경을 보며 걸은 것만으로 오늘은 축복받은 날인데.

꿈에 바닷가에 나가보라 해서 나가보았더니 여 서낭 세 분이 그려진 그림이 부채바위 근처에 떠내려 오고 있더랍니다. 그래 그곳에 서낭당을 짓고 모시게 되었는데 아직까지도 그림의 색깔이 변하지 않는다는 전설의 부채바위도 있다.

'밤재' 를 넘어가는 사람을 불러 내기장기를 두게 하고는 사람을 잡아먹었다는 '육발호랑이' 도 '이 편지를 받는 즉시 이곳을 떠나라' 는 강감찬장군의 편지 한 장을 받고는 홀연히 백두산으로 돌아갔다는 투구바위가 있다. 육발호랑이가 강감찬장군의 용맹한 모습을 닮았다는 얘기도 있다.

어쨌든 산수화를 한 장 한 장 넘겨가며 걷는 기분은 엄지 척이었다. 파노라마 속에 들어간 것 같은 기분이었다. 우린 가을꽃이 시리도록 곱게 핀 바위 사이에 걸친 철다리를 걸으며 그냥 경치에 빠졌었다. 너무 좋다.

가슴이 탁 트이는 것 같은 데. 그렇게 한 시간. 까마득하게 걸려 있는 계단을 올라갈 생각에 잠시 주춤했을 뿐 되돌아갈 생각은 왜 못했을까요. 사실 그걸 후회했었거든요.

주문진등대 들러 파도식당

2019년 1월 7일(월)

주문진은 고려 때는 새말로 불리다, 물품을 주문받아 나르는 나루터가 있다 하여 주문리로 불리게 된 포구마을이다. 오늘은 그 주문진 수산시장에서부터 도루묵찌개를 잘 한다는 노포식당을 찾아가는 길이다. 식당보다 강원도 최초의 등대로 알려진 주문진등대가 먼저다. 금세 마음이 바뀌었다.

1918년, 해발 30m 봉구미 언덕에 세운 벽돌 등대라 등대 건축학적 가치가 크다고 한다. 그동안 배들의 길잡이가 되어 주었으니 주문진에 터 잡고 사는 어민들에게는 희망의 빛이 되어주었다.

주문 1리 마을길을 따라 과거 어민들의 애환이 남아 있는 동네로 내려왔다. 마을 아낙이 일러준 대로 가니 도루묵찌게로 소문난 '파도식당' 이란 낡은 간판이 보인다. 노포집의 특징은 낡고 오래된 가게나 음식맛과 인심만은 끝내주니 찾아갈 수밖에….

도루묵은 알이 꽉 차야 제 맛이 난다는 11월부터 초겨울까지가 제철이다. 맛의 특징은 생선이 비리지 않다는 것이다. 무를 바닥에 깔고 자작하게 지지면 그 맛을 표현할 방법이 없다. 담백하고 구수하다는 말로는 부족하다. 우린 오로지 도루묵찌개다. 밑반찬이 화려하니 젓가락이 정신을 못 차린다. 양미리, 고등어조림, 갑오징어무초무침, 연근조림이 맛이 죽인다.

접시를 싹싹 비웠다. 한번 맛본 사람은 계속 찾게 된다는데 아내는 젓가락을 들었다 놨다 하기만 했다. 그 큰 냄비 하나를 내가 다 먹어치웠다.

아내가 콧속이 헐었다며 속상해 한다. 이비인후과 의원진료를 받고 나오더니 하는 말, 푹 쉬며 약 먹으면 괜찮아질 거란다. 이제 배고픈데 어떡하죠. 다시 가야지.

가구며 건물 외관이 낡긴 했지만 친절이 다 커버해준다. 창 너머로 바라다 보이는 바다와 주문진항의 풍경은 또 어떻고. 관광객이 빠져나간 밤거리는 정막감이 채워주고 있었다. 하루를 정리하고 내일을 준비하는 모습이다. 우리도 일찍 잠자리에 들었다. 늘 그런 건 아니다.

주문진호텔 701호

강릉 우럭미역국 태광회식당

2019년 1월 8일(화)

내비에 찍고 열심히 달렸다. 강릉 지역에서는 산모들에게 쇠고기 대신 우럭을 넣어 끓인대서 유래되었다는 우럭미역국 먹으러 간다. 안목해변 모퉁이에 있었다. 이런 음식점의 특징은 옛날 가옥에 낡은 간판, 노파의 은근한 웃음과 말씨가 한 맛 한다.

산모에게 좋다는 그 음식 되게 궁금하다. 우럭이란 어느 바다에서나 잡히는 생선이지만 강릉 지역 동해안에서 잡히는 우럭은 특히 기름기가 많은 대신 육질이 단단한 것이 특징이라고 한다. 오래 푹 끓여도 살이 부서지지 않고 오돌오돌 하다니 먹으면 힘이 불끈 솟을 것 같다. 미역까지 보탠 음식이니 칼슘 무기질이 듬뿍 들어있겠지요. 기대해도 되겠네요.

주인아주머니도 종업원도 나이가 들어 보이긴 하던데 맛은 이름값에 미치지 못했다. 밑반찬으로 내놓은 꽁치 졸임, 오징어회 무침, 콩자반만 열심히 젓가락이 가더이다. 풋고추장아찌 고 녀석 매력 덩어리던데요.

강릉 허균·허난설헌 유적지

문향 강릉이 낳은 오누이. 깨끗한 성품을 지녔다는 '허 초희' 가 태어났고, 홍길동전의 저자 허균이 자라 초당고택이라 부르는 생가 터다. 안채와 사랑채 곳간 채가 ㅁ자로 배치되어 있는 전형적인 강원도의 가옥구조라고 한다.

여느 양반집에서 볼 수 있듯 박물장수 매파 등 여인들만이 드나드는 협문도 있고 전통의 정원형태도 갖추었다. 정원엔 고목으로 자란 배롱나무와 500년 전 중국에서 들여왔다는 붉은 꽃의 옥매도 심어져 있다.

기념관은 삶의 의욕을 잃은 허난설헌 그녀가 27세의 꽃다운 나이로 요절한 이야기로부터 시작하고 있다. 허균의 시, 경포호를 그리워하며 에서 볼 수 있듯이 허균은 고향에 대한 애착이 강한 개혁가이자 행동가. 무엇보다 자유인이고 싶어 했던 사람이다. 허균은 적서차별, 서얼의 과거응시 자격 박탈 등 차별제도와 숭유억불정책을 유지하고 있던 조선에서 불교를 믿는다는 이유로 파직당하면서 사람들에게 지탄까지 받게 된 사람이다.

그 후 양명학과 서학에도 관심을 가지면서 통념적 도덕에 굴종하기 보다는 본성과 감성이 요구하는 데로 자기 삶을 산 사람이다.

허난설헌(설헌 허초희)의 남편은 풍류를 즐기는 한량이었다. 그로 인해 고부갈등이 깊어졌고, 결국 남매와 뱃속의 아이까지 잃게 된다. 허난설헌의 시 213수가 남긴 일생을 보여주고 있다.

한가하면 옛사람의 책을 보라는 그의 '한견고인(罕見古人)이란 친필과' 양간비금도라는 그림 한 폭을 보고 왔다 여성은 규방가사나 지으며 살아야 했던 당시 인습에서도 자아를 구현 하려했던 '예술가 허난설헌' 의 친필 시 한수를 올릴까 한다.

하늘에 아름다운 안개 가득한데/ 학은 아직 돌아올 줄 모르니/
계수나무 꽃그늘/ 사립문은 고요히 닫혀있네.

작은 시냇가에는/ 종일 신령스런 비가 내리니
땅에 가득한 향/ 구름에 젖어 날지 못하는지.

강릉 오죽헌

신사임당이 태어나고, 조선의 성리학자 율곡 이이가 태어난 곳이다. 집 주위에 검은 대나무가 많아 붙여진 이름이 오죽헌.

오죽헌의 자경문은 율곡이 어머니를 여위고 금강산에 들어간 지 일 년 만에 돌아와 외할머니 앞에서 시 한 구절을 지어올린 데서 유래된 이름이다. 율곡이 태어났다고 전해지는 몽룡실과 별당후원에는 수령이 600년을 자랑하는 '강릉오죽헌 율곡매' 가 오늘도 여전히 그 자리를 지키고 있었다.

오죽이란 줄기의 빛깔이 까마귀처럼 검다 해서 붙여진 이름이며 60년을 살고 꽃이 피면 죽고 만다고 한다.

율곡이 지었다는 격몽요결과 그의 벼루를 보관한 어제각도 보았고, 운한문으로 나왔으면 강릉시립박물관까지 들러야 코스여행의 막을 내린다. 그곳에선 통수경, 문어단지, 인근 바다에서 해초를 채취하는 떼배, 설피, 꿩틀, 덫, 썰매, 갈퀴, 디딜방아에서 물레방아로 옮겨가는 중간 단계의 물통방아를 볼 수 있다. 강원도 산간 지역에서 살던 화전민들의 살림도구들이 떠오르니 어쩝니까. 입이 근질거려 아내에게 아는 척을 하게 되는 것을.

강릉 삼척 지방에서 주로 사용했다는 영동 맷돌도 보고 왔다. 당시 옷감물들이는 열매에도 호기심이 있었다. 도토리, 오미자, 황벽, 갈대, 머루뿌리, 망개나무뿌리가 있었다. 청(동) 백(서) 황(중간) 적(남) 흑(북)의 오정색. 백색(동서) 녹색(동중) 유황색(북중) 홍색(남서) 자주색(북남)이 오간색이라 한다는 건 처음 듣다.

셋만 모이면 계를 만들었다는 강릉의 계 문화를 소개하면서 보현사 불자들의 미타계, 지역 선비들이 계절마다 좋은 날을 골라 모임을 가졌다는

'금란반원회' 까지 소개하는 군요. 강릉 지역의 구석기, 신석기, 고려불교, 귀틀정자도 보았고 나와선 신사임당 청동상에 그늘막이 있어 잠시 쉬어가게 된 것도 봄날 같은 날씨 덕이다.

강릉 대구머리 찜

강릉시 성산면. 원래 강릉에서도 외곽이다 보니 얼마 전까지만 해도 대구머리찜 골목이 형성될 정도로 성산면이 유명세를 탔다고 한다.

대구는 겨울에 주문진항에서 잡히니 지금이 제철이다. 절대 놓쳐서는 안 되는 노포 맛집이다. 대구는 지방이 적고 담백한데다 비타민 A, D가 풍부해서 만성 류머티즘에도 효험이 있다 하니 안 갈 수 없네요. 타우린도 풍부하다지 않습니까.

여기 메뉴는 대구머리 찜, 탕. 둘 중 하나를 선택하는 것뿐이다. 전문집이 다르긴 다르다. 강릉의 대구머리 찜은 두부 감자를 넣고 맑은 장국을 끓여내듯 하는 탕이 강원도의 특색이라는 데 우린 콩나물 듬뿍 넣고 얼큰하게 내오는 대구머리 찜을 시켰다.

밑반찬이라곤 샐러드, 파김치, 동치미, 깍두기가 전부다. 정신없이 먹었다. 적당히 얼큰하고 달짝지근해서 입에 착 붙는 맛이다. 이마가 땀범벅인 줄도 모르고 먹었다. 대구머리부터 집중 공략하다 보니 콩나물을 많이 남기고 말았다. 맛이 없어서가 아니다. 찜의 양이 푸짐해서다. 맛나게 배부르게 먹었다. 양념 맛이 기가 막히다. 한번 입에 넣으면 계속 먹을 수밖에 없다. 반찬이 왜 이리 허술한지 이제 알겠다. 반찬에 젓가락 갈 새가 있었겠어요.

정동진 썬 크루즈호텔 테라스더블이 하룻밤 예약되어 있으니 달려가기만 하면 된다. 세상에서 가장 아름다운 해돋이를 볼 수 있도록 180도의 바다가 보이는 방이다. 서울 촌놈 엘리베이터를 타고 내려가야 하는데 올라가질 않나. 촌스럽게 헤매다 허둥대질 않나. 젊은 사람한테 물어 찾아갔어요. 되게 창피하데요.

멋진 뷰를 위해 테라스에 탁자와 의자는 물론 바다를 보며 목욕하라고 욕조까지 있던걸요. 재미있는 건 냉장고에 있는 음료수며 맥주가 모두 공짜. 오픈바인 거 있죠. 은근히 어깨에 힘이 들어가던데요.

여기서 주워들은 이야긴데요. UN에서 18세에서 65세까지는 청년, 66~79세는 장년, 80세부터가 노년으로 정의 했데요. 우리 아직 장년 맞지요? 혹 노인네 티 낸 적 있었나.

선 크루즈호텔 903호

정동진 모래시계와 괘방산 동명락가사

2019년 1월 9일(수)

국내여행이 생각보다 훨씬 재미있다. 곳곳에 먹을 것도 무지 많다. 굳이 비행기타지 않아도 즐기고 쉴 곳은 찾아보면 된다. 여행의 목적을 분명히 정하면 다니는 데는 어렵지 않다. 콧바람 쐬는 것만이 능사가 아니다. 체력에 맞추어 산천을 벗 삼아 유람하듯 다니다 보면 힐링은 저절로 될 것이고, 기쁨에 낭만까지 챙길 수 있으면 되었지 여기서 더 많이 바라면 부담된다.

여행은 과시가 아니라 실속이다. 재미있어야 한다. 힘들고 불편하면 그건 여행이 아니고 행군이다. 그렇다. 누군 삶을 즐기기 위해 여행한다면 난 살려고 용쓰며 다닌다. 오늘도 여행을 놓지 못하는 이유다.

호텔 조식은 호텔마다 다르긴 하나 오십 보, 백 보다. 메뉴는 거기서 거기라는 얘기다. 손님의 그날 컨디션에 따라 달라지는 것뿐이다. 오늘은 좋았다. 분위기 있고 우아하게 식사했다. 아침 먹었으면 다음 행선지로 서둘러 가야 맞다. 오늘은 식사가 끝났어도 서두를 생각이 1도 없다. 베란다에서 시원한 바닷바람 쏘이기도 하며 침대에서 뒹굴었다. 파도가 거품 물고 달려오는 아침인데 차 타고 달리는 건 재미없다며 11시 퇴실 시간을 꽉 채웠다.

바람이 엄청 차고 바다가 거칠었다. 그래도 다녀갈 곳은 다녀가야 한다. 동해바다와 태백산맥이 만나 새로운 태양을 탄생시켰다는 정동진 모래시계가 그 중 하나다. 그냥가면 서운하다 할 걸요. 상부의 모래는 미래의 시간, 흐르는 모래는 현재의 시간. 황금빛 원형은 동해에 떠오르는 태양, 기차레일은 시간의 영원성을 의미 한다고 한다. 살아갈 천 년의 세대를 아우르는 곳이니 멋지다 할밖에. 산책은 무슨.

괘방산 동명락가사는 가까운 거리에 있었다. 신라 선덕여왕 때 자장율사가 창건한 절이다. 청자로 구웠다는 오백나한상이 유명하다.

일주문을 들어서면 동명감로약수가 있는데 발간 열매로 장식을 한 산수유에 둘러싸여 있는 모습을 보면 눈길이 가게 되어 있다. 배불뚝이 스님이 염주를 목에 걸고 웃고 있는 모습에 저절로 웃음을 흘리고 나면 '동명사지 오층석탑' 과 바다, 산, 소나무가 어우러진 바다 풍경이 정말 대단하단 말이 절로 나오게 된다.

어느 그림 속 풍경 같다. 시리도록 덜덜 떨며 걸은 생각밖에 없다.

강릉 통일공원과 안보전시관

1996년 9월 18일 무장 잠수함이 국내에 침투 중 좌초된 그 자리에 세운 공원이다. 북한 침투 무장 잠수함은 승선인원 30명. 잠수함 내부는 시설이 협소할 것이란 걸 짐작하고 있었지만 북한 잠수함은 해도 해도 너무했다. 조금만 통통한 사람도 내부를 돌아다니기는커녕 비집고 들어가는 것조차 쉽지 않을 정도로 비좁았다.

북한 탈출 목선은 2009년 9월 27일 김책시를 출발한 북한 주민 11명이

나흘간의 항해 끝에 10월 1일 주문진 인근 해상으로 귀순한 배다.

해안을 따라 아직도 삼엄한 경계와 철책으로 남북의 긴장감이 그대로 느껴지는 곳. 해안가에는 해상대간첩과 영안방위에 참여했던 우리 전투함 전북함도 함께 전시한 것은 평화통일을 염원하는 마음에 경각심을 함께 심어주려는 것 같다.

한국전쟁 중, 제 10전투비행전대가 설치된 곳이요, 10월 11일은 우리 공군의 첫 단독 출격 작전하여 108명의 조종사가 F-51무스탕전폭기로 작전을 펼친 곳이기도 하다. 그 강릉 10전투비행전대의 활약을 기념하기 위해 만든 전시장이다.

당시의 F-51무스탕, L-4조종사훈련기, L-5연락기, 그리고 세계 최초의 제트전투기 F-80 섹세기, 전략폭격기 B-29도 보인다. 한편엔 고 박정희 대통령이 사용했던 대통령전용기까지 전시하였다.

다 둘러보았으면 산길로 100여m만 걸으면 육군의 강자 탱크와 장갑차 무궤도 포 등 육군의 무기들을 전시한 야외전시장도 있다. 건물로 들어서면 육이오의 참상과 비극을, 다시는 우리 민족이 참상을 겪어서는 아니 되는 이유를 알기 쉽게 전시했으니 꼭 둘러볼 필요가 있는 곳이다.

언제까지 총부리를 서로 겨누고 살 수 없는 건 우린 한민족이기 때문이다. 강대국의 틈새에서 더 강한 민족이 되기 위해서라도 우리 민족은 하나가 되어야 한다. 통일은 대박의 꿈이 아니라 그 염원이 진심이어야 한다.

강릉 에디슨과학박물관

날씨가 풀리니 구경 다닐 만하다. 여긴 세계 최대의 축음기 박물관이란 곳이다. 에디슨 최초의 축음기를 전시한 곳이기도 하다.

선비의 나라가 책 몇 권, 시 몇 점으로 가문에 목숨 걸다 당파싸움에 나라까지 말아먹는데, 기회의 땅 미국에선 1910년에 에디슨이라는 발명가가 있어 놀라운 연구를 착착 성공시키고 있다.

그가 전구를 발명하고 낸 특허의 이름이 MAZDA. 지혜로운 빛이라는 뜻이다. 당시 친환경자동차인 알칼리 배터리를 이용한 전기자동차도 발명했으나 언덕을 오르는 것이 쉽지 않다는 소문에 상용화에는 실패했다. 축음기도 이때다. '떳다 떳다 비행기' 는 에디슨이 최초로 녹음한 곡이라고 한다. 당시는 축음기를 귀신이 든 상자라 불렀다는 일화도 있다.

우린 140년 전에 녹음한 축음기 소리가 이렇게 선명하게 들리리라곤 생각도 못했다. 너무 신기했다. 다리미, 전화기, 자동복사기, 와풀기, 냉장고, 오르간도 이 당시 발명된 물건들이다.

우리는 오르곤(축음기 이전)으로 묵시도, 칼멘의 서곡을 들었고, 찰리채플린의 무성영화, 미녀와 야수의 음악영화를 영사기로 보았다. 신기하고 재미있었다. 안내자의 설명이 귀에 쏙 들어온다.

모텔은 주인이 나와 문열어주는 집이다. 친절하고, 깨끗하고, 방 따습고, 주차 공간 넓고. 중앙시장은 걸어서 10분 거리다. 우린 호텔에서 머무르는 것처럼 편안한 쉼, 자유로운 영혼을 느꼈다. 옆집 크리스탈 모텔도 나쁘지 않아 보이긴 하네요. 저녁은 월화거리를 쏘다니다 왔다. 시장 구경은 입이 즐거워야 한다는 건 진리다.

홍 C 모텔 503호

드라이브로 하루를 열고 닫았다.

2019년 12월 6일(금)

아침에는 경주 힐튼호텔 사우나에 들러 때 빼고 핀란드 사우나에서 땀 뺐다. 아침식사는 호텔뷔페. 9시에 방에 돌아와선 11시에 재 기상. 서둘러 퇴실 준비. 강릉으로 출발.

오늘 계획은 이랬다. 점심은 포항에서 소머리국밥이나 영덕에서 영덕대

게정식 먹고 들어갈까 생각 중이었다. 그런데 내비에 목적지를 찍으니 6시간 넘게 달려가야 한다지 뭡니까. 길게 잡아도 서너 시간이면 너끈할 거라는 오판 때문에 지체할 시간이 없었다. 계획의 수정이 불가피해진 거죠. 지금은 7번 국도를 열심히 달리는 중이다.

되도록이면 야간 운전은 피하고 싶으니 어둡기 전에는 도착해야 한다. 느긋할 수 만은 없는 이유다. 다행인지 불행인진 몰라도 어딜 둘러보고 어디서 뭐 먹고 간다. 그 걱정은 덜었다. 강릉경포대까지는 273km. 126km를 달려오면 큰길에 연연사의 대자불이 황금 옷으로 갈아입고 대중을 보며 손을 흔들고 있다. 겨울에나 가능한 일, 와불까지 세상 구경하겠단다.

울진이 고향인 망향휴게소에는 바다 뷰가 끝내주는 전망대가 있다. 전면 120° 가 탁 트인 수평선, 넘실대는 파도에 잠시 쉬다가는 곳인 줄도 모르고 바다 풍경에 퐁당 빠질 뻔했다. 여기가 바로 드라이브 여행의 포인트다. 성지라 할 만 한 곳이다.

삼척-속초 간 동해고속도로로 들어섰으면 '옥계휴게소' 는 꼭 들러야 한다. 두 마리 토끼를 다 잡을 수 있는 곳이다. 바다 전경도 끝내주지만 오늘은 계절 메뉴 양미리찌개가 인기다. 여기선 꿀꺽 침 한번 삼키면 경포호수. 어둑어둑해지기 시작한다. 오늘 하루는 정말 끝내주는 드라이브 여행이었다.

경포해변에 잠시 넋을 잃는다고 탓할 사람은 없다. 누구나 가슴 한켠에 남아있을 그리움이 있는 곳이기 때문이다. 낭만이 있는 해수욕장 풍경이 고개만 까딱해도 보이는 곳이다. 겨울바다에서 추억을 쌓겠다며 뛰어다니는 젊은이들은 어쩌면 우리들의 영원한 고향인지 모른다. 애인처럼 나를 감싸주던 바다. 저 푸른 혜원을 향해 흔드는 영원한 노스탤자의 손수건이다. 옛날을 그리워하며 사는 그 마음이면 된다. 그리 어둠을 맞고 깊을 잠에 빠질 수 있다면 말입니다.

아참! 저녁 6시부터 금요일인 오늘은 1층 식당 '쉘 팩토리' 에서 '참치' 행사가 예정되어 있다는데. 개인 손님은 7시 반부터 받는다고 한다. 그때까지 남아 있을라나.

강릉 스카이베이 경포호텔 844호

강릉 경포비치호텔, 강릉 주문진호텔, 강릉 정동진 선 크루즈호텔, 강릉 홍 C호텔, 강릉 스카이베이 경포호텔

고 성

고성 금강산 건봉사

2016년 9월 29일(목)

"명태는 고려시대엔 한겨울에 북양에서 오는 고기라 해서 북어라 불렀는데, 함경도 명천에 사는 태 서방이 북어를 잡아 임금님께 진상했다고 해서 명자와 태자를 따서 명태라고 지었단다. 바다에서 갓 잡아온 것은 물태 또는 생태, 바닷바람에 말린 것은 북어, 산간덕장에서 노랗게 말린 것은 황태. 그리고 동태, 노랑태, 노가리, 코다리가 다 한 형제다."

이거 인제 용바위식당에 써 붙인 거 베낀 거예요. 거기서 요식행위처럼 황태구이를 먹고 왔다. 반찬이 맛나다며 젓가락 쥔 손이 쥐날 지경이다. 시래기나물은 한 접시 더 가져다 먹은 기억도 잊지 않고 있다.

'소똥령 숲길' 을 달려 '금강산 건봉사' 에 도착한 시간이 11시 15분. 불이문을 들어서서 삼신각 가는 길에 '맹독성독사출몰지역입니다' 팻말을 읽고는 아직 조심해야겠네 했지만 금세 잊어먹었다. 삼신각 옆 밤나무 밑에서 양쪽주머니가 섭섭지 않을 만큼 밤을 주워 담느라 정신을 못 차렸으니 말이다. 적멸보궁 가는 길에는 방문객이 줄 서있다. 이곳은 '석가세존 진신

사리 친견장' 이 마련 돼 있어 많은 불자들이 찾고 있었다. 그 앞 소나무에 참새가 햇살을 받으며 줄 맞추고 앉아 있는 모습이 평화로워 보이고 구경거리가 되네요.

건봉사는 1920년대에는 극락전, 낙서암, 시리탑, 대웅전의 네 지역으로 나눌 만큼 그 규모가 대단해 전국 4대 사찰 중 하나였다고 한다. 임진왜란 때는 승병을 일으켰고, 일정시대에는 개화사상과 신문화 전파의 장소다 보니 강제 폐교 당하기도 한 역사가 있는 사찰이다.

한국 동란 때 피아의 치열한 공방전으로 폐허가 되었고, 이를 90년대 들어 군에서 복원했다고 한다. 그 전쟁 통에도 살아남았다는 불이문과 그 옆을 지키고 있는 500년 된 팽나무는 그래서 더 범상치 않아 보인다.

통일전망대와 DMZ박물관

통일전망대 신고서에 신고를 해야 들어갈 수 있는 곳이다. 좀 거추장스럽긴 하겠지만 들어가면 "잘 왔네." 할 게다. 이것만 지키면 별 탈 없이 달릴 수 있다.

"군용차추월금지, 중간주차, 정차금지, 60km/h로 달릴 것, 군사시설은 찍지 말 것."

이곳 동해안의 군 요충지는 월비산(459고지), 208고지, 351고지라고 한다. 6.25당시 피아에 피를 많이 흘린 곳이다. 금강산의 일출봉과 옥녀봉도 어슴푸레 보이긴 하지만 가까이 있는 북한군 전망대와 한국군 전방관측소에 더 관심이 간다. 푸른 섬 송도를 끼고 도는 해금강이 6개의 섬을 거느리고 있는 모습이 평범한 바닷가 풍경이다. 가까이하기엔 너무 먼 당신이라 그런가?

해금강 하면 요즘 아이들은 바닷가의 풍경쯤으로 보일지 모르지만 귀에 딱지가 앉을 정도로 들어온 우리는 보는 순간 감격에 겨워 할 줄 알았다.

전혀 그렇지 않았다. 북녘 하늘을 바라보며 더없는 사랑을 보이고 싶으신 성모님과 석가모니의 밝은 미소에 내 마음이 따뜻해지고 측은지심이 먼저였다.

"은총이 가득하신 마리아님 기뻐하소서. 주님께서 함께 하시니 여인 중에 복되시며 태중의 아들 예수님 또한 복되시나이다. 천주의 성모마리아님 이제와 저희 죽을 때에 저희 죄인을 위하여 빌어주소서."

나오는 길에 6.25전쟁체험관은 둘러봐야 후회가 없다. 우리에겐 아픈 추억을 그리고 젊은이들에겐 전쟁의 참혹함을 일깨워주기에 좋은 곳이다. DMZ의 오늘과 미래, 우리의 평화통일을 소원으로 구성한 DMZ박물관은 진짜진짜 그냥 지나치면 안 된다.

삼대천왕에 소개된 식당이다. 생고기돈가스에 옥수수밥. 시금치 오이무침은 정말 맛있었다. 평범한 것 같은 별미. 이것이 여행의 행복이다. 모양부터 각 맞췄지 말입니다.

금강산 콘도

고성 금강산 화암사

2016년 9월 30일(금)

아내가 만사가 귀찮은 모양이다. 내색을 잘 안하는 편인데 오늘은 무슨 일일까. 밤새 잠을 설친 걸까. 먹고 싶은 것 없느냐고 물어 겨우 얻어낸 것이 '아무거나' 마님, 그런 메뉴는 없사옵니다. 그럼 생태찌개를 올려도 되겠습니까?

도치탕은 한 달 더 기다려야 한다니 차선책이었다. 생태는 일본산. 찬이 깔끔해서 좋긴 한데 우리 입엔 좀 짰다. 그러나 찌개가 그리운 사람은 여기 오면 후회는 안하고 갈 것 같다.

'금강산 화암사' 로 가는 길은 이승과의 인연을 끊고 저승으로 가는 길이 이런 길이 아닐까. 문득 그런 생각이 들게 하는 길이다. 한적한 길이다보니 산짐승이라도 나올까 긴장하게 된다. 산 아래서는 이승의 울산바위가 작은 구름을 머리에 쓰고 있는 모습이 눈에서 멀어지면 그리울 것 같은 모습으로 서 있다.

화암산 숲길 4.1km를 걷다보면 금강산비로봉, 설악산울산바위, 동해의 푸른 파도가 한눈에 파노라마처럼 펼쳐진다고 했다. 두 시간 거리라니까 우린 3시간 잡으면 다녀 올만 한 거리다. 눈치를 살피긴 하는데 먹히지 않을 것 같다. 이럴 때 미련은 바보 같은 짓이다. 살피는 게 서투르면 눈치라도 있어야 한다. 깨끗하게 접고 콧노래라도 불러주는 것이 좋다.

아니면, 나도 오늘 컨디션은 별룬데 왜 자꾸 아쉬워하나 모르겠다. 그러면 된다. 능선을 걸어가는 등산객들을 보고 있으려니 눈을 돌릴 수가 없어서였을까. 부러워하고 있는 내 마음이 보인다. 주제 파악도 못하는 병이 또 도질까 봐 꾹 눌렀다.

입구에는 열반에 드는 석가모니와 5제자의 석물상에 석가모니의 유훈이 적혀 있었다. '모든 것은 덧없나니 게으르지 말고 부지런히 정진하여라.'

법당에서 보면 화암산을 등짐 지듯 서 있는 '水' 바위가 뒤편에 웅덩이를 숨긴 형국이다. 가물 때 이 물을 떠서 기우제를 지내면 비가 온다는 이야기가 전해오는 바위다. 영락없이 노승을 태운 코끼리가 능구렁이를 꾸짖는 모습이란다.

'산세가 험해 찾아오는 신도가 없어 시주를 구하기 어렵던 시절, 수 바위 구멍에 지팡이를 넣고 세 번 흔들면 두 사람분의 쌀이 나왔다고 한다. 그래 끼니걱정 없이 지내던 어느 날, 이 말을 듣고 찾아온 욕심 많은 객승이 6번을 흔들자 피가 흘러나오고 다시는 쌀이 나오지 않았다고 한다'

"자기! 오늘은 어째 조용-- 하십니다. 한 마리 백조 같아 보이십니다."

100m를 걸어 올라가자 미륵보살상이 동해를 바라보고 서있다. 완공한지 채 2년도 안된 해수미륵보살이 "우리 절에 오신 것은 인연이요 이제 가시는 것도 인연입니다. 좋은 인연 짓고 가십시오." 한다.

대웅전 옆엔 '석가모니 고행불상' 이 가슴뼈가 다 들어날 정도로 앙상한 몸에 깊이 패인엉덩이와 뱃가죽 그리고 턱수염은 자르지도 않아 첫 인상만 봐도 끔찍하고 무서울 것 같은데 그의 미소를 보고 있으면 평화로운 얼굴이다. 참 기이한 일이 아닌가.

'한평생 내가 말한 모든 것들이 모두가 불필요한 군더더기네' 찬형 스님의 글귀를 떠올리며 막국수 한 그릇 먹으러 간다. 속초 살 때 두어 번 간 적이 있는 식당이다. 아직도 오래된 간판이 예전 그 모습으로 그 자리에 걸려있었다. 우린 맛으로 승부한다는 자부심이 대단한 집이다.

쉰다. 잔다. 아내의 오후일과다. 병나면 안 되는데 그런 걱정은 내 몫이다. 무송정과 대진 등대 사이로 탁 트인 바다가 보인다. 내일 눈 뜨면 씻은 듯 아내의 피로가 풀리고 씻은 듯 털고 일어났으면 좋겠다.

금강산콘도 613호

화진포의 전설

2016년 10월 1일(토)

밤에는 고기잡이배들이 바다에 불을 환히 밝혀 불야성이더니, 아침에는 이글거리는 태양이 붓질 하고 지나갈 생각인지 잔잔한 바다에 물감을 풀고 있었다. 구름면사포 쓴 햇살이 수평선을 물들이며 올라오는 모습은 감동이었다. 통통배 한 척이 북으로 달려간다. 통, 통, 통. 가는 김에 만선의 기쁨과 함께 통일소식이나 실어다 주면 얼마나 좋을까.

화진포에는 주변과 잘 어울리는 한 채의 서양식 건물이 있다. 일반인에게는 생소하지만 이승만 전 대통령의 별장이라고 한다. 드럼통, 통조림통을 두들겨서 만들어 쓰던 깡통문화 시절인 54년에 27평 규모의 별장을 짓고 6년간 사용했다고 한다. 그 후 폐허가 되어 철거했던 건물을 원형을 살려 다시 지었다고 한다.

거기엔 생전에 사용했던 타자기며 낚시대 등 유품들을 진열해 놓았으니 볼만은 하나 너무 구닥다리라 요즘 사람들은 어떨까 모르겠다. 여기까지 왔으면 "우리 민족이 굳세게 서서 다시는 종의 멍에를 매지 않게 하여 주시옵소서." 했다는 그의 신념이라도 느끼고 갔으면 좋겠다.

진풍경은 아버지나 할아버지 세대는 설명하느라 열심이고 아이들은 따분해 하는 그런 모습들이 여기저기 눈에 띈다. 아이들 눈에는 그런 물건들이 그저 낡은 물건들일 게다. 이승만 전 대통령은 낚시로 시간을 낚지 못했으면 사람(인재)이라도 낚을 것이지 아무래도 인의 장벽을 벗어나지 못했던 모양이다. 정치란 양 볼에 진심과 욕심주머니를 달고 다니는 생물이니 말이다.

성격이 고약한 이 마을에 '이화진' 이란 사람이 곡식 대신 소똥을 스님한테 시주했다고 한다. 이를 보다 못해 며느리가 얼른 쌀을 퍼 드리자. 나를 따라오되 무슨 소리가 들려도 뒤돌아보지 말라 일러주었다고 한다. 고충고개에서 시아버지의 목소리를 들었나보지요. 그녀는 그만 뒤를 돌아보았다는군요. 그가 살던 집과 논밭이 모두 물에 잠기어 지금의 화진포가 되었다고 한다. 이를 애통해하던 며느리는 돌이 되어 '고총서낭신' 이 되어 이 고장을 돌봐주는 신이 되었다고 한다.

그 청동상 옆에 아내가 서 있는데 어쩜 자매처럼 아니 본인의 모습처럼 그리 닮아 보일까.

화진포의 성 그리고 왕곡마을

'화진포의 성' 은 화진포 해안 절벽을 끼고 세운 북한의 김일성별장이다. 금강송림에 자리 잡아 절경인 곳이다. 3층 전망대까지 올라갔으면 우린 뒷산으로 튀는 것이 맞다. '화진포 소나무숲 산림욕장' 과 연결되어 있는 길이 있다.

주차장에서 화진포의 성을 보고 치유숲길을 걸어 생태박물관으로 가는 코스는 꼭 걸어봐야 할 트레킹 코스 중 하나다. 계단을 오르는 것이 엄두가 안 나는 사람들도 있을 수 있다. 그러나 쉬엄쉬엄 걸으면 숲과 바다에 취해 힘든 걸 잊을 수 있을 것이다. 첫 정자에서 숨 좀 돌리고 가면 된다. 경사가 가파르니 무리하지 않으면 오를 수 있는 길이다. 그리 높지 않은 능선이니 지레 겁먹고 포기하지만 않으면 된다. 그러면 숲에서 뿜어 나오는 피톤치드와 동해 바다의 또 다른 모습에 반하게 되어 있다.

"숨을 깊이 들여 마셔야 해요. 한 발짝에 큰 숨 한번. 피부에 접촉하면 좋다니 팔도 걷어 부치고." 아내의 잔소리는 쉴 틈도 안 준다. 이상하리만치 사랑스럽게만 들리는 걸 보니 이미 길들여진 게야.

우린 숨 쉬기 운동하며 응봉산 정상을 800m 거리에 두고 오던 길을 되돌아 '산림테라피 길' 로 내려왔다. 아내는 소녀, 난 머슴놀이를 하며 놀다 왔다.

고성왕곡 마을은 많은 풍상을 이고 온 마을이다. 입구에 떡 버티고 서 있는 아름드리 회화나무는 장승이 장독대와 함께 맞아주니 그 고풍스러움과 정겨움이 여느 마을과는 비교불가.

고려에 충직한 '강릉 함씨' 가 이성계의 조선을 피해 이곳에 머물면서 동족마을을 형성한 것이 현재에 이르렀다고 한다. 오음산이 둘러싸고 송지호가 보호하는 형국이라 몰래 숨어 살기 좋은 지리적 여건을 갖고 있었던 것이 오늘까지 남아있게 했던 것이다.

땅도 기름진 데다 넓고. 여기서 누이들을 모시고 놀러온 친구(홍헌유)를 만났다. 정말 반가웠다. 내가 먼저 알아보지 못한 것이 조금 미안하긴 하다. 세상 참 좁다.

고성 마르쏠 펜션

공현진 해수욕장

2016년 10월 2일(일)

'공현진 해수욕장' 을 새벽 산책으로 하루를 맞았다. 마르 쏠 펜션 앞마당이다. 백사장은 너르고 모래는 부드러우니 여름에는 물놀이하기 좋은 곳이다. 와본 사람은 꼭 다시 찾을 수밖에 없을 것 같다.

아직도 방파제엔 한여름을 잊지 못해 거미줄을 치고 그 시절을 그리워하는 거미들. 백사장 한 구석에선 아쉬움에 텐트를 걷지 못하고 있는 사람들, 월척의 꿈을 이루려는 강태공. 모두 공현진에서 추억을 주워 담아가려 애쓰는 모습이다. 백사장과 방파제 구석구석에 이들이 버리고 간 양심도 보인다. 바닷바람에 흐뭇한 표정을 지으며 슬그머니 팔 하나를 내어주는 아내와 방파제를 따라 붉은 등대까지 갔다오면서 거미만큼이나 많은 사연의 줄을 긋지 않았을까. 자연 앞에선 말이 필요 없어지는 것이 어디 오늘뿐이겠는가.

송지호 둘레길

겨울 철새의 낙원이라는 송지호가 지근거리에 있다. 흑두루미, 청둥오리, 백조까지 놀러와 한 계절 터 잡고 사는 이들에게 나도 한 발 담그게 도와달라 보채고 싶은 마음까지 가져왔다.

'백조의 호수' , 송지호는 오후 시간에는 백조가 발레리나가 되는 모습을 볼 수 있다니 상상만으로도 행복하다. 우리 부부는 습생식물 탐조대 앞에서 하나, 둘, 셋, 넷 하며 몸 풀기하며, 부지런한 사람들이 이미 걷기를 마치고 돌아오는 모습을 보며 용기를 끌어올리는 중이다. 준비운동은 끝났다. 이른 시간이지만 굳은 몸도 풀었겠다. 슬슬 출발해 볼까요.

처음엔 양팔을 옆구리에 가볍게 붙이고 팔을 앞뒤로 움직이며 걸었다.

호흡을 조절하며 속도를 조절했더니 8시에 출발했는데 9시 45분에 제자리에 돌아올 수 있었다. 습지의 갈대, 누런 벼, 냄새 풍기는 들깨며 고추, 배추, 무, 동부가 보이면 웃음부터 나온다. 풍년을 알리는 들판을 끼고 호수 주변을 걷는 것은 자신을 한없이 낮추는 좋은 경험이 되었다.

자연에 진심으로 감사하는 마음이 저절로 생기는 곳이다. 근데 그놈의 기억력이 항상 머리를 쥐어짜게 만든다. 들에 핀 가을꽃들을 보면 추억을 끄집어내느라 입과 눈은 바쁜데 별 소득은 없다. 머릿속이 하얘지면서 가물거리기만 한다. 기억이 잘 안 난다는 얘기다.

"여긴 땅이 좋은가 봐. 농작물이 죄다 윤기가 나네. 이런 기분 처음이에요. 여기서 농사짓는 사람들은 참 좋겠다. 농사가 이렇게 잘되면 얼마나 재미있을까?"

"그거 그냥 되는 것 아니에요. 울창한 송림에 둘러싸인 마을의 복과 땀 흘린 결과지. 산이 빙 둘러있어 바람 막아주지, 호수가 있어 물 걱정 없지, 게다가 땅 비옥하지, 그럼 뭐만 남았게. 그야 부지런한 농부의 마음만 있음 되네 뭐. 와서 들판을 걷다보면 '나도 농사짓고 싶다.' 누구나 그런 생각할 걸. 자기부터도."

우린 풍요로운 들판에서 농사짓고 사는 왕골마을 사람들, 멋스러운 송림, 송지호 산소 길. 그리고 철새들을 오래도록 기억하고 싶었다.

향토별미 찾아 떠나는 겨울여행

2019년 1월 4일(금)

"혹여 주민들이 바리바리 싸들고 지하실로 가는 우릴 보면 뭐라 그럴까. 이사 가는 집이 아니라 야반도주 한다고 그럴지도 모르겠다. 그지."

향토별미 찾아 떠나는 여행 1탄. 10박이다 보니 다른 날 보다 짐이 많다.

어깨와 양손에 매고 들고 주차장으로 내려갔다. 이 모든 게 아내의 꼼꼼한 준비 덕이다. 이런 준비가 있기에 우리의 여행은 언제나 질리지 않고, 즐겁게 다녀올 수 있다. 떠나기는 쉬워도 만족하긴 쉽지 않은 것이 여행이 아닙니까.

"귀찮게 국내여행이 뭐 볼게 있다구. 웬만한 곳은 소싯적에 다 다녀보지 않았나. 그런데 뭘 이 나이에 새삼스럽게. 집에 있는 게 편하지. 강원도도 그래. 안 가 본 데 없지. 강릉, 속초, 양양 다 가봤구먼. 솔직히 경치 거뭐 볼 게 있어. 먹을 것도 그래. 막국수, 닭갈비 말고 변변한 게 뭐 있어야지."

직장 다닐 땐 몸만 가서 분위기 띄워주다 적당한 시간에 자리 피해주고 집에 오면 피곤하다고 쉬면되었다. 퇴직하면 우리 같이 어디 여행이나 다녀요. 남편이 자랑스러울수록 아내의 기대는 커지는 법이다. 이번엔 어디 가는데.

귀찮아 자기가 알아서 해. 남자가 삐딱해지면 여자는 엇나가게 되어 있어요. 이건 판을 깨겠다는 얘기다. 주도권이 넘어가는 순간이기도 하다.

"이 나이에 내가 할까. 차라리 안가고 말지. 그러지 말고 우리 가까운 중국이나 어디 알아봐요. 말 나온 김에 아는 여행사 있으면 다녀오시지 그래. 그래 그럼 우리 유럽여행 간다. 내 예약하고 올게." 이게 현실이다.

젊은 사람들 아니라며 비행기 타고 외국여행 다니는 거. 그거 알고 보면 여행사에 돈 주고 비행기 시간에 맞춰 공항에 나가기만 하면 되는 패키지 아닌가요. 며칠 안 보이던데. 운을 떼면. 바람 좀 쏘이고 왔어요. 아 거기 너무 좋더라. 공항에 내리면 도낀 개낀인 거 맞죠?

노년의 여행은 누가 뭐래도 몸과 마음이 편해야 한다. 마음에 쉼표를 찍는다는 기분으로 다녀와야 한다. 자기 개발이요, 그건 젊은 사람들의 몫이지 우리 몫은 아니지요. 그냥 놀멍 쉬멍 다니다 오는 것이 좋아요.

그런 여행에는 내 나라 여행만 한 것이 없지요. 좀 좋아요. 음식 입에 안 맞을까 봐 김치, 고추장에 장아찌까지 싸들고 다니지 않아도 되고, 벙어리처럼 손짓발짓 해가며 의사소통하느라 애쓰지 않아도 되고, 탈이 나거나 몸이 아파도 병원으로 달려가면 되니 걱정할 필요 없고, 급한 일 생기면 바로 돌아갈 수도 있다.

남들은 비행기타고 나갈 때, 우리는 2019년을 배가 따뜻한 여행을 위해 향토음식을 찾아다니는 걸로 시작하기로 했다. 여행은 떠남과 동시에 새로운 출발을 기대하기 마련인데 이번 여행은 어떤 음식의 매력에 빠지다 올지 설레게 한다.

강원도 고성을 시작으로 7번국도 따라 노포(老鋪) 맛집 등을 찾아다니며 내 아내의 입을 즐겁게 해 줄 생각만으로도 난 행복하다.

화진포 박포수가든

겨울은 쌀쌀하지만 나름대로 운치가 있는 날씨다. 속에 있는 이야기를 조근 조근 들려줄 것만 같은 계절이다. 홍천에 가면 청국장을 맛나게 끓이는 '할머니청국장' 을 우리 마님이 좋아하신다. 아내의 입이 기억하는 맛집은 아차 하는 순간에 그만. 지나치고 인제 용바위 식당에 도착했지 뭡니까. 늦은 아침. 양이 많은데 그러면서 황태구이 정식을 시킨 건 추억까지 주문했기 때문이다.

기억하고 있는 80년대의 그 맛은 아니었지만, 우린 취나물과 우거지에 필히 꽂혔으면 되었다. 언제나 변함없는 그 맛에 입맛이 길들여진 모양이다.

고성막국수는 얼음이 동동 뜬 동치미를 국수에 부어 먹어야 제격이다. 그 담백한 맛을 기억하고 있는 데 오늘은 고성 화진포로 달린다.

칠절봉(1,172m)과 마산(1,052m) 사이로 길을 내어 오래 전부터 관동지방과 영서지방의 중요한 교통로가 된 길이 진부령이다. 대관령, 추가령과 함께 3대 영으로 불린다는 길이다. 겨울에는 강설량이 매우 많은 곳이지만 오늘은 아니니 알프스를 오가며 스키를 타던 추억이나 떠올리며 달려볼 생각이다.

난 수영과는 담을 쌓고 살았으니 해수욕장은 모른다. 산은 우직해서 있는 그대로만 보여줄 줄 안다. 그래서 산에 가면 걷기를 좋아한다. 요즘은 몸에 부치지 않을 정도의 길이면 마다하지 않는다. 그런데 '화진포수변길' 에 낭만이 있다지 않는가. 누렇게 물이 들었을 그곳은 바람에 한들거리는 갈대밭이요, 평화롭게 날아오르는 철새들의 고향이라고 한다. 그 풍경을 벗 삼아 10km의 둘레 길과 응봉에서 '거진 해맞이공원' 까지의 소나무 숲길을 걸어보는 것이 소원인 부부다. 그런 우리가 오늘은 고성막국수 먹으러 '화진포 박포수가든' 부터 들렀다.

'고성막국수' 는 금강산 절집에서 시작되었다 한다. 그러다 보니 육수대신 동치미국물로 시원한 맛을 내었고, 강원도에서 많이 나는 메밀로 면을 뽑아 말아 먹었다. 특히 겨울이면 동치미를 담근 독을 소나무 숲에 묻어두면 숙성이 잘 되어 더 시원하고 깊은 맛을 낸다고 한다. 막 만들어 먹기 편해, 강원도 어느 가정에서나 한밤 중 출출해지면 동치미에 국수를 말아먹게 된 데서 유래된 말이 막국수라고 한다.

겨울밤이면 들려오던 '찹쌀떡이나 메밀묵' 하는 그리운 소리며, 땅에 묻어 더 시원하게 익은 벌건 김칫국물이 생각나는 계절이다. 냉면도 지금이 제철이라 하지 않는가.

화진포로 들어서면 있을 것 같지 않은 아주 한적한 위치에 식당이 자리를 잡고 있었다. 외진인은 내비 치고 가야 찾지 눈썰미론 못 찾는다. 황태구이 먹은 지 얼마나 됐다고 기다리는 시간에 '메밀전병' 한 접시를 뚝딱 해치웠다. 바삭함과 고소함에 반해 튀긴 만두 맛이 난다며 비웠는데도 양배추 백김치에 반해 막국수 한 그릇 또 뚝딱.

이곳에 오면 꼭 암퇘지수육부터 먹어봐야 한다는데 투박한 막국수 맛에 반해 그만 깜빡 했네요. 정직한 음식은 손님이 외면 안 하는 군요.

송지호 관망타워

송지호는 겨울철새인 백조라 불리는 고니가 많이 날아오는 호수다. 백조가 많이 오는 해는 풍년이 든다 해서 백조의 호수라고도 한다.

1,500년 전, 송지호 자리에 어느 고약한 구두쇠 영감이 비옥한 땅을 갖고 살았다고 한다. 떠돌이 장님이 동냥을 구하려다 포악한 영감의 지시를 받은 종들에게 몰매를 맞고 쫓겨난 일이 있었다. 이를 알고 간 노승에게까지 시주걸마에 쇠똥을 가득 담아 내치자 노승이 땅 한가운데 있던 쇠절구를 금방아가 있는 곳으로 던지자 땅은 물에 잠겨 호수가 되었고 구두쇠 영감은 물귀신이 되었다는 이야기가 있다

오늘은 맑은 호수와 주위의 울창한 송림으로 절경이다. 고니는 못 보았지만 명품인 호수둘레 길은 우리가 걷기엔 좋은 날씨였다. 너무 멀다 느껴지면 하루 종일 걷겠다 생각하고 한발 한발 걸으면 된다. 그러다 보면 오음산을 주산으로 삼고 있는 왕곡마을을 들러 가게 된다.

수백 년 간 전란에도 피해가 없을 정도로 길지 중의 길지라는 마을이다. 거기서 막국수 한 그릇 뚝딱 해치우고 가던 길을 걷다보면 아니 벌써 그럴 겁니다. 홀딱 빠져들게 되어 있어요.

그 날의 추억을 되새기며 오늘은 차 한 잔으로 낭만을 주워 담을 생각이었다. 송지호관망타워 5층으로 올라간 이유다. 송지호해수욕장과 석호 그리고 오봉리 너른 들을 보고 있는 것만으로도 마음이 편안하더이다. 아! 이런 것을 힐링이라 그러는구나. 알겠던데요.

급히 보건소를 찾은 이유는 마님께서 속이 더부룩하고 불편하다고 해서요. 오늘은 과식해서 탈이 났나 봐요. 오늘의 소확행이란 출발부터 강원도에서만 맛볼 수 있는 음식으로 배를 채웠으니 배가 놀랠 만해요. 소소하지만 확실한 행복에 우리 마님 너무 충실하셨나.

죽왕면보건지소에 들어갔다 나오더니 김치에 밥만 말아 먹어도 맛있을 것 같다며 입맛부터 다시는 거 있지요. 새소리, 바람소리에 귀가 열려 그런

가. 오늘은 250km 달렸습니다.

속초 영랑호리조트 1608호

가진, 거진 들러 대진 항까지

2020년 6월 18일(목)

통일로를 달리는 재미에 폭 빠졌다. 다니는 차도 안보이고 공기까지 맑으니 마스크가 뭔 필요. 우린 그저 영양가 없는 수다나 늘어놓으며 좋아 죽는다. 오가는 차가 없으니 달리면 15분 거리를 한 시간 넘게 도로 위에 있었다고 봐야 한다. 운전연습 하던 기분을 냈다.

그동안은 갈 곳도 오란 데도 없으면서 집만 나서면 바쁘게 다녔다. 그러나 오늘만은 아니다. 여유 부릴 줄 아는 사람이 되기로 했다. 덤 하나 지긋지긋한 코로나로부터 해방되는 기쁨을 만끽하기로 했다.

고성군은 마스크로부터 해방된 공간처럼 안전하다고 느끼며 다녔던 것 같다. 오늘 일정은 별게 없다. 하늘이 잔뜩 찌푸린 이런 날은 쉼표를 찍는 날. 늦잠 자고, 눈 뜨면 밥 생각 날 때 까지 침대에서 뒹군다. 계획도 없고 마음 가는 데로 가면 된다.

오늘 아침은 고성군청 인근에 있다는 현지인 추천 '장안 숯불갈비집' 으로 정했다. 점심 장사 한다고 해서 먼 길을 알음알음 찾아왔는데 문이 잠겼네요. 코로나로 점심 장사를 접을 정도로 식당들이 힘든 모양이다. 대타로 고성보건소를 중심으로 한참을 돌아다니며 찾아낸 식당이 '고성 한우촌' . 점심시간대인 데도 손님은 우리뿐이다. 육회 한 접시에 된장찌개. 찌개에 밥 비벼서 먹고 배 두드리며 나왔다.

아침부터 꾸물꾸물하던 하늘이 기어코 빗방울을 뿌리고 말았다. 비는 오고 우산은 없고 어디 예쁜 카페라도 없나 읍내를 뒤지며 다녀봤지만 허탕이었다. 읍내 여행은 날씨와 사회적 분위기가 받쳐줘야 맛있게 다닐 수 있다는 걸 느낀 하루였다. 계획은 말짱 황. 오던 길로 갈 수 없다면 바닷길은 어떠셔? 비 그친 틈을 타 바닷바람도 쏘이며 폼 나게 달린 것 같다.

가진항은 속초에서 7번 국도를 타고 간성 방면으로 20분 거리다. 철새도래지로 유명한 송지호와 왕곡마을이 가깝다. 하루 날 잡으면 맛과 멋 그리고 바다와 호수 전통의 향기까지 느껴볼 수 있을 것 같다. 벼락바위의 전설이 있는 해안절벽이 아름다운 동해의 미항이다.

거진항은 해파랑길 49의 시작점이기도 해서 도보 여행가들에겐 인기다. 젊은이들에겐 수중레저의 명소로 잘 알려져 있지만 어르신 세대는 명태의 고장이다. 요즘은 명태 대신 겨울 손님 도루묵으로 유명세를 더 타고 있긴 하다.

화진포 해변을 다시 찾았다가 내친 김에 초도해수욕장까지 둘러보고 가는 길이다. 2km를 가면 대진항. 운전하며 좌우를 둘러보면 눈에 들어오는 것이 많은 길이다. 동해안 최북단에 있는 '국가어항' 으로 매운탕거리가 있다. 방파제에는 도루묵 알이 지천으로 널려있더라는 얘기가 들릴 정도로 도루묵의 천국이기도 하다. 콘도에 들어왔는데 이런 날 다시 나가고 싶겠어요.

장안숯불갈비집---고성한우촌---고성읍내---가진항---거진항---초도해수욕장---대진항---금강산 콘도

고성금강산콘도 803호

화진포해수욕장

2020년 6월 19일(금)

통일로를 5~6km 달리면 막국수의 성지라는 박포수가든. 우린 전번에 배가 불러 막국수만 먹고 온 후회를 이번에 날려버렸다. 암퇘지수육과 명태식혜에 배 두드리며 먹고 나왔다. 홀딱 반했다.

부드럽고 야들야들한 감칠맛이 일품이었다. 젓가락이 바빠진다. 아내의 입맛이라고 다르겠어요. 다만 음식을 가려먹어야 하는 지라. 그래도 그렇지 아내가 맛있다며 식혜를 사 가자고 하는데 난 대답을 못했다. 짠 음식이 건강을 해칠까 걱정이 먼저였다. 오늘은 잠깐이라도 비가 그쳐줄 생각이 없는 모양이다.

빗줄기는 어제보다 약하지만 꾸준히 내린다. 비를 따라 다니느라 파도도 숨 가쁠 게다. 여행의 새로운 경험을 한 날로 기억될 것 같다. 제대로 쉼표 찍은 날이다. 눈뜨기 무섭게 목욕, 침대에서 뒹굴뒹굴, 목적은 관광이 아니라 식당을 찾는 일이다.

"맛있게 먹었으니 분위기 있는 곳에 가서 커피 한 잔 어때요?"

이럴 때면 아내의 반응은 시큰둥이거나 노코멘트가 대부분이라 포기하기 일쑤였는데 오늘은 달랐다. 먼저다.

"어디 경치 좋고 조용한 카페 없어요? 커피 한 잔 하고 싶은데."

"정말이십니까? 커피 드시겠다고요. 그것도 젊은이들이 많이 가는 카페에서요. 그럼 모셔야지요."

이렇게 신바람이 날 줄이야. 대진항으로 바로 달려갔지요. 점찍어 둔 카페가 있었거든요. 그런데 이를 어쩐다. 카페 두잇 192에 들어가더니 마님께서 먼저 파도가 거품 물고 대들 기세라며 바다에 풍덩 빠지고 만 거 있지요. 넋을 놓고 바다만 바라보고 있는 다 아닙니까. 신기한 광경에 웬일이래요? 그랬죠.

창가에 앉아 아메리카노와 자몽에이드. 여름비가 내리는 날이니 고즈넉하더란 표현이 적당할진 모르겠지만 내 표현은 그랬다. 한적하다 못해 무척 쓸쓸하고 조용한 바다 전경 카페였다.

코로나 때문에 걱정스러워 손님이 들면 자연스럽게 떨어져 앉도록 멀찌감치 자리를 잡았다. 그런데 기우였다. 손님은 나갈 때 까진 우리가 전부였다. 커피 맛이야 분위기 맛이라고 했던가요. 솔직히 멋쟁이 딸이 커피를 내려주는 카페라기에 기대하고 왔는데 현실은 웬 중년의 남자가 부스스한 얼굴로 나타나선 일이 끝나자 훌쩍 자리를 뜨고 나니 우리 둘 뿐이다.

이 카페는 오늘 같은 날 시집 한 권 들고 멋 좀 부려도 좋을 것 같고, 산문집 한 권 갖고 와서 읽는 모습은 그림일 게다. 우린 바다만 멍하니 바라보고 있으면서도 뭐랬는지 아세요. 남들은 우리 보고 그림 되네. 그럴걸.

아직도 정신 못 차리고 있는 거 맞아요. 다 비웠다면서. 정신 차려 이 사람아! 현실을 알아야지.

박포수가든--화진포해수욕장(광개토대왕릉)--카페 두잇 192--숙소 고성금강산콘도 803호

고성 금강산콘도, 고성 마르솔 펜션

동 해

무릉계곡의 용추폭포

2016년 10월 7일(금)

"몇 시쯤 일어날까. 모처럼 늦잠 자면 안 될까?"

"글쎄, 언제 일어나고 싶은데? 그거야 뭐. 일어나고 싶은 시간에 일어나면 되는 거지. 내일 아침은. 그래도 되요. 마음 편히 주무세요. 마님!"

이런 대화를 주고받다 잠이 들었나보다. 정말 느지막이 일어나서 남겨놓은 야채빵 나눠 먹고 출발했는데 경포비치호텔에서 무릉계곡까지는 65km나 된다. 아이고, 멀다.

오래 전, 우리 가족이 함께 묵었던 모텔이 보인다. 반가웠다. 모습은 그대로 인데 이름은 '무릉프라자' 로 바뀌었다. 상가 모습이 싹 바뀌어 낯이 선데 눈에 익은 건물이 있다는 건 마음에 위로가 되었다. 추억을 끄집어내는 데도 도움이 되고요.

우리는 오늘 청옥산과 두타산이 만든 계곡과 기암괴석. 그리고 산수 수려함이 무릉도원 같다 해서 이름 붙였다는 계곡을 걸을 생각이다. 기억은 믿을 것이 못 된다는 것을 새삼 확인한 트레킹이었다. 색시한테 그랬거든요.

"신작로보단 작지만 계곡을 끼고 너르고 평편한 길이 나 있어 쉬엄쉬엄 걷다보면 폭포가 나오는데 오늘은 거기까지만 걷다 올 생각이요. 어려운 길 아닙니다. 산책하는 기분으로 걸으면 되니 걱정 안 해도 되요."

그랬는데 산책길이 아니라 완전 트레킹코스였다. 처음엔 길을 잘 못 들었나, 길을 새로 만든 건가 했다. 그런데 길은 맞던데요, 그 땐 젊었을 때라 평지처럼 느꼈었나보다.

요며칠 내린 비로 계곡물이 힘차게 흘러내린다. 흐르는 모습만 봐도 소름이 끼칠 정도로 시원하다. 거품을 일으키며 쏟아져 내리는 물줄기에 탄성이 절로 나왔다. 금란정을 지나 삼화사 입구에서 용추폭포까지가 2.5km다. 여기서부터는 삼림욕 구간이란다.

피톤치드의 살균 효과와 녹색이 주는 정신적 해방 효과를 마음껏 누리고 가십시오. 그 뜻이렷다. 팔을 흔들고 숨을 크게 쉬고 아시죠. 한번 해봐요. 그렇게 걷지 말고. 이건 서곡에 불과했다.

초입부터 계곡의 그것들이 변함없이 반겨주니 반가웠다. 무릉반석에서는 30대에 와서 앉아있던 내 모습을 떠올렸다.

그때도 그런 생각을 했지만 무릉반석의 낙서는 도가 지나쳤다. 양반네들 야유회며 계모임에 다녀갔다는 것을 남기기 위해 이름 석 자를 이 아름다운 바위에 새기다니. 이북에서도 그 흉내 내는 사람이 있다던데. 누가 누굴 흉보는 기야.

관음폭포의 시원한 물줄기가 아니어도 물은 풍부했다. 자연이란 실로 수를 놓아 만든 병풍바위와 우람한 장군바위도 보았다. 그 기운이 선녀탕까지 뻗칠 기세였다. 남성의 거대한 고것을 닮은 녀석이 선녀탕에 들어가려고 용쓰는 모습은 꽤 괜찮은 그림으로 보였다. 발바닥바위에는 쌍폭포, 용추폭포의 물줄기가 힘이 넘치게 흘러내렸다. 폭포는 어제 비가 내린 탓에 오늘이 가장 멋진 날이 아닐까.

내려오는 길에 삼화사를 들렀다가 새로운 사실을 알았다. 약사삼불을 싣고 용이 두타산을 오르던 그 길이 바로 용오름길인데 삼화동 초입에서 용추폭포까지가 무릉계곡이라고 한다.

변한 것이 있나 오신 김에 한번 비교해 보시고 가시란다. 우리는 누가 뭐래도 오늘 하루 신선과 노닐다 가는 길이다. 태백에서 막국수 한 그릇에 열무김치라. 이만하면 진수성찬 부럽지 않다.

태백 동호호텔

추암촛대바위

여기는 해돋이로 유명한 곳이요, 추억과 함께 그리움이 있는 곳이기도 하다. 삼척시 동해 해변의 끝자락을 붙들고 있다. 그러나 일반인들은 동해시 추암바윗길에 있는 추암촛대바위라 알고 있다.

나에겐 만경대 할미바위에서 해암정을 거쳐 촛대바위까지 걸었던 기억이 있다. 그런데 그 길이 지근거리일 텐데 다시 걸어 볼 생각은 왜 안했을까요. 태풍의 영향권에 들어있어 그랬나. 한바탕 비, 바람과의 전쟁을 치르고서야 추암바위까지 걸어 갈 수 있었다니까요. 차에서 내려 우산을 펴자마자 바람에 우산이 두 번이나 뒤집어졌다면 알만 하지요. 비바람 때문이었다. 한순간 엄청 불었거든요. 앞으로 가기가 힘들 정도였으니까.

비바람이 절경을 보러 가는데 장애가 되진 못했다. 절묘하게 자리 잡은 바위 하나. 이리 봐도 저리 봐도 촛대바위가 신기하기만 하다. 해수욕을 온 사람이면 한번쯤 올라오게 만드는 매력이 있는 데다 아무 데나 렌즈를 맞추고 셔터만 누르면 그림이 되는 곳. 인증 샷 남겼으면 총총히 내려가기 바쁜 곳이다.

금강산보다 더 아름답다는 자연의 오묘함 속에 빠지면서도 발은 서둘러지는 건 어쩔 수 없네요. 바쁜 거 하나 없는 데도 그럽니다. 비 때문이란 건 거짓말이에요. 바람이 잦아들면서 우산을 쓰고 걷기 좋은 날씨였으니까. 그걸 핑계라 할 순 없죠. 바위조각에 탄성을 지르면서도 빨리빨리 채근하고 있다면 웃기는 거지요. 빨리빨리 문화가 아직 몸에서 나가지 않았나.

조선시대 한명회가 이곳의 자연 경관에 감복하여 능파대(미인의 걸음걸이)라 했고, 이를 화가 김홍도가 화폭에 담았다고 한다. 애국가 첫 소절의 배경화면이다. 하늘을 찌를 듯 솟아있는 모습에 살짝 감동 먹었다.

가을 입맛 돌아오는 계절에 입맛 버리면 안 되는데 횟집거리라며 고개를 살래살래 흔들었다. 이럴 줄 알았으면 북평 민속시장 국밥거리에 들러 따끈한 선짓국이나 소머리국밥이라도 한 그릇 먹고 오는 걸 그랬나.

동해 이스턴 관광호텔 706호

묵호등대와 논골담길 벽화마을

2019년 10월 6일(화)

아침에 물-곰탕으로 배를 따뜻하게 데웠으면 110km 거리의 묵호등대까지 달린다. 문제는 한반도 아랫동네를 지나갔다는 태풍의 영향이 남아 있는 걸까 아님 골바람이 거칠게 불기 때문일까. 아름 하긴 어려워도 바람이 몹시 거칠고 찬 것만은 사실이다. 옷깃을 여밀 정도다. 바다 전망이 좋은 동해휴게소에서 휴식을 취했으면 지근거리에 있는 묵호등대를 찾아가는 일만 남았다.

차가 등대까지 올라가고 주차장도 제법 너르다. 예감이 좋다. 무연탄 중심의 무역항이었던 묵호항을 드나드는 배들의 길잡이였고, 영화 '미워도 다시 한 번' 의 촬영지이기도 했다는 묵호등대가 있다. 넘실대는 푸른 바다와 통통거리며 바다를 가르는 어선, 행복의 우체통, 등대스탬프. 하나같이 감동이요 볼거리다. 사람들을 불러 모으는 매력은 따로 있었다.

등대전망대였다. 달팽이 계단을 타박타박 걸어 올라가는 것이 포인트다. 소라에 귀를 대면 파도 소리가 들리고, 먼 바다가 눈앞에 펼쳐진다. 스카이워크 공사가 한창이던데, 난 눈먼 돈이 저기도 있구먼. 그랬다. 등대에서 푸른 바다를 바라보며 바다 구경을 실컷 한 사람이 내려가서 하늘 길을 걷고 싶은 사람이 과연 몇이나 있을까.

'묵호 논골 담길 벽화마을' 은 묵호등대에서 길 건넛마을이다. 그 골목 담벼락에 막 쓴 글씨와 그림이 시대상을 나타내는 명물이 되었다. 엉성한 현관문에 대충 쓴 '미시오' 가 울림으로 다가오더라는 사람도 있다. 그들이 살아왔던 모습을 들여다보는 마을. 어부들의 힘든 삶을 아는 우리지만 오늘만은 묵호항 논골 1길 벽화를 보며 웃고 싶다.

청주 벽화마을, 서울 이화벽화마을보다 더 아름답고 어부들의 삶의 애환을 잘 표현한 스토리 벽화라는 점, 그래서 점수를 더 줘야 할 것 같다는 평을 듣고는 꼭 들려야 할 1순위로 꼽았다.

우린 묵호 논골담길로 들어서자 노랑 빨강 등 원색의 바람개비가 맞아주는 색다른 환영에 감사할 새도 없었다. 벽화 보느라 정신이 없다. '논골 영식이 이제 장가 가네' , '대왕문어가 역시 최고여' 흐뭇한 미소를 짓게 만든다. 간간히 메모해두는 걸 잊으면 모든 게 황 되는 수가 있다. 기억력이 따라주지 못하니 정신이라도 빠짝 차려야한다. 걸을수록 벽화에 빠져들고 있다. '등대 그 집' '만복이네 멍멍이' 이렇듯 그림은 골목 벽에만 있는 것이 아니다.

손바닥만 한 텃밭에는 곱고 여린 가을꽃과 채마 그리고 발갛게 익어가는 감나무 하나하나가 풍경화였다. 우린 "야! 멋지다. 이런 동네가 아직도 남아있네." 그리 놀라며 걸으면 된다. '옹팔아 이눔쉐끼' 몰래 화장실을 쓰려다 들켜 아줌마한테 혼찌검 나는 광경을 리얼하게 화장실문에다 그렸다. '지게꾼 구함, 한 바가지 70원' 이것은 1971년 2월의 생활일기다.

등대오름길벽화에 마른오징어, 막걸리, 머그잔이 공존하고 있는 것도 재미있다. 가을의 대명사 김장배추와 무, 파를 심기 위해 손바닥만 한 밭도 놀리지 않는 마을 사람들의 부지런함과 넉넉함 그리고 해맑은 마음까지 모다 가슴에 담아 왔다.

동해 이스턴 관광호텔

삼 척

삼척 수로부인헌화공원

2018년 10월 4일(목)

후드득 비 뿌리는 소리에 놀라 심곡항 주차장까지 걷기로 한 걸 접고 택시를 불렀다. 6천원으로 비 맞는 것과 맞바꿨다. 비가 더 오면 오늘 일정을 마감해야겠단 생각도 했을 걸요.

태풍이 몰려오기 전에 삼척 끄트머리에서부터 훑다보면 동해시에 다다르지 않을까 그게 오늘 계획이었다. 한 시간 걸려 임원항까지 달려갔으면 먼 길을 달려간 것이다. 경로는 천오백 원이면 51m 높이의 고속엘리베이터를 타고 올라갈 수 있다. 거의 산정상이라 보면 된다. 거기서 160m 걸으면 바다 전망이 죽여주는 쉼터가 있다. 바다를 바라보며 잠시 바닷바람을 쏘인다. 눈이 그냥 스르르 감긴다. 삼척시에서 시원한 바닷바람이 불어오는 곳에 힐링 명소를 만들었다고 한다.

어렵지 않게 330m만 더 걸으면 '남화산 정상' 이다. 20여분 거리다 보니 좀 아쉽긴 하다. 다 둘러보고 되돌아 나오는데 시간 반이면 충분하다.

신라시대 절세미인 수로부인의 석상을 오색 대리석으로 세웠다. 엄청 크다. 맞은편에는 수로부인이 해룡에게 납치당했을 때 주민들이 막대기를 들고 바다를 향해 노래를 부르는 설화 속의 모습을 표현한 것이 재미있는 볼거리였다.

"거북아! 거북아! 수로를 내 놓아라. 남의 아내 앗은 죄 그 얼마나 큰가. 네 만약 거역하고 바치지 않으면 그물로 잡아서 구워먹으리라."

더 올라가면 설화부인의 남편인 강릉태수 순정공의 부임행차를 재현하였다고 하는데 가보지는 않았다. 배탈이 났다며 화장실로 뛰어간 마님 걱정에 마냥 구경만 할 것이 아니었다. 얼른 따라 내려가 봐야한다.

해신당 공원

신남마을은 동해안에서는 유일하게 남근숭배사상이 전래되고 있는 마을이다. 그 인연으로 '성 민속공원' 을 만들고 기발한 아이디어를 엮어 해학적인 웃음뿐 아니라 사람들을 놀라게 하는 재주를 부렸다. 나무로 깎아 만든 남근을 매달아 놓고 제사를 지내는 해신당부터 둘러보기로 했다.

'신남마을에는 헐벗고 굶기를 밥 먹듯 하던 시절에 결혼을 약속한 처녀 애랑이와 덕배가 살았다. 어느 날 덕배는 해초를 뜯으러 돌섬에 가겠다는 애랑을 데려다주곤 한낮이면 데리러 오겠다는 약속을 밭일을 하느라 까맣게 잊어 버렸다. 덕배는 아니 오고 거센 파도와 심한 강풍만 몰려왔으니 처녀 애랑은 바다에 빠져 죽고 만다.'

그 후부터는 고기도 잡히지 않고, 풍랑을 만나 어부들이 돌아오지 못하는 일이 잦았다고 한다. 이 마을 사람들이 처녀의 영혼을 달래기 위해 실물 모양의 남근을 만들어 제사를 지내게 되었는데 지금도 정월 대보름과 음력 10월 첫 오 일에 제사를 지낸다고 한다.

우린 제 1매표소로 들어가 해신당에서 전설과 만나고 해안 산책로를 따라 남근조각공원으로 갔다. 계단을 올라가면서 뭐 볼게 있다고 한 것이 놀라운 눈으로 호기심 가득하게 걸은 건 오랜만이다. 우람한 크기에 모양까지 다양해서 직접 보기가 민망하던데, 고놈이 누굴 보자 끄떡끄떡한다. 아무래도 남자는 좀 민망하고 여자는 호기심이 발동하는 곳이겠다.

어촌민속전시관도 들렀다. 멍텅구리 배에서부터 지금의 어선에 이르기까지 배의 발달사를 한눈에 볼 수 있어 좋았다. 어구들의 변천사도 둘러 볼 수 있는 곳이다. 언덕 위로 올라가면 애랑이도 만나고 덕배네 집도 둘러보는 건데 갈 길이 멀어서.

삼척 환선굴

2019년 1월 10일(목)

꾸물꾸물한 날씨에는 시골길 드라이브가 최고다. '동해휴게소' 에서 바라본 태백산맥은 정수리에 흰 눈이 쌓였다. 언제 적 내린 눈인데 아직 녹지 않고 있다. 겨울 가뭄이 너무 길다. 눈이 펑펑 내릴 만도 한데 바람만 거칠 뿐 비 소식은 없다.

이 동네사람들은 억세고 무뚝뚝해서 겉만 봐선 마음 다치기가 쉽다. 친절과 상냥함과는 거리가 먼 동네 같다. 경상도 사람들 무뚝뚝한 거 하루 이틀 대한 것도 아닌데 유독 심한 것 같다. 무뚝뚝하고 말도 빠르고 사투리도 거칠어 난 이미 주차장관리요원한테 마음 상했다. 퉁명스런 말투라 제대로 알아듣기가 힘들었다.

경로는 입장료 3천원. 모노레일 왕복 7천원. 1.2km 밖에 안 되는 거리지만 산바람이 많아 걸을 마음은 처음부터 없었다. 긴 여행을 위해서다.

아주 오랜 세월이 빚어낸 이런 웅장하고 거대한 석회암동굴이 우리나라에 있다는 것이 믿겨지지 않는다. 웅장하고 매력 있는 자연의 신비였다. 낙수가 만들어낸 대머리 형 석순, 도깨비방망이, 천정에 뚫린 사랑의 맹세를 보았으면 둘이 손을 꼭 잡고 걸어야 한다. 거북머리를 지나 소망계곡에 들어서면 사랑의 다리가 있다. 건너기 전에 사랑의 맹세를 하면 이루어진다는 달콤한 글도 읽고 가면 좋다.

뿐이면 놀랄 것도 없다. 동굴산호, 만마지기 논두렁, 은하계곡, 전망대에서 바라본 제 2폭포의 시원한 물소리에 귀를 기울이다 보면 이제 은하교를 건너십시오. 그런다. 우리가 알고 있는 동굴은 허리 굽히고, 안전모 쓰고 걸어야 하는 곳이다. 여긴 동유럽의 어느 동굴을 걷듯 천정이 까마득하니 높아 너무 좋기만 하다. 여길 안 와보고 동굴 여행했단 말 못하겠는데요.

대이리의 너와집, 굴피집, 통방아까지 둘러보고 왔으면 오죽이나 좋을까만은 날씨가 받쳐주질 않는구료. 우린 통방아만 보는데도 입술을 달달 떨었다. 골바람이 워낙 거칠었어야지요.

삼척 강원 종합 박물관

궁금한 건 못 참는 성격이 여행할 때는 도움이 된다. 호기심이 생기면 궁금증을 풀어야 한다. 우연한 기회에 볼거리는 물론 먹을거리를 만나는 경우가 그렇다. 이럴 땐 계획은 유보하면 된다. 이 박물관이 그런 예에 속한다.

세계 각국의 유물 2만여 점을 전시하였다고 설명해준다. 석회석과 방해석으로 만든 조각물을 전시한 야외전시장을 들어서는 순간부터 경이로움에 숨이 턱턱 막힌다. 엄청난 크기와 종류의 전시물에 눈을 크게 뜨고, 놀라움에 입은 다물지 못하고, 고마움에 웃음까지 흘리며 둘러보았다.

자연사 전시실에는 세계 최고의 크기라는 '울리매머드 상아' 를 비롯해서 공룡의 알과 똥, 장미를 닮았다는 석고원석, 나무화석들을 보는 것만으로도 눈이 휘둥그레진다. 타조의 알이 공룡 알만 하다. 당시는 대기 중에 산소가 부족해 공룡 알 표면의 숨구멍이 지금보다 100배 이상 많았을 것이라는 설명도 덧붙였다. 해마, 가재, 새우, 투구게, 마다가스카르 근해에서 살아 있는 모습으로 발견되었다. 살아 있는 화석이라는 애칭을 받은 실리컨스는 1억 년 전부터 살았다고 한다. 그리고 20만 년 전에 살았다는 호모 사피엔스의 화석까지 보았다.

화려한 중국도자기와 자연미를 강조한 우리 도자기를 비교전시한 도자기전시실, 자연의 신비함을 가까이에서 느낄 수 있도록 한 석회동굴까지만 보고 왔다. 전시실이 8개라는데 차근차근 보려면 족히 반나절을 잡아야 할 것 같은 규모다. 세계문물을 두루 섭렵할 생각이 있으신 분 적극 추천이다.

겨울은 해가 짧으니까 저물기 전에 호텔에 도착해야 한다. 끼니도 해결해야 한다. 호텔 옆 식당인데 주방을 오픈한 식당이다. 시골 짬뽕 맛 집이란다. 그러니 난 두말 않고 짬뽕을 시킬밖에. 얼큰하면서도 감칠맛 나니 다이어트 한다고 중간에 수저 내려놓기 쉽지 않을 거다. 입맛이 당기는데 용빼는 수 없지요. 난 땀 뻘뻘 흘려가며 먹었는데, 아내는 탄수화물을 줄여야 한다며 양장피 우아하게 드십니다.

온천욕도 즐기고 얼큰한 짬뽕 맛까지 볼 수 있다면 이보다 더 한 호사가 없다. 바로 그런 곳이라 추천할 만하다. 아시아 축구 예선전보다 잠들었다.

삼척관광호텔

삼척 전복해물뚝배기

2019년 1월 11일(금)

새천년해변에 가면 있다. 삼척 솔비치 맛집으로 이미 유명세를 탄 곳이다. 메뉴도 전복해물탕 전복죽, 문어숙회 단 3개. 아침은 든든히 먹어둬야 한다. 새벽부터 부지런을 떠는 데도 한참 밀렸다. 이 시간에 이렇게 손님이 많을 줄은 생각도 못했다. 홀이 손님들로 그득한 걸 보면 모르겠나. 도대체 몇 시에 일어나서 오는 걸까. 연인, 아이들과 함께 자리 잡은 엄마들, 친구들과 함께 온 사람들, 우리 비슷한 또래는 없다. 주중에도 물론이다.

이 집의 치명적인 매력은 수북이 쌓아올리는 푸짐함이란다. 국물이 깔끔하다고 표현해야 하나 잘 모르겠지만 어쨌든 좋다. 기분 좋은 당기는 맛은 최고다. 특별한 맛이 아니어서 더 좋았다. 마님 말씀이 전복죽이 제주 해녀 집에서 먹던 맛과 같다네요.

오늘 아침은 영양가 있고 맛난 걸 먹었으니 많이 걸어도 될 것 같다. 삼척 오지 사람들은 성격이 무뚝뚝하다고 했잖아요. 여기 종업원들은 친절을 입에 달고 다니던데. 지방에 대한 선입견 그거 나부터 없애야겠어요.

삼척 이사부 사자공원

'이사부사자공원' 은 새천년해변에서 걸어서 20분밖에 안 걸린다. 1.3km. 벽화마을은 증산마을에 있다. 어촌마을 풍경을 간직한 마을이니 벽화를 보며 걸으면 여행의 맛이 있을 거다. 시간을 죽인다고 뭐랄 사람도 없다.

10시, 우리가 첫손님이다. 암수 한 쌍의 이사부 나무사자가 마스코트로 턱 버티고 서 있다. 그 계단을 올라가면 된다. 바람이 많이 수그러들었다. 바닷바람도 그다지 차지는 않았다. 계단을 걷다보니 어도에 모형 물고기들이 조잡해 보인다. 좀 더 신경을 써서 만들면 좋을 텐데. 그런 생각을 했다.

1500년 전 신라장군 이사부가 해상왕국 우산국을 정벌하러 떠난 곳이 삼척이다. 위협의 수단으로 배에 싣고 간 것이 '나무사자' 였다고 한다. 울릉도와 독도를 마주보고 있는 이 해안에 공원을 세운 이유가 그래서란다. 전망대는 수리 중. 증산마을을 지나 추암해변의 촛대바위까지는 걸을 만하겠단 생각을 하는 순간 마음이 급해졌다. 촛대바위가 있는 능파대까지 바다를 보며 해변데크(해파랑길)를 걸었다. 의외의 수확이었다.

능파대란 파도와 바람으로 옮겨온 모래로 연결된 육계도로 암석기둥을 말한다. 파도에 의해 자연적으로 들어난 국내 유일의 '해안 라피에' 다. 자연의 위력이 대단한 곳이다. 우린 잠자는 거인바위, 코끼리바위, 양머리바위도 보고 왔다. 이사부사자공원에서 해파랑 길을 따라 걸어서 능파대까지 갔다가 올 때는 '추암해변' 의 은모래를 밟으며 왔다.

바닷물이 들어올 시간대라 쫓기듯 걸은 기억이 난다. 언제 이렇게 걸을 수 있겠어요. 갈 때 걸었던 해파랑길의 솔향도 좋았지만 백사장을 밟고 걷는 것도 재미있었다. 이사부공원과 추암해변, 능파대를 한데 묶어 여행계획을 잡으면 관광도 하고 해수욕장도 거닐고 역사 공부도 할 수 있어 일석삼조다. 뭉뚱그려 다녀올 만하다. 넉넉하게 하루 잡으면 좋겠지만, 반나절에 이만한 행복을 거머쥘 만한 곳이 몇 곳이나 되겠어요.

삼척시립박물관

'선사역사실' 은 북평동 구호마을에서 출토한 원삼국시대의 유물과 당시의 생활모습을 담았다. 갈대 이응집, 물고기 사냥, 토기 굽기 등을 인형으로 만들어 호기심을 일으키는데도 충분했고 이해도 빨랐다.

1702년 숙종 28년에 제작했다는 울릉도 지도는 물론, 이승휴가 국정을 비판하다 미움을 받아 관직에서 쫓겨난 후 삼척 두타산의 현은사에 은거하면서 저술했다는 제왕웅기, 삼척고천리 석조불좌상도 보고 왔다.

'민속·예능 실' 은 강원도의 열두 달 세시풍속과 삼척의 이야기가 그려져 있다. 2층 생업생활 실은 오래전부터 강원도에서 삶을 일궈온 민초들의 삶의 모습을 들여다 볼 수 있어 너무×2 좋았다.

강원도 하면 너와집이다. 주변에서 쉽게 구할 수 있는 재료를 사용했기 때문이다. 널판자를 이어 지붕을 얹으면 너와집, 참나무껍질로 지붕을 이면 굴피집, 판석으로 지붕을 이면 돌능애집이라 부른다고 한다.

산간 마을에는 집집마다 방에 불씨를 보관하는 '화티(불씨)' 가 있다고 한다. 그만큼 불이 중요했다는 얘기다. 부엌에 외양간을 만들었고, 부엌 천정엔 까치구멍을 내어 부엌의 연기가 빠져나갈 수 있게 했다. 부엌의 공기의 흐름이 잘 통하기 위한 이 지방 특유의 방식이다. 통나무와 굴피를 이용한 물레방아의 일종인 통방아며 옛사람들이 즐겨 놀던 쌍 윷, 종지윷, 장기, 바둑은 물론 놀음의 진수인 투전, 골패까지도 있다. 놀이와 노름의 차이는 예나 지금이나 변한 것이 없다. 재미삼아 하면 놀이로 끝나지만 놀이에 돈과 재물이 걸리면 패가망신으로 이어지는 것이 노름이 된다.

막국수집은 이사부공원에서 멀지 않은 갈천동이다. 막국수에 대, 소가 있는 집이다. 양이 많아 고민인 노인이나 다이어트 하는 사람들에겐 반가운 소식이다. 면이 부드럽고 육수가 순해 시원하지 않으면서도 당기는 맛이 일품이다. 이집은 백김치가 포인트라 할 수 있다. 먹어보면 알지만 기가 막히다.

기분 좋게 나오는데 반가운 얼굴이 보인다. 따뜻한 온기가 느껴지는 날씨다. 추암해변을 걸을 때 날씨가 이랬으면 좀 좋아. 오늘은 까꿍 하고 얼굴을 내밀곤 구름 속에 숨으며 애간장을 녹이지 않으려나.

삼척 쏠 비치 투어

2019년 10월 6일(화)

가을 태풍으로 강릉 경포대 호수물이 넘쳤다고 해서 둘레길 걷는 건 포기했다. 바람이 여기까지 따라붙었나. 케이블카 운행은 물론 '초곡 용굴 바다해안 길' 도 포기했다.

편하게 낮잠이나 늘어지게 자기로 했다. 눈뜨자 커튼부터 열었으나 달라진 것은 없다. 거품 문 백사장에 밀어닥치는 바다를 향해 촛대바위가 깍지 끼고 서 있지 않은가. 방관하는 듯 물러서 지켜보고 있는 이사부공원.

하늘을 원망하는 마음은 오늘만은 이 둘이 같아 보였다. 우리까지 보태면 넷.

바람은 거칠고 하늘은 새카맣다. 무슨 변이라도 생길 것 같은 우울한 날씨다. 우리가 할 수 있는 일은 고작 바람이 잔잔해진 틈을 타 프라이빗 해변을 걷는 일이었다. 그것도 공염불이 되고 말았다. 모래사장을 맨발로 걷고 싶은 마음이야 굴뚝같다만 바람이 막아서고, 파도가 소리 한 번 지르자 겁먹고는 바로 돌아섰다.

"안 가면 될 거 아니여. 먼발치서 바라보기만 할 거니까 걱정 마시어. 그것도 안 된다고 하면 너무 야속하지 않소."

그러곤 '산토리니광장' 에서 출발했다. '키즈파크' 와 '유리공방' 을 지나면 '아쿠아 월드' 를 끼고 걸을 때까지는 맞바람이긴 해도 걸으며 데이트 기분을 내는 데는 영향을 받지 않았다. 다만 금방이라도 비가 퍼부을 것 같은 하늘이다.

"괜찮겠어요. 걸을 만 하세요. 바람 조심하시고 내 뒤에 바짝 붙으세요. 바람에 날아가면 큰일이에요."

벼랑에 붙은 일출 명소로 이름난 '마마티라' 를 찾아가는 길이다. 가슴까지 뻥 뚫리는 기분을 맛보려면 거친 바람을 뚫고 가야 한다. 1층은 카페. 2층은 이태리 식당. 우린 1층에서 고구마케이크 한 조각에 아메리카노와 고구마 라데를 시켰다. 깎아지른 절벽 위에 서 있다는 이곳은 촛대바위와 이사부공원이 한눈에 들어오는 명당은 분명하지만 지금은 옥상에 나가 보는 것조차 무리다. 몸을 가누기 어려울 정도로 바람이 불었다.

저녁 6시 30분, 해가 꼴딱 넘어가는 시간에도 망설이긴 했다. 카페 '마마티라' 2층에 가서 피자먹으러 갈까 말까. 아내는 따끈한 국물이 있는 한식이 당길 것 같단다. 그럼. 그리 해야지요. 우리 어부인께서 잡숫고 싶으시다는 데요. 이런 날씨엔 따끈한 국물요리가 제격이긴 해요. 호텔 1층에 있는 한식레스토랑 '해파랑' 으로 갔다는 거 아닙니까.

그 식당에서 흑돼지김치찌게를 시킨 것이 오늘의 최대 실수였다. 찌개가 엄청 짰다. 따끈한 물로 좀 헹궈 달라 해서 다시 가져왔는데도 짜다. 얼마나 간이 세냐면 입술이 얼얼할 정도였다. 경상도가 가까운 걸 감안해도 짠 건 짠 거다. 편의점 신세를 졌다. 아내가 지금이라도 피자 먹으러 갈까요. 할 때 "그러죠." 할 걸. 저녁 먹었는데 뭘 그러곤 편의점에서 군것질로 때우기로 했다.

책갈피에 끼워둔 단풍잎 하나가 훗날 오늘 여행에 있었던 뒷이야기를 들려준다면 어떤 마음일까. 그것도 궁금했다.

쏠비치 호텔 노브리안 623호

내 나라여행 찬가

여행은 돌아갈 집이 있으니 창틀의 먼지처럼 쌓인 추억을 끄집어내고 다시 정리한다 한들 누가 뭐랄 사람은 없다. 반면에 우리의 인생은 여유 부릴 시간이 그리 많아보이질 않는다. 퇴직하고 나서부터는 이런 근심이 모두 내 몫이었다.

얼마 동안은 아침 먹으면 자기도 모르게 옷 입고 직장 근처에서 배회하는 경험을 한 사람도 있다고 들었다. 부부 간의 역할 갈등에 우울증으로 답을 대신한 사람도 있다. 퇴직 후 얼마간 실컷 잠이나 자두고 싶다는 사람도 있다. 홀가분하게 늦잠도 자보지만 전과 달리 눈 뜨면 개운하지가 않다.

어디 외국에라도 나가 은퇴 기념으로 한두 번 콧바람 쐬고 오는 것도 나쁘지 않다. 연례행사처럼 하라는 건 아니다. "에이 깃발 따라다니느라 힘들어죽겠네. 여행이고 뭐고. 다 때려치워." 그런 생각이 들면 내 나라로 눈을 돌리면 된다.

젊은이는 열심히 벌고 나이 들면 쓰는 재미에 빠지는 것이다. 어찌 쓰느냐가 문제다. 이럴 땐 금방 시들해 지고 기억도 가물거리는 외국여행보다야 국내여행이 백번 낳을지 모른다. 내 생각이니까.

말이 통하겠다. 아는 맛이라 입맛 까다로운 사람도 어딜 가든 편하다. 마음 내키는 곳에 가서 먹고 자고 쉬고 할 수 있는 것 다 할 수 있으니 얼마나 좋은가. 두 발로만 걷든 네 발을 이용하든 그건 오로지 본인 생각하기 나름이다. 거기다 컨디션이 안 좋으면 언제든지 거두고 돌아올 수 있지 않은가.

국내여행. 이 나이에 뭐 볼 게 있느냐며 반문하시는 분들이 의외로 많다. 여행은 백화점에서 맘에 드는 물건 고르는 것이 아니다. 한 땀 한 땀 수를 놓듯 내 가슴에 추억을 만들어가는 것이다. 더 훗날 기억을 더듬을 추억을 만드는 것이다. 가벼운 마음으로 집을 떠나서 내 마음의 쉼표를 찍으면 되는 것이 여행이다.

삼척 쏠비치 호텔, 삼척관광호텔

속 초

속초 청초호 둘레길

2016년 10월 2일(일)

이조냉면은 속초해변 입구에 있다. 고명이라곤 오이채, 배, 계란 반쪽, 깨, 양념장. 별 거 없던데 입맛에 맞게 비벼 드시라기에 반쯤 먹다 냉육수를 넣어 먹고 온육수로 설거지 하듯 마셨다. 입 안이 개운하다. 속이 뻥 뚫린 것 같다. 그럼 맛있는 건가.

차를 청초호 주차장에 세워두었다. 청초호를 걸어 '아바이 마을' 에서 갯배 타고, 중앙시장을 지나오면 된다. 속초 조양동의 한 아파트에서 산 경험을 십분 활용하기로 했다.

우린 걸었다. 청초호의 철새들은 잘 있는지 둘러보며 걷다보면 여객선터미널이 나오고, 오징어잡이 배들이 할 일없이 정박해 있는 곳을 지나야 빨간 다리가 보인다. 다리를 올라가 아바이마을로 가는 승강기를 이용할 생각이다.

함경도에서 내려온 피난민들이 모여 산다고 해서 붙여진 마을, 함경도사투리가 지역사투리가 된 아바이마을이다. 마을 입구에는 지팡이를 든 늙수그레하면서도 억척스런 모습의 아바이동상이 있다. 가난했음에도 당당했던 그들 삶의 모습을 잘 표현한 것 같다. 다만 외진 곳에 있어 세인의 이목을 끌지 못하는 것이 약간 아쉽긴 하다.

우린 가을동화로 유명세를 탄 갯배를 타기로 했다. 청호동에서 중앙시장으로 가는 유일한 통로이면서 소원했던 이웃과 마음을 이어주는 소통의 대문역할을 했던 갯배. 가을동화의 주인공들이 갯배를 타고 어긋나듯 지나치는 장면이 눈에 선한데, 오늘도 이 배를 타보려고 몰려든 사람들로 꼬리에 꼬리를 문다.

인서가 오빠한데 괴롭힘 당하며 성장한 어린 시절을 보냈던 구멍가계가 순댓집으로 바뀌었다. 그 가게에서 모듬 순대를 시켰다. 이걸 어떻게 다 먹지 하면서도 접시를 싹 비웠다. 맛이 괜찮았나 보다. 깻잎 고추장아치와 명태무침이 입맛을 돋운 탓도 있다.

갯배를 타기 위해 줄 서 있는 모습을 보고는 다른 길은 없느냐며 아내가 예쁜 투정을 한다. 여행은 종종 지루하게 기다리는 것에도 익숙해야 한다. 기다리다 보면 언젠간 차례가 온다는 진리를 배울 테니까. 어느새 앞줄은 줄고 뒤로는 줄이 계속 늘었다. 느긋하게 기다리는 일만 남았다. 배를 탔다. 건네다 준다.

황소 불알이 보이는 서부다방에서 있었던 일이다. 영님이가 찻잔에서 긴 머리카락이 있다고 종업원에게 얘기 했더니 찻값을 안 받겠단다.

"아니 무슨 말씀 하십니까. 탓하는 거 아니에요. 돈은 받으셔야지요."

우리는 멋쩍지만 눈을 맞추며 웃을 수 있어 좋았다. 배려는 곧 행복의 전령사다. 귤 두개를 식탁에 조용히 놓고 간다. 고맙다는 표시일 것이다. 중앙시장은 자주 다니던 시장이다 보니 골목골목이 눈과 발에 선하다.

시장 안으로 관광객들이 파도처럼 밀려든다. 비는 그칠 생각은 없고, 퍼

부을 생각도 없으니 난감하다. 제발 밤늦도록 흠뻑 내리고 내일 아침에는 싹 개었으면 좋겠다.

저녁은 아야진 해변에서 잡어물회가 유명하다는 집을 찾아갔다. 소문만큼은 아니었다. 비바람으로 바다로 나가지 못해 물량이 딸려서 그런가.

고성 마르쏠 펜션

속초 열린 바다 나폴리아

2016년 10월 3일(월)

마음이 심란하다. 어젯밤에 중북부를 중심으로 천둥번개를 동반한 폭우가 200mm나 내렸다고 한다. 엊저녁에 영님이가,

“내일 어쩌지. 그래도 일찍 일어나는 건가. 아침은 몇 시에 먹을 건가. 아침을 펜션에서 내주는 거 먹는 건 어때요.”

“하늘 본 다음에 결정 하지요. 눈 떠지면 일어나고 안 그러면 계속 누워있음 되지 뭐. 이런 날 계획은 무슨.”

어제 저녁에는 우리 부부가 모처럼 새우튀김봉지의 바닥을 보고서야 밤비를 자장가삼아 아내도 푹 잔 모양이다. 몸이 개운하다고 한다. 계획이 뒤틀어진 이유는 날씨 때문이다. 계획은 설악산 비룡폭포를 목표로 힘닿으면 토왕성폭포 전망대까지 다녀오는 것이었다. 그 계획은 물 건너갔다. 펜션에서 내주는 빵에 버터 잼을 발라 요기했으니 전송을 받으며 떠날 일만 남았다.

차는 설악산을 내비에 걸고 속초로 방향을 잡았을 뿐 목적지는 정하지 못했다. 일단 고성을 빠져나가면 무슨 수가 안 생기겠나, 대안은 속초 ‘청대산’ 인데 거기라고 비 안 올 리 없잖은가. 우리가 가진 건 우산밖에 없는데 가능하겠나.

차를 길가에 잠시 세웠다. 오색호텔로 직행해야 하나, 청대산을 강행하

나 망설이고 있을 때 떠오르는 곳이 있었다. '속초 나폴리아' . 광용이가 한 번 들러보라고 주소를 찍어 보냈는데 그곳이 대안일 수 있겠다는데 입을 모았다.

"내비에 주소 찍어보죠. 멀지 않네 가보고 시원찮으면 돌아 나오면 되지 뭐. 어때요. 그럴게요."

'열린 바다 나폴리아' 는 그렇게 들른 카페 겸 식당이었다. 차 한 잔하며 몸이나 녹이며 시간 좀 죽이다가 가면 되겠네. 그 생각은 입구에서 이미 내동댕이쳐 버렸다. 신천지였다. 바다공기가 비바람에 차긴 해도 상쾌했다. 시야가 탁 트인 바다를 보는 순간 가슴은 이미 내 것이 아니었다. 눈도 마음도 의지대로 있질 못한다.

용포바다 해변 길, 정원 산책로, 동물 가족들, 분재 전시장에 작은 공연장까지. 거기에다 커피까지 맛나니 더 바란다면 그건 욕심이다. 분위기 좋은 곳이다 보니 값이 좀 나가긴 한다.

시설 값이다 생각하면 비싼 것이 아니다. 두타산의 무릉계곡을 옮겨다 놓은 듯한 해변의 바위들, 고운 모래, 거품 물고 대들 듯 거친 파도에 넋이 빠질 것 같으면 눈만 살짝 돌리면 된다. 예쁜 출렁다리, 아모르폰데가 있다. 이 다리를 건너는 사람은 사랑과 행복을 갖게 될 것이라는데 안 건널 재간이 없다. 건너기만하면 작은 공연장도 있고 이브의 조각상들이 늘어서 있다. 나폴리아 산책로로 들어서면 누구나 선남선녀가 되어 나올 수밖에 없을 것 같다. 파도가 거품을 물고 달려드는데 붉은색 파라솔 하나가 당당히 맞장 뜨고 있었다.

문에 매달린 종을 세 번 쳤더니 놀라지 마세요. 파란 하늘이 모습을 드러냈어요. 아내의 소원을 들어준 거죠. 아니면 신기할 정도로 우연이던가. 어쨌건 파란 하늘은 점점 넓어졌고 우리 마음은 바빠지기 시작했다.

비와 어울릴 것 같지 않은 속초물회를 먹으러 갔다. 오징어, 광어, 가자미, 멍게, 해삼, 성게가 국수와는 제법 잘 어울리는 거 같았다. 거기다 밥 한 공기 곁에 놓아둔 센스까지. 밥을 더 좋아하는 손님들을 위한 배려일 게다.

배부르다며 또 먹으러 갔다. 양양에서 막국수로 유명하다는 영00이다. 군부대를 지나서도 길 잘못 들은 거 아니야. 그럴 때쯤 외딴집 한 채가 보인다. 2km만 더 가면 '진전사' 라고 자그마한 사찰도 둘러볼 수 있으니 일석이조다.

오색에 도착하니 비가 오고 있었다. 꾸준히 내리는 비도 아니면서 그칠 생각은 없어 보였다. 우비 입고 어깨가 축 늘어져서 내려오는 탐방객들과 마주쳤다. 내일은 정말 날씨가 좋아야하는데, 근데 누구한테 부탁해야 하지.

속초 시립박물관

2017년 6월 28일(수)

오후 5시 반. 박물관에 들어가자 마음이 편안해지는 걸 느꼈다. 메모지와 볼펜을 꺼내드는 것은 습관이다. 오늘은 그 느긋함과 습관까지 버렸다. 무슨 이유로 뒷짐 딱지고 어기적거리며 돌아볼 생각을 했을까.

'심메마니' 는 산삼이 나온 자리에서 제사를 지내는 것을 구광자리, 함경도 피난민들이 살던 모습 그대로를 보여준 마을을 '속초 아바이마을' , 그곳엔 그들의 고단했을 삶이며 자신의 뿌리를 잊지 않고 간직해 오며 함흥냉면, 가자미식혜, 오징어순대, 아바이순대, 명태순대 같은 음식문화까지도 남겨놓았다.

달구지며 지게는 요즘 젊은이들에겐 생소한 생활도구지만 우리 세대는 추억이 깃든 뜯어도 뜯어도 돋아나는 돌나물 같은 것들이다. 피난민 가옥 중에는 가을동화의 '은서네 집 상점' 을 복원한 것이 눈길을 끌었다.

여기서 영님 씨가 기념촬영 하겠다며 포즈를 잡는 것도 잠시. 손등이 붓는 것 같다며 한 걱정하는 바람에 가슴이 덜컥 내려앉았다. 아까 속초 자생식물원 벤치에 앉아 깜빡 잠든 사이에 진드기에 물린 것은 아닐까. 허둥거리다 보니 박물관도 대충, 발해관은 들어가지도 못했다.

아내는 왜 그렇게 허둥대느냐고 핀잔을 주지만, 나는 덜컥 겁부터 났다. 문제는 병원부터 가자며 나와 놓곤 영님이가 괜찮다는 말만 믿고 병원에 가지 않은 이유는 뭐라 변명해야 하나. 또 나오자마자 괜찮다며 병원을 안 가는 이유는 무엇 때문이었을까.

속초 설악산 자생식물원

난 설악 해맞이 공원에 들러 잠시 벤치에 앉아 눈을 붙였다. 늦은 식사에 식곤증이 생긴 모양이다. 몸이 나른하고 무엇보다 졸려서 운전이 힘들었다. 삼십 여분 아내의 어깨에 머리를 대고 잤더니 나아졌다. 배고픈 김에 많이 먹은 탓이다.

2시경 식물원에 도착해보니 주차장이 여유가 있었다. 기대를 하지 않았는데 자생식물원에 들어가면서 꿈은 아니겠지 했다. 언덕배기를 지그재그로 내려가며 볼 수 있게 꾸민 정원에는 이름 모를 꽃들이 제 자랑이 한창이었다.

야생화는 아이들이 보기 쉽지 않은 꽃들이다. 더 재미있어 하지 않을까. 이곳은 아이들에겐 꿈을, 어른들에겐 추억을 나누어 줄 수 있는 꽃밭임이 분명했다. 흔하게 볼 수 있는 꽃들이 아니다. 이 지방에 자생하는 꽃들과 설악산의 야생화들을 모아 놓았으니 우리 눈에는 진귀한 꽃들이다. 그런데 얼마 걷지 않아 어디 그늘진 곳에 벤치가 없나 찾고 있었다. 이번엔 마님께서 식곤증이 오신 거다.

오늘은 유별나게 몸이 나른하고, 졸음이 쏟아지는 날인가 보다. 마님께서도 식곤증인가 보네요. 몸의 컨디션의 때문이 아니라면 무조건 쉬는 게 약이다. 그 후 마님께선 긴 시간 내 무릎 베고 꿈나라 가고, 난 숲속난장이들과 오수를 즐길 생각이었다. 그러나 꽃향기에 피톤치드까지 가세하는데야 배겨낼 재간이 있어야지요. 결국 두 손 두 발 다 들었어요. 에라, 모르겠다. 나도 자연에 맡기고 존 것이 아니라 한숨 자고 일어났다. 무릉도원의 달콤한 오후였다.

깨고 나니 날씨가 선선해졌다. 마님 눈 뜨셨으면 잠도 깰 겸 좀 걷다 가기로 할까. 꽃들이 정말 곱다. 화사하다. 화단도 예쁘게 꾸며 놓았다. 눈은 쉴 틈이 없다. 여긴 잠시 들렀다 가는 곳이 아니라 함께 보며 걷고, 느끼며 힐링 하는 곳이었다. 즐기기 좋은 곳이었다.

꽃길, 숲길, 산책로가 어우러진 숲속 탐방로며 돌단풍과 노루오줌이 주인인 암석원, 나리가 주인 행세하는 나리원. 뭐니 뭐니 해도 노란색 자주색 흰색 붓꽃이 피어 있는 야생화단지가 제일 맘에 들었다. 이런 매력을 주는 관광지가 그리 흔치는 않다.

척산 온천지역의 족욕공원에서 종합경기장으로 가는 설악누리길이 이 숲을 가로지르니 우린 자연 속에 퐁당 빠졌다 왔다 해도 되겠다. 설악산을 오르는 것이 부담되시는 분들에게 강추하고 싶은 곳이다.

속초 두꺼비식당

아파트형 민박집에 짐을 풀어놓자마자 서둘렀다. 속초 지리는 내 손금 들여다보듯 빤한 곳이라 자부하는 나다. 영금정을 개 닭 보듯 하며 해안가를 따라 걸으면 몇 분 안 걸린다. '이모네식당' 에서 가오리생선찜을 먹으며 추억이나 곱씹을까 해서 갔다. 입에 착착 달라붙던 그 맛을 잊을 수 없는데 어쩝니까. 그런데 어째 한산하다 했다. 수요일은 쉰단다.

'생 대구탕은 어때요?' 그러곤 골목 한번 둘러봤는데 이건 또 무슨 날벼락. 7시부턴 손님을 안 받는단다. 정중하게 입구에서 거절당했다.

그럼 뭘 먹고 들어가지 그러다 얻어걸린 식당이다. 사돈집에서 큰길 방향으로 몇 발짝 안 가면 보인다.

우린 내가 좋아하는 순두부찌개로 결정했다. 아내가 좋아하는 김치찌개, 청국장도 있는데 미안하고 고맙다. 여행 중 메뉴 선택은 언제나 내가 갑이다. 운전하랴, 여행 준비하랴 힘들었을 나에 대한 아내의 배려다.

밑반찬으로 나온 애기가자미구이에 숙주나물 고구마순과 김치부터 입에 맞는다. 주방 일을 하는 할머니의 손맛이 좋은가 보다. "오! 반찬 맛있는데." 순두부찌개는 평범하면서도 입맛을 당기게 하는 묘한 끌림이 있었다. "주방아주머니! 우리 정말 맛나게 먹고 가요. 고맙습니다." 물회, 해물찜, 생 대구탕, 게찜, 물곰탕 등 내로라하는 식당이 즐비한 곳에서 틈새시장을 노린 것이 적중한 것 같다.

전제조건은 있다. 입소문을 탄다면… 주차장이 없는 것이 흠이라면 흠이다.

영금정 아파트 101동 206호 (18평형)

영랑호 둘레길 걷기

2019년 1월 5일(토)

영랑호 주차장에 차를 세우고 걷기 시작했다. 범바위는 듣던 대로 기암괴석이 범상치가 않다. 바위에 올라가 보면 알 수 있다. 내려오기 싫거든요. 이야기가 있어 더 흥미가 있었는지도 모르지요.

눈썰미 좋은 사람은 범바위가 코끼리, 물개바위로도 보인다고 그래요. 양파껍질 벗겨지듯이 풍화작용이 진행되고 있어 주위에 흙이나 잘 부서지는 풍화물질이 많다고 한다. 한참 놀다 범바위에서 내려오니 11시.

영랑호반 길은 고성에서 부산까지 이어지는 해파랑길의 일부분이에요. 벚꽃 필 때는 말해 무엇 하겠습니까. 입만 아프지. 그만큼 벚꽃 핀 호수가 장관일 거란 건 꼭 꽃필 때 오지 않아도 짐작할 수 있는 것 아닌가요. 벚꽃이 아름다운 호수. 그림이 그려지던데요.

봄에는 벚꽃, 겨울에는 겨울철새. 지금은 철새와 갈대를 길동무삼아 걷는 재미를 가져볼까 합니다. 오늘따라 따뜻한 겨울날씨라 걸을 만해요. 산책길은 어디 하나 흠잡을 데가 없다. 그러니 콧노래가 절로 나오게 되어 있어요. 6.3km의 거리라는 데 볼 것은 그보다 훨씬 많았던 것 같아요. 우린 11시에 출발해서 2시간 반 걸었어요. 아내가 그러는 거예요.

“걸었으면 먹으러 가야지요, 이 정도 걸었으면 오늘 의무 량은 채운 거 아닌가.”

외옹치항 바닷길

2019년 1월 5일(토)

파도 소리 들으며 걷기만 해도 시간 가는 줄 모르는 길이다. 더구나 오늘이 주말 아닙니까. 내 귀에는 들려오는 파도 소리보다는 젊은이들의 웃음소리가 더 싱그럽게 들렸는걸요.

조선시대에 옹진으로 불리던 곳이 일정시대에는 외옹치로 이름이 바뀐 걸 보면 ‘치’ 자에서 왜색냄새가 물씬 풍긴다는 얘기다. 7번 국도가 생기기 전에는 대포에서 속초로 가는 고갯길에 밭둑이 층계모양으로 붙어있어 ‘밭뚝재’ 로 불렀다고 한다. 그것이 발음상의 변화로 독재로 불리다가 ‘바깥독재’ 라는 뜻의 일본식 행정 표기로 바깥외자를 써서 외옹치.

데크길로 걸으면, 동해의 먼 바다에서 밀려온 파도가 부딪치는 바위들, 바람이 앙상한 나뭇가지를 스치는 아기울음소리처럼 들리는 소리, 갈매기 끼룩끼룩 소리에 사람들의 웃음소리까지 들을 수 있다. 그 어느 하나도 없어선 안 되는 자연의 하모니.

그렇게 놀며 쉬며 걷기를 시간 반. 우린 외옹치항에 도착해서는 휘 한 번 둘러보고는 바로 뒤돌아섰다. 회 한 접시 때리니까 배도 부르고 해서 갈 생각이 없데요. 갈 길이 마땅치 않기보단 호텔에 들어가서 침대에 벌렁 누워 쉬고 싶었다.

영랑호 리조트 1608호

속초 강릉 곰치국 '사돈집'

2019년 1월 6일(일)

늦은 아침이니 아침이랄 밖에. 사돈집에 물곰탕(곰치)먹으러 가는 길이다. 물고기가 마치 곰처럼 생겼다하여 붙여진 이름이라고 한다. 예전에는 생김새 때문에 거들떠도 보지 않았다는데 요즘은 자연산이라고 귀한 대접 받는단다.

생선살이 흐물흐물해서 식감으로 따지면 별루다. 그러나 한 번 먹어본 사람은 그 맛에 빠지게 되어 있다. 특히 겨울철이 별미라는데 그걸 놓치면 안 되죠. 지방이 없어 담백한 데다, 살이 부드러운 것이 장점이긴 하나 식감을 즐기는 사람은 별루일 수도 있어요. 부드럽게 넘어가니까 솔직히 씹을 건 없어요. 숙취해소에도 좋다니 술 좋아하시는 분들 추운 겨울이나 아침 해장으로 한 그릇 하시면 속이 따뜻할 겁니다.

실은 어제 전화할 때 그러더라고요 내일 몇 시에 문 열어요. 물었더니 8시 반에 문 열지만 내일은 일찍 오셔야 해요. 그게 뭔 소린가 했어요. 식당에 들어갈 때 "와! 이 시간에도 홀이 꽉 찼네" 놀랐어요.

나올 때 보니 그게 아니에요. 번호표 받고 호명을 기다리는 사람들이 길게 줄까지 섰어요. 먹어본 자가 맛을 안다고 우리 마님은 시쳇말로 아주 환장을 해요. 맛을 본 사람이니 맛을 안다 이거죠. 처음 강릉역 앞에서 곰치국을 먹을 때도 아내는 그랬거든요.

당시 강릉역 길 건너에서 먹은 곰치국은 이남에서 끓이는 방식이라 신김치와 고춧가루를 넣어 얼큰하게 끓인 것이고, 이 집은 이북식이라 무를 넣고 맑게 끓여내는 곰치국이라고 그래요. 취향이 다르겠지만 난 정말 시원하게 맛나게 먹었어요. 곰치국은 내가 속초파면 아내는 강릉파네요.

영랑호로 길을 잡다

2019년 7월 4일(목)

아침은 사돈집에서 얼큰 물곰탕이다. 감자조림과 고등어조림이 맛깔난 집이다. 맛나게 먹으면 그게 보약이다. 힘이 불끈 솟을 것 같은 포만감이 생겼으니 오늘의 일정은 떠들썩한 어시장, 동명항에서 영금정을 지나 속초등대를 끼고 해안을 따라 장사항까지, 그리고 영랑호를 한 바퀴 걷는 것으로 일정을 잡았으니 무리는 없을 것 같다.

속초 등대 동쪽에 있는 영금정에서 출발할 생각이다. 석산(石山)이 파도가 석벽에 부딪치는 소리가 거문고 소리 같다 하여 이름 붙였다는 정자다. 해변도 거문고 해변이라 이름으로 남아 있었다. 속초 등대전망대에서 언덕배기마을을 걸어 내려오던 그날을 떠올렸다. 등대해수욕장을 지나면 또 한참을 바다에 빠지며 걸어야 한다. 사진교가 나오면 다음은 장사항이다. 오랜 세월 모래가 쌓인 모래톱에 세운 마을이라고 한다. 거기서 200여m 가면 1차 목적지인 해안 길의 끝이 보인다.

장사항은 매년 오징어 맨손잡이 축제가 열리는 곳이다. 관광객이 몰려다니는 모습이 간간히 눈에 띌 뿐 오늘따라 어항답지 않게 유난히 평화로운 모습이다. 속초의 아름다움을 유감없이 보여주었다. 우리는 고운 모래와 푸른 바다가 잘 어울리는 길 끝에서 '어나더 블루' 카페에 들어갔다. 바다를 보며 마시는 차 한 잔 걸으며 보던 바다와는 느낌이 달랐다.

바닷가로 젊은이들이 몰려드는 시간이면 우리는 영랑호로 자리를 옮겨야한다. 그 시간이 12시 10분이다. 큰 길로 나오면 버스정류장과 영랑동 주민센터를 지나면 영랑호 입구가 나온다. 그 모습 그대로 반기니 낯설지

앉아 좋다.

'신라 때 화랑인 사선(영랑, 술랑, 남랑, 안상)들이 금강산에서 수련 후 금성(경주)으로 가는 길에 들렀던 곳이다. 그들은 주로 호수 동쪽에 범이 웅크리고 앉아 있는 모습을 한 범바위에서 머물렀다는데 그중 화랑 영랑이 호수의 풍취에 취해 무술대회에 나가는 것조차 잊었다하여 영랑호라 부르게 되었단다.'

그 영랑호가 이번 산불에 직격탄을 맞았다. 고성, 속초, 강릉이 산불로 엄청난 피해를 보았다고 들었는데 바로 그 현장이 영랑호였다. 호수를 끼고 앉은 철쭉은 열기를 견디지 못했고, 둘레길 안쪽 나무들은 화상을 입었지만, 바깥쪽은 산불이 펜션과 나무를 몽땅 집어 삼켰다. 그래도 자연은 살아있었다. 능소화며 패랭이가 예쁘게 꽃을 피운 걸 보면.

영랑호에 들어서면 보인다. 알게 되어 있다. 뭐니 뭐니 해도 영랑호의 명물은 암석이 풍화되어 둥근 알맹이가 된 '영랑동 핵석' 과 '달마바위' . 그리고 지칠 쯤 해서 짠하고 모습을 드러내는 '범 바위' 에 철마다 찾아오는 철새다.

안하면 등신, 엄두도 못내는 난 병신

맛있게 먹은 사람은 비스킷 한 조각으로도 배부르고, 맛없이 먹은 사람은 밥 한 그릇으로도 배가 고프다 했다. 영랑호를 완주했더니 배가 고프다. 이 마을 사람이 칼국수를 맛나게 끓이는 집이 있다 해서 찾아가는 길이다.

일러 동네 맛집이라는 '정든 식당' 이다. 그런데 너무 배고픈 데도 많이 먹히질 않았다. 우리 입맛엔 아닌가 보다. 죄송해서 어쩌누. 많이 남겨서. 그러곤 입이 궁금하다며 수산시장으로 갔다. 아바이 오징어빵, 이모호박식혜, 강원도 막걸리 술찐빵, 수수부꾸미, 쑥부꾸미, 자두, 복숭아를 사들고 와선 숙소에서 배터지도록 먹었는데도 웬일인지 입이 허전하다.

영랑호에서 본 것이 영 신경 쓰였다. 반대 차선에 그것도 사람과 자전거가 다니는 통로를 막아 차를 세워놓고는 간이 의자를 펴고 책을 읽고 있었다. 이곳을 찾아 걷거나 자전거 타는 사람은 안중에도 없는 얌체, 아니 비양심이라고 비판해야 하나. 멋있어 보이는데 그래야 하나. 한동안 고민하며 걸었던 것 같다.

세상이 많이 변했을 거라고요. 여전히 얌체가 판치고, 권력을 누리려고 큰소리치는 세상은 달라진 것이 하나도 없다. 사람만 바뀌었다. 이 짓거리도 요령껏 하면 멋짐, 할 줄 모르면 바보. 안하거나 못하면 등신.

영금정 아파트 101동 206호 (18평형)

설악산 울산바위를 스케치하다.

<u>2019년 7월 5일(금)</u>

"그거 좋지 몇 시에 어디서 만날까."

그 소박한 꿈은 오는 날, 물 건너갔다. 속초에 살 때도 그랬다. 한두 번이 아니니 놀랄 일도 아니다. 친구와 난 서울과 속초로 그렇게 또 어긋났다.

오늘은 울산바위에 올라가기로 숙제하는 날이다. 한동안 퇴행성관절염으로 계단은 피해 다녔다. 그땐 엄두도 못 낼 일이기에 흔들바위까지가 내 몫인 줄 알았다. 그러면서도 울산바위에 올라 푸른 바다와 장엄한 설악산의 능선을 꼭 보고 싶다는 희망은 버리지 않고 있었다.

산길 3.8km까지 합하면 넉넉잡아 왕복 5시간이면 된다. 어떤 모습일까. 능선이 잘 보일까. 이 역사적인 순간을 멋지게 찍어둬야 할 텐데. 일주문을 들어서니 공기부터가 다르다. 신흥사에 왔으면 약사여래불이 흘려주는 감로수는 마시고 가야 한다. 그 물맛은 예나 오늘이나 시원하고 맛나긴 매한가지였다. 그러나 거북이가 오늘은 보살님 손끝으로 바뀌었다. 종양이 씻은 듯 사라진 것은 박규주 교수님 수술 덕분이지만 이 물이 조금은 도움을 주지 않았을까 그리 믿고 싶은 사람이다.

"우릴 기억하고 있는 거 맞네." 작은 새들이 눈앞을 스치듯 날아다니며 격하게 반기는 모습에 놀랍고, 고맙고, 변함없는 모습이 정겹다. 계곡의 물소리도 그립고, 그 계곡과 어우러진 숲은 내 어머니 품 같은 곳이다. 내원암까지는 둘만 걸어도 외롭지 않은 길이다. 운동선수 근육질 같다 하여 '근육나무' 라 불린다는 서어나무 아래선 몇몇이 흐르는 물에 발 담그고 피서를 즐기는 모습에 내 모습도 보았다.

계조암이 있는 흔들바위 아래까지만 가면 먹을 수 있을 거라는 기대 때문에 배고픈 줄도 몰랐다. 감자전으로 아침 요기 하고 물 한 병 사들고 갈 생각에 빈손으로 걸어왔다. 그 기운이면 울산바위 쯤이야 너끈히 오르고도 남을 것이라 생각했는데 그것이 오산(誤算)이었다.

일이 이 지경인데 무를 수도 없으니 강행군할 밖에. 쫄쫄 굶었으니 흔들바위에서 오래 머무를 수도 없다. 얼른 올라갔다 내려와야 한다. 무리가 안 될까. 걱정은 되지만 돌아갈 생각은 없었다. 이번에도 흔들바위에서 올려다만 보고 간다면 쪽 팔릴 것 같고 평생 후회할지도 모른다며 길을 잡았다.

생각보다 계단이 정말 좋다. 어린이, 노인도 맘만 있으면 오를 수 있도록 턱이 낮아 편했다. 이럴 줄 알았으면 진작 올 걸 그랬네. 금강소나무 숲과 화강암이 어우러지는 아름다운 경치를 보며 오르다 보니 배고픈 건 잠시 잊고 있었다.

"울산바위 꼭대기까지 올라간다고 누가 상 준데요? 무슨 영화를 보겠다고 쫄쫄 굶어가며 산에 오른다요. 그런 사람 있음 나와 보라 그래요."

다 왔는데 포기하지 말라고 스스로에게 격려하지만 이미 한계를 넘어선 것 같았다. 그냥 내려가자니 여기까지 올라온 것이 아깝고 배가 고프고 어지러우니 잘못하면 큰일 치를 수도 있겠단 생각에 포기하기로 했다.

마님은 배고파 더 이상은 못가겠다 하고, 난 배고파 어질어질하고. 우린 울산바위와 어깨동무 한 것으로 만족하자기로 했습니다. 10분 거릴 두고 발길을 돌린다. 마지막 스퍼트만 남겨두었는데 아쉽긴 하다. 그러나 만에 하나를 생각 안할 수 없다.

이번 산행은 울산바위를 스케치 한 것으로 치자. 산행이 굳이 매 순간마다 찬란한 순간이어야 하는 것은 아니지 않는가. 포근한 이야기가 있고 쉼표가 있는 곳에선 스케치만 하고 간다고 섭섭해 할 우리가 아니다.

황태구이의 바삭함과 촉촉함의 신세계

울산바위 올라갑네 하고 쫄쫄 굶었다면 믿겠습니까. 우리가 오늘 그 짝이 났다니까요. 기운이 너무 없어 혼신의 힘을 다해 가끔 들렀던 대구탕집을 찾아왔다는 거 아닙니까. 그런데 대구탕은 안보이고 간판에 황태구이가 적혀 있었다.

"그럼 어떡하지요? 그냥 아무데나 들어가요. 배가 등짝에 붙었구먼. 순두부 있네. 그거 먹으면 되겠네요. 뭐"

허긴 다른 식당을 찾아보기엔 너무 허기지다. 찬밥 더운밥 가릴 처지가 아니었다. 맛없으면 요기만 하는 것으로 해요. 밑반찬이 나오자 우린 젓가락질하느라 정신이 없었다. 본 음식이 나오기도 전에 거덜 내고 말았다. "더 가져다 드릴까요?" 종업원이 묘한 웃음을 흘린다. "되게 배고프셨나 보다." 그랬을걸요.

무말랭이무침, 황태채, 오이무침, 생야채, 버섯나물, 취나물이었나? 기억은 잘 안 나지만 더는 사양한다고 정중히 거절했을 걸요. 추가는 사양합니다. 황태도 기대해도 될 것 같았다. 예상한 데로였다. 황태구이의 겉은 바삭하고 속살은 부드럽고 촉촉하다. 이럴 때 사람들은 맛깔스럽다. 그러던데 아닌가요? 이런 황태음식 먹어보기 처음이다.

"속초에서 황태구이 제대로 맛을 내는 집을 찾았다."

옛날 그 건물에 정원이며 뒷마당도 그대로지만 깔끔해진 것이 다르다. 홀은 방석에서 의자로 분위기를 바꿨다. 흠이라면 주인이나 종업원의 입이 너무 무겁다. 하긴 맛만 있으면야.

혹시 너무 배고플 때 먹어서 이성을 잃은 것은 아닐까. 그런 생각에 8일 날 아침, 다시 이 식당을 찾았다. 물론 귀갓길에 인제 황태구이까지 먹고 갔다. 뭐든 음식 맛은 비교하면 더 맛있다. 변함없는 그 맛의 고집과 변화에 도전하는 정신이 소비자의 선택 폭을 넓혀주었다. 몇 가지 찬이 바뀌었을 뿐 맛은 여전했다.

신선한 재료로 만드는 반찬이 매일매일 바뀌는 집이라면 음식에 대한 자부심이 대단하다는 얘긴데. 아내가 밥 한 공기를 깨끗이 비웠다. 맛있으면 0 Kal라는 말을 곧이곧대로 믿는 분이네. 황태구이의 바삭함과 촉촉함과 달라지는 반찬의 매력을 즐겨보겠다면 이집 괜찮은데요. 난 이미 찜해 둔 걸요. 우리 마님은 100점이라 카던데.

속초 굿모닝가족 호텔 406호

하루를 영금정, 갯배, 아바이마을에서

2019년 7월 6일(토)

토요일하면 떠오르는 단어가 있다. 늦잠자기. 실컷 늦잠자고 나서 눈뜬 채 침대에서 빈둥거리다 뭐 시켜 먹으면 딱 인데 우린 그러고 있었다. 주말이면 게으름 피고 싶은 건 어디건 다 통하는 것 같다. 우리 여행 온 거 맞아요. 평일이나 주말이나 할 일 없긴 마찬가진데도 주말 병이 도진 것뿐이다.

배고픈데 그러며 또 잠들었다. 5시면 훤하게 밝은 한여름인데 10시 가까이에 눈을 떴고 얼굴이 부울 정도로 잤다면 예삿일은 아니다. 허긴 어제 하루를 되돌아보면 이해가 된다.

가오리찜 먹으러 차를 두고 굳이 택시를 타고 갔다. 그런데 가오리찜이 모둠으로 바뀌었다. 종업원이 다가오자 "두 사람이니까 '小' 자 드세요." 그랬겠죠. "모둠이요" 그리고 난 무심중에 "네" 했을 테고. 뒤늦게 후회한 들 무슨 소용. 매스컴이 무섭긴 무섭다.

첫 방문지는 '영금정' . 파도가 바위에 부딪힐 때면 거문고 소리가 난다 하여 붙여진 이름이다. 속초항을 개발하면서 아름다운 절벽이 사라진 것이 지역 발전과 바꾼 것이라면 굳이 나쁘게만 볼 일은 아니다.

시원한 바닷바람 덕분에 여름감기 걸릴라. 걱정하면서도 내려갈 생각을 안 하는 명소가 되었으니 되었다. 어느 아주머니 왈. "팔이 얼 것 같아요." 우리도 꼼작 않고 "어이 시원해. 오히려 춥네." 그랬을까. 자리 뜰 생각이라니요. 시원한 바람이 추울 정도다. 이가 부딪치고 입술이 떨려 웅얼웅얼 한 곡조 즐길까 했는데 헛꿈 꾸었다. 영금정 해맞이 정자도 걷고 왔다. 그리곤 동명항주차장. 여기엔 특별한 화장실이 있다. 구명튜브 모양으로 설계했다는데 그 모습이 이 항구를 드나드는 선박들의 안전운항을 기원하는 의미를 담았다니 다시 일 보고 자세하게 보게 되던데요.

택시를 탔다. "갯배 타려고 하니까 시장 입구까지만 부탁해요." 그럼 건널목을 지나 아주 조금만 걸으면 된다. 2분. 갯배는 여전히 여행객의 관심이 많다. 오늘도 줄을 섰다. 청포도선 1호.

안 먹으면 안돼요. 배부른데. 먹으면 체할 것 같다는 아내를 설득 강요 끝에 식당에 들어가는 것까진 성공했다. "브라보!" '섬마을 커피' 에서 옛날 팥빙수 한 그릇. 그리고

"한 그릇 먹고 가자. 응, 못 먹어보고 후회할 거면 몇 푼 안 되는 거 먹어보고 후회하지 않는 편이 날 것 같은데. 나는 시킨다. 난 냉면 자긴 순대국? 아바이마을에 왔으면 팔아주고 가야지요. 순댓국 한 그릇. 다 못 먹으면 어때요. 맛만 보셔도 되요. 입맛 돌면 오징어순대도 포장해 달라 그럴게요."

아바이순댓국은 식어도 맛있단 말 들은 기억을 떠올렸다. 남기긴 했지만 젊은이들과 섞여 토속음식 맛을 본 것으로 위안 삼기로 했다. 허긴 방금 입안이 얼얼하도록 빙수를 먹고 왔으면서 또다시 입맛이 돌아올 거라 기대했다면 무리다.

속초 굿모닝가족호텔 406호

속초 해수욕장에서 우린 추억을

새들이 많이 찾는 섬, 조도를 보며 해풍림을 따라 속초해변에서 외옹치해변을 따러 걷다 외옹치항둘레길로 들어선다. 울창한 해송과 바다, 외옹치에 똬리를 튼 롯데리조트는 속초의 성 같은 이미지의 웅장함이 새로운 명소로 자리 잡았는데 큰 힘이 된 건 분명해 보인다. 새로운 볼거리였다.

어둠이 깔리기 시작하자 더 화려해진 해수욕장의 밤을 즐기려는 젊은이들이 해변으로 모여들었다. 바닷물에 발 담그려고, 해변에서 밀려오는 파도를 바라보려고, 삼삼오오 모래밭에 자리 깔고 동료며 벗들과 담소를 나누려고, 바다 경치를 즐기며 해변을 걷는 멋을 느껴보려고, 또 있다. 작은 파라솔을 펴고 책을 읽고 있는 여인과 모래성 쌓기에 정신 줄 놓은 어린이까지.

별별 광경에 눈과 마음을 빼앗긴 채 시간을 잊고 있는 건 우리 같은 나그네였다. 어느 하나 그림 아닌 것이 없었다. 젊은이들의 가슴에 추억을 심어주랴, 사연 하나하나 바닷물에 씻어 조개껍질에 담아 보내랴, 파도는 밤새 들락날락하느라 바빴겠다.

그들은 속초 해변에서 있었던 추억의 보따리를 풀어놓으면서 밤이 새는 줄 모를 테지만, 우리에게 밤바다는 추억이요 그리움이다. 모래밭에 앉아 파도소리를 안주 삼아 추억을 불러들이는 것도, 밤사이 술 마시며 놀아도 아침이면 거뜬했던 시절의 모습을 재현하려는 용기는 없다.

또 다른 추억을 만들기 위해 추억을 되풀이할 용기는 없지만, 젊어선 추억을 만들고 나이 들면 추억을 따 먹고 산다는 것에 충실하게 사는 것만으로도 용기 있는 노인이라 박수 받을 만 한 일인데. 안 그렇습니까.

속초자생식물원

2019년 7월 7일(일)

며칠 좋던 인심 하루 더 쓰시지 않고 비 뿌릴 것 같은 음산한 날씨로 바뀌었네요. 흐린 날이지만 싫지가 않은 날씨. 택시는 무슨 오늘은 차 끌고 가기로 했다. 눈에 익고 익숙한 거리니 내비에 찍을 것도 없다. 바람도 쏘일 겸 거리구경하면서 '온천뜰' 에 가서 아침식사는 황태구이 정식을 한 번 더.

'천년의 숲으로 우리 꽃 보러 오세요.' 그 말의 의미는 설악산 자생식물을 한 곳에서 볼 수 있다는 얘기다. 길이 바람꽃마을길이라 이름도 예쁘다. 인위적이지 않으면서 자연과 가깝게 하려 노력한 흔적이 곳곳에 남아 있었다. 여기선 꽃구경 원 없이 하고 왔다. 한번 찾은 곳이라 길은 익숙하지만 그동안 많이 변했다. 설악산 자생식물들을 둘러보기에 최적화된 곳이란 생각은 변함없었다.

눈이 먼저 알고 반 간다. 좀 더 세련되고 걷기 알맞은 산책길이라 걷는 것만으로도 행복한데 예쁜 여름 꽃들이 피어있다. 설악산에서 자생하는 야생화를 한 곳에서 볼 수 있도록 했으니 설악산을 다녀왔으면 꼭 들러 가야 구색이 맞는다. 그 어느 날 의자에 앉아 오수를 즐기다 깜빡 잠이 들었던 곳은 물을 가두어 연못을 만들었고 습지식물원으로 변신시켰다.

놀라지 마세요. 우린 주차장에서부터 화려한 빛깔로 우리를 맞아주는 키 큰 녀석, '풍접초' 에 뿅 갔는걸요. 설악산 고산지대식물들을 심어 놓은 암석원, 야생화들을 볼 수 있는 야생화단지를 지나 흙길이 나있는 숲속탐방로에 자연산책로까지 섭렵했으니 무얼 더 바랄까 이렇게 많은 꽃들과 눈맞춤을 하며 한장 한장 그들의 모습을 담아왔으니 더 바랄 것이 없다.

샤스타데이지, 벌개미취, 참나리, 솔나리, 사철나무, 끈끈이대나물, 고추나물, 닭의장풀, 각시원추리, 청, 백도라지, 톱풀, 비비치, 무늬 비비치, 꽃며느리밥풀, 마가목, 금강초, 참싸리, 구기자, 꼬리조팝나무, 노루오줌, 배롱나무, 수레국화, 뉴기니봉선화, 노랑코스모스, 우린 실컷 즐기고 마음껏 누리다 왔다.

발해역사관과 속초시립박물관

230년 간 고구려의 옛 땅과 풍습을 소유하고 계승한 해동성국 발해의 이야기가 궁금하면 발해역사관을 들르면 된다. 〈일본서기〉에 '대조영은 고구려유민을 이끌고 요하를 건너 도망하여 〈고구려, 말갈인〉이 합세하여 천문령에서 이해고를 격파하고 비로소 동모산에 나라를 세웠다.

역사상 우리 민족이 마지막으로 만주를 지배했고 가장 방대한 영토를 가졌던 발해다. 영사실, 발해실, 고분 전시실까지 둘러보았지만 시원한 답이 없다. 우리 민족의 기상이 여기서 끝난 것을 아쉬워하기 전에 자존심을 빼앗긴 것을 부끄러워해야 하는 것 아닌가. 발해는 그렇게 잊혀져 가는 역사속의 나라는 아니지 않는가.

시립박물관에는 선사시대부터의 '청호동' 이 있었다. 고대로부터 산과 바다를 아우르는 이곳이 풍요로운 삶의 터전이었음을 말해주고 있었다. 당시 석기 공장에서 석기를 만들 정도로 사람들이 많이 살았고, 일이 분업화했음을 보여주었다. 이는 공동체의 효능을 이미 알고 있었다는 얘기도 된다.

잊힌 이 땅에 삼팔선 이북에서 내려온 피난민들에 의해 다시 살아났다. 아주 먼 옛날에 버려지고 잊힌 땅을 공동생활의 터전으로 삼았고 고향에 돌아간다는 꿈을 그들은 놓지 않았다. 집단의 힘으로 피난생활을 이겨낸 모습을 하나하나 세밀하게 묘사했다.

당시의 갯배는 단순한 교통수단 그 이상이었다. 피난민들은 갯배를 타고 시내를 오가며 생활필수품과 명태, 오징어를 나르며 원주민과 소통하며 살았다. 그걸 잊지 않기 위해 박물관에는 실향민들이 살았던 당시의 모습을 되살리는데 많은 공간을 할애했다. 실향민들의 힘든 생활을 기억하고 그들의 그리움과 땀을 딛고 일으킨 도시임을 자랑스럽게 여기며 보여주고 있어 감명 받았다.

야외박물관도 볼만했다. 프랑스식 고깔 형 건물의 속초역을 필두로 이북에 가족을 두고 온 함경도 피난민들의 공동주택을 재현하였다. 혼자서, 또 함께 공동체를 이루며 생활해야 했던 당시의 생활상을 잘 보여주었다. 보잘 것 없는 가구, 부엌 살림살이를 보면 돌아갈 날만을 기다렸을 고단한 삶을 알 것 같다.

평안도 가옥의 하나로 안채와 바깥채가 나란히 배치하여 집을 지었다 하여 쌍채집이라 불렸다는 기와집 한 채를 재현한 것이 정말 의미 있었다. 피난민들이 고향에서 살았을 모습도 떠올리게 되고, 추운 지방 사람들의 사는 모습을 조금은 추측해 볼 수 있는 볼거리의 하나다.

박물관에 가면 똑같은 실수를 범하고 있는 걸 자주 보게 된다. 그것이 많은 내용을 전달하려는 욕심에 박물관식을 벗어나지 못하고 있는 것이다. 그러나 속초박물관은 정확하고, 이해하기 쉽게 역사를 전달하는 코너를 마련했다는 점에서 성공한 박물관이라 할 만하다. 계시교육의 한계를 잘 극복했다.

제3전시실은 확실히 창의적이다. 눈 아프게 읽으려 하지 않아도 쏙쏙 들어온다. 조상들의 일상을 재현하여 아이들이 재미있게 접할 수 있도록 한 것이다. 아이들뿐 아니라 어른들까지 눈높이 박물관으로 손색이 없는 건 일단 호기심을 불러일으키는데 성공했다는 것이다. 그러다보니 코너마다 관람하는 사람들로 붐빈다. 차례상, 명절 아침 풍경뿐 아니라 “조상님 고마워요" 도 다뤘다. 지게를 져보는 체험현장에선 아빠가 더 좋아한다. 할아버지 세대가 기억하고 있는 방과 디딜방아, 절구. 모내기, 김매기 모두가 3대가 함께 사는 공동체 생활에서만 가능한 일이다. 가마놀이, 줄넘기, 제기차기, 연날리기 등 놀이문화까지 신경 썼다.

가물가물 잊혀져가는 기억을 되살려보는 건 우리 몫이요, 신기한 듯 만져보고 재미있어 하는 건 엄마아빠와 아이들 몫일 것이다.

한화호텔 & 리조트 5409호

'바다향기로' 의 가을꽃 잔치

새벽의 바다 풍경은 목가적이었다. 먼 바다에선 불빛을 밝히며 조업하는 오징어잡이 배, 앞바다에선 낚싯배들이 흔들흔들, 외옹치항으로 들어오는 어선들은 바쁘다 바빠. 그들이 맞고 여는 새벽의 어판장 모습을 그려본다.

마님 자는 모습을 흘긋 보고는 창밖으로 고개를 돌렸다. 내 배에서 꼬르륵 소리 날 때까지 수평선을 초점 없이 바라보고 있었다. 우리 마님 배고프지 않을까 그것만 걱정하면 된다. 정말 느지막이 눈 비비고 일어나 하는 첫마디가.

"지금 몇 시에요. 오늘 계획은 뭐예요?"

"뭘 하긴 그냥 쉬는 날이에요."

"아이 좋아라. 그럼 나 지금 일어나지 않아도 되네."

"맘대로 하세요."

'바다향기로' 걷기 하루는 농땡이를 치고 싶다는 마음이 들었을 것이다. 뒷짐 지고 느긋하게 걷는 것도 나쁘지 않다. 오늘의 첫 만남은 나뭇잎에 앉아 있는 여치다. 찰칵. 리조트 안길을 천천히 걷는 것도 요령이다. 벤치에 앉아 바다를 바라보며 멍 때리기 하는 것도 나쁘진 않다. 하루를 바쁘게 사는 것이 아니라 느슨하게 사는 것이다. 꼭 가야할 목적지도 없다.

그냥 발길 닿는 대로 걸으면 된다. 바다 풍경에 취한다기보단 아무 생각 없이 바라보다 오면 된다. 그냥 영혼 없는 말을 주고받을 생각이다. 그러다 배가 고프면 군것질하고 그도 없으면 굶으면 된다. 계단을 내려가면 '외옹치 바닷길' 이 나온다. 65년 만에 개방하면서 역사의 슬픈 현장을 잊지 말자며 남겨놓은 안보철책선이 보인다.

가을꽃이 고운 자태를 드러내고 날 보란 듯 피어 있다. 외옹치 해안가 바위틈새를 타고 피는 가을 들꽃의 대명사는 시리도록 푸른 바다와 잘 어울리는 쑥부쟁이다. 거기에 풀 섶에 숨어 피는 아이보리색의 까실쑥부쟁이, 베이지색의 미국쑥부쟁이, 긴 꽃대가 올라와 피는 눈개쑥부쟁이까지 거드는 데 감탄사가 절로 나온다. 들꽃이 없는 아옹치는 앙꼬 없는 찐빵이다.

노란입술의 흰노랑 민들레, 조밥나물, 금계국이 아름다움을 더 해주었다. 옅은 잉크색, 남색, 벽돌색의 화려한 나팔꽃, 고운 노랑미역취도 얼굴을 내밀었다. 이보다 큰 환대는 없다. 그리 걸었으면 시장할 만도 한데 배고픈 줄을 모르겠단다.

속초 롯데리조트 634호

속초 라마다호텔, 속초굿모닝가족호텔. 한화호텔 & 리조트 속초, 속초 롯데리조트, 속초 영랑호리조트, 속초 영금정아파트 민박

양구

양구 백자박물관 들러 월명낚시터

2016년 9월 3일(토)

해오름휴게소는 멋모르고 지나치고 말았다. 아침 해가 제일 먼저 뜨는 해산의 명물이라는데 아차! 하는 순간이었다. 2차선 도로라 차를 되돌리기도 쉽지 않았다. 오늘은 주차장에 차들이 제법 많아 둘러볼 만하겠는데 정말 아쉬웠다. 어제는 버려진 낡은 집 같아 들를 엄두를 못 냈지만 오늘은 들렀다 갈 수 있는데 하며 엄청 후회했다.

지나온 산수화터널과 1,986m길이의 해산터널은 직선터널이다 보니 출구가 입구에서 보인다. 오천터널을 지나서야 산 아래 첫 동네 '오미마을' 이 나온다. 그 마을에 내려 깨끼 하나씩 입에 물고 입술을 축였다.

양구백자박물관은 양산면에 있다. 둘러보는데 뭐 시간 잡아먹는 것도 아니던데. 차에서 내려 다리에 힘 좀 실어야겠단 생각이면 된다.

숙소에 여장을 풀고 월명낚시터로 참붕어찜 먹으러 갔다. 3시를 넘겼으니 배가 고플 때다. 손바닥만 한 떡붕어 한 마리에 참붕어 3마리를 넣어주는데 맛은 있는데 짜다. 시래기며 다른 건 집어먹기 어려울 정도다. 아내도 맛있네 하면서도 짠 맛이 아쉬웠나보다.

주인아주머니가 한보따리 안겨준 방금 찐 햇밤을 안고 싱글벙글 하다 보니 싹 잊은 것 같다. 입을 꾹 다물기로 했나. 따끈따끈한 찐 밤 한 보따리를 들고 호텔로 간 우리보다 더 행복한 사람 있으면 나와 보라고 해요. 오늘 저녁은 배터지게 먹어도 맛있게 먹을 테니 살찔 염려는 안 해도 되겠네요.

베니키아 양구KCP호텔

양구 통일관, 전쟁기념관

2016년 9월 4일(일)

오늘도 하늘이 우릴 도와줄 마음은 손톱만큼도 없는 것 같다. 잔뜩 흐린 데다 비까지 내리고 바람이 제법 차다. 여행은 어쩔 수 없이 움직여야 할 때가 있다. 오늘이 그런 날이다. 의무감 때문이다.

몸이 찌뿌듯한 건 찬 공기를 동반한 날씨 탓일 게다. 'DMZ 펀치볼 둘레길' 을 내비에 걸었다. 인터넷을 뒤져보면 해안분지와 아침의 안개가 장관이라 했고, 재수 좋으면 저수지에 내려앉은 오리도 볼 수 있단다. 그 기대감과 6.25때 한 치의 땅이라도 더 확보하려는 피아의 격전지로 많은 피를 흘린 곳이라는 선 경험과 뒤섞이고 있었다.

호텔에서 28Km만 달리면 이북이 코앞이란 얘긴데 괜찮을라나. 검문이 심할 텐데 은근히 걱정하며 그걸 즐길 생각에 들떠 있었다. 근데 초소도 초병도 보이지 않는다. 이곳 사람들은 긴장된 분위기가 아닐까하는 생각은 기우였다. 하루 종일 비가 올 날씨다.

'DMZ펀치 볼 둘레 길, 을지 전망대와 제4땅굴 문이 모두 당일 신청이라니 편리는 하다만 혹시나 하고 함께 걸을 사람을 찾아 접수대 주변을 두리번거렸지만 비가 변수였다. 발길은 양구통일관과 양구전쟁기념관 그건 건성이었다.

오던 길로 가다보면 대왕산 용늪이 1.5Km라는 이정표가 있다. 시간이 멈춘 듯 태고의 신비를 간직한 자연의 보고란다. 2주전에는 신청해야 4,500년의 역사와 만날 수 있다고 한다. 사전 예약에 입장 인원도 제한되어 있다는 걸 까맣게 몰랐다. 이럴 수가.

곰치마을을 지나서 차들이 꾸역꾸역 들어오는 행렬에 우리도 합류했다. 수육 한 접시에 막국수 한 그릇이다. 손님들이 직접 조리의 마무리를 해야 하는 곳이다. 막국수에 육수를 붓고, 식초와 겨자를 치고, 참기름과 설탕을 적당히 넣어 맛을 완성하는 것이다. 자기 입맛에 맞게 만들어 먹는 것도 재미지만 실패작일 수도 있겠다.

후곡 약수터와 광치자연휴양림

후곡약수터에 들러 철분과 탄산이 듬뿍 들었다는 약수를 자그마치 일곱 병이나 받아온 걸 보면 우리 욕심도 만만치는 않다.

광치 자연휴양림은 생태관찰로 입구까지만 부지런히 걸어도 거리가 1.75Km니까 왕복 3.5Km는 걷는 셈이다. 자연의 소리에 귀 기울이며 걷는다는 건 생각만으로도 축복이다. 그러니 어찌 웃음꽃이 피지 않겠는가. 비도 잠시 멈췄겠다. 우린 깍지 끼고 걸었다. 노래도 같이 불렀다. 레퍼토리가 바닥을 보일쯤이면 우리 저기까지 속보. 그렇게 숨을 할딱거리며 걷다 가쁜 숨을 모으고 잠시 호흡조절하고. 신선놀음하다 왔다.

"어! 나 핸드폰이 없네. 이거 어떻게 된 거지? 아휴 창피해. 여기서 기다려요. 내 짐작 가는 데가 있으니까. 얼른 다녀올 테니까."

되돌아갔다. 얼마나 바쁘게 긴장해서 걸었는지 등에 땀이 흥건하게 젖었다. 휴대폰 값보다 잃어버리면 전화번호가 날아가는 거다. 뿐인가 자주 잃어버린다는 오명도 무시할 수 없다. 소지섭 탐방로 안내표지판 밑에 얌전히 있더군요. 일 보고 가라고 나그네의 발길을 잡아 끌기에 주저주저하다 잠바주머니에 넣는다는 것이.

덕분에 더 많이 걷다 왔으니 오히려 고마워해야겠네요. 참 여유 있으면 '소지섭 탐방로' 를 쉬엄쉬엄 걸어보세요. 우린 비 때문에 중간에 포기했지만 정말 걷고 오면 오랜 추억이 될 겁니다.

양구 정중앙천문대

정중앙천문대 주차장을 내비에 찍었다. 거기서 800m 걸어 올라가면 국토의 정중앙임을 상징하는 '휘모리 탑' 이 있다. 나라사람 무궁화동산을 조성하는 과정이라 어수선하긴 해도 썰렁하단 느낌은 들지 않았다.

초입에서 138계단이 우리를 반갑게 맞아준다. 겸손한 마음으로 올라가란 뜻이겠다. 겁먹을 건 없다. 높이가 적당해서 힘들이지 않고 오를 수 있는 길인데다 푸른 숲이 주는 공기는 공짜니 맘껏 마시며 걸으면 된다. 한발 한발 내딛는 길이 그냥 산책길이 아니다. 오르고 내려오면서 여러 사람을 만났다. 그만큼 양구를 찾는 사람이면 한 번쯤 걷는다는 얘기다.

호텔로 직방이다. 저녁을 먹고 가야하는데 망설임 없이 그냥 가잔다. 어제 얻은 찐 밤에 오늘 펀치 볼에서 얻은 찐 옥수수까지. 어디 그뿐인가요. 술빵, 밤빵에 사과도 있으니 그것으로 안 되겠는가.

점심에 수육으로 든든히 배를 채운 것도 이유가 되겠다. 그리 많이 걸은 편은 아니지만 오늘 여행에서는 비라는 녀석이 심술을 부리긴 했어도 짬짬이 그쳐주어 제법 걸었다고 봐야 한다. 광치에서 어림잡아 5Km, 휘몰이 탑 왕복에 2Km. 그러니 배고플 만하다. 거기다 무거운 우산까지 들고 다녔으니까.

양구의 밤은 점점 깊어간다. 호텔 뜰을 걷는다는 약속은 까맣게 잊어먹었다. 그놈의 연속극 때문이다.

베니키아 양구KCP호텔

양구 베네치아KCP호텔

양 양

남설악 주전골

2016년 10월 4일(화)

어제 망경대를 찾은 사람들은 비 때문에 입장도 하지 못했다고 한다. 몇 숟갈 뜨는 둥 마는 둥 탐방객들을 따라 나섰다. 사람들은 한 방향으로 가고 있었다. 그들이 소란스럽게 웃으니까 우리도 무슨 일인가 기웃거리며 걸어갔다.

오늘은 우리 부부에게 좋은 추억을 안겨 줄 것만 같은 좋은 예감이 있다. 속으론 오늘도 입장불가라면 어떡하지. 그 걱정을 잠깐 안 한건 아니다. 쥐뿔도 없는 근거로 자신감을 가질 리가 있나. 남들이 챙긴 우비도 우리는 안 챙겼다. 어제 나폴리아에서 종을 세 번이나 치지 않았는가.

'주전골 자연관찰로' 는 '무장애탐방로' 로 장애인, 노약자, 임산부 등 교통약자들도 편안하고 안전하게 주전골을 둘러볼 수 있도록 '오색약수 편한 길' 이라는 예쁜 이름도 지어주었다. 비록 0.7km거리지만. 북한산순례길, 내장산 자연사랑길, 덕유산무장애탐방로, 태안해안기지포천사길, 오대산

전나무숲길과 비교할 만큼 잘 만들었다. 이렇듯 모두가 행복한 사회를 위해 좋은 아이디어 하나씩 내는 것이 대한민국 공무원의 힘이다.

천불동이 주전골 입구에 서 있는데 그 크기가 대단하다. 그래도 정상부에 올라가면 딱 한사람이 앉을 공간밖에 없다고 해서 '독좌암' . 지금은 독주암이라 부른다. 아줌마들의 유별난 반응은 성난 그것을 닮아 그런 것이 아닐까. 사진을 찍어보니 우람한 것이 더 힘 있어 보였다. 비가 와서 그 옆구리로 작은 폭포가 쏟아져 내리기에 내가 이름 지었다. 사타구니폭포.

금강문까지는 사람에 떠밀리다시피 걸었다. 부처의 지혜를 배우고자 들어가는 문이자 수호신이 지킨다고 한다. 우린 두 바위가 겹쳐진 틈새로 지나갔다. '머리조심' 한마디 안하면 내 색시가 아니다. 오면서 출렁다리를 몇 개나 건넜는지 모른다. 용소폭포까지 보고 집결 장소에 도착했다.

남설악 망경대

주전골을 지나왔으니 망경대 가는 길로 들어서기만 하면 된다. 안내소에서는 주의 사항이 많았다. 더구나 그제와 어제 내린 비로 오르고 내리는 길이 미끄러워 몹시 위태롭단다. 신발까지 겁을 주는 바람에 되돌아갈 뻔했다. 현실은 달랐다. 앞에서 가다 서다를 반복하면 우리도 보조를 맞춰주기만 하면 되었다. 뒤에서 밀고 올라올 기세면 또 걸으면 된다. 조금 옆으로 비켜주던가.

탐방객이 엄청 많다보니 인간 띠를 만들고 올라가는 것 같았다. 그렇게 힘겹게 삼거리에 도착했다. 150m만 더 가면 망경대를 볼 수 있다는 기대와 함께 빗방울이 한두 방울 떨어지기 시작했다. 눈에 비경을 담아가는 데는 전혀 문제가 되지 않았다.

낙석과 산사태가 우려돼 잠정폐쇄한 흘림골 탐방로의 대체노선이 되어버린 망경대가 금년 10월 1일로 46년 만에 개방하는 탐방로라니 어찌 감격스럽지 않겠는가. 단숨에 달려온 이유다. 주전골을 거쳐 이곳 망경대를 보고 가면 남설악의 비경을 다 본 것이나 마찬가지란 말이 있다지 않는가.

엷은 구름 속에 모습을 드러낸 망경대는 내가 본 그 어떤 자연과 비교 대상이 아니었다. 땀에 흠뻑 젖은 채 힘들게 찾은 비경이라 더 신비로웠다. 세치 혀로, 글로 이 환상의 세계를 표현한다는 것 자체가 대자연에 대한 무례다.

내려오는 길이라고 만만할 리가 없다. 빗길에 경사가 급한 흙길이었다. 하산 길부터 구름이 따라오면서 뿌린 비와 흘린 땀이 범벅이 되었어도 행복했다.

양양 막국수와 진전사

<u>2017년 6월 28일(수)</u>

배가 고프면 만사가 다 귀찮은 법. 양양의 영광정막국수집을 찾아가는 길이다. 우린 인터넷을 뒤져 찾았다. 수수하고 소박한 분위기에 더 끌린다는 이집 주인의 손맛을 느껴보려고 수육 먼저 시켰다.

아내는 수육만 집어 쏙 입에 넣으며 맛나단다. 너무 부드러워 입에서 녹는단다. 어떻게 삶은 건지 물어오면 집에 가서 해준다며 등 떠밀 기세던데 난 못 들은 척 했다. 자주 좀 사먹자. 해먹음 더 좋고.

황태무침은 내 입엔 좀 맵다. 나이 탓일 게다. 무말랭이 무침이 맛있는 이유는 그리운 추억의 맛이기 때문인 것 같다. 양배추백김치는 기어이 그릇을 비웠다. 메밀전병은 메밀튀김만두 맛이다. 깜빡하고 한 개 더 먹을까봐 세어가면서 먹었다면 이해가 될 것이다.

막국수는 한 그릇 시켜 동치미 세 국자, 겨자, 식초, 설탕을 조금씩 넣고 먹다가 다시 두 국자. 양이 많다며 덜자던 아내도 그릇바닥을 박박 긁고 있었다. 후루룩 막국수 들어가는 소리가 파도소리 같다 그랬나요. 시원하게 들려서 그랬던 것 같다.

진전사가 근처다. 도의선사 부도탑이 있다는 사찰을 법당만 휘 둘러보고 나왔다. 사찰 입구에는 부부의 금실을 상징하는 자귀나무가 꽃을 피워 곱다.

설악산 신흥사

어느새 추억이 된 어제를 잠시 떠올려 보았다. 우리가 오대산 천년숲길을 걸으며 6월의 산꽃 냄새 맡는다며 코를 벌름거리며 걸은 것도 과거가 되었다.

“아, 이거. 이 냄새가 피톤치드 그 냄새라며. 허파에도 집어넣고 피부에도 발라야겠다. 우리 웃옷 벗을까?”

숨쉬기 운동한다고 깊은 숨 들이쉬며 뱃가죽을 등짝에 붙였다 떼었다 하면서 웃지 않았는가. 지난달 너무 가물어 꽃들이 제대로 피지도 못하고 떨어진다면서 아카시아향기라도 맡겠다며 킁킁 거리던 생각이 난다.

꽃이 그리운 계절이다. 자귀나무가 꽃을 피운 걸 보고 나도 모르게 미소를 흘리고 있다. 아내는 풀꽃들만 보면 이거 무슨 꽃이지 하고 묻는데 난 정말 억울하다. 왜 꼭 기억이 가물거리거나 알듯 모르는 꽃들만 콕콕 찍어서 물어보는지. 오늘도 코를 벌름거리며 어디서 꽃냄새가 난다 풀냄샌가. 그러며 걸을 생각인데 잃어버린 꽃향기라도 돌려주었으면 좋겠다. 나비는 어쩌려고요. 안타까워서 그러지요.

설악산 육담폭포는 올라갔다 와야지 하며 거창하게 세운 계획은 날씨를 핑계 삼아 없던 일로 했다. 어제 그 좋던 하늘이 속초 앞 바다마저 비구름인지 바다안개인지는 몰라도 끝내 해가 모습을 드러내주지 않았다. 올라가 보았자 구름바다만 헤집다 내려올 것이 뻔하다. 육담폭포를 다녀온들 이력서에 올릴 것도 아니지 않는가. 비 폭탄 맞고 당황하지 말고 큰 우산이나 사들고 신흥사 뒷길이나 거닐며 자연과 놀다 오기로 했다.

변화한 모습에 깜짝 놀랐다. 기존 건물들을 철거하고 새로 단장했다. 잔치국수 팔던 가게에선 아침부터 막걸리 한잔에 시끌벅적했었는데 모두 없어지고 커피숍, 편의점, 햄버거가 들어앉았다. 실은 아침으로 잔치국수 한 그릇씩 먹고 옥수수 사들고 걸어가려고 했던 계획이 없던 걸로 되고 말았다. 우리 배고픈데.

젊은이들에겐 새로운 추억의 장소가 될 것이고, 우리 세대에겐 추억을 잃어버린 아쉬움이 있겠다. 먹을거리도 세대차가 나면 어쩔 수 없다. 경쟁력이 떨어지는 곳이 짐을 싸야 하는 것이 경제논리다.

우린 신흥사까지 걸어가서 흔들바위 방향의 솔숲 길을 30여분 더 걸어 올라가다 내려왔다. 약수 한 사발 마시는 것으로 다음을 기약하기로 했다.

양양 휴휴암

2018년 10월 3일(수)

양양에 가면 휴휴암이 있다. 쉬고 또 쉰다. 번뇌를 내려놓는다는 의미를 갖고 있는 절이다. 홍법스님이 관음보살을 친견하고 세웠다는 관음범종과 지혜관세음보살이 있다. 순금을 입힌 관음범종을 황금종이라 부르는데 국내 사찰에 있는 종으로는 가장 크고 웅장하다고 알고 있다. 그 종을 세 번 치면 업장이 소멸되고 복이 들어온단다. 요즘은 해마다 수만 마리의 황어 떼가 몰려드는데 그 광경을 보기 위해 많은 관광객이 찾는다고 한다.

5시 50분 출발. 수동서부터는 100m 앞도 안 보이는 안개바다더니, 홍천휴게소 쉼터에서는 수리바위와 뜬 메기도 안보일 정도로 안개가 낮게, 진하게 깔려있다. 차가 엉금엉금 기었다는 표현이 적절할 것 같다.

힘들게 도착해서 不二門(불이문)을 들어서니 휴휴암 묘적전의 독경소리가 맑은 소리로 들려온다. 그래서일까 바위에 포말을 일으키며 사납게 부덮치는 파도가 모래밭에 들어오면 순해지는 이유가.

아름다운 바다 풍경에 따스한 날씨에 감탄하는 것도 우리 몫이다. 그래야 더 곱게 더 예쁜 모습으로 우리 곁으로 다가오지 않을까. 어쨌건 바다의 추억을 아름답게 포장해주니 고맙죠. 달려오면서 엄청 쌀쌀한 날씨라며 옷까지 껴입으며 덜덜 떨던 기억을 한방에 날려버렸으니까.

학문을 하는 모든 이에게 학문을 통달하게 하고, 어리석은 사람에겐 지혜를 갖게 해준다는 지혜관세음보살이 동자승을 거느리고 너른 바다를 품고 있었다. 그 옆에 황금범종이 있다. 몸도 가벼워지고 머리도 맑아진다지 않는가. 누군가 황금종소리를 들려주길 기대 했지만 무심한 파도소리만 듣고 왔다.

황어 떼가 몰려오는 계절은 아니지만 그래도 연화법당 고기바위를 보고 가야한다. 관광객들의 발걸음이 조심스러워서 그런가. 손가락크기만 한 물고기가 바위 사이로 몰려다니는 것을 보면서도 엄청 좋아했는걸요.

"저기, 저기 보여요? 작은 물고기들이 몰려다니는 것 좀 봐요. 와! 신기하다. 황어 떼가 몰려다니면 정말 볼만 하겠다."

바다를 풍경삼아 차 한 잔 마실 여유쯤 부려볼 만도 하겠건만 서둘러 그 자리를 뜬 이유를 아직도 모르겠다. 금방 후회했거든요. 돌아가서 차 한 잔 마시고 갈까? 이미 나섰는데 뭘 또 들어가요. 아쉬움이 남는 아침나들이였다.

하조대

조선의 개국공신 하륜과 조준이 고려 말 이곳으로 피신해 은거했다는 곳이다. 하륜의 하, 조준의 조를 따서 '하조대'. 정자와 등대로 유명한 곳이다. 해안에 우뚝 솟은 기암절벽과 붉은 노송이 절경이기도 하지만 동해바다에 해가 둥실 떠오르는 일출은 선경이라고들 한다고 들었다.

초행인 우리는 앞사람을 따라가면 된다. 계단을 밟으면 노송이 시립해 있는 것만으로도 어깨가 으쓱해지는데 정자에선 비취색의 바다까지 보태니 정말 경치 하난 말이 필요 없다. 휘고 꺾인 소나무와 바다를 배경으로 한 컷 남기느라 자리다툼이 대단했다. 사람들이 밀려와 앉아 여유 부리며 바라보기도 쉽지 않은 곳이다. 휘– 둘러보고 사진 몇 장 찍었으면 자리를 뜨는 것도 뒷사람에 대한 양보요 배려다.

추수가 한창인 황금 들녘, 감이 주렁주렁 달려있는 마을들을 지나쳐 달려가고 있다. 오로지 실로암 막국수에 편육을 얹어 먹고 싶단 마음뿐이다. 그런데 어쩐데요. 수요일은 쉰다잖아요. 이렇게 허탈할 수가.

“인터넷에 들어가 보니까 새집으로 확장하고 나서부터는 음식 맛이 떨어진 것 같단 글이 많이 올라오던데 잘 됐네. 그냥 호텔로 갑시다. 아들 말대로 호텔가서 점심 먹는 건 어때요? 참 이맘때쯤이면 북태평양에서 3~5년 동안 자란 연어 떼가 돌아온다는 소식을 들을지 알아요. 운 좋으면 연어들의 힘찬 몸부림을 직접 볼 수도 있겠네. 남대천 한 바퀴 드라이브하고 들어갑시다.”

속상하죠. 모처럼 내 입맛에 맞췄는데. 아내의 탄수화물 안 먹기에 동참할 수밖에 없게 되었네요. 숙소에 짐을 풀고 식당에 내려와 바다가 보이는 창가에 앉았다. 난 돈가스 파스타. 아내는 스테이크 정식. 시장이 반찬이라 그런지 몰라도 생각보단 맛이 있던데요. 접시를 깔끔하게 비웠다.

오~예! 오늘 점심식사 괜찮은데. 값에 비해 이만하면 만족해야 하는 거 아닌가. 뭐 하러 해변까지 가나 가족이 많으면 몰라도, 우리처럼 달랑 부부나 세 식구정도라면 이런 호텔식사가 되레 어울리겠는데.

낙산비치호텔 310호

낙산사

2018년 10월 4일(목)

우리가 낙산사를 완전 섭렵한다면 얼마나 걸릴까? 그러며 호텔을 나섰다. 실은 한두 번이 아니다. 적어도 십여 번은 들렀을 걸요. 아주 오래 전 일이지만 해수관음보살이 있는 곳까지는 딱 한 번 가 봤고, 속초에 살 때는 주로 이른 아침에 와선 홍연암은 멀찌감치 떨어져서 물 몇 병 담곤 의상대에 올라 가슴 한 번 펴곤 설악산으로 가곤 했었다.

남해 보리암, 강화 보문사, 여수 향일암과 함께 4대 관음성지의 하나로 관세음보살님이 상주하는 성스러운 곳이라 이곳에서 기도 발원하면 관세음보살님의 가피를 잘 받는다고 해서 보살님들이 많이 찾는 곳이다. 오늘은 시간 제약도 배고플 염려도 없으니 맘먹고 여유부리며 걷다보면 저 꼭대기까지 다 걷게 되지 않을까.

오늘은 '보타 전' 에서 출발하는 것으로 계획을 세웠다. 원철스님이 전북 익산의 돌로 대좌의 앞부분 쌍룡상과 옆 사천왕상을 조각했다는 곳이다. 왼손으로 감로수병을 받쳐 들고 있으며, 오른손은 수인을 짓고 있는 모습이다. 번뇌를 깨달음으로 승화시키겠다는 마음으로 세웠다는 해수관음보살이 있다.

본전불을 모신 원통보전으로 가려면 '꿈이 이루어지는 길' 로 들어서야 한다. 이 길을 걸으면 당신의 꿈이 이루어진다는데 마다할 사람 있겠어요. 거기엔 산불로 낙산사의 모든 것이 잿더미로 변했을 때 그 화마를 이겨낸 느티나무가 한 그루 있었다. 그 나무를 베어 다시 지은 것이 동해의 일출을 맞이하는 누각이란 뜻의 번일루라고 한다.

한 쌍의 노랑나비가 사랑놀이에 흠뻑 빠졌다. 어찌나 강렬했던지 오가는 사람들의 관심을 사로잡았다. 모두들 "어머머!" 그러며 카메라에 담으려고 애를 쓰는 모습이 부러워 나도 도전했다. 그 사랑스런 모습을 담는데 성공했다는 거 아닙니까. 미물일지라도 사랑행위만은 아름답다는 걸 알게 되는 순간 왜 부끄러움은 내 몫이었을까요.

낙산사의 문루 홍예문이 있다. 세조가 낙산사에 행차한 것을 기념해 사찰 입구에 세웠다는 무지개 모양의 문이다. 당시 26개의 홍예석을 쓴 이유는 고을 수에 맞추려고 그랬다고 한다. 의상대사가 파랑새를 따라 들어갔다는 관음굴, 그 석굴 앞 바위에서 기도 중에 붉은 연꽃 위에 관음보살을 친견하고 세웠다는 홍연암도 보았다.

우린 홍연암 맞은편 바위 옆에 흐드러지게 핀 연보랏빛 해국에 정신 줄을 놓았던 것 같다. 봄, 여름을 잡초라며 버려진 듯 살았으면서도 이 가을 멋진 작품을 선물로 내놓으면서도 수줍어하는 모습이 너무 고왔다.

물 한 모금으로 마음을 씻었으면 사바세계로 나가는 게 도리겠지요. 송강 정철의 관동별곡에도 나온다는 일출 명소 의상대는 보고 가야겠네요. 끝없이 맑고 푸른 동해바다가 시원하게 트인 수평선이 매력이더이다.

낙산비치호텔 310호

양양 농가맛집 잿놀이

2019년 1월 5일(토)

소나무 숲을 한참을 가야하는 외딴곳에 식당이 있다. 잿놀이는 사대부 음식문화와 농부들이 버딩(들녘)에서 먹던 음식으로 밥상을 차렸다. 영동 지방에서 잿놀이는 새참과 같은 맥락으로 보면 된다. 농번기에 허기를 달래주고, 한편 시골집을 지키는 어르신에게 드린 밥상이란다. 하늘의 순리를 따라 살아가는 농부들의 삶이 묻어있는 아름다운 나눔의 밥상이라는데 먹어봐야지요.

아침의 쌀쌀한 기운은 따끈한 메밀 차 한 잔으로 싹 가셨다. 전통의 맛과 건강을 염려한 식단이라니 기대가 된다. 반찬으로 내놓은 오색나물 모듬(지누아리 무침, 취나물, 묵은 지 볶음, 삼나물, 명이나물)과 강원도 특산물이라는 소미역 튀김이 입에 착 감긴다. 맛이 순하고 간이 약해 깻잎장아찌도 나물 같더라니까요.

찬은 놋그릇의 화려함과 뚝배기의 수수함이 잘 어울리는 밥상이었다. 아침에 접시를 싹 비웠으면 밥상 앞에서 행복했다는 증거다. 후식으로 나온 향토 떡 인절미에 매실차. "네 뭐든지 필요하시면 더 달라 하세요" 말하시는 그 넉넉함과 후덕함이 황토집에 배여 있는 것 같았다.

오죽 맘에 들었으면 우리 색시 말씀.

"점심에 한 번 더 오면 안 될까. 된장찌개는 '알짱뚜거리' 에 끓이니까 진짜 제 맛이 나네."

양양 천선식당의 뚜거리탕

양양 뚜거리탕은 죽기 전에 꼭 먹어야할 향토별미 30에 속한다고 한다. 뚜거리는 강원도 사투리의 뚝배기다.

부추, 계란, 당면, 파, 수제비에 이 지방에서만 잡힌다는 '꾹저구' 라는 물고기를 넣고 끓인 일종의 어탕이다. 소박한 상차림에도 손님이 끊이질 않는 걸 보면 맛은 있는 모양이다. 내가 보기엔 참 요상하게 생긴 물고기다. 피부 미용, 혈압 예방에도 도움을 준다니까 웰빙식이란다. 한 그릇 뚝딱 해치우기는 쉽지 않은 나이라는 거 알고 있다.

첫술은 강한 맛이던데 두 번째 부터는 술술 넘어간다. 사람들 입맛에 따라 호불호가 갈릴 수는 있겠네요. 집사람은 이상하다면서도 잘 먹어요. 난 괜찮은데 그러며 그릇 채 들고 마셨다는 거 아닙니까. 난 순천에서 먹은 짱뚜어탕이 연상되던데. 잘못 짚었나.

양양의 남대천에서만 잡히는 물고기라니 귀한 생선이다. 무엇보다 비린내가 나지 않고 담백한 맛이다. 그래서 뚜거리탕이 유명세를 탄 모양이다. 추어탕처럼 통째로 넣어 먹기도 한다는데 우린 뚜거리 갈탕에 수제비를 넣어 끓인 것을 부탁했다.

전북 무주에서 먹은 어탕이 생각난다. 각종 민물고기 대신에 양양에서만 잡힌다는 꾹저구를 넣어 끓인 것이 다를 뿐이다. 귀한 음식이니 맛있게 먹어줘야겠다.

양양 오산리 선사유적박물관

2019년 1월 6일(일)

속초에는 먹을 것이 많다. 그렇다고 여행 중이라면서 이것저것 사먹다간 배탈 나요. 우린 속초 온 기념으로는 '만석 닭 강정' 한 상자로 만족하기로 했다. 출출할 때 먹으면 맛있거든요. 우리 집사람은 수수부꾸미를 좋아하는데 그럴 걸 그랬나. 이번엔 내가 우겨서 닭강정으로 했다.

오산리는 1981년부터 7년간 14기의 움집터와 신석기 유물 400여점이 이 세상에 모습을 드러냈고 이 쾌거를 기념으로 세운 것이 선사유적박물관이다. 양양 솔비치 리조트와 쌍호의 갈대밭이 너무 잘 어울려서 숙소를 여기다 정할 걸 그랬나 생각했다.

움집터는 6,700년 전의 것으로 사적 394호로 지정되어 있다. 오산리에서는 서해안의 빗살무늬토기, 동북지방의 납작밑바리, 남해안의 두 귀 달린 항아리 등 지역마다 특징적인 토기가 고루 출토된 것에 학자들은 주목하고 있다.

솔직히 우리에겐 탐방로를 따라 걷는 일이 더 중요했다. 언제, 어디서든 1순위로 꼽는 것이다. 우리 여행의 큰 목적이 트레킹, 산책로 걷기, 산행이걸랑요. 오늘도 탐방로를 따라 걷다보면 움집도 볼 수 있다. 규모로 보아 4~5명이 살았을 것이며 움집바닥은 진흙을 깔아 중앙에 110× 70cm 크기의 화덕을 만들어 보온취사를 했던 흔적도 보았다.

쌍호(雙湖)는 갈대군락이 바람에 따라 춤을 추고 있었다. 당시는 이곳이

호수로 고기잡이를 하며 살았던 생활터전이었을 것이다. 쌍호에서 낚시, 그물추, 긁게 등이 발견되었다는 것이 이를 증명하고 있다. 신석기인들이 수초에 그물이나 덫을 놓아 물고기를 주워 담거나, 작살이나 낚시 혹은 손으로도 물고기를 잡으며 살았다는 물증이다. 그리고 숲에선 활과 화살로 사슴, 멧돼지를 사냥하고 도토리를 채집해선 갈판과 갈돌에 갈아 토기에 담아 저장했을 것이다.

이 땅에 살던 신석기 인들이 토기를 만들고, 어로, 수렵, 채집생활을 하고, 물고기를 말려 저장식품을 만드는 모습을 생생하게 인형으로 재현해 놓아 이해가 빨랐다. 정말 재미있고 유익한 여행이었다.

양양 송이골의 송이요리

송이는 동의보감에 의하면 향기가 깊어 깊은 산속 고송의 나무 밑에서만 자생한다는 버섯이다. 온도와 습도 등 까다로운 기후 환경을 견뎌야만 볼 수 있다고 하니 버섯의 왕이라 할 만하다.

우린 평범하게 '송이 영양돌솥 밥' 을 시켰는데도 시간이 좀 걸린단다. 다음 여행 계획을 다시 되새김질하다보니 30여분은 금방이다. 솔직히 송이에 대해 듣긴 했지만 먹어본 건 오늘이 두 번째다. 이번 여행이 기회를 만들어 주었다. 양양에 까면 꼭 한번 먹어봐야 할 음식에 송이가 들어있었기 때문이다. 우리 부부는 특별한 음식보다는 균형 있는 식생활로 영양섭취에 힘쓰고 적당한 운동과 휴식을 조화시킨다면 건강하게 살 수 있지 않을까 그런 개똥철학을 갖고 살고 있다.

이런 기회 쉽게 오겠어요. 그런데 돌솥밥 한 그릇으로 만족하고 있어요. 찬도 어느 한정식 부럽지 않을 만큼 정갈했다. 푸짐하단 말은 어울리지 않는다. 생선구이(가자미, 열기, 고등어)모듬, 두부된장찌개, 도라지, 시금치나물, 콩자반, 멸치볶음, 새송이장아찌, 꼬막무침, 감자조림. 거기에 굴무침 미역무침에 이곳에서만 난다는 점박이게장인데 뭘 더 바래요. 욕심이지.

내 관심사였는데, 돌솥밥에 얇은 편 다섯 조각의 송이와 연두색 완두콩이 들어있었다. 뚜껑을 여는 순간 송이향이 콧속으로 스며들었다. 은은한 향에 과연 그랬다. 이래서들 송이, 송이 하는구나 그랬던 기억이 난다. 행복했답니다. 송이는 맛으로 먹는 것이 아니라 향을 먹는다는 말 이제 알 것 같네요.

식당은 노포답게 낡은 듯 깔끔해서 놓치기 아까운 식당이다. 그 긴 세월을 사람들에게 사랑받을 수밖에 없는 이유도 알 것 같았다.

우린 들뜨기 쉬운 바닷가보단 농촌의 차분한 분위기에 취해 힐링해 보는 것도 나쁘지 않을 거란 계산을 깔았다. 예상대로다. 커튼을 열면 야트막한 산에 밭과 오솔길이 6×3m의 화폭에 가득 담겨 있다. 우린 그런 호텔에서 몸이 개운해지도록 푹 자고 일어났더니 날이 훤히 밝았다. 도대체 몇 시간이나 잤을까.

양양 공항호텔 803호

동해안 섭국 오산횟집

2019년 1월 7일(월)

지금은 해녀들이 바다에 금을 그어놓고 입찰을 받아 '섭' 을 채취해서 몽땅 식당에 맡긴다고 하니 섭을 먹으려면 식당에 가는 수밖에 없다. 홍합과의 동해안 토종 조개인 '섭' 으로 끓인 국을 먹겠다고 식당을 찾아가는 길이다.

여름 복날이면 이곳 마을 사람들이 모여 커다란 솥에 '섭국' 을 끓여먹었다고 한다. 예전에는 바닷가에 널브러져 있는 것이 아마 홍합이었겠지요. 섭국 한 그릇에 만이천원 받는다. 입 안이 개운해서 먹을 만했다.

뚝배기에 섭과 정구지를 넣고 끓여 내었다. 덕분에 강한 맛을 중화시키는 역할도 한 것 같다. 맛은 향이 강하고 진해 곁들이 반찬이 필요 없을 정도다. 정구지를 넣어 쫄깃쫄깃하고 간간한 것이 씹히는 맛도 좋았다. 아침 해장으로 좋을 음식 같다.

난 정구지가 자꾸 이에 끼여 불편하긴 했어도 맛이 있으니 용서가 된다. 된장 고추장 간이 강한 것이 흠이라 할 수 있지만 그 맛을 쉽게 잊을 것 같진 않다.

낙산사와 실로암 메밀국수

2020년 11월 12일(목)

생각해보니 매일 늦잠 잔 게 맞다. 꿈에 언니 손잡고 뛰어 놀던 집 마당을 잊을 수 없어 그랬는지는 몰라도 세상모르고 잔다. 난 한 치 걸러 두 치라고 눈치 없이 일찌감치 눈이 떠진 덕에 수평선을 차고 솟아오르는 태양을 볼 수 있었다. 순간 호흡이 멈추는 줄 알았다. 경이롭단 말 밖에. 살아있음에 감사하며 아무 생각 없이 꼼짝 않고 바라보고만 있었던 것 같다. 아내가 눈을 뜨자 해를 보라며 너스레를 떨었지만 그때는 이미 중천.

우린 10시쯤 호텔을 나섰다. 낙산사는 우리나라 4대 관음성지로 알려진 절이다. 관음성지는 관세음보살이 상주하는 절이다.

"소원 하나는 들어준다고 하는데 작은 소원 하나 빌어보지 그래요?"

눈치 살피며 조심스럽게 너스레를 떠는 건 그럴만 한 이유가 있어서다.

'마음이 행복해진다.' 는 길로 들어섰다. 보타전, 지장전이 나온다. '설렘이 인다.' 는 335m의 길을 따라 가면 해수관음상이다. 오랜 시간을 벤치에 앉아 가장 편한 자세로 있다 왔다. 생각은 무슨. '꿈이 이루어진다.' 는 길은 빈일루와 원통보전을 보러 가는 산책로다. 누각의 기둥 중 일부는 2005년 산불에 살아남은 느티나무를 손질해서 다시 세웠다고 한다.

사찰을 지킨다는 비파, 장검, 용, 그리고 보탑과 창을 든 사천왕상이 있는 문이 있다. 부릅뜬 눈, 치켜 올린 눈썹, 크게 벌린 입, 마귀를 밟고 있는 모습이다. 그 사천왕문을 지나 2005년 양양산불로 소실되어 복원한 돌문 홍예문까지도 걸었다. 의상대사가 동굴 속으로 들어간 파랑새를 찾아가다 관음보살을 친견하였다 하여 세웠다는 홍련암부터 다녀왔다. 1965년 불전바닥의 관음굴로 파도가 밀려오는 모습을 내려다보며 마냥 신기해했던 기억을 떠올렸다. 그리곤 의상대사가 창건했다는 의상대. 바다 경치가 빼어난 곳이라 찾는 이의 발길이 끊이질 않는 곳이다. 시원한 바닷바람에 온몸을 맡기다 왔다.

늦은 점심으론 실로암이다. 우리완 인연이 먼 식당인 줄만 알았다. 수요일이 휴무다 보니 무심히 들렀다간 발길을 돌리기를 서너 번. 머리가 나빠지면 그날이 쉬는 날이다. 오늘은 확인하고 또 했다. 메뉴는 물, 비빔메밀. 수육이 전부다. 동치미와 비빔. 우린 새로운 맛을 경험했다. 오늘은 손님이 적어 남 의식하지 않고 먹을 수 있었다. 입 안이 개운하다. 단순하고 깔끔하고 군더더기 없는 양념 맛. 홀딱 반했다.

낙산의 바닷가를 하염없이 걷고 싶단 생각은 올 적마다 한다. 오늘 그 소원을 풀었다. 마스크가 바닷바람을 막아주어 나쁘지 않았다. 사람도 제법 있다. 전번에 묵었던 스위트호텔까지 천천히 걷다보니 파랑새는 내 마음속에도 들어와 있었다.

양양 낙산비치호텔 353호

남설악 주전골

2020년 11월 12일(금)

낙산비치의 조식뷔페. 코로나 걱정 없이 바다 전경에 취해가며 모처럼 여유 부릴 수 있었고 든든하게 배도 채웠다. 마음 편하게 먹는 것이 이런 거구나 알 것 같다. 코로나에 대한 불안한 마음 1도 없었다.

일부러 이른 시간을 택하기도 했지만, 무엇보다 직원의 배려와 공간 배치에 아주 만족했다. 늦장 부리며 호텔을 나섰는데도 9시다. 한시름 다 내려놓은 것 같은 기분으로 바다를 곁눈질 하며 해변을 끼고 달리다보니 오색리까지는 그리 먼 거리가 아니었다. 산속에 들어서는 순간 설악산 품에 안긴 실감이 난다. 차는 오늘 묵을 호텔에 주차하고 걸을 생각이다.

"오색약수가 저기네. 사람들이 모여 있는 곳은 가고 싶지 않은데, 자기는?"

"가긴 뭘 가요 이렇게 지나가며 보면 되었네. 그냥 가요."

"네 마님. 기억나세요? 10월 3일. 우리가 망경대 산행을 하고 온 날이잖아요. 당시의 흥분을 잊지 못해 오늘 승려로 위장한 도둑이 위조엽전을 만들었다는 주전골을 다시 찾은 거 아닙니까. 기억나시죠? 자 그럼 그 길을 천천히 걸어볼까요."

이렇게 주전골에 발을 들여놓았다. 인파에 밀려 정신없이 걷던 그 때와는 사뭇 달랐다. 오늘은 외로운 쉼표를 이 계곡에 찍고 갈 것 같다. 너무 조용하다. 우린 주전골 자연관찰로를 따라가다 오색선사(상국사)에도 들렀다. 마당에 양양 오색리 삼층석탑이 있어 절인 줄 알 정도다. 오색석에서 나오는 약수가 당뇨와 위장병에 효험이 있다고 하는데 생각뿐이었다.

우뚝 솟은 독주암은 다시 보니 치마 씨들이 그거 같다며 웃음을 흘리며 자리를 뜨지 못했던 이유를 알겠다. 달이 밝으면 선녀들이 목욕을 하고 올라갔다는 전설이 있는 선녀탕, 시루떡을 쌓아 올린 것 같다하여 붙인 시루떡바위, 소원을 빌면 들어준다는 금강문. 똬리 튼 모습이 승천할 시기를 놓쳐 용이 되지 못한 이무기 같다는 용소폭포.

터벅터벅 걷다보면 3.2km는 금방이다. 눈에 익은 용소폭포 탐방지원센터가 보인다. 망경대 가는 길이 열려있다. 오늘은 남설악 늦가을 계절을 만끽하며 제대로 경치에 젖은 것 같다만 망경대는 망설여진다. 함께 걸을 탐방객이 보이질 않는데다 날씨까지 구질구질하다. 바람이 섞여 음산하게 느껴진다. 비도 간간히 뿌릴 것 같은 음산한 날씨다.

붙잡고 놓지 않으려고 버티는 가을이란 녀석과 겨울잠에 들어가 편안하게 쉬고 싶은 겨울이 공존하는 숲이었다. 오늘은 사람 물결에 떠밀려 걷던 그날과 달리 둘이 손잡고 오순도순 얘기하며 걸어 넉넉한 마음이었다. 가을향기가 남아 있는 남설악의 정취에 흠뻑 취하다 왔다. 내일은 집에 가야 하는 날.

오색그린야드호텔 306호

양양 공항호텔, 양양 오색그린야드호텔, 양양 낙산비치호텔

영 월

돌개구멍과 마애불이 있는 요선정

2021년 12월 7일(화)

"오미크론이 극성을 부릴 징조라는데 괜찮겠어요?"

"3차 백신접종까지 마쳤는데 우리까지 움츠리고 있으면 어떠케요. 그러니 자기야! 우리 핑하니 다녀옵시다. 코로나에 발목 잡혀 아무것도 못하고 방구들 신세를 면치 못하는 것보다야 백번 낫지 뭐. 안 그래요?"

오미크론이 어느 목사 부부에 의해 이 땅에 상륙했단 소식과, 하루 5천명의 새로운 환자가 발생할 수도 있다는 소식에 집을 나서는 것이 쉽지는 않았다. 이번 여행은 종착역을 향해 힘겹게 달려온 완행열차 같다. 처음에는 아내에게 소중한 추억거리라도 남기고 떠나는 것이 도리일 것 같아 시작한 여행이었다. 속으로 많이 울며 다녔다. 그러던 것이 언제부턴가 욕심이 생겼고 여행이 방학숙제 하듯 되었다.

오늘은 6시 40분. 차도를 꽉 메운 차량들이 어디론가 바쁘게 달려가고 있었다. 구름을 이고 달리지만 바람 한 점 없는 겨울속의 봄날 같다 보니 시동이 빨리 걸린다.

영월군 무릉리, 계곡길을 산책하듯 걷다보면 강바닥의 화강암의 부스러기 돌들이 이정표 역할을 해주었다. 주천강의 빠른 물살에 바위 위로 올라온 작은 돌들이 소용돌이치면서 움푹 페인 모습으로 깎인 모습이 커피포트를 닮아 포트홀(돌개구멍)이라 불린다는 바위들을 만나러 가는 길이다.

바위들 앞에서 엉거주춤하고 서있는 우리를 위해 먼저 온 손님이 기꺼이 손을 내밀어주었다. 그 순간 발아래 펼쳐진 신기한 광경에 미처 고맙단 말도 못하고 얼어붙었다. 내 눈엔 바위에 옴폭 패인 모습이 영락없는 절구(돌확)였다.

준비된 여행이었으니 망정이지 아무것도 모르고 왔더라면 그런 풍경에 많이 당황했을 것이다. 신비롭기까지 한 돌개구멍이란 녀석들이 여기저기서 얼굴을 내민 모습이 신기하기만 했다. 전처럼 좋아라. 껑충껑충 뛰어다니지 못하는 것은 무릎이 세월을 먹은 탓이다.

지루하다 싶으면 미륵암 뒤 숲속 오솔길을 찾아가면 된다. 내 무릎으로도 능히 감당할 수 있는 길이다. 88계단을 오르면 마애불과 신선을 맞이하는 곳이란 요선정이 보인다. 영조 임금이 당시 강원감사였던 임질에게 글을 내려 '청허루' 에 봉안했다는 기록물, 청허루가 세월을 이기지 못해 무너지자 숙종, 정조 등 세 임금의 친필까지 봉안하게 되었다는 요선정이다.

통일신라 때에 이곳 암자에서 장효대사가 천여 개의 사리를 남기고 열반한 이유인진 모르겠으나 고려시대에 와서 불심이 깊은 사람이 바위에 '마애불 좌상' 을 음각하고 황석탑을 세웠을 것으로 추정하고 있다.

상상했던 그 이상의 광경에 심쿵했던 행복감은 지금도 잊지 못하고 있다. 우리가 코로나에 방구들장을 지키고 있는 것보단 여행하며 행복한 추억을 차곡차곡 쌓아 두는 쪽을 택한 이유다.

영월 장릉

영월뿐 아니라 김포, 파주에도 장릉이 있다고 한다. 그중 오늘은 단종의 영월 장릉을 둘러볼 생각이다. 조선 제 6대 단종은 12세 나이에 왕위에 올랐으나 숙부 수양대군(세조)에게 선위하고 상왕으로 물러난다. 이듬해 성삼문, 박팽년 등 사육신의 단종 복위 운동이 실패로 돌아가자 노산군으로 강등되어 영월 청룡포로 유배된다. 객사인 관풍헌으로 거처를 옮긴 후 1457년 17세 나이로 사약을 받았다. 1698년에 와서야 묘호를 단종, 능호를 장릉이라 했다고 한다.

오전에 돌개구멍을 다녀오느라 때를 놓쳤다. 그러니 보리밥 집부터 찾아가는 것이 순서다. 어느 핸가. 보리밥을 맛나게 먹고는 깜빡하고 돈 내는 것을 잊고 온 기억이 또 떠올랐다. 변명을 하자면 이랬다. 양평 쯤 왔을까. 설마 밥값도 지불 안하고 왔을라고, 와 그럴 수도 있겠다는 의견이 갈린 일이다.

"그럼 돈을 안 내고 올 수도 있었다는 얘기네. 누가 밥값 냈는데. 난 아닌데. 내가 냈냐? 그런가. 기억이 없는데. 왜 이러지. 설마?"

기억이 가물가물한데 영월 주변을 지나가기만 해도 떠오르니 괴이한 일이다. 뭉갤 생각은 눈곱만큼도 없으면서도 이야기꺼리 하나쯤 주은 것으로 착각하고 있는 건 아닌지 모르죠. 어쨌든 오늘도 익숙한 보리밥에 변함없는 분위기 덕에 맛나게 먹고 간다.

장릉의 단종역사관은 단종의 생애와 사육신의 충절을 기리기 위해 세웠다고 한다. 코로나가 불러온 신 풍경으로 백신패스가 있어야 발열체크하고 들어갈 수 있다. 1층 전시실은 단종의 세자 즉위서부터 복권되기까지의 일대기를. 지하 1층은 단종태실에 관한 것, 단종 유배길, 3살 때부터 왕세자 교육을 받았다는 단종의 일상을 소개했다. 유배길 체험 프로그램은 물론 정순왕후 선발대회, 단종문화제, 국장재현 등 행사와 칡 줄다리기, 능말 도깨비놀이 등을 소개하고 있어 지루한 줄 몰랐다.

장릉에는 영월군수로 부임하자 능을 봉축하고 제문까지 지어 치제한 공을 높이 사 '박춘원 낙촌비' 와 삼족을 멸한다는 어명에도 아랑곳 하지 않고 단종의 시신을 수습한 선비 '엄흥도 정려각' 이 눈길을 끌었다.

우린 계단이 많아 능에 오르는 건 포기했지만 '솔 숲길' 은 놓칠 순 없었다. 숲은 자동차와 새소리가 적당히 섞여 개울물 소리까지 외롭지 않게 하는 매력이 있었다. 잘 가꾼 소나무가 숲을 이루었으니 여유 부리며 걸어도 지루하지 않을 만큼 넉넉한 품을 가지고 있었다. 우린 심호흡까지 해가며 걸었다. 무릎도 오늘따라 핑계거리가 되지 못했다. 평지에선 펄펄 나니 그럴 밖에.

무릎을 긍정적으로 받아들여야 새로운 여행 스타일에 빨리 적응하지 않을까. 세월이기는 장사 있답니까.

영월 청룡포 단종대왕 유배지

청룡포는 조선 제6대 단종이 유배된 곳이다. 역사적인 현장을 찾는 의미도 있지만 휘돌아가는 남한강을 배를 타고 건너면 울창한 송림이 있어 "아름다운 숲길" 로 입소문이 난 곳이기도 하다. 소나무숲길은 겨울에도 가족 단위의 탐방객을 끌어 모으는데 큰 힘이 된다고 한다. 우린 부담 없이 솔 향에 취하다 배를 탈 생각이다.

경험에 의하면 청룡포에 가서 소나무 숲길부터 걸으면 자연이 벗이 되어 준다. 시간이 남으면 역사의 현장을 둘러볼 생각이다. 정순왕후를 생각하며 어린 단종이 직접 돌을 쌓았다는 '망향탑' 과 전망대를 고집하지 않는다면 여유가 있다. 배에서 내려 자갈밭을 걸을 땐 뒷짐까지 지며 함께 배를 탄 일행들을 먼저 보냈다. 코로나 때문에 낯선 사람과 섞이고 싶지 않으려는 마음 때문이다.

예상대로 누구나 쉽게 전망대까지 올라갈 수 있도록 계단을 만들었고, 일행은 모두 망향탑과 육육봉 전망대로 올라갔다. 덕분에 우린 청룡포의 숲길 따라 심호흡을 해가며 편안하게 걸을 수 있었다. 단종의 비참한 모습을 보았다고 해서 관음송(觀音송)이라 불린다는 600년의 수령을 자랑하는 소나무를 올려다보며 많이 달라진 청룡포의 모습을 실감하기도 했다.

단종이 귀양살이 했던 집으로 알고 있던 초가집은 오늘은 궁녀와 관노가 기거하던 행랑채로 바뀌었고, '단종유지비각' 을 근거로 지었다는 '단종오소' 는 기와집으로 재현했다. 대청마루도 있는 제법 너른 집이었다. 단종이 고을 선비들의 문안 인사를 받는 모습을 밀랍인형으로 재현해 의미 있게 보았다.

영월 서부시장에는 입소문난 '만두가' 라는 만두집이 있다. 물론 저녁한 끼 먹겠다고 가슴 졸여가며 식당을 찾을 생각은 없으니 포장하면 만사끝 아닌가. 코로나 때문에 요즘은 포장이 대세라면서요. 그러고 보니 우리도 여행 중에는 거리두기가 시행 되고서 부턴 저녁에 식당 출입은 엄청 자제 하고 있다. 7957보

영월 호텔 어라연 403호

영월 보덕사

<u>2021년 12월 8일(수)</u>

"어머! 이 안개 좀 봐요. 아무것도 안보이네. 이런 날은 특히 객지에선 운전을 조심해서 나쁠 건 없지. 서둘 것 없네요. 준비하고 있다가 좀 나아지면 우리 바로 출발합시다."

영월읍내는 새벽안개가 자욱했다. 지근거리에 있는 가까운 도로는 물론 건물까지 집어 삼킬 정도로 기세가 등등했다. 그만큼 어제 날씨가 포근했다는 증거다. 8시. 시야가 확보되자 호텔을 나섰다. 더는 미룰 수가 없는 사정은 아침 먹고는 보덕사를 둘러봐야 하고, 이성산성까지 2시간 넘게 달려가야 하기 때문이다.

다슬기향촌 '성호식당' 에 들렀다. 그날 준비한 재료가 떨어지면 문을 닫는다는 곳이다. 빈혈과 숙취해소에 으뜸이라는 다슬기(올갱이)는 괴강, 남한강, 금강 등 1급수에서만 채취한다고 한다. 지방마다 이름도 다르다. 충

청도에선 올뱅이, 전라도는 대사리. 경상도는 고디, 강원도는 꼴부리로 부른다는 다슬기 탕 한 그릇 먹으러 왔다.

간소한 상차림. 고들빼기와 냉이나물이 입에 맞는다. 다슬기 해장국은 된장 베이스가 아니라 얼갈이배추와 부추를 기본 베이스로 한 맑은 장국이었다. 담백해서 시원하게 느껴지는 맛이라며 아내가 더 좋아한다. 버스 대절 손님들이 들어서자 조용하던 식당 안은 시끌벅적하였다. 우리의 숟가락질이 빨라졌다.

오는 길에 계기판에서 오른쪽 뒷바퀴에 바람이 빠졌단 신호를 감지했다. 보험회사에서 아침 먹고 있는 사이에 깔끔하게 처리해주었다. 네 바퀴가 다 조금씩 바람이 부족해 채워 넣었다고도 한다. 차가워진 날씨 탓이다. 알아서 해주니 고맙지요.

보덕사의 첫 인상은 탁 트인 절 마당. 가슴이 뻥 뚫리는 느낌이었다. 월정사의 말사로 신라 신문왕 때 '의상대사' 가 창건하고 절 이름을 '지덕사' 라 했고, 단종이 영월로 유배되면서 '노릅사' . 영조 때에 이 절에 단종을 기리는 법당이 들어서면서 '보덕사' 란 사찰 이름을 받을 만큼 단종의 애환이 담긴 사찰이다.

보덕사의 볼거리는 해우소와 절 마당에 떡하니 버티고 서 있는 3그루의 향나무다. 그리고 일주문 안에 서 있는 600년의 수령을 자랑한다는 노거수 느티나무와 세심다원이 아닐까.

해우소는 1882년, 전통적인 사찰 건축양식에 따라 지었고, 130년간 원형을 잘 유지하고 있다고 하니 희소가치가 있는 조선후기 건축물이다. 푸세식으로 앞뒤 12개가 있던데 일 보겠다고 들어간 마님은 고개를 절레절레 흔들며 뛰쳐나오다시피 했다. 구멍을 들여다보니 무섭기도 하고, 쪼그려 앉았다간 다시 일어나지 못하고 주저앉을 것만 같아 겁이 덜컥 나더란다. 허긴 난 앉아 볼일 볼 엄두도 못 냈으니까. 유추해보면 옛날 어른들이 요강을 방에 들인 이유가 여기에 있었네.

극락1교를 건너면 '태백산 보덕사' 라 쓴 일주문이 나온다. 우측엔 5층

석탑과 세심다원. 복 많은 아이들이 다니는 보덕유치원도 보인다. 탁 트인 길 따라 가면 천왕문. 그 문을 들어서면 신성한 절 마당에 아담한 크기의 '극락보존' 과 '산신각' 이다.

어제 계획에는 장릉을 둘러보고 보덕사와 능말도시 숲을 세트로 둘러보는 반나절 오후 일정을 소화할 예정이었다. 그런데 허둥대며 청룡포로 달려간 이유는 뭣 때문이었을까. 알다가도 모를 일이다. 귀신에 홀렸나.

영월 영월 호텔 어라연

인 제

인제 짜박두부

2016년 9월 5일(월)

늘그막에 여행이나 다니며 살겠다던 많은 은퇴족들이 결국 망설이고 주저하다 콧바람 몇 번 쐰 것을 입술에 자랑으로 얹고 사는 사람들이 있다. 여행은 친구나 이웃이 권해 따라나서다가 시작하는 경우도 있다.

요즘은 행선지만 살피고는 관광버스나 기차를 타는 패키지여행이 대세다. 이런 여행은 신경을 꺼도 되니 편하다는 장점이 있다. 전화로 예약만하고 시간에 맞춰 서울, 잠실역으로 나가면 된다. 돈 좀 있으면 공항으로 가기도 한다.

우리는 인터넷을 이용해 정보를 얻고 계획을 짜고 숙소도 예약한다. 내 차로 이동하는 방법을 쓰다 보니 여행사만큼 정보도 부족하다. 동선이 어중간 하거나, 그날 컨디션에 따라 여행지가 자주 바뀌는 재미도 있다.

오늘처럼 밥 한 끼 먹으려고 수십 리를 달려왔는데 허탕 쳤을 때의 허망함도 쿨 하게 받아들일 수 있어야 한다. 힘들게 찾아가 얻은 맛있는 한 끼가 주는 행복. 그래서 여행 중에는 끼니를 때우는 일은 하고 싶지 않다. 맛있는 한 끼가 주는 만족. 그건 여행의 기쁨이요, 행복이다. 몸이 고달픈

만큼 입이 행복하고 마음이 넉넉해진다는 진리를 경험으로 터득하며 다음에도 그 길만은 놓지 않을 생각으로 식도락여행을 옆구리에 끼고 다닌다.

인제로 들어서고 있다. 집에서 인제읍까지 28Km면 생각보다 가까운 거리다. 배꼽시계에 맞춰 도착하려고 호텔에서 시간 끌기를 했다. 그렇게 3시 반에 갔는데 재료가 다 떨어져서 오늘 장사는 끝났다니 이런 낭패가 있나. 소문난 집은 이런 시골에 있어도 꾸역꾸역 손님들이 알아서 찾아오는 걸 보면 신기하다.

대안으로 찾아간 집은 막국수. 이집 음식도 만만치 않은데. 메뉴가 딱 한 가지라 시킬 것도 없다. 수육 한 접시만 추가하면 된다. 곁들이 음식인 백김치가 신의 한 수였다.

내일 아침에는 오픈이 11시라니까 최소한 10시 반까지는 도착해서 줄 서서 먹을 각오를 하고 있다. 밥그릇을 싹 비울만큼 맛깔스럽다고 해야 하나. 두부가 두부 맛이지. 폄하 할런지는 몰라도. 귀가 길은 짜박두부를 대화의 올리기만 했는데도 행복했다. 말로 다 표현 못하겠다.

하늘내린호텔(굿스테이)

인제 백담계곡 따라 봉정암 가는 길

2016년 9월 18일(일)

새벽이지만 해 뜨는 방향으로 달리면 눈이 부신다. 여명이 터주는 길을 달린다는 건 그만큼 바쁘고, 젊게 산다는 것이다. 파노라마처럼 흘러가는 자연의 설치 미술을 보고 있다. 구름이란 예술가가 바람이란 붓으로 파란 캠퍼스에 하얀 물감을 뿌리고 있다. 어쩌면 가을 냄새도 그리고 있을지 모른다. 백담사에 다 와 가니 물감통을 하늘에 쏟았나. 빗방울이 두두 두둑 차의 천장을 두드리는 소리다.

"색시야! 이거 빗방울 소리잖아. 첫날부터 이러면 안 되는데. 산봉우리

타고 저 구름들이 몰려가는 거 봐요. 그게 다 어디 가겠어요. 비 만들러 가겠지."

하늘의 변덕이 죽 끓듯 한다. 몇 분 사이로 비를 뿌렸다 그쳤다. 해님은 얼굴을 내밀었다 구름 뒤에 숨었다 하고 우리가 챙겨간 우산은 결국 짐이 되었다.

백담마을 버스를 타고 용대리에서 백담사까지 약 8Km를 가는데 그 좁은 길에서도 3번이나 마주 오는 버스와 마주친다. 서로 신호를 해가며 중간에 교차할 수 있는 공간에서 기다리고 비킨다. 일괄해서 편도 2,300원이면 좀 비싸다. 우린 경론데. 좁고 험한 길을 심하게 몬다 싶은데도 겁들이 없다. 우리는 좋아 죽는다.

백담사로 바로 가지 않고 봉정암 가는 길로 들어섰다. 먼저 푸름의 매력에 푹 빠지다 올 생각이다. 혹시 알아요. 설악의 산양이라도 만날는지. 재수 좋으면 하늘다람쥐도 볼 수 있겠다. 그지. 까막딱따구리가 나무 찍는 소릴 들려만 준다면야 대박이죠. 곰과 마주치는 건 생각 안 해봤는데요. 그건 나쁜 생각이잖아요. 안 만나겠죠. 우린 지금 금강산과 겨루어도 결코 미모가 빠지지 않을 거라는 설악산 백담계곡을 걷고 있습니다. 왜 이러셔.

유네스코생물권 보존지역이다 보니 "공원에 들어갈 땐 신발을 털고 가세요." 생태계 교란종이 유입되지 않기 위해 잘하는 일이다. 귀찮단 생각 안 했다. 우린 그렇게 탐방로 끄트머리에 점 하나 찍고 돌아섰다.

설악산 자락 한 귀퉁이 바위에 앉아 숨만 쉬어도 느낄 수 있는 곳을, 화강암을 바닥에 평상처럼 깔아놓은 계곡에 탄성을 자아낼 만큼 아름다운 바위를 맑은 물로 씻고 또 씻는다. 그러니 물고기들의 조용한 몸놀림을 보고만 있는데도 미소를 지을 수밖에. 우린 조약돌 같은 바위와 시리도록 맑은 물, 시원한 물소리, 바람소리에 코를 벌름거리다 왔음 된 거 아닌가요. 수십 폭의 산수화가 파노라마처럼 지나가는 것도 성이 안차 그 속에 퐁당 빠지다 왔다.

숲을 시간 반 걸었는데도 천상에서 노닐다 온 기분이다. 훨씬 더 건강해져 돌아가는 기분이었다.

인제 원대리 자작나무숲

2016년 9월 19일(월)

능선을 타고 굴뚝 연기가 산봉우리를 향해 달음박질하는 것이 보인다. 목적지가 가까워지면서 비 냄새까지 흘리더니, 숲에 들자 맴이 변했나. 하늘을 조금 열어주었다. 아침부터 날씨가 오두방정을 떤다.

그러거나 말거나 비만 오지 말게. 코스모스도 계절을 못 이기고 옅은 녹색으로 저고리를 갈아입었는데 저고리 소매에 연분홍으로 마감 질하니 청순한 모습이 돋보였다. 구름면사포를 썼으니 여리고 여린 몸매의 가을꽃으로 제격이다.

자작나무 숲에 들어섰을 때의 그 기분은 전혀 달랐다. 와–! 하는 탄성이 저절로 나온 이유는 덜 성숙한 여인들이 면사포를 쓰고 운동장에 모여 장난치고 있는 모습이 풋풋해 보였기 때문이다.

기름이 많아 탈 때 자작자작 소리를 내며 탄다 해서 붙여진 이름이다. 겉모습이 뽀얗다 못해 점박이 물범 같은 피부에 편지를 써서 보내면 사랑이 이뤄진다는 전설 같은 사연이 아니더라도 숲을 걷는 것만으로도 사랑하는 누군가에게 사연을 적어 보내고 싶은 분위기였다.

느린 걸음으로 뒷짐 지고 산책하듯 걸어야 제 맛이라지만 그리 만만한 거리라 볼 수는 없다. 임도를 걸어야하는 2.7 Km는 쉬엄쉬엄 걸어야 지루하지 않게 갈 수 있다. 1,2,3코스를 다 돌아보면 3.5Km라지만 숲을 보호하기 위해 오늘은 3코스만 개방한다고 한다.

푹신한 흙길과 바위가 섞여 있는 탐방 길에 가을꽃들이 수줍게 피어있어 지루할 틈을 주지 않아 걸을 만했다. 또 있다. 걷다 보면 삼나무 숲도 보고, 잡목 속에 몸을 숨기고 모습을 드러내길 부끄러워하는 적송들과도 눈인사를 나눠야한다. 그리 올라가다보면 어느 순간 와-! 하는 탄성이 저절로 나온다. 깔끔한 교복을 입은 여학생들이 와르르 달려 나오는 환상에 젖게 된다. 나 BTS도 아닌데.

멋지다. 발랄하다. 곱기만 하구먼. 여기 좀 보세요. 포즈 취하고, 증명사진 찍느라 한동안 정신 줄 놓았다. 여학교 운동장에 들어간 고등학생처럼 설랬다. 고교 시절로 되돌려준 그 감동의 순간을 어찌 잊는단 말인가!

인제 합강정

합강정은 잠시면 된다. 차를 갓길에 세우고 계단을 걸어 올라가는 것이 최선인 줄 알았다. 오른손을 가슴에 얹은 석상을 비각에 가두었다. 강원도는 어딜 가나 경치가 끝내주는데 리프팅시설과 휴게소가 있는 놀이시설로 표기하는 것이 더 낫지 않을까.

"방태산에서 내려오는 내린천, 설악산에서 흘러오는 인복천. 이 두 물줄기가 홍진포의 용소에서 합류해서 이곳으로 흐른다 하여 합강. 시골 양반들이 맨땅에 앉아 술잔을 기우릴 수는 없는 일이니 여기다 정자 한 채 지어놓고 술잔을 기우리다보면 취흥에 젖어 시 한 수 읊을 테고. 정자만 보면 술판 벌리기 딱 좋은 곳이네. 난 왜 그런 생각만 할까.

약보다는 밥 잘 먹는 것이 낫고, 걷는 것은 더 낫다. 약보(藥補), 식보(食補), 행보(行補). 그래요. 우린 걸을 만큼 걸었으니 이제 맛난 거 먹으로 가면 되겠네. 땀을 뻘뻘 흘리면서도 젓가락을 놓을 수 없는 그 매력에 빠질 수밖에 없는 두부집이다. 인제 짜박 두부를 또 먹으러 간다.

인제 자작나무숲

2017년 6월 29일(목)

우리 모임 '은서회' 의 1박 2일 여행 첫날이다. 어제 산 자두에 한 가지 더 얹었다. 여전히 그 모습 그대로 맞아주는 청초호에서 물안개가 피어오르는 모습을 바라보며 촉촉이 젖어드는 추억을 빠개고 있었다. 가마우지가 호수 나무기둥 위에 앉아 있는 모습은 평화로워 보인다.

20분 참 짧다. 9시 반에 맞춰 오늘의 첫 작품인 '만석 닭 강정' 을 받아들었다. 이런 의미 있는 행사에 곁가지처럼이라도 참여해 보긴 처음이라 우리 색시가 잘 적응할지 걱정이다. 이 모임에 무리 없이 참여하겠다는 긍정적 대답을 들었다.

홍천에서 출발한 샘물과 캔디님이 먼저 도착해서는 여유부리며 더위를 식히고 있다. 서울에서 출발한 돌쇠님을 비롯해서 지산님, 슬기님, 재주꾼 언덕님까지 본진이 도착하자 이내 점심. 내가 오늘 입맛이 없었나보다. 맛이 없으면 젓가락이 먼저 반응을 한다. 쌈밥을 시켰는데 민망해서 혼났다.

모두가 초행길이라니 내가 앞장섰다. 샘물님이 몸이 좀 불편하다니 자작나무숲 3번 입구까지가 2.9km. 거기서 숲길로 0.9km. 더 걸어가야 하니 페이스 조절이 필요하다.

해를 넘겼는데도 드레스를 입은 신부의 모습은 그대로였다. 일행은 신비의 자작나무숲이 연출한 장엄한 분위기에 입을 다물지 못한다. 엄지척도 좋지만 인증사진부터 찍는 게 먼저다. 일행은 조금만 더 올라가 보겠다더니 깜깜 무소식이다. 샘물님과 우리 둘을 남겨둔 걸 알면서도 그 경치에 취하다보면 능선을 탈 수 밖에 없었을 것이다.

방태산으로 달려간 시간이 4시 반. 나의 복지카드로 30% 할인 혜택을 받았다. 여기까지가 내 몫이다. 일행이 할머니 두부집으로 들어가는 걸 보고 우리 부부는 호텔로 달려갈 수밖에 없었다.

남아서 같이 떠들며 놀다 가고 싶지만 숙소도 낯선 시골길인 데다 밤늦은 시간에 운전하는데 어려움이 많을 것 같아 서둘러 자리를 떴는데 모양새가 좀 안 좋았나.

인제스피디움호텔

방태산자연휴양림

2017년 6월 30일(금)

어제는 고운 자태의 자작나무숲에서 놀며 전설의 주인공이 된 것이 부족했는지, 오늘은 방태산휴양림의 공기를 몽땅 집어삼킬 기세다. 먼 훗날까지도 내일의 태양은 우리 회원님들임을 확인했다. 그들은 산 다람쥐였다.

우리에게 오늘만큼 소중한 날이 또 올까. 내일은 와 봐야 아는 먼 훗날의 이야기고, 어제는 어느새 기억 속에 가물거리는 추억이 된지 오래다. 오늘은 내 남은 인생에서 가장 활기찬 날이라 그런가. 6시에 눈이 떠졌다. 어제 회원들을 휴양림에 두고 온 것이 마음에 걸렸다. 눈뜨기 무섭게 해장국이라도 사들고 가려고 마음은 이미 조바심 났다. 먹을 것이 넘쳐난다며 사양하니 입 적선이라도 해야 직성이 풀릴 것 같다. 어제 언덕님이 준비한 연수가 유익했는지 다들 의욕이 넘쳤다. 어째 우리가 손해 본 느낌이다.

"인간의 행복은 어디서 오는가? 행복한 사람은 공연, 여행 같은 경험을 사기 위한 지출이 많고, 불행한 이들은 옷이나 물건 같은 물질구매를 많이 한다. 레바논 속담에 '사람이 없다면 천국조차도 갈 곳이 못된다.' "

우리와 일본이 높은 경제 수준에 비해 행복도가 낮은 이유는 남을 의식하는 문화 때문이라고 한다. 행복도를 놓이려면 삶의 주인이 나여야 한다는 것이다. 다른 사람을 지나치게 신경 쓰지 마라. 일상에서 긍정적인 정서(기쁨)를 남보다 자주 경험하라. 가진 것에 만족할 줄 알아라. 기쁨의 강도가 아니라 빈도가 행복을 좌우한다. 끝으로 행복은 아이스크림 같은 것이라 항상 관리해야 한다고 일침을 놓았다.

적당한 공복감, 스트레스, 운동으로 건강 백수도 너끈하다고 결론을 냈겠지. 어제의 함성이 들리는 것 같다. 은서회 파이팅!

아침은 볶음밥에 더덕구이. 캔디님의 겉절이, 어제 저녁 먹다 남은 닭 강정까지 보태니 진수성찬이었다. 특히 송로버섯라면이 목구멍으로 술술 넘어간다.

이어진 방태산 산행. 지산, 슬기, 언덕님은 방태산 완주. 5명은 산책로 1.4km를 걷는 것으로 가름하기로 했다. 캔디님과 샘물님 그리고 부채도사 돌쇠는 홍천 캔디님 댁으로 떠나고 우린 1.5km를 더 걸으면서 이단폭포도 보고 그랬지만 정상에 도전하는 친구들만 할까. 산행길이 생각보다 어려웠나 본데 무탈하게 하산 했다니 고맙다.

인제 스피디움호텔

천상의 화원 곰배령에 발을 담그다.

2019년 6월 19일(수)

사는 게 뭔 재미가 있어야지" 그런 생각이 들 때면 가끔 젊은 시절의 꿈을 떠올리며 사는 거다. 아등바등 먹고살기 바빠 꿈이란 사치였다. 당시는 가슴 한 구석에 묻어두는 것이 당연시 여겼던 시절이었다. 형편과 여유가 없어 꿈조차 꿀 수 없었던 고단한 삶을 살아온 당시는 가족이 배부르고 등 따뜻한 것이 꿈이었다.

대신 중년 같은 노년을 선물로 받지 않았는가. 아등바등 살다보니 취미가 사치였나 보다. 무취미가 취미가 되었다. 멋진 노후는 주어졌으나 그 선물을 쓸 방법이 없어 방황하기도 했다. 그리움을 끄집어내어 먼지 털 용기만 있으면 된다는 걸 알게 된지는 얼마 안 된다. 다시 창고에 처박아두느냐, 용처를 찾아보느냐의 갈림길에서였다. 삶을 즐기는 방법에 중년과 우리 세대가 달라야 하는 이유는 그리움이란 시간개념이었다.

중년과 장년은 먹고살기 바쁘고, 우린 가진 것이 시간뿐인 사람들이다. 그 시간을 어찌 활용하느냐에 따라 노후의 삶의 질이 달라진다. 방법은 각자 다르지만 목적은 하나다. 노후를 어떻게 보내느냐다. 노인은 길바닥에서 주운 행운이 아니라 세월이 가져다준 소중한 선물이다. 그 선물을 어찌 쓰느냐는 내가 하기에 달렸다.

이 말을 신앙처럼 따르는 한 노인이 오늘도 아내의 손을 꼭 잡고 길 떠날 차비를 마쳤습니다. 짧은 일정이지만 긴 고민과 수고로움으로 얻어진 선물이니 소중하게 쓸 생각입니다.

오늘은 하지를 혀끝에 달고 있는 6월의 녹음 짙은 여름이다. 새벽안개가 골짜기를 타고 능선을 감싸 않은 모습이 참 평화롭다. 계곡물처럼 거친 모습을 보일 때는 걱정되다가도 산허리를 휘감고 도는 목가적인 풍경으로 변하면 환호성을 지른다. 쉬어갈 마음이야 굴뚝같지만 눈길만 주고 내빼듯 달려야 한다.

계곡이나 어느 산자락에 무심하게 피어있을 들꽃을 찾아 그들과 눈 맞춤하는 여행이다. 연둣빛 계절에는 봄꽃이 보고 싶다며 들꽃의 천국이라는 태백산 정상까지 올라갔었다. 우리 부부는 그리 걷고, 눈길 주고도 모자라 핸드폰갤러리의 한자리를 비워두었다.

여름이 문턱을 넘어선 11일에는 포천 국립수목원까지 다녀왔지만 그래도 아쉬움이 많다. 그래 오늘은 오지 중의 오지라는 곰배령을 찾아 나서는 길이다. 무심하게 걸으면 지나치기 쉬우나 관심을 가지면 고운 모습으로 웃어주는 들꽃들이 사는 마을이다.

인제 방동약수

2019년 6월 19일(수)

한여름의 첫 장은 결국 시원한 방동약수 한사발로 열었다. 인제군 기린면 방동리에 있다. 탄산성분이 많아 설탕만 넣으면 영락없는 사이다 맛이라고 한다. 철, 망간, 불소가 들어 있어 위장병과 소화 증진에 효험이 있다는데 두 모금인들 마다할까. 길은 좁지만 일단 들어서면 계곡물 소리에 귀가 멍멍해 질 정도로 가슴이 뻥 뚫린다. 깊은 숨 쉬기 운동을 저절로 하게 되어있다. 이 땅에 뿌리 내리고 자연에 동화되어 사는 사람들이 사는 산골 마을이 있다.

300여 년 전, 한 심마니가 60년 묵은 신비의 산삼 〈육구만달〉을 캔 자리에서 약수가 솟았다하여 지명 이름을 붙여 방동약수라 불렀다고 한다. 그날 이후로 사람들의 발길이 끊어진 적이 없고, 많은 사람들이 이 약수를 마시고 효험을 보았다는 얘기가 전해져 오고 있다. 약수터 뒤에 서 있는 300살은 넘어 보이는 엄나무가 산 증인이다.

한여름 냉기를 이길 만큼 깊고 깊은 산중에 붉은 소나무와 울창한 활엽수가 어우러져 한 폭의 그림 같은 계곡을 만들고 그곳에 약수터가 생겼다. 계곡 따라 산길이 나 있으니 망설일 시간이면 걸어도 좋다지만 우린 접었다. 비가 그칠 생각이 없는데 가긴 어딜 가겠소. 여행객들이나 약수 애호가들이 알음알음 찾아와 물마시고 떠가는 곳으로 유명세를 탄 곳임을 증명이라도 하듯 약수 뜨는 사람들의 발길이 심심찮게 이어지고 있었다.

주차장에서 약수터까지는 50여m. 노란 물봉선화와 베이지 색이 너무 화려해서 눈이 부실정도로 고운 토끼 풀꽃이 발걸음을 더디게 한다. 벌컥벌컥 들이 킨 약수가 시원하면서도 톡 쏘는 맛이다. 우린 그 맛에 반해 물병 4개에 가득 채우기까지 했다. 올 여름이 가기 전 이곳에 다시 들러 약수 한 잔 더 마시고 백두대간의 한자락을 섭렵한다면 무얼 더 바랄까.

"오세요. 한 살 더 드시기 전에" 이 땅의 주인들이 손짓하고 있지 않습니까.

인제 아침가리계곡

"아침가리골은 정해진 길이 없다. 발길 가는 데로 가면 된다. 계곡을 따라 첨벙첨벙 걸어도 좋고, 숲 그늘에 숨어서 걸어도 된다. 험한 바위며 소(沼)다 싶으면 돌아가면 되고. 길이 끊긴다 싶으면 계곡 건너에서 길을 찾으면 된다. 대부분이 맘 놓고 건너다닐 수 있는 곳이니 걱정은 붙들어 매두어도 된다."

그 말만 믿고 갔습니다. 계곡에는 뚝발소라는 큰 소(沼)도 있다는데 궁금한 것이 한두 가지가 아니거든요. 기린면 진동1리. 오가리 중에서도 가장 길고 깊다고 했다. 워낙 산이 높고, 계곡이 깊은 곳이다 보니 점심 숟가락 놓기 무섭게 해가 저문다는 골짜기다. 아침에 밭을 갈 정도만 해가 비치고 금세 져버릴 만큼 첩첩산중, 밭뙈기가 하도 작아 아침나절이면 다 갈 수 있는 마을이라 아침가리라 불렀다고 한다. 전염병, 흉년도 너끈히 견딜 수 있고, 골짜기에는 부쳐 먹을 땅이 있다. 마르지 않는 물까지 넉넉하다면 무얼 더 바랄까. 숨어들어 온 사람들이 화전을 일구며 살기에 좋은 길지임엔 틀림없다.

우린 계곡물소리를 들으며 앞산을 바라본 채 꿈쩍도 않고 서 있었다. 말을 잃었다. 계획은 오후에 한 네댓 시간 아침가리계곡을 걷다 가는 것이었다. 그런데 시커먼 구름은 떠날 줄 모르고 사람은 코빼기도 안 보인다. 용기 부릴 생각이 싹 사그라졌다. "자기야! 우리 오늘 날씨 왜 이런데." 무심코 뱉은 말이다.

그리곤 계곡물에 흘려보낸 줄 알았는데 또 끄집어낸다. 노아의 방주라는 방태산자연휴양림에서는 2017년 6월 어느 날. 은서회원들과 산을 걷던 기억이 있다. 방동약수는 방금 다녀오지 않았는가. 곰배령은 내일 가면 될 것이다. 연가리골이 어딘지만 알고 가도 여기 온 보람이 있는데. 그러며 속도를 줄였지만 헛수고였다. 첩첩산중에 예쁜 펜션단지만 보인다. 청정지역으로 오래 남긴 글렀나보다.

홍천 팔봉산에서 입산금지 당하고, 인제에선 여름 더위 식히기 좋은 날씨네 뭐. 그러며 빗속을 달려 도착한 곳이 진동2리 설피마을. '곰배령 풍경소리펜션' 이다. 짐을 풀기도 전에 답사부터 다녀왔다. 아침나절 빗방울이 제법 굵었는데 여긴 아니었나보다. 입장엔 지장이 없었던 걸 보면. 산악회 회원들이 웃음소리가 산천을 뒤흔들 기세인 걸 보면 내일을 기대해도 될 것 같다. 저녁은 민족의 먹을거리, 환상의 메뉴 봉지라면. 끓이기만 하면 된다. 거기에 가게에서 신 열무김치까지 얻었겠다. 비 오는데 어딜 찾아 나서겠어요.

오늘은 하늘이 받쳐주지 않았지만 내일 눈뜨면 시름을 한방에 날려 보낼 것 같은 좋은 예감이다. 사람들 틈에 끼여 쉬엄쉬엄 오를 생각에 쉬이 잠이 올 것 같지 않다. 우리 마님은 TV 다이얼부터 점검하고 있었다.

곰배령 풍경소리펜션 4호실

드디어 곰배령에 오르다.

2019년 6월 20일(목)

진동2리 설피마을에서 설피(눈 신)는 필수품이다. 조상의 혼이 서려있다 하여 잡귀를 막아주는 부적처럼 집집마다 보관하고 있다고 한다. 우린 설피마을에서 아침을 맞았다. 창문을 열었다. 눈부신 해님이 봉우리에 걸터앉아 있다. 구름이 파란 캠퍼스에 그림을 그리고 있었다. 싱그러운 냄새가 코끝으로 스멀스멀 기어든다. 코가 저절로 벌름거린다. 느낌이 좋다. 바람에 실려 온 계곡의 물소리에 꽃잎이 흔들리는 소리까지 들리는 것 같다.

뭉게구름이 떠있긴 해도 어제의 그 녀석은 아니었다. 9시부터 입장이니 서둘러야겠다며 마님을 깨웠다. 매표소가 코앞이라 그럴 필요가 없는데도 기분이 들 떠 그런지 서둔다. 얼마나 기다렸던 오늘인가.

비온 뒤라 그런가 줄 선 사람이 그다지 많아 보이진 않았다. 예약 필수, 11시까지 입장, 곰배령에선 2시면 하산, 매표소는 4시 이전에 나와야 한다는 것을 숙지하는 것이 먼저다. 우린 앞선 사람들을 따라 갔다. 모두들 빡세게 산행하는 것이 아니라 피크닉 온 느낌이었다, 산책 하듯 걷고 있었다. 그러니 많이 뒤처질까 걱정할 필요가 없다. 여유부리며 걸어도 된다.

이런 길은 숨쉬기만 잘해도 걸을 수 있는 길이다. 바위를 치고 달리는 계곡물소리에 귀가 멍하긴 해도 그럴 땐 입꼬리를 올려주기만 하면 된다. 난 들꽃을 찾느라 눈에 불을 켜고 아내의 걸음걸이는 여학생이다. 걷다보니 어느새 강선마을에선 옹기종기 붙어있는 네 개의 가게에서 마을 아낙들이 손님을 맞고 있었다.

저들은 천천히 걷는 것 같아도 성큼성큼, 우린 부지런히 걷는 것 같아도 느릿느릿. 계곡이 휘어지면 길도 함께 휘어지고 한동안은 하늘이 열릴 것이라는 기대는 접고 있었다. 조금씩 뒤처지긴 했어도 개의치 않았다. 그만큼 느긋했다. 새소리를 듣는 것만으로도 기분은 짱이었다. 길은 쉼 없이 계곡을 따라다니니 계곡물소리는 청량음료가 목구멍으로 넘어가는 소리 같다. 오르고 내리기를 반복하긴 해도 그리 험하진 않다. 아이들도 맘만 먹으면 오를 수 있는 코스다.

천상의 화원을 정점으로 전망대와 주목, 철쭉군락지로 해서 매표소로 돌아올 생각이었지만 오늘은 곰배령까지만 허한단다. 비 때문이다. 이럴 땐 따르면 된다. 그 덕에 더 많은 시간을 들꽃과 교감할 수 있었다.

봄은 이제 추억이라면 여름은 다가올 꿈이다. 인수인계하는 달이긴 해도 오르면 천상의 화원임을 증명하듯 아직은 꽃들이 널려 있다. 삿갓나물, 가락지나물, 붓꽃, 물양지꽃, 자리터리풀꽃, 쥐오줌풀이 화려한 자태로 귀티를 뽐내면서 주인 노릇을 제대로 하고 있었다. '마하티' 같이 자세히 보면 더 예쁜 꽃들도 볼 수 있다.

달맞이꽃, 노루오줌, 초롱꽃, 양지꽃, 돌나물, 용머리, 산마늘, 곰취, 댕댕이덩굴, 해란초. 길가에서 이들의 눈웃음에 일일이 답해주다 보면 늦기 마련이다. 늦게 곰배령에 오른 핑계가 좀 궁색해 보이는 것 같다.

저녁은 인제 산골식당에서 건강밥상. 마님은 기대에 차지 않는 눈치다. 아마 생선이나 김치찌개를 기대했던 것 같고, 난 먹을 것이 풍성할 것이란 꿈 때문이었을까. 나물 세 가지에 돼지고기수육, 그러나 구수해서 숟가락이 자주 간 것은 찌개와 국의 한계를 아슬아슬하게 넘나들던 두부된장찌게 이었다.

곰배령 풍경소리펜션 4호실

인제 하늘내린호텔, 인제 스피디움호텔, 인제 곰배령풍경소리펜션

원 주

치악산
치악산 영원사
먹-부림 여행에 들꽃도 끼워줄래요
원주 치악산 세렴폭포 가는 길
소금강출렁다리 부지갱이 밥상

치악산

2016년 9월 23일(금)

비라도 한 소쿠리 쏟아 부을 것 같이 꾸물꾸물한 하늘에, 으스스 춥기까지 하다. 추워서 내리질 못하고 차에서 시간을 끌었다. 온몸이 찌뿌듯한 것이 컨디션이 영 아니다. 사람들은 모두 긴팔 겉옷을 입었는데 우리만 반팔이다. 아휴 이 바보야! 긴팔 옷은 왜 안 갖고 와 가지고 하며 엄청 후회했다는 거 아닙니까.

오늘은 날씨가 오두방정이다. 얼마 걷지도 않았는데 춥다며 몸을 움츠리던 내가 얇은 겉옷마저 거추장스러웠다. 기온이 확 올라가니까 따뜻한 햇살이 비추고 마음도 봄눈 녹듯 했다. 이번엔 겉옷을 벗어 허리춤에 맸다. 자꾸 궁둥이 밑으로 내려간다. 장루를 차고 있으니 배꼽에 맬 수 없어 생기는 일이다. 허리에 매어야 하는데 엉덩이에 맬 수밖에 없어 자꾸 신경이 쓰였다.

"아무렇지도 않아요. 남들은 몰라요. 아무 표시도 안 난다니까. 보세요. 나처럼 이렇게 걸으면 돼요. 빨리 안 가요?"

마님이 앞장선다. 엉덩이를 씰룩거리며 팔을 휘젓고 걷는다. 신경 끄고 따라오라는 무언의 압력이다. 누가 걸음이 빠르냐고요. 난 아니에요. 누가 보면 걷는 것이 우리 직업인 줄 알겠다.

힘이 넘치는 아내. 웃으며 뒤뚱뒤뚱 뒤따라가는 나. 부부간에 말이 꼭 필요한 건 아니다. 다행히 시간이 흐를수록 볕이 따스하다보니 컨디션이 회복되는 것 같단 얘기는 산에 적응하고 있단 말과 일맥상통하는 소리다. 그래도 금강산소나무흙길이란 푯말이 보일 때까지는 신경이 쓰였다. 다 그 놈의 장루 때문이다.

"흙길을 걸어보세요. 걸으면 힐링을 체험하실 겁니다. 맨발로 부드러운 흙을 밟아보는 것은 오직 숲속에서만 가능한 일이거든요. 고운 마사토를 밟으며 발에 자극을 주세요."

신발과 양말을 벗어 들었다. 자긴 안 벗어 했더니 무엇 때문인지 벗질 않겠단다. 제2의 심장이라는 발을 건강하게 하라는 말만 찰떡같이 믿고 개떡같이 걸었는데도 기분은 되게 좋았다. 마사토가 많이 씻겨 내려간 탓에 잔돌이 밟혀 발바닥이 아픈 것이 흠이긴 하다.

세렴폭포 앞에 와서야 우린 마주 보고 웃었다. 우유 한 잔이 아침이었는데 13시다. 배고플 시간이 한참 지났다. 정상을 밟을 생각은 하지도 않았다. 그런데 우린 호기 부리며 비로봉으로 길을 잡았다는 아닙니까. 갈 때까지 가보자며 들어선 곳이 사다리병창길. 일찍 내려갈 빌미를 제공하여 지금 생각해도 고맙지요.

철제계단이 급경사인데다 끝도 보이지 않는다. 어지럼증이라도 생길까봐 살짝 겁먹은 건 사실이다. 292계단까지 올라갔다. 그리고 두 번의 암벽을 타고 넘어 어느 바위에 엉덩이를 걸쳤다. 25계단 더 오르고 쉬던 중에 뒤 따라오는 등산객에게 얼마나 더 가면 되냐고 물었다.

"이런 계단을 계속 밟고 올라가야하니까 서너 시간 더 걸린다고 봐야죠. 잘못 들어오셨어요. 이 길은 엄청 험한 길인데요."

"우리 그만 내려갑시다. 어차피 정상에 서지 못할 건데 위를 보세요. 끝없이 이어지는 급경사의 계단들. 돌계단은 위험해서 안 돼요. 이제 보니 배도 엄청 고프네."

3시를 넘겼다. 치악산에서 6시간을 걸었다. 생각보다 힘든 코스였나. 구룡소의 풍경도 건성으로 지나쳤다. 나도 한 시절에는 북한산 다람쥐였는데. 그게 다 무슨 소용. 배고프고 힘에 부쳐하는 한 늙은이일 뿐인걸.

원주치악산호텔

치악산 영원사

2016년 9월 24일(토)

영원사를 가려면 치악산국립공원 금대분소로 들어가야 했다. 의상대사가 영원산성을 수호하기 위해 지은 절이라고 한다. 폐허가 된 것을 90년대에 새로 지었다고 한다. 아침 시간이라 캠핑장에선 햄찌게에 소시지볶음 냄새를 풍긴다.

우리 때도 고등어통조림 하나면 끝내주던 시절이 있었다. 통조림 하나만 있으면 옆 텐트로 가서 찌게 끓여놓았다며 수작부리는 좋은 미끼도 되었는데. 텐트 하나면 모든 걸 다 가진 것 같았던 시절도 있었다.

"야! 우리 야영 안 갈래. 나 4인용 텐트 있어. 언제 갈까. 그리고 쌀, 찌게거리는 너희들이 준비해. 난 텐트만 메고 가면 되지?" 엊그제 일 같은데 지금은 저들을 부러워하고 있었다.

"자기야! 냄새 좋네. 영원사까지 2.4Km라니까 우린 걷기나 합시다."

그리 녹녹한 길도, 어려운 길도 아니다. 다만 치악산이란 이름값은 하는 것 같다. 영원사로 들어가는 막바지는 가파른 길이라 숨을 조금 할딱거리며 걸어야하는 묘미가 있다. 넉넉잡아 왕복 3시간. 하루 품으로 '영원 산성' 까지 다녀오면 바랄 것이 없겠지만, 우린 산을 보며 눈이 시원하였으면 되였고, 맑은 공기 마시고 땀 좀 흘린 것으로 만족한다.

먹-부림 여행에 들꽃도 끼워줄래요.

2019년 4월 28일(일)

눈과 마음을 흠뻑 홀리고는 쌩- 찬바람 날리며 고개 돌려 떠나버린 겨울을 생각하면서 아쉬움과 허전함이 왜 없었겠습니까.

전달에는 오는 봄을 맞으러 간다며 집을 나섰는데 충청도래요. 서해안을 끼고 올라오는 첫 여행지는 무안이었다. 바닷가다 보니 아침저녁으로 쌀쌀하긴 해도 봄볕이 찾아와 어김없이 꽃을 피우는 모습을 보았다. 재 넘느라 힘들어하는 줄 알았는데 봄이 내 발 밑에서 놀고 있는 걸 몰랐다.

"밉게 보면 잡초 아닌 꽃이 없고 곱게 보면 꽃 아닌 잡초가 없다. 내가 잡초가 되기 싫으니 너를 꽃으로 보는 것이다."

그런 마음으로 들꽃을 보면 된다. 이달은 봄이 흠뻑 무르익는 계절이다. 전번 여행에서 경험하지 않았는가. 어렵사리 찾아내어 감격하는 것에 들꽃만 한 것이 없다고. 봄과 밀당을 나누고 싶은 마음이지만 실은 봄과 줄다리기를 하고 싶은 마음에 더 설득력이 있다.

계절 여행에 들꽃을 추가한 것뿐인데 맛깔나게 여행하고 온 기분에 놀라고 있다. 무덤덤하기 쉬운 나인데도, 우린 며칠 전부터 설렌다. 준비하는 내내 행복했고, 그새 봄이 멀찌감치 달아나면 어쩌나 조마조마 했다.

들꽃들이 여기저기서 수줍은 듯 빠끔히 모습을 드러내며 웃고 있겠지. 눈인사라도 나누며 친구 삼자고 손짓할지 누가 알아. 모르긴 해도 들꽃들이 땅을 비집고 올라오는 순간 틀림없이 주위를 둘러볼 거다. 그럴 때 짠하고 나타나서 눈을 맞춘다. 우리가 첫 손님이었으면 좋겠다.

들꽃들의 티 없는 모습에 우리 부부가 넋을 잃을지도 모르지. 들꽃은 찻잔 안의 따끈한 커피처럼 내 몸에 온기를 넣어줄지도 모른다. 여행이란 명경 들고 내 모습을 찾고 싶었는지도 모르지요.

원주 치악산 세렴폭포 가는 길

들꽃여행 치악산으로부터.

"백주에 호랑이가 득시글거려 포수가 제 고기로 호랑이 밥을 삼는 일이 종종 있다. 금강산은 문명한 산이요, 치악은 야만의 산이더라."

치악산이란 소설의 한 토막이다. 수십 년 전만 해도 소를 호랑이에게 산채 제물로 바칠 만큼 호랑이가 유명했고, 그만큼 산이 깊고 험해 사람들의 발길이 뜸했다고 한다. 이번 여행의 첫 목적지가 바로 그 치악산이다.

원통문과 부도탑을 지나 붉은 숲길로 들며 속도를 줄였더니 구룡사 가는 길은 붉은 소나무 숲이 대단했다. 구룡사는 의상대사가 도술 시합으로 용들을 물리치고 지은 절이라고 한다.

궁중으로 들어갔다는 치악산 산나물 때문에 뇌물을 주려는 주민과 부처님 같은 스님은 결국에는 절 이름을 바꾸는 불상사까지 일으키고 만다. 사천왕문을 지나니 절간에서 들려오는 풍경소리만으로도 귓속이 시원해지는데 내 귀안의 귀뚜라미까지 분위기 띄우겠다고 한 힘 보탠다. 미륵불의 인자한 미소에 마음이 푸근해졌다 생각되면 세렴폭포로 가는 길로 들어서면 된다.

달아나지 못한 용 한 마리가 근처 연못으로 옮겨 앉았다는 곳도 보고, 졸졸 콧노래 부르는 계곡과 살랑살랑 부채질 해주는 연두, 작은 풀꽃들과도 먼발치로나마 눈인사를 나눌 마음이면 된다. 우리 부부는 티끌보다 작은 이야기 한 토막 길 위에 뿌리며 걸을 생각이다.

악취 나는 뒷간이냐, 향기 나는 꽃밭이냐에 따라 여행 분위기가 달라진다. 구룡교 난간에 올라서니 그걸 알겠다. 계곡에 발 담그고 향기를 풍기는 녀석에 마음을 몽땅 빼앗겼다. 코를 벌름거리게 만들었다. 아무래도 오늘은 치악산 친구들이 우릴 가만 놔둘 것 같지가 않았다. 허긴 마구 흔들어대건 말건 우리 부부에겐 바쁠 게 없으니까.

들꽃도 곱고, 푸름도 싱그럽다. 길 이야기를 들으며 앞만 보고 걸으면 재미없다. 이 정도 분위기면 어깨를 살짝살짝 흔들며 흥얼거려야 멋을 안다고 할 수 있다.

“저 모퉁이 돌면 적당한 곳에서 우리 잠깐 쉬었다 가요.” 그 때 아담한 세렴폭포가 짱하고 모습을 드러내었다.

날씨도 좋은데 치악산 정상이나 한 번 밟아보고 가지. 그런 무모한 도전을 중도에 포기하게 만든 사다리병창 길을 한번 보고 싶었다. 오늘 보니 가파른 철 계단이 힘든 게 아니라 위험해 보였다는데 깜짝 놀랐다. 남겨진 미완성의 흔적도 우리의 추억이 되었지만 무엇보다 들꽃들과 면을 텄으니 되었다.

눈이 부시도록 흰 미나리냉이, 앙증맞은 개별꽃, 멋을 부릴 줄 아는 제비꽃, 황금 종을 울릴 것처럼 길손의 마음을 흔들어 놓은 산 괴불주머니, 그리움이 솔솔 피어나네 하는 연분홍 송이풀, 눈길을 주지 않아도 알아서 눈에 들어오는 좁쌀풀, 잎인지 꽃인지 고개를 갸우뚱하게 만든 괭이눈, 비취색이 너무 야한 현호색과도 눈을 맞추었다.

귀부인 참꽃마리와 숲속의 귀염둥이 앵초는 또 어떻고. 나비날개를 팔락이는 피나물, 귀농한 서울댁 같은 삼지구엽초, 소녀의 꿈에나 나타날 것 같은 노랑무늬붓꽃,

이들은 화려하진 않아도 나름대로의 멋을 부릴 줄 아는 녀석들이었다. 관심 가져주는 이 없어도 제 몫을 다하며 피고 질 줄 아는 진정한 여행의 동반자였다.

소금강출렁다리 부지갱이 밥상

간현관광지를 찾은 것은 소금강출렁다리를 걷기 위해서였다. 치악산과는 생판 다른 모습이다. 아내에게 단단히 일렀지만 실은 나한테 하는 소리였다. 사람이 많아서 계단이 복잡할 거예요. 우리 손 꼭 잡고 가야 합니다.

손 놓치면 서로 잃어버릴지도 몰라요. 아셨죠?

우린 주차전쟁에서부터 밀렸다. 너른 주차장을 세 바퀴나 돌았다. 한자리 빈 곳을 찾긴 했는데 비집고 들어갈 자신이 없어 포기한 것이 맘에 걸리긴 한다. 기회의 처음이자 마지막이었기 때문이다. 시도라도 해볼 걸 그랬나. 많이 후회했다. 얌체주차까지 생각 안 해 봤다면 거짓말쟁이지요.

"출렁다리는 어디서 건너던 그게 그거데요. 남들은 맛이 다르니 어쩌니 하는데 내가 보긴 다 그게 그거 아닙니까. 흔들다리는 저기 어디야 감악산 괜찮았는데. 여긴 뭐 특별히 다른 거 있데요? 없으면 밥부터 해결하고 생각해도 되는데."

마님 말씀이다. 결국 레일바이크 타는 곳까지 갔고 '부지갱이 밥상' 에서 제육볶음을 시켰다. 찬이 깔끔했다. 시장이 반찬이란 말 있지요. 다른 건 몰라도 나물은 정말 맛깔나게 무치셨더군요. 제육볶음은 의외로 마님이 잘 드신다. 어! 돼지고기 별로 좋아하지 않는데. 그렇게 맛있나. 내 입엔 간이 좀 센 것 같았다.

음식은 배가 든든하도록 먹어야 한다. 밥 한 공기만 더 주세요. 그렇게 어느 시골 누구 할머니의 손맛을 맘껏 즐겼다는 거 아닙니까.

원주 치악산호텔

정 선

정선 민둥산

2018년 10월 7일(월)

태풍을 피해 집으로 돌아간 지 며칠, 별 탈 없이 태풍 '콩레이' 가 동해바다로 빠져나갔다니 우리 맞수끼리 남은 여행지 마무리해야지요. 그래서 어제 결정하고 오늘 새벽 5시에 출발한 여행이다. 역마살이 끼였다고 해도 변명 할 생각은 없다.

외곽순환도로 탈 때만 해도 새벽공기 마시니 시원하고 도로가 한산하니 서울을 쉽게 빠져나갈 수 있겠다 했는데 웬걸요. 구리 방향 인창교차로가 가까워지면서 아니나 다를까. 엄청난 차량 행렬에 진땀 뺐지만 어렵게라도 여기까지 왔으니 되었다.

8시 50분. 민둥산 등반로 입구에 서 있다. 화장실 다녀와서 신발 끈 고쳐 매고 출발. 그거 칠순 허리 꺾은 노인이 할 짓은 아니라고 할지도 모르죠. 그러시는 분들 시도는 해보셨는가요. 몇 번이요. 안방마님 손잡고 젊은이들 틈에 섞여 올라가 보세요. 천하를 얻은 들 이보다 더 행복할까요.

이번엔 억새를 볼 생각으로 머릿속을 꽉 채우고 올라갔다. 제 페이스만 잃지 않으면 된다. 서둘러서도, 다른 등산객들에게 폐가 되어서도, 뒤처져서도 안 된다. 현지 사정은 예상했던 것보다 훨씬 산행길이 거칠었다. 길들이지 않은 야생마 같다고나 할까. 태풍이 지나간 뒤끝인데다 생각보다 가파른 길이 미끄럽기까지 했다. 거친 급경사를 피해 완만한 길을 택했는데도 녹녹한 길은 아니었다. 네 발을 사용해야 편한 곳도 몇 군데 된다. 물기를 잔뜩 먹은 돌들이 고르게 박혀있지를 않아 발이 균형 잡질 못하곤 했다. 까다로웠고 거친 산행이었다.

서두르다 깜빡하고 놓친 것이 이유다. 비가 많이 와 산이 미끄러울 거란 생각은 했지만, 도착해서 등산화를 갈아 신고 가는 걸 깜빡했다. 스틱도 등산화도 다 가져왔는데 모두 트렁크 속에 팽개치고 운동화 신고 오른 책임은 면할 수 없게 되었다. 3시간 반을 운전하고 와서 바로 산행을 강행한 것도 원인이다.

주범은 백혈병 약 글리벡이다. 발에 쥐나는 일은 가끔 있는 일이지만 하필 오늘 종아리근육에서 시작한 쥐라는 녀석이 그쳐야하는데 발등에서 발가락으로 옮겨 다닌다. 10여분 정도면 가라앉곤 했는데 오늘은 아니었다. 이제 거의 다 왔다며 억새는 보고 가야한다며 힘을 내자고 앞장섰는데 또 주저앉고 말았다.

“다 왔으니 조금만 더 힘내세요.”

함께 산에 오르는 젊은이들이 나보다 더 안타까워하는 거 같았다. 결국 정상 200여m 앞 마지막 깔딱 고개에서 접고 말았다. 내려오는 시간이 더 길었다. 등산객 구경하랴 가을 꽃에 마음 주랴 바빠서가 아니라, 다리가 불편해서였다.

후회라니요. 도전한 것으로 만족합니다. 오후 산행을 하러 온 등산객들로 산은 그야말로 북새통이었다. 그들의 부러운 시선을 피하느라 애 좀 먹었다.

“저기여! 억새 활짝 폈지요? 억새 멋있어요? 좋으셨것다. 수고하셨습니다.”

민둥산 억새축제장

억새는 구경도 못했지만 아내의 슬기로운 대처로 안전하게 내려왔으니 되었다. 페이스만 믿고 조금만 더 힘냅시다. 바로 그 타이밍에 "그럼 내 먼저 휴게소에 내려가 기다리고 있을 테니 조심해 갔다 오세요." 웃으며 등을 보인 아내의 기지에 멈칫했다. 내 맘을 읽었다는 얘기다. 갈까 말까. 그래서 우린 영원한 동반자이자 맞수라우. 내가 아내 바보라 자랑하는 이유가 바로 그 때문이다.

내려오는 길에 미륵종파라는 청룡사를 들른 김에 정선 증산초등학교까지 둘러보고 왔다. 올라갈 때는 산 말고는 뵈는 게 없었다. 주변을 둘러볼 마음이 1도 없었다. 학교가 깜찍한 디자인으로 눈에 확 들어온다. 창틀을 빨, 주, 노, 초, 파, 남, 보 무지개로 색을 입혔다. 초등학생들이 운동장에서 뛰어 놀다 무심코 자기교실을 보면 재미있어 할 것 같다. 담임선생님이 매일 동화 속 이야기를 들려줄 것 같은 분위기였다.

축제장은 음식, 물건 파는 장사치들이 득실거리고 품바가 흥을 돋우는 곳. 지역특산품코너를 마련해 놓고 열을 올린다. 여긴 봉건희 품바가 신바람을 일으키고 일단 아줌마들을 끌어 모으는 데는 성공한 것 같다. 트위스트 메들리가 흘러나오고 징이 신이 났다. 산악회아줌마들의 마이크 잡는 손이 예사롭지 않아 보인다.

우리 부부는 '온고지신' 이란 찻집에 앉아 내린 커피 한잔 앞에 놓고 장단에 맞춰 어깨춤을 슬쩍슬쩍 날렸다는 거 아닙니까. 소리꾼들의 재간에 어깨가 들썩 좀처럼 내색하지 않는 아내도 흥을 주채 못하긴 마찬가지였다. 무릉5리 부녀회직영식당(목산4부녀회)에선 곤드레 나물을 리필까지 해가며 '곤드레 비빔밥' 을 맛나게 먹었다. 입맛 까다로운 우리 마님 입맛을 잡은 걸 보면 양념장이 짱인 모양이다.

하이 원 리조트 그랜드호텔 2025호

정선 화암동굴

2018년 10월 9일(화)

보셨나요. 아침에 눈을 뜨니 온통 물색 옷으로 갈아입은 호텔 앞산의 변신. 그것도 하룻밤 새에, 놀랍고 경이롭다 못해 입을 다물지 못했다. 어제만 해도 가을단풍에 뿅 갈 것 같더니만 밤새 천지가 진동하는 요술을 부렸다. 황홀하달 밖에 무슨 말이 필요한가. 어느 날 갑자기 우리 앞에 이렇듯 성큼 다가올지 모르는 것이 인생이다.

5층 '운암정' 에서 조식뷔페는 양·한식을 취향에 맞게 식사 할 수 있는 분위기는 되는데 메뉴는 다양하지가 않았다. 석탄유물전시관은 주차장까지 들어가긴 했는데 태백에서 잘 봤는데 뭘 또 봐요. 아내의 말에 내리지도 않고 돌아섰다.

화암동굴(금광산+석회동굴)은 메인보다 곁들이인 드라이브 코스가 더 매력 있다는 곳. 화암면 화암1리에서 물온1리까지의 4km는 소금강 환상의 드라이브 코스라고 한다. 내 영혼까지 몽땅 잃어버렸는데 산자락 어딘가에 잘 있을라나 모르겠네. 주변 경치가 끝내주는 드라이버들의 꿈의 도로였다.

화암동굴은 채광하던 천부광산을 개발하여 광부의 애환을 표현하였다. 모노레일 타고, 안내자의 간단한 주의사항을 들은 다음 동굴로 들어가면 된다. 금광맥의 발견에서부터 채취하기까지의 전 과정과 광부들의 삶을 인형으로 표현했다. 도태되는 관광지를 보는 것 같았다. 발 디딜 틈도 없을 만큼 많던 관광객은 썰물처럼 빠져나가고 지금은 한산하다는 것도 사치스럽다. 적막강산이었다. 변해야 살아남는다는 것을 잊고 있는 것 같았다. 광명동굴을 둘러볼 필요가 있어 보인다.

과거에 금이 가장 많이 나왔다는 노다지궁전은 너르기와 높기로 말하면 규모는 대단하다. 금을 캐던 광부들이 금을 캐기 위해 무리하면 사고가 나듯 200여m의 수직계단을 내려가는 것은 정말 조심 또 조심해야 한다. 동화의 나라는 아이들 정서와 너무 동떨어져 있었다. 지나치고나면 바로 기억에서 지워지고 말 것들뿐이다.

금광산과 석회석 자연동굴이 함께 있는 동굴체험이라 꼭 한 번은 추천하고 싶었다. 금광석이 지루하다 싶을 때 석회동굴이 이어지는 것이 재미있을 것 같아서였다. 덤이 더 좋았던 기억이 아직도 생생하게 남아있기 때문이다. 석순과 거대한 석주. 기다림이 만들어낸 자연동굴을 들어서는 순간 그동안 알고 있던 석회동굴에 관한 지식은 다 버리고 새로 저장했었다. 옛날엔 그랬었다.

정선 아우라지

겨우내 남해안의 동백이 해풍 속에서 뜨거운 정열을 잉태하는 동안, 정선의 동박은 칼바람 속에서 정과 한을 여미느라 눈도 안 맞추려하는 것 같다.

아우라지는 장마 때문에 강을 사이에 두고 만나지 못하는 남녀의 애절한 사연이 있다. 평창 발원산에서 흘러온 양수라 불리는 송천과 태백 대덕산에서 흘러온 음수인 골지천이 합류하여 어우러진다 하여 붙인 아우라지. 장마 때 양수가 많으면 대홍수가 나고, 음수가 많으면 장마가 끊긴다는 전설까지 안고 있다니 재미있지 않은가.

사랑하는 임을 만나지 못하는 애절한 마음을 표현했다는 정선아리랑의 고장, 아우라지를 내비에 걸고 갔더니 강가 너른 주차장에 내려놓았다. 며칠 전 지나간 태풍 콩레이 때문에 클레임이 걸렸다. 징검다리를 건너야 '여송정' 이며 '아우라지 처녀' 에게도 갈 수 있는데 물살이 세고 징검다리가 물에 잠겨서 갈 수 없단다.

이번엔 아우라지역으로 갔다. 다리만 건너도 아리랑주막촌이 나온다. 초가집과 원두막이 있는 단출한 살림살이에 돌지 않는 물레방아도 하나 있다. 비치 빛 물살이 도도하게 흐르는 '송천' 이 한눈에 들어오는 곳이다. 물소리는 거칠하지만 시원하다. 우린 먼저 온 손님들의 메뉴를 슬쩍 훔쳐보곤 감자전 한 개와 콧등치기국수 한 그릇 시켜놓고 원두막에 자리 잡았다.

정선의 아우라지 처녀상에 가선 인증사진도 한 장 박고 왔다. 표정이 애달파 보여 이태리 베로나에서처럼 줄리엣의 허리를 살짝 감는 대담함을 보이는 건 엄두도 못 낼 일이다. 여량리 처녀에게 싱거운 길손이 단정치 못한 행동을 한다고 유천리 그 총각이 버럭 화를 낼라 겁이 났는지도 모르죠. 처녀는 하염없이 아우라지를 바라보고, 나는 '여송정' 에서 그 처녀를 보고 있다. 아내는 내 옆에서 눈을 곱게 흘긴다.

"아우라지 뱃사공아 배 좀 건너 주게/싸리골 올 동박이 다 떨어진다.
떨어진 동박은 낙엽에나 쌓이지/ 잠시 잠깐 님 그리워 나는 못 살겠네."

아라리 촌

"위 사람은 아리랑촌을 방문 현지교육을 통해 양반의 신분을 득 하였기에 이 증서를 드립니다."

정선사람들이 살던 집을 둘러보는 재미다. 연자방아며 물레방아도 있다. 200년 이상의 소나무에 토막을 내고 쪼갠 널판으로 지붕을 이은 너와집도 있다. 안방, 건넌방이 제법 너른 집이다.

'저릅집' 은 대마줄기를 짚 대신 이엉으로 지붕을 이은집이다. 돌집은 정선지방만의 독특한 형태로 돌을 이용해 지었다. 목재가 풍부한 산간지대의 주민들은 껍질 벗긴 통나무로 우물정(井)자 모양으로 통나무를 쌓아 벽을 만들고 너와지붕을 올려 귀틀집을 짓고 살았다고 한다.

가난한 양반이 관가의 곡식을 천여 섬이나 빌렸다는 데서 이야기가 시작된다. 이를 눈치 챈 이웃상인이 양반의 신분을 팔라고 꼬드겼고, 고을 군수가 부자상인에게 양반이 누릴 수 있는 특혜에 대해 조목조목 일러주었다고 한다. 그 말을 듣고는 부자상민 왈. 양반은 도둑놈이다. 그러곤 양반되기를 포기했다는 이야기다.

시장 구경하며 추억을 한 땀 한 땀 꿰매듯 엮는 기술은 우리 마님을 따를 사람이 없다. 기억력 하면 4~50년 전도 몇 년 몇 월까지 줄줄이 꿰고 있다. 어떤 땐 섬뜩할 때도 있지만 그래서 난 좋아한다. 난 잊는 것이 빠른 사람이니까.

뭐니 뭐니 해도 정선장터는 옛 장터의 향수를 느낄 수 있어 좋았다. 산나물이며 약초가 가게마다 그득하다. 오늘 저녁은 토속적인 먹을거리보다는 뜨끈한 국물이 있는 음식을 먹고 싶다며 갈비탕 집을 찾았고, 수수부꾸미는 테이크아웃. 정선의 아리랑공연은 콩레이 태풍 때문이 아니라 주말에만 열린 다네요.

정선 크리스탈모텔

정선 곤드레 밥

2019년 4월 29일(월)

제천의 아침은 상큼 했다. 어제 산초두부를 먹어서 그런가. 몸이 가볍다. 호텔 계단을 내려오는데 주인할머니가 먼저 알고 나와 서 있다. 이런 호텔에서는 방키를 엘리베이터 수거함에 넣고 떠나는 것에 익숙한 우리로선 낯선 풍경이다. 티 나지 않게 단정하게 빗은 머리에 비녀를 꽂던 조선 여인 같았다. 떠나는 이의 작은 행복이 뭔 줄 아는 분이다. 그 순간 너무 행복해서 아무 생각도 안 났다.

"여행 중이신 가 봐요. 고마워요. 이렇게 찾아주셔서. 이제 오늘은 어디 가세요? 그래요 건강할 때 두 분이 함께 여행 많이 다니세요. 많이 부러워요. 나도 그렇게 살고 싶은 꿈이 있었는데…."

"얘, 지금 정선 '동박골 식당' 에 가서 곤드레 밥으로 아침 먹고, 오대산 월정사 선재길 걸을까 해요. 잘 쉬다 갑니다. 다시 제천에 올 기회가 있으면 꼭 들를게요. 건강하세요."

그리 달려가는 길은 놀랍게도 생각지도 못했던 꽃길이었다. 늦둥이 벚꽃이 꽃비를 뿌리며 맞이할 줄 누가 알았겠습니까. 상상도 못했지요. 화사하다 못해 눈이 부실정도였다. 계절의 끝자락에서 요염한 몸짓으로 나를 유혹하는 벚꽃에 취하다보니 금방 도착했다. 곤드레밥을 잘 한다는 집이다.

소문대로 달라도 뭐가 다르다. 곤드레나물이 생나물이다. 이것을 한주먹 넣어 밥을 지었는데 향에 먼저 취했다. 우린 강된장에 비벼 먹고 양념장을 올려서도 먹었다. 먹으면서 내내 행복하고 고마웠다. 곤드레나물이 연하고 부드러워 씹지 않아도 그냥 넘어간다. 콩나물, 삼나물에 가지, 버섯, 고사리나물까지 맛이 장난이 아니다. 감자나물 정말 맛있어요. 누룽밥은 무채를 얹어 먹어보란다. 식탁 위를 깨끗하게 치우고 일어났다.

정선 크리스탈모텔, 정선 하이원리조트그랜드호텔

철 원

삼부연 폭포

2016년 8월 30일(화)

삼부연 폭포로 가는 길, 하늘 한여름의 무더위를 털어내지 못하고 가을만 흉내 내고 있다. 하늘과 논은 영락없는 가을이 맞는데 30도가 훌쩍 넘는 불볕더위가 여름의 치맛자락을 잡고 있었다. 쉬 놓아줄 생각이 없는 모양이다. 코스모스가 피었고 곡식이 익어가는 데도 말이다.

궁예의 군사들이 고려 태조 왕건의 군사에게 쫓겨 명성산에서 흩어지며 슬피 운 이후로는 가끔 산중에서 슬피 우는 울음소리가 들린다하여 붙여진 울음산을 끼고 달리고 있다. 내 귀에는 바람소리만 들린다.

38휴게소 '시인이 차리는 밥상' 은 이름값을 못했다. 삶에 찌든 초췌한 노인이 칠백 원짜리 아줌마커피를 팔고 있으니 말이다.

이런 날, 에어컨이 빵빵하게 터지는 관광버스 타고 여행을 떠난다. 시간에 맞춰 타고 내리는 것에만 신경 쓰면 여행지에 데려다 줄 테고 해설까지 곁들여주니 이 얼마나 좋을까. 배꼽시계에 맞춰 음식점에 데려다 주면. "와~ 이걸 다 어떻게 먹지." 그러며 배불리 먹고 날이 저물면 숙소에 데려다주는 그런 여행이 그리울 때도 있다.

삼부연 폭포는 궁예가 철원을 태봉의 도읍으로 삼을 때 소에 살던 용 세 마리가 승천했다는 전설이 내려오고 있는 곳이다. 지난 천년 동안 심한 가뭄이 들어도 이 폭포의 물은 말라본 적이 없다고 한다. 이 폭포를 제대로 보려면 산으로 얼마큼 걸어 들어가야 제 맛일 텐데. 출입금지라 한 폭의 산수화를 길가에 서서 먼발치로 보고 간다.

순담계곡을 거쳐 고석정으로

순담계곡은 오던 길을 되돌아 가야한다. 덜 익은 귤껍질 같은 논에서 익어가는 벼를 보고 반갑다 했더니 고석정까지 단숨에 데려다 준다. 철원의 여름 스포츠의 메카다. 철 지난 참외밭에 서리하러 가는 기분이었겠네 할지 모르지만, 한탄강의 물줄기는 가물어도 그 기백은 여전했다.

한철에는 여기 올 맘을 먹는 것조차 쉽지 않은 일이다. 지금은 세월을 낚고 있는 강태공을 향해 노란 헬멧을 쓴 3대의 고무보트가 달려오는 모습을 보고 있다. 물살 따라 래프팅을 즐기는 외국인들의 환한 웃음이 토해내는 소리에 번쩍 정신이 들었다. 아주 신바람을 주체 못하더군요. 감히 흉내 낼 수 없는 젊음을 보고, 감탄하고 또 감탄하며 돌아섰다.

고석정은 외롭게 서 있는 바위 위에 세운 정자라는 의미란다. 신라 진평왕까지 거슬러 올라가야 한다. 고석정도 명품이지만 깎아지른 벼랑의 기암바위와 계곡에 내 눈이 휘둥그레지는 건 새삼스러울 것도 없다. 외로운 의적 임꺽정의 전설까지 품고 있으니 그 옛날은 정말 아름다운 절경을 자랑하는 깊고 깊은 산골이었을 것이다.

고석정에서 통통배를 탔다. 어떻게 그냥 올라가누 어렵사리 내려왔는데. 뱃놀이의 삯도 적당했다. 고석정에서 배를 타면 절벽엔 돼지코바위, 거북이바위, 저 너머 벼랑 끝에는 임꺽정이가 축성했다는 성터도 남아있다고 설명해준다. 올라가 볼 생각은 안하는 것이 좋겠단다.

노동당사와 도피안사

노동당사에는 이미 어떤 감정도 남아 있지 않았다. 난리 통에 부서진 한 건물의 잔해를 둘러보며 전쟁의 허무함을 보고 갈 뿐이다.

도피안사는 조용하고 아담한 절이었다. 부처님이 오시면 이런 절에 머무시겠다는 생각은 했던 것 같다. 걸음걸이가 조심스러운 건 신앙하곤 아무 상관이 없다. 적멸보궁엔 대세지보살과 아미타불, 관세음보살이 그리고 대광보전엔 비로조철제불상이 모셔져 있다고 한다.

뜰 한구석 연지에선 늦둥이 연꽃이 피어있었다. 꽃잎이 작으면서도 연한 붉은 빛이 정말 여리고 고왔다. 크고 화려하다고 해서 다 예쁜 건 아니란 걸 보여주었다. 우리 토종 연꽃이란다.

순간의 일이었다. 운전수가 가장 끔찍하게 생각하는 돌발 상황이 일어났다. 저쪽에서 달려오는 차를 미처 보지 못했다. 학 저수지를 들어가려다 길을 잘못 들어 급히 되돌아 나오는 길에 벌어진 일이었다. 급브레이크를 밟으며 "뭐해요 좀 성의껏 봐 주시지." 놀라서 내지른 내 목소리에 순간 표정이 굳어지면서 말문을 닫은 아내에게 너무너무 미안했다.

이를 어쩐다. 그 상황에서 순간 정신이 어찌 됐었나보다. 나도 모르게 아내에게 큰소리를 내고 말았다. 미안하단 말은 꼭 하고 넘어가야겠는데 자꾸 미루고 있다. 난 바본가.

철원 한탄리버스타호텔

토고저수지와 제2땅굴

2016년 8월 31일(수)

오늘은 해설사가 동행하는 DMZ안보관광. 어젯밤엔 비까지 뿌려주었다. 공기는 깨끗하다 못해 상큼하기까지 하다. 주말이 아니라서 본인 차를 가지고 들어가야 한단다. 자동차 지붕에 등을 올리고 유리창에 안보관광이란 표지판을 걸었다. 해설사의 입이 바쁜 만큼 내 귀가 호강하지 못하는 것은 날씨 탓도 있겠지만 기억력이 전만 같지 않아 오래 가지 못하기 때문이다.

학이 나는 모습을 닮았대서 붙여진 금학산을 멀찌감치 두고 달리는 중이란다. 초소를 지나니 토고저수지가 숲속에서 숨바꼭질을 하잔다. 얼마나 너른지 바다 같다고 한다. 초병이 저수지에 장난삼아 던진 돌이 바닥에 도달하는데 3일은 족히 걸렸다는 우스갯말이 생길 정도로 고기가 많다고 한다. 저수지가 깊어서는 물론 아니다. 돌이 고기 등에 걸려서 못 내려간다는 얘기다. 그 물 반 고기반인 저수지를 가려면 지뢰밭을 가로질러 가야 한다는데 누가 목숨 걸까. 요즘도 멧돼지가 지뢰를 밟아 죽는 일이 일어나는데 다 수놈이란다. 암놈과 싸우다 욱하는 성질을 못 이겨 조심성을 잃어서 그렇단다. 수컷들이라니. 내 욱하는 성질이 그놈들을 닮은 모양이다.

제2땅굴은 겨울 소식의 전령사 쇠기러기와 두루미의 낙원이라는 철새마을을 지나 도착했다. 전엔 미처 몰랐는데 계단의 길이는 나이에 비례하는 게 맞는가 보다. 걷다보면 천장에 머리를 자주 부딪치게 되는 것도, 물 끼머금어 바닥이 미끄러워 더 멀게 느껴지는 것도, 돌아 나올 때는 학생들 걸음걸이를 따라 잡느라 힘을 빼는 바람에 발이 더 후들거리는 것도 다 나이 탓이다.

땅굴은 북에서 17살 소년병들을 동원해 손으로 팠다는데 100m를 파는데 1개월이 걸렸다고 한다. 철조망 너머에 있는 인민군들에겐 기억하고 싶지 않는 곳이겠지만 우리에겐 안보의 경각심을 일깨워주는 살아있는 교육의 현장이다.

언제 쯤 그리움과 희망의 길이 보일까. 너무 오래 기다리지 않았으면 좋겠다.

철원평야전망대에서 두루미관 월정리

전망대는 모노레일을 타고 올라가야 한다. 그러나 너른 철원평야는 짙은 안개에 시야가 가려 보진 못했다. 왼쪽의 너른 평야의 중심 어딘가에 옛 궁예 도성지가 있을 것이라고 짐작만 할 뿐이었다. 그 안에 세종대왕의 단골 사냥터도 있고, 김일성이 고지를 빼앗겼을 때 3일 동안 통곡했다는 김일성고지도 있다. 백마고지는 오른쪽이란다. 안개가 몽땅 가렸다. 보이고 싶지 않았던 모양이다.

평강고원 너머에는 10만 인구가 산다는 이북의 평강시. 철원평야의 현무암지대와는 달리 평강고원은 해발 350m 위의 편마암지대이다 보니 감자 옥수수가 잘 자라는 옥토라고 한다. 가슴 아픈 역사의 흔적과 살아있는 생태계의 보고를 보고 있자니 착잡하다. 모노레일을 타고 내려갈 때는 동숭저수지가 한눈에 들어왔다.

철원 두루미관에선 박제두루미를 보고 가야 한단다. 두루미를 보면 10년은 젊어진다고 한다. 두루미를 보았으니 1년은 안 젊어졌겠나. 욕심이 끝을 모른다.

월정리역은 원산 가는 간이역이다. 월정리역에서 옮겨다 놓았다는 열차의 잔해를 보고는 인증사진 한 장 찍고 나니 시간이 남는다. 광장 뒤편 연꽃단지를 구경하고 가자는데 비 맞으며 걷고 싶지 않은 날씨다. 일행들은 정자에 올라가고 우리 부부는 우산부터 챙겼다.

철 지난 연잎보단 자그마한 수련이 더 고운 계절이다. 흰색, 자주색, 연붉은색의 그 꽃잎들이 웃고 있는 고운 모습에 반해 연못을 한 바퀴 둘러보았다.

노동당사 앞에 차를 세운 것은 철원역사, 제2금융조합, 일본인이 돈 좀 긁어모았을 얼음 창고, 농산물검사소를 주마간산 하듯 둘러보고 나온 뒤였다.

느지막해서 먹은 점심은 막국수였다. 수육도 잘 삶아졌고 막국수도 향을 잘 살렸는데 양념장 맛이 독특하다. 면이 조금 질긴 건 메밀 함량 탓인가.

철원 직탕폭포 보고 금화 쉬리생태공원

2016년 9월 1일(목)

화천으로 이동하는 날이다. 구름 한 점 없는 맑은 하늘이 유혹하고 있었다. 아침은 사과 한쪽 베어 물었다. 송대보를 찾아 가려고 나섰다. 어제 물안개 사이로 본 경치가 너무 멋있어 보여 그랬나보다. 길눈은 아직은 어둡지 않다고 자신했었는데 도저히 못 찾겠다. 귀신이 곡할 노릇이다. 바로 거기였는데. 그 길이 내 눈에는 보이지 않았다. 난 내비가 길 안내 안 해주면 멍텅구리라는 걸 알았다. 포기는 빨라야 한다. 작은 나이아가라라는 '직탕폭포' 로 방향을 바꿨다. 작은 것이 귀엽고 예쁘단 말뜻을 알 것만 같다.

쉬리생태공원은 43번 국도를 따라 달리다 보면 금화읍내에 있다. 8개의 솟대로 길손을 맞는 공원은 넓은 면적을 차지하지 않았으면서도 규모 있게 잘 꾸며놓아 부담스럽지 않았다. 여유로운 마음으로 꼼꼼하게 둘러보고 갔다.

쉬리마을의 순댓국집은 하동에서 놀러왔다 눌러앉게 되었다는 하동댁의 손맛이다. 밑반찬으로 나온 김치며 정구지에 들깨가루 맛은 물을 필요가 없다. 고향인 지리산 흑돼지만을 사용한다는 순댓국 한 사발을 완 쿡하고 왔다.

춘천 세종호텔, 베니키아 춘천, 베어스호텔

춘 천

용화산 자연휴양림

2013년 10월 16일

여행은 행복을 주고받을 줄 아는 사람들의 특권이다. 옷깃을 스치는 인연도 중요하지만, 대화는 없어도 서로 밝게 웃어 줄 수 있는 만남이 있어야 한다. 엔도르핀이 솟는 건 덤으로 치면 된다.

만족할 줄 알고, 자신감이 넘치는 인연들을 먼발치에서나마 볼 수 있으려니 기대부터 하는 게 먼저다. 춘천은 나들이삼아 하루에 다녀올 수 있는 곳이라는데 우린 호텔까지 잡았다.

"도착하면 먼저 맑은 공기부터 마시며 걸읍시다. 나 이번엔 계획 같은 거 없어요. 그때그때 생각나는 대로 움직일 생각이니까. 참 가보고 싶은 곳 있음 말해요. 장광용 교장이 '용화산 휴양림숲길' 이 끝내준다기에 그리로 방향을 잡을 생각인데 괜찮겠어요?"

"맘대로 해요. 운전수 맘이지 뭐. 어디 가서 맛있는 거나 사줘요. 운전

조심하구요."

그렇게 도착한 휴양림인데 내릴까말까. 망설이게 하고 있다. 하늘이 꾸물거리는데다 바람까지 차게 느껴지니 쉽게 용기가 나지 않는다. 산길로 들어서는 것이 영 맘에 내키지 않아서다.

"자기야! 어쩐다. 저기 산허리에 길이 보이지요? 그 길로 죽 걸어가는 것이 1코스인 것 같은데 아마. 2코스는 어디냐 하면… 쯧! 그냥 오늘은 찌뿌듯한데다 날씨마저 잔뜩 흐려있어 차에서 내릴 맘도 없어요. 어떡하지. 그냥 내려가자니 온 길이 아깝고."

따끈한 방이 있는 식당에 들어가 맛있는 거 시켜먹는 생각을 하고 있었다. 그 생각이 다리 앞에서 끊겼다. 발이 내 맘 같지가 않다.

"다리 건너서 조금이라도 걷다 가야겠는데. 바로 내려가는 건 휴양림에 대한 도리는 아니지. 여기부터가 3코슨 가본데. 낙엽이 장난 아니네. 엄청 쌓인 거 봐요. 이리로 날 따라와요. 여기 보이는 길로."

낙엽을 발로 슥- 슥- 긁으면서 걸어갔다. 보물찾기 하듯 낙엽 속에 숨은 길 찾는 일이 쉬운 일은 아니지만 재미는 있다. 미로길 놀이처럼 지형도 살펴야하고 결단도 정확하고 빨라야한다. 그런데 그만 길을 잃고 말았다. 산을 헤맨 것은 순전히 서두른 내 오판 때문이었다. 그러나 중도포기는 자존심이 허락하지 않고 길은 안 보인다. 이럴 때는 원위치가 답이다.

마음을 내려놓고 벤치에 걸터앉아 쉬고 있으니까 나무가 보인다. 그동안은 누워있는 낙엽만 보고 걸었는데, 신기한 건 달려있는 단풍이나 누워있는 낙엽이나 거기서 거기더라는 거지요.

"오! 단풍이 예쁘네." 멀리서 보면 불을 지펴놓은 듯 활활 타는 모습일 게다. 숲에 들어와 보면 물기 잃은 낙엽이 힘겹게 달려있다. 그거나 저거나 자연의 비밀을 진실처럼 보이고픈 몸부림이었나 보다.

여행은 시간을 버리며 여유부리는 놀이다. 힐링이란 단어는 잘 알지는 못하지만 도착하면 걷고, 약수가 있으면 마시고, 맛난 음식 찾아다니며 먹고, 마주보며 생각 없이 환하게 웃을 수 있는 것이 힐링이다. 난 단풍일까.

아니면 그리 우기고 싶은 낙엽일까. 철은 지났을지 몰라도 단풍들 나이는 아니지. 그리 믿고 싶은 거다.

춘천세종호텔

소양호에서 뱃놀이하며 청평사

2013년 10월 17일

"잠깐만요! 여기 두 사람 더 있어요." 목청껏 소리 지르며 출항하려는 배를 불러 세우는데 성공했다. 숨이 차다.

뱃놀이는 사람을 살짝 흥분하게 만드는 마약 같은 뭐가 있나보다. 배만 타면 먼 거리건 짧은 거리건 사람들의 마음을 들뜨게 하니 매력이 있다. 목소리도 조금 커지고, 너나없이 더 높은 곳으로 올라가려고 애쓴다. 배타고 고작 10분 거린데도 분위기는 뱃놀이 수준이었다. 젊은 남녀가 김밥 먹는 모습이 어찌나 맛있어 보였는지 내침이 꿀꺽 넘어가는 소리가 귀에까지 들렸다.

식당가를 지나 매표소까지도 짧은 거린 아니다. 거기서 청평사까지가 2Km. 매년 11월 1일이 단풍이 제일 아름답다고 자화자찬하는 사찰이다 보니 그 기분을 느끼고 싶은 마음에 느림을 실천하려고 작심한 사람처럼 걸었다. 발 빠른 녀석들은 고새를 못 참고 물색 옷으로 갈아입었는데 정말 곱던걸요.

단풍이 제법 들었다며 아이처럼 좋아 어쩔 줄 모르는 아내의 손을 덥석 잡았다. 내 아내의 웃는 모습만으로도 단풍은 저리가라다. 요 머리 위의 단풍 좀 보라며 환한 웃음을 흘리고는 자리를 뜨는 모습이 더 곱다. 초가을의 운치에 한껏 취하고 있었다. 계곡의 아기자기한 모습은 책갈피에 끼워둔 추억을 한 장 한 장 들춰보는 기분이었다.

그곳의 작은 조각상과 폭포는 그냥 고향의 모습이었지만, 뱀이 몸을 칭 칭 감고 있는 공주는 이런 전설을 들려주었다. 공주를 사랑한 죄로 왕에게 죽임을 당한 남자는 뱀이 되어 궁궐로 돌아와 공주의 몸을 휘감고 풀지 않자 공주는 이 절을 찾았다고 한다. 공주가 청평사로 가던 중 뱀과 함께 머물렀다는 공주골이 폭포 옆에 있다.

구성폭포는 폭포의 높이가 7m로 저번이나 오늘이나 여전히 범접할 수 없는 기운으로 들고나는 중생들을 살필 게다. 아홉 가지 소리를 낸다하여 붙여진 이름이라고 한다. 거북바위도 보고 간다.

청평사 입구에는 '장수샘' 이라는 푯말이 있다. 사람들이 유독 오래 머무는 곳이다. 사람마다 물을 떠 권하고 다시 떠 자신의 입을 축이고 빌었을 소원, 그것은 무병장수 일 게다. 한 컵씩 벌컥벌컥. 우리도 그냥 지나칠 위인은 못되는가 보네요. 배낭을 열어 병에 가득 담아가는 수고까지 했으니 말이에요. 생각보다 크고 아름다운 절이었다.

"우리 모두 100세 시대에 건강 장수 합시다. 앓다 가는 불행만은 우리 모두 피해갑시다."

내 말에 둘러서서 물을 마시려던 사람들이 박수치며 환하게 웃는다. 긍정의 말 한마디는 여행에서 주고받는 엔도르핀이다. 오늘 하루는 덤으로 받은 선물 같다.

춘천세종호텔

춘천 강원숲체험장에서 밤벼락을

2016년 9월 21일(수)

내비게이션이 고장 났다. 주소밖에 아는 것이 없다. 그렇다면 외지에서 주소만 갈고 거리의 이정표를 보며 운전하는 데 아무 문제도 없을까. 엄청 불편할 것 같다. 장거리 여행은 엄두도 못내는 사람들이 있을 것이다. 우선 나부터.

GPS내비게이션 제품이 출시되면서부터 장거리 여행이 참 편리해졌다. 젊은 사람들은 핸드폰으로 길 찾기부터 들어가겠지만 우리 세대는 그도 여의치 않은 사람이 많다. 그러니 내비게이션을 고치지 못한다면 출발해야 하나 말아야 하나 망설이는 것이 먼저일 것이다. 아날로그 시대에도 가끔은 길 찾느라 애먹긴 했지만 큰 불편 없이 다녔던 것 같다. 지금도 향수를 그리워하며 가끔은 내비를 끄고 달릴 때 기분이 째지는 걸 느끼는 건 향수 때문일 것이다.

이렇듯 아날로그의 젊은 시절은 스스로 할 수 있었던 많은 능력들이 디지털 시대에 살면서 쓸모없어지거나 잃어버린 것들 때문에 불편을 느낀다. 나에겐 전동드릴이 아직도 방학숙제만큼이나 어렵다.

아무 생각 없었다. '숲 체험' 을 내비에 찍었다. '강원 숲 체험 장' 이 내비에 뜬다. 콜. 황당한 일이 벌어지고 수습하느라 끙끙거려야 했다. 조심스럽지 못한 내 행동으로 하루가 엉망진창이 되고 말았다. 계기판을 보고 최소한 거리가 얼마나 되는지 어느 길로 가는지만 확인 했어도 이런 일은 없었다. 제천-춘천 간 중앙고속도로 들어서기 전에만 눈치 챘어도 늦진 않았었다.

비구름이 몰려드는 횡성터널을 지나고 파란 하늘을 불러들인 춘천휴게소가 나오고 나서야 잘못된 것을 알았으나 이미 늦었다. 50여분이나 달려온 뒤였다.

"그럼 차 돌려야지요. 이렇게 먼 길을 갈 거 뭐 있어요. 갈 땐 또 어떻게 가려고. 아무데나 가면 되지. 차 돌려요."

"아! 미안해요. 거리상 다 온 거 같은데 한 번 들어나 가봅시다. 어떤 곳인지 궁금하지 않아요? 이 도로에선 차 돌리기도 쉽지 않으니까. 가 봐서 걷는 데 있으면 조금 걷다 가면 되지. 어디면 어때요 이왕지사 이리 된 거."

그리 간 곳이 '강원 숲체험장' 이었다. 삿갓봉까지 가지 않은 것은 정말 잘한 일이었다. 시간 반 걸었으면 되었다며 만족하게 내려가는 길이다. 밤새 비바람이 불더니 하늘이 선물을 보내주었나 보다. 산책길에 알밤이 쫙 널려 있었다. 우릴 기다리고 있었다. 눈이 휘둥그레졌다.

"이거 웬 밤이래. 주어도 되는 건가."

"그럼요 우리 돈 내고 들어왔는데. 근데 웬 밤 벼락을 다 맞지."

정신 차려보니 우리 부부는 알밤을 줍고 있었다. 굵은 놈만 골라 줍는 여유까지 부렸다. 배낭은 물론 주머니마다 가득 채웠다는 거 아닙니까. 산에 밤이 떨어져 있는 걸 본 적도 주워본 적도 없었던 우리 부부의 생전 처음 경험하는 일이라 가슴이 벌렁벌렁 했던 기억이 난다. 어떻게 이런 일이 우리 앞에. 믿기지가 않았다. 꿈만 같았다. 너무나 행복했다. 피로는 무슨 엔도르핀이 팍팍 솟기만 하더구먼.

이 선물을 받으려고 그 먼 길(126Km)를 달려 왔나보다. 인생에도 내비게이션이 있다면 요긴하게 쓸 수 있겠단 생각을 한 하루였다.

춘천 남이섬을 다녀와서 잣 국수 먹으러

2019년 6월 21일(금)

이 깊은 산골, 공기 좋은 곳에 와서 서둘러 떠날 이유는 모르겠지만 2시간 거리라는 바람에 양보한 것 같다. 휘 둘러보고만 나온다면 두어 시간이면 족하다. 그러나 10여년 만에 다시 찾는 남이섬이니 제대로 즐기려면 서둘러야 했다. 9시 20분, 첫배는 아니더라도 하며 달렸던 것 같다. 7시 30분에 출발했다.

하늘이 파랗다 못해 시리도록 맑은 날씨다. 예감은 좋았다. 내가 밤꽃향이 널브러진 숲을 헤치고 달리며 코를 킁킁거리는 동안, 아내는 청상과부도 아닌데 밤꽃에 정신이 혼미해진 모양이다. 눈감고 있는데도 웃고 있다. 기계 충처럼 군데군데 허연 자국을 드러낸 산들을 보며 묘하게 얼굴이 먼저 반응한다. 우리 세대만이 경험한 슬픈 이야기다. 우린 기린터널 등 수많은 터널을 퍼레이드 하듯 통과했다.

선착장에서부터 많이 변했다. 주차장은 광장으로 바뀌었고, 주차장은 가로 밀어냈다. 주차비는 일괄적으로 4천원. 산비탈을 깎아 만든 제4주차장에서 걸어서 2분도 안 걸린다. 임시여권인 티켓을 구입해 배를 타니 또 낯설다. 둘러봐도 외국인이다. 입 꾹 다물고 오늘 하루 손짓, 발짓하며 다니면 되겠네. 우린 눈빛으로 의견일치를 보았다.

첫 관광은 유니세프 나눔 버스와 Story Tour Bus중 택1. 우린 STB 투어. 5km의 거리의 섬을 '연가' 에서 주인공이 자전거 데이트 했다는 강변길을 달리는 코스부터 시작하는 투어였다. 해설사는 한국말로 설명한다. 어수선한 건 당연하다. 춘천에 잘 오셨다는 의미의 '입춘대길' 문을 지나 노래박물관, 옥화주막, 안개꽃과 양귀비정원, 이모작 논, 낙우송 숲길, 태울 때 자작자작 소리난다하여 이름 붙인 자작나무숲, 송파은행나무거리를 지나 원위치하는 투어다.

우리만의 여행은 중앙로를 따라 남이섬 땅끝(두물머리)까지 걷는 일이었다. 손짓발짓해가며 관광객들과 어울리는데 최적화된 곳이다. 찍어주고 찍어 달라면 된다. 무슨 말이 필요한가. 자리가 생기면 앉았다 가고, 허전하면 주전부리도 빼먹지 않을 생각이다. 남이소시지, 솥뚜깍 찐빵, 양꼬치, 쏘나타 호떡.

동쪽강과 서쪽강이 만난다는 '창경대' 에선 수상스포츠의 매력에 빠져보기도 하고, 고즈넉하여 정감이 느껴지는 조선시대 왕실의 산실청으로 쓰였다는 정관루는 이미 아줌마들이 전세 낸 상태라 근접 불가. 안국동 풍문여고자리에 있던 것이란다. 인사동 길에는 10여 년 전에 하룻밤 묵어간 추억이 있는 남이섬 갤러리호텔이 그대로였다.

배용준과 최지우의 겨울연가 촬영지, 메타세콰이어 길에선 우리도 주인공처럼 손 꼭 잡고 폼 한번 잡아 보았다. 착각으로 행복할 수 있는 것도 감사해야 한다. 커플자전거 하늘자전거 못 탄 거 후회할 새도 없다. 5시간이란 시간이 훌쩍 지나가 버렸다. 걸어도, 쉬어가도 좋은 곳. 국적뿐 아니라 나이까지도 잊고 하루 보내기엔 이만한 여행지가 또 있겠나 싶다.

남이섬에선 바람이 구름을 멀리 내다버린 줄 알았는데, 구름에 비가 무임승차 했나보다. 비 냄새가 솔솔 풍긴다. 그 좋던 하늘에서 구름이 바람을 앞세우더니 해를 가리기 시작한다. 대낮인데 머리 위에서 호령을 한다. 목적지를 수백m 앞두고는 무게를 이기지 못하겠는지 흘리기까지 한다.

'잣국수 전문점' 의 배추김치와 콩나물 맛은 정말 기가 막히다. 손맛 좋은 가정집에서 기분 좋은 날, 주부가 한껏 뽐낸 그런 맛이다. 요즘 식당에서는 맛보기 힘든 맛이다. 자동적으로 눈이 스르르 감긴다.

잣 국물은 음미하다 보면 묘하게 빨려든다. 두유처럼 혀를 자극하는 강한 맛이 아니라 우유 같이 혀에 감기는 진한 맛이다. 잣 애호가인 아내는 싱글벙글, 입에 도는 잣 향이 고급지단다. 나는 아빠미소를 흘리고 있다.

리조트 커플 방은 기대에 미치지 못했다. 일자형배치가 공간 활용도는 높을지 모르나 좁은 느낌이다. 그걸 배란다가 카버하고 있었다. 오늘은 비가 오다보니 베란다도 사용 불가. 선뜻 문 열고 나갈 수 없다. 맑은 날, 차 한 잔 맥주 한 잔 나누는 둘만의 공간이라 눈길이 자꾸 간다.

연인산 온천리조트 C 202호

춘천 구곡폭포

2019년 9월 1일(일)

피할 수 없으면 즐기라 했던가요. 열대야가 연일 계속되는 8월의 무더위를 견디다 못해 불쑥 꺼낸 말이. "자기야! 우리 며칠 시원한 호텔 피서 다녀올까?"

금년 여름이 워낙 더웠어야지요. 그래 차일피일 미루다 보니 어느새 가는 여름 아쉽고 오는 가을 그리워 떠나는 여행이 되었다. 일기예보에는 오늘부터 가을장마라는데 선선한 바람과 파란 하늘이 기분을 한껏 끌어올렸다. 86km라 첫길이 먼 길 아니니 마음이 홀가분해서 나비요, 풍선 같았다. 아침에 몸이 무겁게 느껴지는 건 세월 탓이다.

더위에 지쳐 제 컨디션으로 돌아오는데 드는 시간이 좀 걸리겠지만 그것도 나이에 비례하는 것 같다. 어쨌거나 이런 상큼 달달한 기분 오랜만이다. 가평서부터는 산을 타고 오르는 안개에 넋이 나갔다. 도로가 뻥 뚫렸다. 이른 시간, 매표소를 지나 작은 계곡에 얹은 다리 하나를 건넜을 뿐인데 개울물 소리가 천둥소리처럼 들린다. 귀가 뻥 뚫리더니 머리가 맑아지는 것 같다. 내 귀에서 같이 사는 귀뚜라미가 우는 줄 알았다. 타이르듯 애잔하게 울어주는 매미소리는 가을이라 울림이 있다. 자기처럼 서두르지 않은 아쉬움을 갖고 있진 않나, 더 늦기 전에 다시 한 번 되돌아보란 소리다. 나는 안타까워 일러주는 유언처럼 들린다.

폭포전망대로 가는 길은 계곡을 지날 때마다 한 글자씩 보여주었다. 꿈, 끼, 꾀, 깡, 끈, 꾼, 꼴, 깍, 끝. 봉화산이 품고 있는 구곡폭포는 아홉 골짜기를 돌아 들어가야 만날 수 있는 깊은 계곡이라고 한다. 그 골짜기마다 맛깔스런 우리말로 길안내를 하니 보고 읽는 재미 또한 쏠쏠하다. 인생을 희망을 잃지 말고 걸어가란 말 아니겠소. 이 글은 분명 무심하게 지나친 사람이 있는가 하면, 분명 어느 젊은이의 가슴을 뛰게 했을 것이다. 그리 걸으며 챙겨 읽고 음미하다보면 먼 거리는 아니었다.

바로 이 숲길이 몸과 마음의 긴장을 풀어주고 활력을 되찾는 자연요법이 먹혀드는 길이 맞다. 드디어 목적지. 하늘과 폭포의 끝이 맞닿아 있는 장엄한 구곡폭포를 올려다보고 있으면 온갖 시름이 한방에 날아가는 후련함을 느낀다. 시원한 물줄기를 쏟아내는 구곡폭포는 올려다보는 것으로도 감격스럽다. 아홉 구비를 돌아 떨어진다는 물줄기에서 내는 소리까지 웅장하다. 물줄기에서 뿜어내는 바람이 한기를 느낄 정도로 서늘하기까지 한다. 뭘 더 바라겠는가.

문배마을(봄내길 2코스)

구곡폭포에 정신 줄 놓지 말고 이쯤해서 내려와야 한다. 뻥 뚫린 가슴은 손수건으로 임시변통하고 잘 닦은 산길을 40여분 걸어 깔딱 고개를 넘으면 10여 가구가 있는 산촌마을이 나온다.

어찌된 일인지 설레는 마음과는 달리 문배마을 가는 길은 신발의 무게가 천근이나 된다. 한 구비 돌면 가쁜 숨 내쉬어야 하고, 또 한 구비 돌면 의자에라도 앉아 쉬었다 가야 한다. 오늘 컨디션은 엉망이다.

마무리는 통나무 계단인데 어떻게 걸어왔는지 모를 정도로 힘들게 올라갔다. 마을이름은 짐을 가득 실은 배처럼 생겨서일 거라는 말도 있고, 문배나무의 자생지라서 붙여진 마을이름이라는 설도 있다. 200년 전의 일이다.

식전 댓바람에 걸은 길이 주차장에서 3.3km. 능선을 기점으로 문배마을까지 0.3km, 구곡폭포를 다녀왔는데 삼거리에서 구곡폭포까지가 0.9km란다. 그걸 다 합치면 9km를 걸었다는 얘긴데 매표소에 적혀있는 거리는 훨씬 짧다. 어느 걸 믿어야 하나.

안내도를 보고 점찍어둔 집은 삼거리에서 오른쪽으로 쑥 걸어가는 집이다. 그 길은 화사한 꽃길이었다. 우리의 관심사는 온통 산채비빔밥과 싱싱한 손두부에 가 있었다. 아침을 그걸로 해결하려고 이 마을까지 왔다고 해도 틀린 말은 아니다. 맛나게 먹었다. 배고프니 다 맛있었더란 말 진리였다. 내 입에는 곁들이로 내놓은 된장찌개와 묵은 지 볶음이 특히 맛나던데.

코스모스 한들한들, 매미의 처량한 울음소리, 성가신 거미줄마저 마다하지 않고 문배마을의 생태연못을 걸었다. 전에 이곳에서 쑥을 한 짐 캐서 쑥떡으로 동네잔치 했던 기억을 떠올리는 중이다. 많이 변했어도 기억이 헤집고 들어갈 자리는 남겨주어 고맙다.

김유정문학마을

춘천시 신동면 설레 마을. 「봄·봄」, 「동백꽃」의 작가 김유정의 고향이다. 그런 김유정문학촌은 주차장이 너르다. 차를 주차하는 순간 실망하긴 했지만. 이게 뭐지. 갈 데가 없네. 순간 허탈한 기분이 들었다. 그 묘한 기분 있죠. 낚였구나 생각드니 기분이 쎄하데요. 멍 때린다는 말. 이럴 때 쓰는 말이란 것도 알겠다.

SNS에 갈 곳이 못된다. 실망만 안고 돌아선다고 했을 때 심사숙고 했어야 했다. 설마 했는데 역시다.

말도 마소. 초가집들이 제각각이에요. 마을 입구에 이응만 이고 서 있었지 농촌풍경을 살린다는 취지는 잃어버린 것 같았다. 낯이 설긴 왜 이리 낯 선지. 젊은이들이 외면하는 한물간 관광지란 걸 실감했다. 소설속의 이야기를 떠올리기는커녕 낯선 풍경에 마음이 쿵 내려앉고 말았다.

복만이가 소장수 황거풍한테 아내를 팔아먹고 도망갔다던 옹고갯길까지 올라가서 능선길을 따라 살레이야기길로 하산하겠다는 큰 그림은 시작부터 까먹기로 했다. 금병산은 한 시간 반 거리라는데 이정표도 안 보인다. 너무 실망이 커서 문학마을은 무슨 하며 동네골목을 조금 걷다 왔다. 걸을수록 실망이 더 커진다. 마무리는 빠를수록 좋겠다.

이런 모습으로 개발하는 것은 이곳을 찾는 사람들에 대한 배신이다. 서둘러 자리를 떴다. 머물다 가고 싶은 생각 1도 없었다. '증도' 를 이런 식으로 개발할 생각이면 정말 안 되는데.

국립 춘천박물관

공사 중이니 박물관 주차장이 아닌 호반체육관주차장에 대란다. 다행히 주차장에서 박물관으로 가는 계단은 옛이야기를 들려줄 것 같은 기대를 갖게 했다. 상설어린이문화공간을 먼저 만났다. 그래 그런가. 이미지가 박물관이란 딱딱한 분위기 보단 사랑방 같다. 시민이나 아이들의 교실 밖 역사수업을 위해 설계한 것 같아 느낌이 좋다. 첫인상이 중요하다.

새로운 스타일의 공간배치가 눈에 뜨인다. 유물전시도 어린이들이 쉽게 다가갈 수 있도록 배열한 것이 인상적이다. 알차보이질 않고 조금 허술하고 부족하단 생각이 드는 건 이곳저곳 다녀본 나의 욕심일 것이다.

전시실은 중앙에 원통형 홀에서 들어가도록 되어 있다. 특히 1층 홀은 활용도를 극대화했다. 그 활용도면에서는 대단히 창의적이었다. 쉽게 문화유산을 접하고, 함께 이야기 나누다 갈 수 있는 공간이었다. 우린 2층서부터 둘러보며 내려오기로 했다.

이번 전시의 주인공은 단연 '추암동 토기' 다. 동해시 추암동에서 신라토기와 대가야 토기가 함께 발견되었음에 주목하고 있었다. 특히 '굽다리긴 목항아리' 의 양식이 아가리 부분은 신라 토기양식인데 몸통은 대가야양식이라고 한다. 합천, 진주 등에서 보이는 두드림 흔적이 일부 남아있는데다 그릇받침이 삼각형으로 투창을 빗은 점이 그것이라고 한다. 말하자면 대가야와 전혀 관계가 없는 강원도에서 그 두 양식의 혼합형 토기가 발견된 이유는 무얼까.

동해 추암동 유적과 삼척 갈야산의 출토 유물로 이야기가 이어진다. 강원도는 대가야의 영역인 적이 없었다는데 1500년 전 대가야가 신라에 망할 당시로 되돌아갈 필요가 있다. 대가야 인들이 이곳 낯선 땅에서 삶을 마친 사람들의 이야기를 흥미진진하게 풀어 보이고 있다. 신라무덤 55기와 수백 점의 유물이 발견되었는데 그중 일부 무덤에서는 대가야의 토기와 함께 대가야 출신으로 추정되는 사람들이 묻혔다는 것이다. 그들이 이 먼 곳까지 와서 삶을 마친 이유는 무엇일까. 대가야가 멸망하자 이곳 깊은 산속으로 숨어들어왔거나, 강제 이주 당했을 것이고 죽는 순간까지 고향을 그리워하며 토기와 함께 묻히면서까지 고향을 기억하려하지 않았을까.

이는 어찌 먼 과거에만 일까. 속초 아바이마을은 잘 알려진 근대 6.25전쟁이 빗은 실향민들의 고향이 아닌가. 이들의 소중한 일상을 둘러보는 것, 또한 좋은 삶의 지혜가 될 것 같단 생각을 해본다. 난 어디서 온 누구일까?

저녁은 양념숯불닭갈비. 종업원이 다 구워주지만 연기가 많은 것이 흠이다. 앉아 젓가락질만 하면 되지만 부족한 밑반찬이나 물은 셀프다. 맛에 서비스가 받쳐주었다. 레스토랑분위기였다.

베니키아 춘천 베어스호텔 612호

춘천 청평사

2019 9월 2일(월)

오늘은 2013년 10월처럼 소양호 선착장에서 유람선을 타고 뱃놀이하며 청평사로 들어가질 않고 내 차로 이동했다. 5,057m 길이의 배후령터널을 통과하고, 북산면의 한적한 시골 풍경도 만끽하면 된다. 오봉산을 차로 지그재그 길을 힘들게 달리다 보면 가을의 초입에 들어선 나무들에 시선을 자주 빼앗기게 된다. 그러다 보면 주차장이 나온다.

차에서 내려 '부용교' 를 건너면 소양호 물길 따라 오봉산 기슭에 자리잡은 청평사 입구다. 고려 광종 때 보우선사가 중건했다는 사찰, '섬 속의 절' .

'평양공주를 사랑한 죄밖에 없는 한 청년이 당태종에게 죽임을 당하자 상사뱀으로 환생하여 공주의 몸에 붙어 살았다. 그 평양공주가 이곳까지 와서는 공주굴에서 하룻밤을 자고, 공주탕에서 목욕 한 후 스님의 가사를 만들어 입고 절에 들어서니 상사뱀이 인연을 끊고 해탈했다고 한다. 이에 당태종은 고마운 마음에 청평사를 고쳐지으면서 상사뱀이 윤회를 벗어난 문을 회전문이라 했다고 한다. 공주가 상사뱀을 떼어낸 은혜를 갚기 위해 세웠다는 공주탑의 이야기까지 전해오고 있다.'

태평공주와 상사뱀의 이야기만큼이나 단풍으로 유명세를 탄 사찰이다. 오늘은 단풍은 입질만 하고 까마귀와 매미, 개울과 바람의 소리가 귀에 익은 듯 낯 설지가 않다. 발걸음이 되게 가벼운 건 기분 탓이다. 청평사의 이야기를 하나도 빼놓지 않고 담아갈 생각이다. 그 의미로 평양공주와 셀프 사진부터 한 장 박았다.

거북이가 물을 바라보면 청평사가 크게 번성할 것이라는 전설을 증명이라도 하듯 개울을 보며 앉아 있는 '거북바위', 오륙십 보 걸으면 애기폭포가 있고, 좀 더 걸으면 소나무 아홉 그루가 있어 붙여졌다는 구송폭포의 우렁찬 폭포소리를 들을 수 있다. 삼각형의 석굴 공주굴을 더 가까이 보기 위해서라도 내려갔다 와야 한다.

진락공 이자현의 부도를 대충이나마 보았으면 맞은편 개울에 놓인 징검다리를 건너야 한다. 산자락을 끼고 걷다 보면 금방이랄 것도 없다. 절벽 위에 삼층석탑이 있다. 밧줄을 잡고 바위를 끙끙대며 올라가야 하는데 그것이 삼층석탑을 찾는 매력이다. 올라서면 탁 트인 경치가 시원해서 좋다. 바위에 앉으면 넋 놓고 경치에 빠져들기 좋은 곳이다.

부용봉에 있는 견성암이 연못에 비친다 하여 부쳐진 '영지' 까지 보고 선동교를 건너면 용머리에선 여전히 돌확에 시원한 물을 넘치게 흘려보낸다. 그렇게 18계단을 올라갔으면 청평사의 대문이라는 회전문을 들어서야 한다. 운장대를 돌린다는 의미로 평양공주가 이문을 지나자 몸에 붙어있던 상사뱀이 윤회를 벗어나 해탈하였다는 전설이 있다.

전각을 둘러보느라 평양공주가 머물렀다는 방을 본다는 것을 깜빡 했다. 까먹었다. 다음을 기약해도 되나 모르겄다.

베니키아 춘천 베어스호텔612호

의암호 나들길(봄내길4코스)

2019년 9월 3일(화)

의암호 나들길 4코스의 시작점이자 도착점인 중도 선착장에서 출발했다. 호텔에서 아침 먹고 9시 반. 무성한 연잎을 피해 물가에 자리 잡은 수련과 물새들이 반겨주고, 가을꽃이 가만 놔두질 않는다. 일일이 눈인사 하며 걷자니 바쁘다.

아트센터, 상상마당을 지나 춘천 MBC를 끼고 돌면 이외수의 소설 '황금비늘' 의 배경지라는 '황금비늘테마거리' 다. 걷다보면 느닷없이 떼로 몰려다니는 참새들의 축하비행과도 자주 맞닥뜨려야 한다. 함께 놀라고 즐거워하는 커플들이 앞뒤를 싸고 걷고 있으니 그게 우리에겐 행복이다. 공지천을 보니 문득 "춘천 거 뭐 볼게 있냐. 공지천 밖에 더 있냐!" 심통 부리듯 툭 던지던 친구가 생각난다. 아내는 맥문동, 일일초, 나팔꽃, 메꽃이 있는 꽃길을 걷게 될 줄은 몰랐다며 폴짝폴짝 뛴다.

에티오피아 한국참전 기념관도 둘러보고 가야한다. 우리가 전쟁에 휘말렸을 때 자유민주주를 지켜주겠다고 지상군을 파병하였고, 포로를 한 명도 내주지 않은 유일한 나라라고 한다. 상대에게 결정적 타격을 주거나 궤멸시키는 부대라는 뜻의 '각뉴' 는 연인원 6천명을 파병하여 전사자 657명을 낸 아프리카 유일의 혈맹이다. 2층은 에티오피아의 아디스아바바와 춘천시의 교류활동과 전통역사 및 생활풍습을 전시한 풍물전시실이 있다. 1층은 에티오피아군인들이 한국전 당시 전투상황을 보여주었다. 들러보면 볼만한 것이 꽤 있다. 아프리카의 스위스라 하지 않는가. 이들의 희생에 이제 우리가 보답할 할 차례다.

에티오피아커피를 한 잔씩 손에 들었다. 오늘은 얼마큼 걷느냐가 아니라 걸을 수 있을 때까지 목표다. 엄지 손톱만한 흰 나팔꽃이 연보라 나팔꽃과 어울려 흐드러지게 핀 호반길은 매력덩어리였다. 초가을냄새가 물씬 풍긴다. 체육공원을 지나 덧신 신고 스카이워크를 걸었다. 정말 스릴 있고 재미

있다. 호수풍경도 그림 같다. 물고기상에서 뿜어내는 시원한 물줄기로 피곤함이 가셨으면 소양강 처녀를 만나러 가야한다. 옛 번개시장을 지나야 한다.

박사마을 아낙들이 새벽이면 통통배를 타고 농산물을 싣고 와 난장을 연 것이 시초가 되었다는 작은 나루터다. 많은 박사를 키워낼 만큼 억척스러웠던 그 마을이 지금도 춘천 사람들에겐 자랑거리요 이야깃거리가 된단다. 우린 토끼굴을 지나 공영주차장에 와서야 택시를 불렀다.

점심 먹어야지요. 불판이 있는 닭갈비집으로 갔다. 나에겐 추억이 있는 철판에 지글지글 볶아내는 닭갈비를 먹고 싶은 향수에 젖어 찾아갔고 멋모르고 따라온 아내는 닭갈비 맛은 바로 이 맛이라며 양배추에 쫄깃함과 어울려 환상적이라며 극찬을 아끼지 않는다. 아내의 입맛을 제대로 저격했네요. 나야 좋지요. 아내의 행복이 곧 나의 행복 아닌가요.

다시 원위치. 소양 2로를 건너면 호수는 또 딴 세상이다. 플록스, 나팔꽃, 메꽃, 둥근잎 유홍초, 가시박, 며느리밑씻개, 붉은 토끼풀, 금불초가 호수를 수놓듯 피어있는 호반길이다. 수탉 우는 소리가 정겨운 박사마을도 지나고 포근한 농촌 풍경이 시큰둥해지는 걸 보니 몸이 지쳐있음을 알겠다. 조금만 더. 그렇게 육림랜드와 인형극장을 먼발치로 보며 청소년수련원까지 걸었으면 더 이상은 무리다.

택시를 불렀다. 4시에 호텔에 도착했다. 둘이 다 뻗었다. 저녁은 편의점 신세를 져야 했다.

베니키아 춘천 베어스호텔 612호

증도선착장 봉황대

2019년 9월 4일(수)

예보가 빗나가길 바랐다. 하지만 새벽까진 멀쩡하던 하늘이 비를 뿌리기 시작했다. 가을장마에 태풍까지 덮친다는 예보라 걱정이 된다만 내친걸음이다. 계획을 바꿀 생각은 없다. 증도선착장에서 의암댐까지 우산 쓰고 가을비 맞아가며 청승 떠는 건 나도 질색이다.

인어공주 보러 갈 땐 차를 타고 가야 할 것 같다고 했다가, 그럼 이런 날 걸어갈 생각이었어요. 본전도 못 건졌다. 차로는 10분도 안 걸리는 거리다. 갓길주차장이라 여유가 많지 않은 것이 흠이긴 해도 충분히 매력은 있다. 그곳엔 까만 인어공주가 바위에 앉아 호수를 바라보고 있었다. 물안개를 바라보고 있는 건 인어공주인데 그것을 물끄러미 바라보며 향수에 취해있는 건 나였다.

증도선착장에는 봉황대를 끼고 산책하는 코스가 있다. 데크길을 따라 성큼성큼 앞서 걸으면 아내는 우산 받쳐 들고 내 머리 위에 올리겠다고 깨금발로 따라온다. 이정도 비는 맞아도 된다며 어깨에 힘주지만 실은 허세부리는 거다. 난 우산 쓰는 거 귀찮다니까. 그냥 이정도 비는 맞아도 된다며 자꾸 뒤를 돌아본다. 빗방울 끼만 있으면 아내가 손 번쩍 들고 우산 펴고 달려 올 텐데. 믿는 구석이 있는 거다. 그러니 난 행복에 겨워하는 거 맞다. 가을비에 낭만과 로맨스를 다 잡았다.

봉황대에 봉황이 나타나는 일은 없어야 한다. 정치인들은 진정으로 국민바라기일까. 업적을 챙길 생각에 조바심 나 있는 건 아닐까. 자기반성 없이 남의 허물만 들춰내는 소인배는 없을까. 국민은 닭이고 자신들은 봉황인 줄 착각한다면 그건 메추리 눈이다. 민주주의 깡패가 있다면 그건 유권자가 귀중한 한 표다.

'울밑에 벽오동 심어 봉황을 보렸더니/봉황은 아니 오고 날아드니 오작이로다./동자야 저 오작 쫓지 마라 봉황이 앉게.'

춘천 '달아실'

'달아실' 은 조각가 백윤기미술관이다. '달' 은 Moon. 즉 달빛이 흐르는 골짜기. 그의 작품 60여점과 함께 우리나라의 예술과 문학, 장난감의 역사를 둘러보는 곳이다. 어린이장난감의 변천사를 한눈에 볼 수 있어 세대 불문이다. 아이들에게는 꿈과 희망을 우리 세대에겐 그동안 잊고 살았던 세월을 더듬으면 된다.

4층에는 볼만한 것으로 가득하다. 화가 잔뜩 나 있는 헐크와 사진부터 한방 박아야 한다. SF영화의 전설 '스타워즈' ,철권도의 창시자 '이소룡' 등 그 시절 SF영화에 나오는 인물들에 푹 빠지다 보면 빠져나오기는 쉽지 않다.

3층은 마징가Z, 우리의 자존심 로봇태권 V, 디즈니랜드의 주인공 은하철도 999 등 온통 만화영화의 주인공들이라 정신 줄을 놓게 만든다. TV앞에서 우리 아이들을 넋 놓게 했던 주인공들이 다 모였다. 잠시 고 녀석들의 재롱을 떠올리느라 멍하니 서 있곤 한다. 아이들에게 챙겨준 장난감을 찾아본다고 내가 더 폭 파졌다. 40대는 더 신 날 것 같다. 그 시절 갖고 놀던 아니 갖고 싶었던 장난감들을 다 모아놓았으니 보기만 해도 웃음이 저절로 나올 것 아닌가. 아이들한테도 수다는 더 늘 테고. 우리 아빠엄마도 우리와 같은 시절이 있었구나 하며 동류의식도 가질 것이다.

2층은 초등학교 문방구에서 팔던 완구와 장난감 불량식품에 관광지 기념품 영화포스터 등 추억의 보물들이 잔뜩 쌓여있다.

1층은 백윤기 작가의 갤러리다. 작품을 보고 있으면 순진한 감성의 동화세계를 꿈꾸던 한 청년의 모습이 그려진다. 그의 창의적이고 기발한 아이디어가 돋보이는 작품에 충분히 감탄하고도 남는다.

그 시절 그 문방구를 보러 들어가면 또 딴 세상이다. 과거와 현재를 넘나드는 국산장난감전시장이다. 대부분 플라스틱조립장난감이지만 그 가격 또한 만만치 않다. 귀한 값을 톡톡히 치러야 한다니 그리움도 돈이 되는 세상이다. 4~50대는 향수를 자극하기에 충분한 곳이다. 우리는 아이들을 키우던 그 시절의 고단함과 희망이 그리움처럼 되살아나는 곳이다.

이 마을은 설치예술로 품위를 높였다. 작품의 거리다. 카페, 그림 같은 빵집이 있는가 하면 내가 좋아하는 파스타집 '차오' 도 있다. 한식당은 물론이다. 다양한 소비층의 입맛과 취향까지 사로잡은 것 같다. 여기가 새로운 먹-거리의 미래다.

세종호텔 306호

코로나도 비껴간 닭갈비 여행

2020년 5월 01일(금)

춘천세종호텔이 코로나로 일시 영업을 정지한 이후 생활 속 거리두기의 첫날인 노동절을 기해 오픈한다고 한다. 1박에 6만 5천원이면 괜찮은 거 아닌가요. 국내여행을 다녀볼 만큼 다녀본 사람이 긴 코로나의 터널을 뚫고 간 2020년 첫 여행이 집에서 가까운 춘천이라면 좀 생뚱맞다 하겠네요. 좀 더 먼 길 나서거나, 일정을 좀 길게 잡지 그런 생각을 안 해본 건 아니다. 아직은 조심스러워서.

코로나로 스트레스를 받을 수밖에 없었던 가족 중에 하나였다. 2월 22일 아내가 장염검사를 받기 위해 '은평 성모병원' 에 입원을 했는데 하필 그날 뉴스로만 듣던 코로나환자가 같은 병원을 찾는 바람에 엉망진창 되고 말았다.

아내는 1박 일정을 4박으로 꼼짝없이 묶여 있어야 했고, 금전적으로도 그만큼 대가를 치러야 했다. 다행히 음성이 나와 퇴원하긴 했지만 대중교통수단은 NO. 그리곤 아내는 집에서도 마스크 쓰고 생활했다.

당시만 해도 보건소에서 전화로 하루에 두세 번 체온의 변화 등 안부를 묻는 정도였다. 지금 생각해보면 그것이 2주간 자가 격리 당한 것이다. 낮선 모습에 당황스러웠지만 꼬치꼬치 묻지는 않았다. 그러니 우리 식구도 코로나 때문에 혹독한 시련을 경험한 거 맞다.

자가 격리하는 동안 아내가 몇 번 닭갈비를 입에 올린 것을 기억해낸 것이 이유의 전부였다. 춘천하면 먼저 떠올리는 것이 닭갈비와 막국수. 이를 못 먹고 가면 춘천에 온 의미를 찾을 수 없다고 할 정도로 그 맛이 유명하다고 하잖습니까. 요즘 대세는 갈비 자체가 아니라 토막 낸 닭을 포를 뜨듯이 도톰하게 펴서 양념에 재웠다가 석쇠에 굽는 것이라고 하지만 우리는 갖은 야채와 함께 철판에 볶아 먹는 것을 더 좋아한다.

그걸 탐하러 갈 생각이다. 먹어본 사람은 군침이 돌 수밖에 없는 것은 그 담백한 맛과 적당한 가격이 아닐까요. 모처럼 맛집도 찾아다니며 맘껏 닭갈비와 막국수로 호사를 누려볼 수 있겠다는 기대감에 계획할 때부터 가슴이 설랬다.

구리 휴게소를 지나자 제철인 철쭉꽃이 가는 곳마다 반기는 모습이 봄을 실감했다. 그새 겨울이 갔건만 봄이 온 줄도 모르고 여름장마와 더위를 맞을 뻔한 우리 부부에겐 이번 여행은 덤이 아니라 귀중한 선물 같은 것이다. 그러니 축복의 여행이랄 밖에. 아마도 여행을 다시 할 수 있게 된 것에 감사하는 마음이 더 컸을 것이다. 늦긴 했지만 봄의 끝자락이라도 붙들 수 있었으니 콧노래가 절로 나오네요.

강원 도립화목원

<u>2020년 5월 02일(토)</u>

9시 30분. 오늘은 춘천통나무집 닭갈비집에 가는 날이다. 어제는 점심 때는 물론 저녁에도 한가한 시간을 골라 갔는데도 여전히 사람이 많아 기다리다 먹을 용기가 없어 포기했었다. 닭갈비집마다 마치 축제장 같았다. 해방을 만끽하고 있는 젊은이들의 모습에 우선 당황스러웠다. 허탕 쳤다기

보다는 용기가 나질 않았다.

시간 반을 마스크 없이 자유분방한 젊은이들 속에 끼여 희희낙락한다. 그건 엄두가 안 나니 어쩌겠는가. 점심은 포기하고 저녁에 다시 왔는데도 달라진 것은 없었다.

결국 저녁은 통나무집 옆의 '도지골 등나무' 집으로 자리를 옮겼다. 쏘가리 민물매운탕이 유명하다는 식당이다. 갓 잡아 올린 싱싱한 민물고기에 가을에 채취해 말린 무청과 무 등을 넣어 1차 조린 후, 갖은 양념을 넣고 푹 조렸다는데 얼큰하고 깊은 맛이 우리 입에 맞았다.

오늘은 주말인 어제의 실수를 만회하기 위해서다. 10시에 도착해 30분을 기다린 결과 번호표 2번을 거머쥐는데 성공했다. 철쭉꽃, 메꽃에 마음을 주고 있을 즈음 2번 들어오세요. 우린 닭갈비 2인 분에 마무리는 비빔밥이었다. 동치미와 열무김치가 신의 한수였다. 기다릴 만한 가치가 있었다.

요즘은 숯불에 굽는 집이 대세라지만 이집은 철판요리를 고집한다. 전번 여행 때는 바로 그 숯불닭갈비집을 돌아다니며 소금구이 양념구이로 행복했었다. 지난번 여행은 어딘가 허전하더라는 우리 마님이 철판닭갈비를 그리워하기에 찾은 곳이다.

짚다리 휴양림까지 드라이브를 즐기는데 차에 냉각기가 고장 났다. 차문을 닫고 달리자니 실내가 후덥지근하고, 차문을 열자니 미세먼지가 걸리고 그것만 빼면 드라이브하기 좋은 날이었다. 우린 고생 좀 했다.

강원 도립화목원도 코로나로 사계절식물원은 출입불가지만 산책은 용인되는 조건으로 OK. 산딸나무의 하얀 꽃잎에 홀딱 반했던 것 같다. 걸으면서 본 듯 처음인 듯 낯선 듯 익은 모습을 한동안 즐기다 왔다.

저녁은 호텔에서 걸어서 20여분 거리인데 택시를 불렀다. 실버막국수(11:30-19시)집도 서둘러야 했다. 막국수는 메밀가루를 반죽하여 국수틀에 뽑아낸 면을 금방 삶아내어 복잡한 조리과정 없이 김치나 동치미 국물에 말아먹거나 야채와 양념에 버무려서 간단히 해 먹는 음식이다.

물론 우리가 마지막 손님이다. 진한 메밀 향을 느낄 수 있었다며 아내가 좋아한다. 나도 맛있게 먹었다. 맛 표현 우리 그런 건 혀가 다 알아서 느끼면 된다. 미세먼지 때문일지도 모른다. 많이 움직인 것 같지 않은데 몸이 알아서 피곤하다고 한다. 푹 좀 쉬어야겠다.

춘천세종호텔

춘천은 닭갈비에 막국수도 있다.

2020년 5월 03일(일)

"하루 두 끼면 되지 뭐. 괜찮지요?" 11시에 먹으면 한참 나이는 점심이지만 우린 아침이다. 오늘도 느긋하게 침대에서 뒹굴다 10시가 다 되어서야 서둘렀다.

아침은 우성닭갈비본점. 그렇게 달려간 덕분에 우리가 1등이다. 이 식당은 11시 정각에 오픈하니 우린 그 시간에 맞추었다. 물론 이집도 철판닭갈비다. 종업원이 볶아주는 철판에 볶아주는 볶음밥으로 입가심했다. "이제 먹어도 되요" 이 말이 그냥 나온다.

우리 마님은 바로 이 맛이라며 극찬을 아끼지 않는다. 여기 음식이 더 순하고 깔끔한 것 같다며 어제 먹은 닭갈비는 양념이 강했다며 은근히 압력을 가한다. 우리 포장해가면 안 돼요. 이집 음식 서울 가서 먹고 싶으면 전화해서 택배 해 달라면 돼요 뭘 걱정하세요. 그럴까 그러면 바로 꼬리 내릴 거면서. 나라고 입이 다를까. 싹둑 가위로 잘라주는 닭갈비에 양배추, 고구마, 떡이 전분데 입맛부터 다시게 된다.

"네 1분 후면 잡숴도 돼요. 비빔밥은 어떻게?"

"네 1인 분만 주세요."

그것으로 대화는 끝이다. 우린 먹는데 열중했다. 점점 속도가 빨라진다. 어제 그 집도 맛은 있는데 자기 입맛엔 맵고 짜고 그런 것 같다며 소스를 조금 덜어놓고 비벼 달라 그럴걸 그랬나 한다. 후평동에서 장사할 때부터니 길들여질 만하다.

대룡산 산림욕장은 5월 1일부터 개장이라고 해서 찾아갔는데 헛다리짚었다. 준비가 덜 되어 개장이 늦어지고 있단다. 그 대안이 구봉산카페거리의 편의점이었다. 궁리랄 것도 없다. 나른한 봄날에 자연스럽게 거리 두기하고 앉으려면 여기만 한 곳이 없다는 걸 경험으로 알고 있어서다. 차 한 잔씩 시켜놓고 해가림 막까지 치고 앉으면 춘천시내는 물론 봉의산자락이 한눈에 들어오는 곳이다.

오는 길에는 메밀새싹만두 1만원 어치를 테이크아웃 했는데 이것으로 저녁을 대신할 생각이다. 문제는 내 배꼽이다. 탈이 나도 크게 난 것 같은데 앓아 눕지 않아도 되는 병이다. 힘들지요. 어쨌건 내일 서울 올라가는 날이니 다행이다.

첫눈에도 시골 노포집이 느껴지는 오래된 건물이지만 내부는 제법 깔끔하다. 이런 곳에 음식점이 될까. 빨간 글씨 있는 날이면 줄 선다는 그런 집이다. 차를 댈 주차장이 마땅치 않으면 어떤가. 나이 지긋한 분들이 많이 찾는 곳이면 전통의 맛을 이어가는 집일 테니 우리 입맛에도 맞을 터.

찬이라곤 달랑 열무김치 한 가지면 또 어떤가. 가끔 비빔막국수에 면수 살짝 붓고 비비기만 해도 맛있다며 따라 할 때가 좋았다. 녹두부침 한 접시 더 시킬까. 그런 날은 무언가 수지맞은 기분이다. 춘천에 오면 그런 생각을 갖는 것만으로도 행복하다.

춘천세종호텔

춘천 제이드가든 수목원

2020년 6월 09일(화)

하루걸러 병원이었으면 지겨울 때도 되었다. 사정해서 시간을 내었다. 제육볶음과 백반이 먹을 만 하다는 여의도 기사식당을 내비에 걸고 가는 중이다. 14Km를 남겨두고 닭곰탕 설렁탕을 하는 정자나루가 있는 강촌을 지났다. 가는 길은 누가 뭐래도 그림이다. 완전 드라이브코스다. 한적한 길 그것만으로도 본전은 뽑았다.

음식은 먹을 만 했지 맛있단 말은 안 하겠다. 다만 한적한 곳에 있어 요즘같이 코로나에 사회적 거리두기에 신경 써야하는 시기에 맑은 공기 흠뻑 마시며 식사를 즐길 수 있는 식당으로 이만한 곳이 있을까 싶긴 하다.

아침 댓바람부터 찾아간 곳은 춘천의 제이드가든 수목원이다. 경로 7천원. 수목원은 봄이어야한다는 편견을 깨는 곳이었다. 아름답고 화사하고 동심 속에 퐁당 빠졌다 와도 뭐랄 사람 없고 적당히 마스크 벗고 산책하다 사람들 인기척이 들리면 다시 쓰고 뭐 이런 자유를 누리기 좋은 곳이다. 오랜만에 즐겨보는 꿈같은 정원나들이였다. 정문을 들어서려면 손세정제에 온도체크는 필수다.

길은 세 갈래다. 단풍나무 길은 90m로 50분. 나무내음 길은 중앙을 관통하여 분수대를 즐기는 길로 800m에 40분. 그리고 숲속바람 길은 1.0km에 60분 코스. 솔직히 거리를 보면 마음이 안 찬다. 그래서 좀 더 멀게 걷겠다며 갓길을 택했다. 단풍나무 길에선 마녀의 집도 보고. 이끼쉼터에선 이끼에 시선뿐 아니라 마음까지도 뺏겼다.

내친김에 스카이 가든까지 걸어가선 그네도 타보고 그렇게 마냥 시간을 죽이다 지칠 쯤 숲속바람길로 들어섰다. 화이트 가든에서 언덕 하나 올라서면 된다. 야생화언덕을 지나 습지원과 목련꽃밭과 만병초원을 지나면 숲속 오솔길이다. 피크닉 가든 에선 느림보처럼 걸었고, 꽃냄새, 나무냄새, 풀냄새, 바람소리, 물소리에 취한다고 뭐랄 사람도 없다. 축하하고 싶은 날

손잡고 찾으면 좋겠다. 혹 알아요. 살아있는 요정이 사는 집으로 초대 받을지.

늦은 점심은 나오다보면 길 건너에 금강막국수집이 보인다. 이집 막국수 맛을 굳이 표현하라면 촌티 나는 맛이다. 무슨 맛인지 모르겠다는 사람도 있을 테지만 생각해보면 젊은 날 먹던 춘천 막국수에서 한 발짝도 나가지 않은 본디의 맛이었다.

양양 낙산비치호텔에 여장을 풀고 해가 지길 기다렸다. 피곤해서 쉬었다 나가려했다는 표현이 맞다. '전라도식당' 에서 고등어와 가자미생선구이 백반을 시켰다. 아내는 열무김치가 한 젓가락 부족했나 보다.

양양낙산비치호텔 508호

철원 철원리버스타호텔

태 백

석탄박물관

옳거니. 그럼 요기 박물관이나 가지요. 여기까지 왔는데 그냥 갈 수는 없었다. 여태 보아온 박물관과는 다른 볼거리가 있었다. 빨리 보고 나가봐야지 라는 생각, 옷깃 여미고 발 동동거리지만 별 대책이 없었다. 그리고 날씨도 한몫했을 것이다.

'막장은 끝장이 아니라 탐험의 시작' 이라는 글귀에 동의하다 보니 지루한 줄도 몰랐다. 광산촌의 굴기가 있다는 것에 관심을 가졌다. 가족과 이웃에 대한 믿음과 사랑이요 불문율이다.

"여자들은 광부들이 출근할 땐 아무리 바빠도 그들을 앞질러 걷지 않는다. 도시락은 청색이나 붉은색 보자기로 싸고 밥은 4주걱은 담지 않는다. 광부들도 갱내에서는 휘파람을 불지 않는다. 흉몽을 꾼다거나 까마귀 울음소리를 들으면 출근을 삼간다. 갱내에선 쥐도 잡지 않는다."

광부들이 위험한 막장인생을 살면서도 가족을 위해서 최선을 다해 살았던 모습에 머리가 숙여진다. 그들은 진정한 남자였다. 그들을 향한 가족이나 이웃의 배려가 큰 힘이 되었다는 것도 알게 되었다.

항상 위험을 안고 사는 직업이니 죽음을 등짐처럼 지고 살아온 광부들이다. 그들의 안전을 위해 가족들은 집안 곳곳에 신이 있다고 믿고 모실 수밖에 없었을 것이다. 그것이 마을 사람들의 평안을 비는 부락 신앙으로 변천되는 과정을 잔잔한 톤으로 설명해주었다. 박물관에선 환경이 신을 만들 수밖에 없었던 광산촌 사람들의 삶의 이야기가 있었다.

검룡소도 삼수령도

"어 추워!" 하며 차를 향해 달음박질 하듯 달렸다. 다음 행선지는 금대봉 기슭에서 솟아나는 물이 고여 한강의 발원지가 된다는 검룡소다. 1.4km 거리니 등에 땀이 밸 정도로 걸으면 왕복 50분이면 될 것 같다. 이번엔 영님 씨가 콧방귀도 안 뀐다.

삼수령은 떨어지는 빗방울이 한강을 따라 황해로, 낙동강을 따라 남해로 그리고 오십천을 따라 동해로 빠진다하여 삼수령이다. 마침 산행을 마치고 삼수령에서 누름고기에 막걸리 한 잔 마시고 있는 산악회 회원들을 만났다. 저들은 겨울 등산복으로 감쌌는데 우린 여름 티에 하늘거리는 여름잠바가 전부다.

해발 1300m의 매봉산 바람의 언덕에서 출발해서 지금 도착하는 거라고 했다. 삼수령은 해발 935m이니까 어렵지 않은 트레킹코스가 아닌가. 그래도 부럽다.

우린 풍력발전단지를 한번 올려다보곤 아! 저기서 왔겠구나. 그랬다.

후천역과 황지연못

후천역에 들어가기 전에 광천막국수 한 그릇 먹고 왔다. 날씨와는 무관하지 않을 것 같은데 컨디션이 최악이라 그런가. 맛있단 말이 안 나온다. 좁은 길 따라 들어간 후천역은 기차가 다니지 않는 폐역으로 가장 높은 해발 855m에 있어 유명세를 타는 역이다.

그곳에 먼저 온 연인들이 심술궂은 바람을 피해가며 추억을 남기느라 바쁘다. 우리는 그들을 따라 다니고 있었다. 코스모스가 곱게 피어있는 역사에는 관광객을 위해 역장의 모자가 준비되어 있었다. 눌러쓰고 사진 한 장 박아달라고 했다. 여기서도 바람의 언덕이 보인다. 그림 그릴 줄 알면 화폭을 꺼내고 싶은 그런 경치였다. 10여분 둘러보면 된다. 벤치에 앉아 한참 산봉우리들을 보다 왔다.

황지연못은 읍내에 있다. 저녁 먹고 산보삼아 둘러보기 딱 좋은 곳이다. 낙동강발원지라고 한다. 물이 부글부글 끓듯 솟아오르는 것이 신기하다. 황지연못에 전해지는 황부자의 전설도 읽어보았다. 고성의 화진포설화와 꽤 많이 닮았다. 불 타고, 물에 잠긴 이야기만 빼면 내용이 똑같다.

태백시민의 기타동호회가 밤의 불빛을 조명삼아 아름다운 가곡을 들려주었다. '밤배' 가 자꾸 발목을 잡지만 추위에 덜덜 떨고 있는 우리는 민생고부터 해결해야 할 것 같다.

저녁은 태백물갈비. 닭이라면 도리질부터 하는 아내도 맛있게 먹었다, 나는 미역냉국에 먼저 필이 꽂혔고 닭갈비도 맛있게 먹었다. 말이 필요 없는 맛이었다. 우린 면추가 없이 비빔밥 한 공기까지 바닥을 박박 긁었다.

"난 춘천닭갈비보다 이게 더 맛있는 것 같은데." 우리 마님의 어록이시다.

태백 동호호텔

태백 삼수령과 검룡소

2019년 5월 1일(수)

태백에서의 첫 만남은 삼수령이다. 이곳에 빗물이 떨어지면 그 빗물이 모여 정선 아우라지를 들러 간다고 한다. 서해로 흐르면 한강, 남해로 흘러가면 낙동강, 동해로 빠지면 오십천이다. 그 세 갈래 강의 분수령이 되는 곳이 이곳이라 하여 삼수령. 해발 935m, 태백과 정선을 잇는 고갯길에 있다.

기념조형물에서 인증사진 한 장 찍으면 할 일이 별로 없어 보인다. 그래 발길을 돌리기 쉽다. 그러나 뒤로 좀 더 살피면 보인다. 좁은 소로가 있다. 둘레길이다. 그냥 걸으면 된다. 산악회원들은 바람의 언덕에서 트레킹을 시작하면 이곳이 도착점이다. 그 다음 길이다.

우린 그냥 걷고 싶었을 뿐이다. 16년 10월 8일에 왔을 때는 너무 추워 엄두도 못 내었던 그 능선을 걷는 일이다. 날씨와 능선의 분위기가 좋다보니 걷고 또 걷고 족히 40여분은 걸었던 것 같다. 차가 있으면 항상 그곳이 우리의 목적지다. 되돌아올 수밖에 없는 이유다. 우린 서둘렀다. 많이 지체된 건 아니겠지.

검룡소는 겨레의 수맥인 한강의 발원지다. 금대봉 기슭에서 솟아난 물이 지하로 들어가 검룡소에서 다시 솟아 정선의 동남천을 거쳐 양평 두물머리에서 북한강과 만나면 한강이다.

이곳 암반이 용틀임 한 것처럼 파인 것은 서해에 살던 이무기가 용이 되려고 이곳으로 오려고 몸부림친 자국이라고 한다. 올라온 이무기는 지금도 이곳에 머무르고 있다는 전설이 있다.

주차장에서 그 검룡소까지는 1km. 놀며 쉬며 가도 한 시간이면 다녀올 거리라는데 우린 왕복 두 시간이나 걸렸다. 들꽃들이 아름다운 모습으로 그냥 보내주질 않는다. 산책 삼아 걷는다 해 놓고는 들꽃들과 수다 떨다 왔다. 들꽃여행을 한 셈이다.

검룡소 직전에 용트림폭포의 물줄기를 보니 더위도 싹 가셨다. 먼저 도착한 사람들은 여유를 즐기며 자연의 경이로움에 퐁당 빠지고 있었다. 포토존전망대에 오르면 웅덩이에서 용틀임하며 솟아 힘차게 흘러가는 모습이 장관이었다. 작은 폭포들이 여기저기 널려있고 초록빛 이끼가 계곡의 바위를 껴안고 있는 모습이 신기하고 재밌었다.

어느 하나 허투루 보아 넘길 수 있는 경관들이 아니다. 되돌아 나올 때는 나비처럼 날았다.

강원 태백 라마다호텔

태백산 천제단과 천왕봉 등정

2019년 5월 2일(목)

태백산(太白山)은 우리 역사에 최초로 등장하는 지명이다, 하늘에 제사를 지낸다 하여 밝은 산(白山)이라 부르는 산이다.

출발은 태백산국립공원주차장. 호텔에서 출발 시간이 늦긴 했지만 9시 50분이 되어서야 쇠뜨기 사진 한 장 찍고는 걷기 시작했으니 부지런한 산행은 아니다. 천제단까지 4.4km, 왕복 4시간. 우린 길게 잡아 5시간이면 다녀올 수 있지 않을까. 그게 철부지 욕심이었다.

'태백산 석장승' 이 눈에 들어온다. '생김새가 온화하고 점잖은 모습이라 장승보다는 문인석, 아니면 미륵상이 더 어울린다' 는 표현을 보면 하늘을 섬기는 천제신앙과 태백산신으로서의 수호신이 되어주길 바라는 마음이 있었던 것 같다.

본격적으로 태백산에 들었다 싶으면 산속의 돌들을 몽땅 모아놓은 곳 같은 '암괴지역' 이 나온다. '세월없이 가소.' 란 그 말. 우린 충실하게 따랐다. 당골 1교를 지나면 암벽 사이로 집단으로 피어있는 진분홍 진달래가 너무 아름다워 발길을 멈춰야 한다. 발아래 들꽃들은 또 어떻고. 넋을 잃고 보고 또 봐도 싫증이 나지 않는다. 태백산은 들꽃들이 등산객의 발목을 잡는 들꽃 천국이었다.

'반재' 는 계단을 지루하게 오르고 올라야 나오는 능선삼거리다. 우린 이제 거의 다 왔네. 그러며 좋아했던 곳이다. 그런데 산행은 지금부터다. 산길이 좀 가파르다 보니 걸음이 느려지는 건 이해하겠는데, 생전에 보도 못한 들꽃들이 천지에 널려 있다. 못 본 척 지나가지 않은 덕에 덤을 넉넉하게 챙겼다. 들꽃에 취하다보니 힘든 줄을 모르겠더군요. 여기저기 흩어져 있는 꽃들을 찾아다니며 확인부터하고, 사진 찍고, 한 번 더 보고 그랬다.

용정(龍井)은 등산객들이 목을 축이고, 처진 사람 챙기고 잠시 쉰 다음 정상을 향한 마지막 스퍼트를 내기 위해 에너지를 충전하는 곳이다. 우리도 얼마나 목이 말랐으면 도착하자마자 물부터 마셨을까. 매점에서 끓는 물을 사발면에 부울 수도 있고 가져온 점심을 먹기도 하는 곳이다. 충분히 쉬고 단숨에 올라야 한다.

우린 인천에서 왔다는 50대 부부에게 주먹밥 한 개 얻어 나눠먹었다. 꿀맛이다. 다행이다. 드릴 건 양갱밖에 없는데도 고맙단다. 이제 천제단까지는 800m.

단종비각은 정상으로 가는 길목에 있다. 어느 선비가 태백산 다래로 만든 산과(山果)를 단종에게 진상코자 영월로 가던 중, 곤룡포를 입고 백마를 타고 태백산으로 들어가는 단종의 꿈을 꾸었다고 한다. 그 후 단종은 태백산의 산신령이 되었다.

천제단에 오른 시간은 13시 50분이다. 오르는 데만 4시간이 걸렸다. 내친김에 태백산 최고봉인 장군봉(1567m)까지. 능선을 타고 걷는 길이라 300m도 여유로웠다. 장군봉에는 오늘따라 까마귀가 환영인사를 해주더니 내려가는 길에는 딱따구리가 배웅해 주었다. 주차장에 도착하니 오후 5시다.

태백산은 천상의 꽃밭이었다.

평지 걷듯 평탄한 길이라 여유 부려도 될까. 그러다 보면 발목을 잡는 녀석들이 얼굴을 내밀기 시작한다. 눈을 어디에 두어야 할지 몰라 당황스럽다. 걸음은 자연히 느려지기 마련이다. 들꽃과 일일이 눈인사 나누다 보면 늦을 수밖에 없다.

흰색이 어울리는 고깔모자를 쓴 애기괭이밥, 거짓말 좀 보태서 벚꽃처럼 화려해 보이는 큰 괭이밥, 영롱한 하늘색이 눈이 부실 정도라며 부러움을 산 현호색은 태백산이 고향 같다. 자주색의 고깔제비꽃의 고운 자태는 또 어떻고.

걸음이 느려진다고 나무라기를 포기한 모양이다. 아내는 체념한 듯 멀리 걸어가서는 계곡과 눈 맞춤하며 놀고 있다. 언제 오려나. 기다릴 생각은 전혀 없어 보인다. 언젠가는 오겠지.

난 삿갓모양의 5개의 하얀 꽃잎을 달고 있는 홀아비바람꽃, 하얀 꽃잎 8개가 가지런히 자리 잡은 꿩의 바람꽃, 제법 큰 노란꽃잎을 달고 있는 노랑제비꽃, 수줍어 고개를 못 들만큼 화려한 모자로 멋을 낸 엘레지, 천사의 날개처럼 희고 고운 '민둥뫼제비꽃' 길쭉길쭉한 6개의 하얀 꽃잎을 자랑하는 중의 무릇은 망경사 앞에서 관찰된 단 한그루였다.

이처럼 아름다운 들꽃동산은 본 적이 없다. 천상의 화원엔 야생화가 지천이었다. 잠시나마 그들과 교감을 나눈 것은 행운이요, 영원히 잊지 못할 추억이 될 것 같다.

강원 태백라마다 호텔

태백 라마다 호텔, 태백 동호호텔

평 창

대관령 하늘목장

2016년 10월 6일

호텔에서 바라본 하늘은 틀림없이 가을이다. 새털구름이 흩어졌다 모이는 전형적인 가을 하늘을 보며 38km를 달려갔다. 대관령은 태백산맥의 관문이요 평창으로 넘어가는 고개다 보니 한계령만큼이나 구비길이 많고 길다. 난 정신없고 마님은 어지럽단다. 조금 천천히 몰아야 할 것 같다.

대관령 양떼목장을 찾아가는 길인데 차에서 내려 보니 하늘목장이었다. 이런 걸 에피소드 같은 운명이라고 하는 거다. 결론은 어디면 어때. 어차피 하루 마음껏 둘러보며 쉬다 놀다 걷다 가려고 나온 건데. 그랬다.

화장실이 목조건물이라 풋풋한 나무향이 좋았다. 트랙터마차가 11시 정각에 출발했다. 덜컹거리는 우마차를 타고 다니던 시절을 떠올렸다. '웰컴 투 동막골' 촬영지였던 초원에는 멧돼지 한 마리와 꼬리 잘린 비행기가 조형물로 세워져 있었다. 와! 소리 지르며 모두들 뛰어나갈 기세였다. 이럴 때는 애나 어른, 늙은이가 따로 없다. 왁자지껄하는 소리에 웃음소리까지 더하면 롤러코스터 탈 때 지르는 소리 같다. 여행은 거추장스런 가식을 벗어던지는 맛에 하는 거다. 10분 올라와선 선지령고개에 내려놓더니 30분의 시간을 준다.

거대한 풍력발전기가 바람을 받아 돌고 있는 모습을 가까이서 보겠다고 다녀오기도 빠듯한 시간이다. 길다는 사람도 있을 수 있다. 내려갈 때는 탈 사람만 타고 가란다. 올라오는 길에 본 긴 다리 경주마, 승마용말, 홀스타인젖소 무리를 본 것으로 목장구경은 끝이란다. 참 허무하죠. 그래도 너른 목초지를 보며 장관이네 했던 기억은 남을 것 같다.

올라오느라 기다린 시간이 아까운 것이 아니라 아무 지식도 없이 온 것이 속상했다. 마차를 타고 내려오다 가장자리 숲길과 울타리 길로 들어서는 입구에서 많이들 내렸다. 걸을 생각에서 그랬을 것이다. 우리도 따라 내렸다. 길바닥에는 낙엽이 뒹굴고, 나뭇잎은 이제 단풍이 들어가고 있었다. 바람은 나뭇잎을 흔들어 떨구려는 듯 심술부리는 것 같았다.

늦가을 유럽 어디서 본 목가적 풍경과 다르지 않았다. 마차 타고 올라갈 것이 아니라 쉬엄쉬엄 걸어 올라갔다 내려와야 했는데 했다.

노추산 모정탑

입맛은 잃었어도 갈 길은 가야한다. '노추산 모정탑 길' 은 씨감자 생산농가인 안반데기 마을을 지나면 금방이다. 선지령 고개를 마차 타고 함께 올라간 일행들을 여럿 만났다. 반갑다고 눈이 먼저 알아본다. 뭐니 뭐니 해도 말동무가 생겨 좋았다. 여기는 단풍이 곱게 물들며 멋을 부리기 시작했다. 사진도 박아 준다하고 박아 달라 떼쓸 수도 있어 좋았다.

거리는 1km. 입구부터 구절초가 눈송이처럼 내려앉았다. 일행들이 우리보고 "뽀뽀하세요.", "허리를 꼭 껴안으세요." 해가며 사진 찍어주겠단다. 기회가 없어 못했죠. 그러니 누가 마다해요. 우린 좋아 죽는 줄 알았어요. 뽀뽀하고, 안고, 입 맞추고.

'강릉으로 이사 온 차옥순 할머니의 이야기가 있는 길이다. 두 아들을 보내고 남편마저 정신질환을 앓던 어느 날. 꿈에 산신령이 3천개의 돌탑을

쌓으라고 했단다. 그리고 26년, 숨을 거둘 때까지 돌탑을 쌓으며 공덕을 들였다 하여 모정탑이다.'

자식을 사랑하는 어미의 마음을 느끼려는 사람들의 발길이 끊이지 않는 길이다. 돌탑은 500m길 양옆으로 세워져 있었다. 초입에는 기특한 마음을 담은 사람들의 정성이 하나 둘 모여 작은 돌탑을 만들었다. 그 마음부터 가슴에 담고 가게 되어있다. 돌탑에 반해 걷다보면 끝자락에 도착한다.

돌탑길 끝자락엔 돌탑을 쌓다 힘들면 목을 축였다는 샘터, 촛불 켜고 냉수 한 그릇 떠놓고 빌고 또 빌며 돌탑을 쌓는 동안 살았다는 자그마한 움막은 다리 펴고 눕기도 좁은 딱 한 뼘이었다. 주변에 예쁜 물색 옷으로 갈아입은 단풍나무 생강나무 고로쇠나무들이 우리를 반겨주었다.

저녁은 그 유명하다는 강릉의 '바로방 야채 빵' 과 '풀 엔 메리 수제버그' 를 각 두 개 씩 사들고 호텔로 들어갔다. 야채 빵은 양배추 햄 소시지 오이 당근이 캐첩과 함께 들어가는 옛날식 야채 빵이다. 정말 맛있던데요.

근데 다 먹지 않고 야채 빵 한개는 남겨 둔 이유는요. 내일 아침에 요기하고 떠나려고요.

평창 방아다리약수

2017년 6월 27일(화)

여행은 퍼즐게임 같은 것이다. 병원으로 달려갈 만큼 피곤하지 않으면 지도를 꺼내고 인터넷을 뒤지는 것이 버릇이 되어야 한다. 여행 스케줄을 만지작거리는 순간 여행은 시작이다. 어디를, 어떻게, 어디서, 무엇을, 뭘 먹지에 체력의 안배와 동반자의 컨디션과 취향까지 살펴야 한다. 그렇게 퍼즐을 맞춰나가다 보면 긴장, 여유, 쉼표가 꼬리표처럼 따라다닌다. 퍼즐게임에 여행만한 것이 없는 이유다.

오늘이 우리 결혼기념일이다. 퍼즐을 맞춰보느라 애 좀 먹었다. 새벽 5시다. 덕평 휴게소는 새벽안개가 대단했다. 여주휴게소에선 우린 우동 한 그릇이면 되지만, 자동차한테만은 빵빵하게 기름을 먹여주어야 한다. 앞 유리창을 다시 닦고 '조항조의 정녕' 을 흥얼거리다보니 '방아다리약수' 다.

인터넷에 '내 영혼이 아름다운 날에 오고 싶은 곳' 이라며 숲에 들어가면 저절로 느껴지는 상쾌함에 200n 숲길을 걷는 것만으로도 약수를 마신 것처럼 시원함이 느껴진다니 내 맘이 혹 가서 찾아갔나보다. '밀 브리지 쉼터' 에 방아다리약수가 있다. 전나무 조림이 잘 돼 있는 곳이다. 침엽수 활엽수가 잘 어우러진 길이라 숲 냄새가 그대로 살아있다. 걸으면 상큼하단 소리 저절로 나온다. 삼림욕하기는 더할 나위 없이 좋은 곳이었다.

자신에게 쉼표를 선물하고 싶을 때 와서 쉬다 간다면 만족을 한소쿠리 담아오지 않을까. 나를 찾아서, 나만을 위한 곳에서, 나를 돌아보는 곳으로 2인 조식 포함이면 며칠 투자해 볼 가치가 있는 곳이었다.

방아다리약수는 1분에 10리터의 물이 솟아오른 다고 한다. 알싸하면서도 톡 쏘는 맛이 일품이라고 한다. 특히 노인이 마시면 점차 정신이 맑아지고 원기가 살아나며 병이 씻은 듯 낫는다 하지 않는가. 전나무숲길을 걸을 겸 세 번을 오가며 약수를 받아놓았다.

오늘은 아내가 큰맘 먹고 준비한 커플 모자를 씌워주었다. 난 화사해서 좋기만 하더구먼. 너무 색이 튄다나. 어쩐다나. 첫출발이 상큼했다. 다이돌핀이 팍팍 솟는 기분이다. 새벽 전나무 숲에 흠뻑 취해 걷다 왔다.

속초 라마다호텔

월정사 천년숲길

아침. 주차장에서 '천년숲길 안내도' 를 따라 걷다보면 월정사 '천년의 전나무 숲길' 이다. 광릉수목원, 내소사숲길과 함께 우리나라 3대 전나무숲길이라고 한다.

오욕과 육정을 버려 극락에 이른다는 해탈교를 건너고, 중생이 자유롭게 드나들라는 의미에서 문을 달지 않았다는 일주문, 할아버지전나무, 맞배지붕을 한 두어 평 남짓 크기로 얹은 성황당까지 들여다보고 쉬엄쉬엄 걸으면 숲속쉼터다. 거기서 엉덩이 좀 붙이고 일어나면 마음 한구석을 비웠는지 몸이 가뿐 하던데. 無心(무심)

오대산의 깃대종이 '긴 점박이 올빼미' 와 '노랑나무붓꽃' 이란 것도 관심을 가져보면 나쁠 건 없다. 오대산에는 일만의 미륵보살과 지장보살이 머문다는 '미륵암' 과 '지장암' 이 있고, 일만의 관세음보살이 머문다는 '관음암' 도 있다. 뿐인가 문수보살이 머문다는 '사자암' , 대세지보살이 머문다는 '염불암' 이 있으니 5암이요. 5개의 큰 봉우리가 이 5암을 품듯 중생을 품는다고 해서 오대산이란다. 이 모두가 셀카의 위력이다.

구름도 쉬어간다는 오대산이 품은 월정사도 거의 다 와 가는데 조금씩 빗방울을 뿌리는가 싶더니, 하늘은 갑자기 먹빛이 된다. 아예 물을 동이로 부울 기세다. 후드득 비가 내리기 시작한다. 여유부리며 걷는 걸 포기할 수밖에 없었다. 산사의 '난다 커피숍' 까지 가는데 몇 분 안 걸렸다.

'레몬정차' 한 잔 앞에 두고 아내는 무슨 생각을 하고 있을까. 굵어지는 빗줄기만 하염없이 바라보고 있는 아내의 속내는 비밀 보따리. 비를 피해 들어온 사람들이 너나없이 자리 뜰 생각이 없는 얼굴들이다. 빗줄기 세는 것이 지겨울 즈음 월정사 하늘이 잠시 파랗게 뚫리는 기미가 보이자 우린 일어났다. 속초까지 가려면 마음이 바쁘다.

월정사는 연꽃무늬로 치장한 '팔각 구층 석탑' 만 먼발치에서보고 간다. 그래야 할 것 같다. 하늘이 열리고 구름이 흩어진들 상원사는 20리가 넘는 '선재길' 을 걸어야 한다. 다음을 기약하는 수밖에 없다.

착한 사람이란 뜻도 있는 '선재' 길이 부처를 찾아가는 길임을 깨달았을 때 비로소 몸과 마음이 깨끗해짐을 느낀다고 하지 않던가.

대관령 삼양목장

때가 되면 해결해야 하는 것이 있다. 이 집의 산채백반은 할머니의 손맛이었다. 그리움이 있는 추억의 손맛이라고나 할까. 사람은 나이가 들면서 과거로 회귀하는 것 중 하나가 입맛이라고 들었다. 오늘 어릴 적에 길들여진 그 맛을 입에 넣었다.

호박, 두부를 넣은 된장찌개가 이리 고급스러운 맛인 줄 젊어선 미처 몰랐다. 우리 부부는 할머니의 "맛나게 자셨우?" 그 한마디 말에 뿅 갔다면 믿을라나.

길에서 김이 모락모락 피어 능선을 타고 오르면 구름 되고, 뭉게구름이 먹구름 되면 또 비를 뿌리겠지. 겁나게 쏟아 붓는 폭우를 뚫고 나오면 뽀송뽀송한 길이 웃고 있다가 퍼붓는 비를 맞으면 산과 들이 또다시 춤을 춘다. 그동안 얼마나 가물었으면 그럴까. 가는 방향으로 먹구름이 따라와서는 소나기를 퍼붓는다. 먹구름이 우릴 따라다녀도 마냥 기분이 좋은 건 맛난 백반의 후유증이다. 그 기분이면 어딘들 못갈까.

삼양목장 매표소에는 들어가려는 손님들에게 일단 입장하면 환불이 안 되니 신중하게 결정하시라는 주의를 준다. 몇 팀은 들어가는데 앞선 젊은이 넷이 우산을 들고도 주저주저하며 돌아선다. 그런데 우리라고 무슨 뾰족한 수가 있나요. 지금은 물안개처럼 내리지만 빗줄기가 언제 굵어질지 아무도 모를 일이다. 쿨 하게 돌아설 수밖에 없는 결정적 이유는 우산이 준비되어 있지 않다는 것이다.

대관령을 넘으니 강릉의 바다와 하늘이 같은 색이다. 이런 짓궂은 날씨 같으니라고. 동해안은 햇빛이 쨍쨍한데 평창은 왜 하필 그 시간에 시간당 40mm가 넘는 비가 내렸답니까. 가뭄이 심하다보니 이번 주는 비소식이 없다고 해서 표정관리하며 출발했거든요.

그런데 첫날에 국지성호우지 뭐예요. 그러니 긴 가뭄에 단비를 몰고 평창에 온 건 우리 부부가 맞아요.

속초 라마다호텔

오대산 선재길

2019년 4월 29일(월)

풋풋한 자연이 아무 생각 말고 걸으라고 하면 그럴 생각이다. 어느 절이건 세속의 번뇌를 씻으라는 상징적인 가르침으로 일주문이 있다. 우린 차를 끌고 그 월정사의 일주문을 지나 월정사주차장까지 갔다.

스님들이 걷던 옛길을 선재길이라 한단다. 화엄경에 있는 선재(동자)처럼 참된 나를 찾아보는 길이니 어쩝네. 그런 건 잘 모른다. 그냥 자연을 동무 삼아 내 의지를 시험 삼아 걷다보면 건강에 좋을 것이고, 초록빛 기운에 몸과 마음을 섞으면 맑아지고, 무엇보다 좋아질 거란 느낌이 들었다.

'약보보다 식보가 낫고 식보보다 행보가 낫다' 지 않는가. 주차장에서 월정사로 가려면 금강교를 건너고, 1km 전나무숲길을 걸으려면 금강교 오른쪽 아취를 찾아 걸으면 된다. 우린 '만월교' 방향으로 옛길로 길을 잡았다. 피안교를 건너면 상원사까지 이어지는 계곡을 따라 걷는 9.3km 숲길이다. 걷기 좋은 길이라 해도 왕복 6시간 거리다. 우린 비상식량으로 육포와 견과류만 준비한 상태다.

선지식을 찾아다니는 젊은 구도자가 걷던 길이라는 선재길. 그 길에 들어가 보니 계곡물은 시리고 하늘은 뿌옇게 흐렸습디다. 조용한 몸짓으로 수줍게 모습을 드러낸 봄꽃들. 계곡은 어느새 여름을 준비하고 있었다. 뜨뜻한 바람이 산등선을 넘어와 내목에 착 감기는 걸 보니 여름이 가까웠음이다.

얼마 걷지 않아 지옥세계로부터 구원을 받는 도량이라는 '남대 지장암' 3분 거리라는데 갈까 말까. 망설이지도 않았다. 지장폭포를 지나자 한동안 산을 붉게 물들인 진달래와 노란 꽃이 마디마디 피는 산 괴불주머니가 지천으로 널려 있었다. 셔터를 누르랴, 우리 마님 걸음걸이 따라가랴 바쁘다 바빠. 반야교를 지나면 옛 화전민들의 고향 '보태기' 까지는 지루하게 걸어가야 한다. 조릿대가 개울가를 점령하고 영지를 넓히느라 힘쓰고 있다. 이 모든 것이 고라니, 토끼 같은 초식동물이 사라졌기 때문이란다. 난 조릿대로 인해 들꽃들이 살 곳을 잃으면 어쩌나 그걸 걱정하고 있었다.

자갈길을 걷고, 바위를 넘었으면 비탈길을 내려가야 한다. 소나무와 참나무가지를 얹어 만들었다는 '섶다리' 도 건너갔다 와야 한다. 여름에 홍수가 나면 떠내려가므로 '이별다리' 라고 부른다고 한다. 개별꽃, 엘레지, 노루삼 같은 들꽃을 보다보면 신선골 출렁다리가 조만큼이다. 나무대리까지 건너니 상원사주차장. 해냈다는 만족감에 가슴이 뿌듯했다.

오늘 여행은 여기까지다. 필요한 순간에 옆에 있어 준 사람에게 고마운 말부터 해야 한다. "자기야! 고생 했우. 우리 대단하지 않아요." 내가 아내에게 주는 고마움의 표시다. 아내가 함께 해주지 않으면 70을 허리 꺾은 나이에 이 길을 걷는다는 것을 엄두나 낼 일인가. 난 그래서 복 받은 남자다.

평창 캔싱턴 플로라호

봉평 이효석문학관

2019년 4월 30일(화)

7시 기상, 아침의 오대산은 안개바다다. 밤새 아이들 곁에서 놀다 미처 산으로 돌아가지 못해 쩔쩔매고 있는 요정들 같다.

호텔은 젊은 엄마와 아이들의 천국이었다. 아이들이 또래와 함께 노느라 정신 팔릴 곳이 있으면 엄마는 자신만의 시간을 가질 수 있다. 카페에서 커피 한 잔 마시며 행복에 취할 수 있는 곳이다.

우린 어제 저녁 호텔식당 '소금강' 에서 아내는 갈비찜 난 까르보나라. 맛도 있지만 아이들과 같은 공간에 있으니 분위기가 끝내주더란 말 진심이었다. 눈과 귀가 풍요로우니 자연히 입꼬리가 올라간다. 여행 중에 생각도 못한 곳에서. 이건 행운이다. 여긴 동화나라였다. 나무요정이 새들을 불러 모을 시간이 되면 안개는 산으로 돌아갈 것이다.

아침은 호텔 '그린벨리' 에서 조식뷔페. 두어 시간 침대에서 뒹굴다 10시에 출발했다. 이효석문학관은 문학산 기슭에 있었다. 여느 문학관과 차별화를 금방 느낄 수 있게 건물배치가 남다르다. 문학관하면 문학교실이며 전시실이 활용도가 높게 꾸며져 있어야 하지만 관광객은 문학관의 길이며 산책로에 너른 메밀밭에 더 관심을 갖는 것이 요즘 추세다.

동산에 올라 마을을 내려다보고 서 있기만 했는데도 아내는 문학소녀가 된 듯 센티해진다. 낯이 설지가 않았다. 여기선 까르르 웃는 여학생들의 웃음소리, 뛰어다니는 남학생들의 거친 숨소리, 차분하게 둘러보는 노신사 부부도 분위기를 살려주는 일등고인이었다. 우리 부부도 이에 질세라 손 꼭 잡고 서 있었다는 거 아닙니까.

오늘은 볕이 따가운 데다 인적도 드물어 여기저기 둘러보는 것이 쉽지가 않다. 메밀꽃이 피었을 때 이곳을 찾을 사람들을 떠올려보는 것만으로도 행복해야 한다, 아직은 소금을 뿌린 듯 하얀 메밀꽃의 잔영이 내 눈에 남아 있다.

언젠가 봉평메밀꽃 축제에 와서는 맘껏 웃고 메밀국수 한 그릇 하고 돌아선 추억이 있으면 되었다. 우린 터벅터벅 그렇게 문학관을 걸어 내려갔다. 오늘은 땅에 메밀을 심기 위해 갈아엎은 황토 흙을 보고 간다. 그것으로 충분히 행복했다.

봉평 '메밀꽃 필 무렵'

이효석의 생가 옆에 '메밀꽃 필 무렵' 이란 식당이 있다. 생가는 한 칸 집이다. 누군가 살며 집을 넓힌 흔적이 있다. 뜰에 서서 한번 휘 둘러보고 식당으로 가면 된다. 손님은 많은데 여기도 시골 일손 부족과 최저임금에 힘들어 하는 모양이다. 기다리는 시간이 길 수 있으니 바쁘신 분은 다른 집으로 가시란다.

우린 '메밀물국수' 한 그릇과 '메밀전' 을 시켰다. 아주머니도 서두르지 않는데 우리라고 바쁜 척 할 이유가 없다. 일정상 어차피 바쁠 것 없는 하루다. 너와지붕이며 처마 밑에 쌓아둔 장작더미들, 어마 무시한 무쇠솥단지들을 보며 머릿속을 텅 비우면 지루한 건 잊을 수 있다. 고향은 은은한 미소로 맞고 보내는 우리의 영원한 그리움이 듯 이곳이 그런 곳이다. 산이 온통 진달래 빛으로 물들고 있었다.

국수가 쫄깃쫄깃하고 식감이 좋다. 옛 맛을 끄집어내긴 힘들지 몰라도 그 구수했던 막국수의 맛은 변함이 없는 것 같다. 메밀전도 구수하고 부드럽다. 메밀전속의 김장김치 맛이 아직 변하지 않았네요.

오대산 월정사

세조가 속리산에서 마음병을 고치고 이곳 오대산 월정사에선 피부병을 고쳤다는 기록이 있다. 그 월정사를 가려면 금강교와 천왕문을 지나야 한다. 오늘은 선덕여왕 12년 지장율사가 창건하고 석가와 화엄경의 주불인 비로자나불을 모신다는 월정사를 둘러볼 생각이다.

금강문에 올라서자 소원 글들로 소원을 덮었다. 윤장대는 석가모니불을 부르면서 돌리는 불경이다. 절 마당은 색색의 연등으로 하늘을 덮을 기세다. 불심이 깊은 보살들이 탑돌이 하는 모습도 자연스럽게 접할 수 있으니 보기 좋다. 마음이 평화롭다란 말 이럴 때 쓰는 말인 거 같다.

적광전은 본전불인 석가모니불을 모신 전각이다. 경주석굴암의 불상 형태를 따왔다고 하는데 문외한인 내가 그걸 알아 볼 리는 없다. "그런가. 좀 특이한 것 같긴 하네." 그 정도가 고작이다.

우린 고려 초기의 석탑으로 국보 54호인 월정사 팔각구층석탑이 석조보살좌상과 마주보고 있는 기이한 모습을 보며 사진 몇 컷 찍고는 환희의 동산 '난다라' 를 찾았다. 환희의 동산을 보지 못한 사람은 행복을 알지 못한다는 말도 있질 않습니까. 그러니 들러 차 한 잔 하고 가야지요.

우린 따끈한 쌍화차 한 잔 앞에 두고 2년 전 그날을 떠올리고 있었다. 소나기가 잠시 머물다 간 그 시간이었다. 비가 잦아들기 무섭게 자리를 뜬 기억이다. 오늘은 그날처럼 소나기가 내리건 어둠이 깔리건 개의치 않으니 좋다.

평창 캔싱턴 플로라호

평창 켄싱턴플로라호텔

화 천

화천평화의 댐

2016년 9월 1일(목)

금화에서 화천평화의 댐으로 가는 길은 정말 첩첩산중이다. 5번 국도를 따라 민통선을 달려 말고개에 이르니 군 검문소. 뒤의 트렁크까지 훑고 나서야 통행증을 앞 유리창에 붙이라고 한다. 그것이 여러 번의 검문을 거뜬히 통과하는 괴력을 발휘해 아주 좋았다. 99고개를 구비 돌아 넘어가는 길이다. 정말 어지러울 정도로 핸들을 바쁘게 돌려야한다.

자작나무는 인류의 시작부터 연락을 주고받는, 불을 일으키는, 악귀를 쫓는 도구로 사용했다고 한다. 그런 자작나무숲을 걷고 싶으면 갓길에 차를 세우면 된다. 그런데 엄두가 안 난다. 나뭇잎 흔드는 소리, 늦깎이 매미의 울음소리에다 비구름을 부르는 바람소리까지. 음산한 날씨에다 인기척이라곤 우리의 헛기침소리가 메아리 되어 돌아올 정도라 포기하는데 어렵지 않았다.

평화의 댐은 어마어마한 넓이에 비해 수량은 쬐끔. 북의 수공을 대비해서 그런가. 뭔가 다르다. 물이 급격히 늘면 자연적으로 물이 내려가도록 여러 개의 작은 물길을 만들어 물이 차오르는 속도를 늦추도록 한 구조가 눈에 띈다.

물이 넘치면 우리가 들어온 터널 길도 수문 역할을 하도록 만들었다고 한다. 이 댐도 저들이 금강산댐과 황강댐의 수문을 열어 수공을 펼친다면 수도권 시민이 대피하는 시간은 좀 벌겠으나 피해를 막을 수는 없을 것이라고 한다.

그래도 파로호의 물빛이 평화로워 보이는 것은 이 댐의 기능을 믿고 사는 수도권사람들의 염원이 담겨 있기 때문이 아닐까.

비목공원의 한이 우박되어

무명용사의 넋을 기리는 비목공원과 국제평화아트공원을 휭 하니 둘러보고는 잘 보존된 자연에 감탄하고 청명한 날씨에 고마워하며 화천읍내로 향했다. 읍내까지 30km이니까 먼 길이 아니니 여유부리며 경치 구경하며 천천히 갈 생각이었다.

몇 구비나 돌며 올라갔을까. 먹구름이 산등성이를 타고 따라오는 것이 보인다. 처음에는 자연의 변화에 신기해했는데 순간이었다. 어매! 갑자기 바깥이 깜깜해지면서 차창 밖의 시야는 올라오는 구름이 덮어버렸다.

그때만 해도 대수롭지 않게 운전 조심해야겠다며 다른 생각 없이 산등성이를 타고 올라오는 구름이 대단하다. 장관이다. 그랬다. 그런데 어! 구름이 시커먼 먹구름으로 바뀌는가 싶더니 순간에 쏟아 붓는 것이 아닌가. 이런 걸 날벼락이라 하는 거다. 해산터널까지 10여km 남겨 놓은 구비길이였다.

전조등을 켰는데도 앞이 거의 보이질 않았다. 처음엔 빗줄기가 제법 굵다 했다. 그런데 웬걸. 우박이 떨어지는데 엄지손가락 첫마디만 했다. 타다닥이 아니라 따다닥따다닥 소리가 차 천장을 뚫을 것 같아 소름끼쳤다면 믿을까 모르겠네.

오르는 구비길이다 보니 차는 엉금엉금 기어서라도 움직여야만 했다. 서 있는 것은 재앙이 덮칠 것 같은 두려움이 들었기 때문이다. 차가 부서지는 줄 알았다. 아니 이 판국에 앞 유리창 깨지면 큰일인데 그런 생각까지 들었다.

우리 영님인 유리창이 깨지면 안 된다며 유리창에 수건을 대고 움찔움찔 어머, 어머. 너무 손에 힘을 주고 소리 지르다보니 손에 쥐가 다 나더란다. 해산터널까지 올라왔더니 맥이 풀어지고 진이 다 빠져 있었다. 어찌나 긴장했는지 손에 땀이 흥건하고 발에서 쥐가 날 지경이었다. 길은 개천이 되어 물이 콸콸 흐르고 왼쪽 절벽으로는 폭포처럼 떨어지기까지 하니 초행길에 제대로 혼 좀 났다.

해산터널을 지나니 딴 세상이었다. 구름 빛도 순하고 간간히 여우비가 뿌리긴 하는데 살맛나더라고요. 혼을 다 뺏기고 왔더니 기운이 하나도 없다.

그런 일을 치르고 숙소에 들어온 지 얼마나 되었다고 그새 햇살이 기웃거리고 있질 않는가. 안 나갔다간 이번엔 햇살이 혼낼 것 같았다. 긴장을 해서 그런지 배가 너무 고팠다. 인심 넉넉한 재래시장은 사람 사는 냄새가 있으니 좋고, 값싸고 맛있는 한 끼 음식을 찾는데 불편하지 않을 것 같아 더 좋았다. 여긴 상인들이 호객을 전혀 안 한다. 기웃거리면 뭐 필요하세요. 도와 드릴까요. 그러며 웃는 것이 전부다. 눈도 맞추려하지 않는 것 같다.

실은 식당 처마 밑에 제비가 집을 짓고 산다는 순댓국집을 찾는 길인데 들어간 곳은 천일막국수 집이었다. 날도 저무려면 멀었는데 그나마 수육은 떨어졌단다. 그래도 돼지고기를 곱게 갈아 갖은 양념으로 꾸미를 한 비빔막국수는 정말 맛이 있었다. 곁들여 나온 동치미의 시원하면서도 맛깔스러운 맛, 열무김치의 아삭함이 끝내준다.

용 모텔(화천시장 입구)

화천 붕어섬과 둥그래마을

2016년 9월 2일(금)

아침은 선지해장국을 맛나게 끓인다는 집이다. 주인장이 잠이 덜 깨서 그런가. 간이 짠 데다 내용이 많이 부실한 것 같아 속상했다. 처마에 제비가 들락거리는 앞집으로 갈걸 그랬나 후회했다.

붕어섬은 차로 6.8Km. 동화 속에나 있을 법한 예쁜 다리를 건너기만 하면 동화나라다. 우리에겐 북한강을 바라보며 울창한 숲 사이로 한가롭게 걸을 수 있는 산책길이 있어 좋은 곳이다. 섬을 빙 둘러보며 걷는 데는 좀 아쉽다 할 넓이이긴 하다. 활동 폭이 크지 않아 아이 엄마나 아이들에겐 이보다 좋은 공간은 없을 것 같다. 일단 아이들과 함께 들어오면 물만 조심시키면 잃어버릴 걱정은 안 해도 된다.

통통배, 자전거, 레일바이크, 카 트레일러에 테니스장 그리고 공연장까지 갖추었으니 시설은 부족한 것이 없어 보였다.

우리 부부가 이곳에 와서 두 번째 한 일은 레일바이크를 타고 붕어섬을 찜하는 일이다. 물론 섬 둘레를 걸으며 힐링 체험을 하는 것이 먼저였다.

야생화단지는 야생화숲길을 걸으며 서오지리연꽃단지까지는 가겠다며 다부지게 마음먹고 갔다. 멀찌감치 차를 세우고 걷기 시작했다. 햇볕이 따갑긴 해도 숲길을 걸을 기분은 막진 못했다.

불만을 터트린 것은 안내책자완 너무 달라서였다. 북한강가의 풀과 잔가지를 쳐내고 '강변소롯길' 이란 산길을 금년 여름에 급하게 낸 모양인데 급조하다 보니 행사용으로 밖에 쓸 수가 없었던 것 같다. 행사 당일 지나간 사람들의 흔적은 남아 있었다. 그 흔적도 오래돼 희미하다. 한참을 걸었는데도 이정표 같은 것은 일체 없다. 거리를 가늠할 수 있는 안내판이 없으니 발길을 되돌릴 수밖에.

북한강이 내려다보이는 '둥그래마을' 을 둘러보는 길이다. 맴맴! 늦깎이 매미가 무리를 지어 슬프게 울어대는 곳이다. 짝을 못 찾은 수놈들인가 보다. 잠자리는 하늘을 날고 나비는 웬일로 아직도 꽃을 찾아다니느라 바쁜지 알 수는 없지만 숲이 우거진 뒷산을 배경으로 졸졸 개울물에 수련이 고운 연못도 만들어놓았다.

가을을 즐기려는 늦둥이 여름 꽃에 성미 급한 가을코스모스까지 몽땅 보고 왔다. 많이 걸었다는 것으로 위안을 삼아야 할 것 같다. 주차장이 오늘따라 이렇게 멀게 느껴질 줄이야. 볕이 강해 그리 느껴진 것만은 아니겠지.

피곤할 땐 잠이 보약 한첩

점심 먹으러 어제 그 막국수 집에 다시 갔다. 어제 수육을 못 먹었거든요. 영님 씨가 잘 생각했다며 미소를 보낸다. 수육이 부드럽고 깔끔해 목넘김이 정말 좋다며 자기 몫을 다했다. 실은 돼지고길 별로 안 좋아해 걱정했는데 한시름 덜었다. 여행 5일째니 피곤 할만도 하다. 늦점심을 먹더니 쉬고 싶단다.

'나이테펜션' 으로 차를 몰았다. 여행 중에 피곤할 땐 쉬는 것이 상책이다. 황토방의 문을 꼭꼭 닫았더니 에어컨, 선풍기가 없는데도 얼마나 시원한지 모르겠다. 밖의 온도는 30도가 넘는 날씨다. 한숨 푹 자고 일어났다.

저녁 어스름해서 숙소를 나섰다. 한낮의 열기도 식혔으니 주변 구경도 할 겸 저녁도 먹을 수 있음 더 좋고. 멀지 않은 곳에 있는 '파로호선착장'을 찾아갔다. 18시 조금 지났는데 상가 분위기가 썰렁하다. 손님의 발길이 벌써 끊겼다는 얘기다.

결국 쫄쫄 굶고 잤다.

펜션아주머니가 8시부터 '해와 달이야기' 1시간 공연이 있다며 가자는데 아내와 나는 라이브를 보러갈 생각이 눈곱만큼도 없었다. 배도 고프고 피곤하기도 하니까 쉬고 싶단 생각뿐이었다. 한 끼 정도야 다이어트 하는 셈

치면 되지만 더위로 힘든 하루는 쉬는 게 보약 한 첩이다. 춘천 남이섬에서 공연을 보았다고 하곤 문을 닫아 걸었다.

화천의 마지막 밤은 일찍 잠들면 배고픈 걸 잊을 거라며 잠자리에 들었다. 다른 방법이 없다. 많이 뒤척였을 법한데 너무 피곤했나 보다. 곤하게 잔 걸 보면. 배고프면 잠이 잘 안 온다는 말. 그거 순 거짓말이다. 황토방 때문에 잠을 잘 잔건가.

펜션나이테 033-442-8688

펜션에서의 아침밥

2016년 9월 3일(토)

배고픈 것도 모르고 눈도 가볍게 떠지는 건 어제 먹은 수육 때문인가 아니면 황토. 몸도 뻐근하거나 무겁지 않고 허리 부근도 부드럽게 움직여지는 게 느껴진다. 긴 여행의 뒤끝은 언제나 정도의 차이는 있지만 피곤하기 마련인데 홀가분하다.

그런데 영님이까지 아침에 부지런을 떠는 걸 보면 상식에서 벗어난 거다. 몸이 가볍다고 하네요. 여행하면서 잠옷으로 갈아입은 건 처음 있는 일이다. 기분전환이 될 것이라고 생각했을 것이다.

아마 황토 흙의 효능 때문은 아닐까. 실은 펜션숙박은 처음이었는데 적응이 잘된 모양이다. 우린 기분 좋게 펜션을 나서려는데 '똑똑' 하고 문을 두드린다. 펜션 아주머니가,

"잘 주무셨어요. 어디 불편한 데는 없으셨고요? 우리 두 식구 먹는 것으로 들고 왔는데 입맛에 맞을는지 모르겠네요. 찬은 변변치 않지만 한술 뜨고 가세요."

어머! 이런 횡재가 난 상을 낚아채듯 받았지요.

"잘 먹겠습니다. 그러지 않아도 아침을 어쩌나 했어요. 감사합니다, 맛

있게 먹을게요."

콩자반, 잔멸치 볶음, 겉절이, 오이무침, 단 호박 된장찌개에 밥 한 공기. 펜션아줌마의 정성만큼이나 맛나니 어떡해요. 겉절이만 빼고 싹 비우고 왔어요. 정말 맛나고 내 입맛에는 훌륭했다. 덕분에 아침에 어죽 먹으려고 예약 해놓은 것을 취소하느라 미안하긴 했다.

기분 좋은 하루의 시작은 아주 작은 친절에서 시작되는 것 같다. 이런 날 김밥 한 줄 사들고 우리 부부가 좋아하는 산을 다박다박 오르다 힘들면 어느 반듯한 돌을 골라 앉아 쉬고 시장기 돌면 김밥 한 줄을 우걱우걱 씹으며 얼굴 마주보고 있으면 참 좋겠다. 그런 생각까지 했었다.

실은 그제의 악몽이 완전히 가신 건 아니다. 이런 가뭄에 비라도 몰고 다니는 건 그리 나쁘지만은 않다는 생각이 들 때가 없는 건 아니다. 궂은 날씨라도 기분이 나쁘지 만은 않다는 말씀이다. 이제 비 좀 그만 몰고 다녔으면 좋겠다. 그런 생각으로 출발했다. 10시를 넘겼으면 늦은 시간이다.

파로호의 꺼먹다리와 미륵바위

'꺼먹다리' 앞에서 차를 세웠다. 전쟁영화의 단골 촬영지이기도 할 뿐만 아니라 '45년 준공 당시의 모습 그대로 간직하고 있다니 그냥 지나치긴 너무 아쉬워서다. 서울에서 올 때 이 다리를 걸어서 파로호를 건너보겠다며 벼른 곳인데. 다리가 너무 낡고 찾는 사람이 많아 다리를 보존하기 위해서 통행을 제한 할 수밖에 없다니 어쩌겠는가. 그래도 그렇지. 저 꺼먹다리 건너편에 만들어놓은 호반길은 걷는 사람이 없으면 외로워서 어쩌나.

지나는 길에 사람들이 내려 산책하고 있기에 우리도 내렸을 뿐이다. 미륵바위란 것이 다섯 개의 작은 돌무더기를 이르는 말이었다. 제일 큰 것이 1m 70cm라고 한다. 이 바위에 얽힌 사연만큼이나 파로호의 쪽빛물빛이 시리도록 푸르렀다.

“ ‘장이’ 라는 선비가 이곳에 극진한 정성을 드리고 나서 과거에 합격했다는 전설을 안고 있는 바위가 미륵바위다.”

파로호와 맞닿아 있을 것 만 같은 저 넘어 하늘빛 다리, 그리고 병풍을 둘러친 듯 서 있는 산. 가을꽃마저 너무 고와 넋을 잃고 바라보다 왔다. 젊은 부부가 한 바퀴 돌더니 차를 타러갈 땐 팔짱끼고 걷는 걸 본 모양이다.

아내가 슬그머니 다가오더니 팔짱을 낀다. “남세스럽게” 그러며 웃었다. 오늘은 기분이 좋은 날이다.

화천 용모텔, 화천 펜션나이테

홍 천

홍천 공작산 생태숲

2016년 9월 19일(월)

홍천 수타사는 생태 숲에 둘러싸여 있어 고즈넉해 보였다. 코스모스까지 받쳐주니 겁 없이 일주문을 드나들기 조심스러워 지나쳤다. 우린 공작산 생태 숲만 걷다 왔다. 숲은 남녀노소, 누구나 들어오면 푹 빠질 수밖에 없도록 세심한 배려를 한 흔적이 인상적이었다.

산행의 기쁨을 즐길 수 있게끔 가벼운 등산코스며, 아이들 손잡고 걸으며 학습할 수 있는 생태관찰로도 있다. 우리에게 어울리는 코스는 생태 숲 산소의 길이다. 쉬엄쉬엄 걸어도 한 시간이라면 콧노래를 부르며 걷는 코스다.

공기 좋네. 참 좋구나. 여유 있게 걸었다. 생태 숲을 둘러보는 것만으로도 행복에 겨운데 산소 길까지 만들어주었으니 걷지 않고는 못 배기는 우리다. 그길로 들어서는 사람에게 낭만은 덤이었다. 걸어보면 안다. 개천을 끼고 걷는 숲길인데 왕복 1.6Km. 어렵지 않은 코스인데 시간이 애매하다. 다니는 사람이 안 보인다. 하천의 돌이 소의 여물통처럼 보인다 하여 붙여진 '궝소출렁다리' 가 보이면 말없이 건너야 한다. 큰 소를 강원도 말로 궝소라고 한다. 이정표에 우측 100m만 더 가면 징검다리가 있다고 해서 가

봤는데 우리 눈엔 보이지 않았다. 이번 여름비에 쓸려갔는지 허탕치고 왔다.

또 올 겨. 내 자신에게 다짐을 했다. 여기서 하룻밤 자고 마음껏 걷다 가면 얼마나 행복할까. 그런 마음이었다. 진짜 나가기 싫었다. 발바닥에 느껴지는 흙의 폭신한 느낌, 눈에 들어오는 녹색, 들려오는 물소리. 지저귀는 새소리, 바람소리, 아이들의 웃음소리까지. 모두가 자연이 주는 소리다.

여유와 낭만을 덤으로 얹어갈 수 있는 곳이긴 하나, 수타산을 등반하실 분은 10Km 거리는 걸을 수 있는 분만 도전하는 게 좋을 것 같다.

막국수 먹고 여인숙에서 잠

홍천의 생곡막국수 집에서 막국수 한 그릇에 수육 한 접시 먹으러 찾아갔다. 비빔막국수가 별미라고 했다. 소문대로 식탁에는 겨자와 식초가 놓이지 않았다. 오이채, 참깨, 김 가루를 꾸미로 얹은 것이 전분데 그대로 비볐는데도 맛은 소문대로다.

비벼 먹다 반쯤 남았을 때 시원한 동치미 두 국자 넣어 양념장을 섞어 먹었는데 참 신기했다. 자꾸 웃음이 나왔다. 이 마을사람들이 그 집은 우리만의 홍천 집이었는데 방송 때문에 망쳤다는 말 나오게 생겼다. 이제는 번호표도 받아야 하고 대기 줄도 서야 한 그릇 먹을 수 있단다.

우린 늦은 시간이라 그건 면했지만 깨끗한 숙박지가 없나 알아보러 다녀야 하는 수고는 해야 했다. 생곡면 공무원이 “생곡막국수 먹고 오셨어요.” 하며 알려준 곳이다.

면 소재지에 단 하나밖에 없는 여관이다. 방은 담배냄새에 찌들었고, 발이 많이 달린 벌레가 벽을 기어 다녔다. 이불에선 고약한 냄새까지 나니 미안하단 말로 넘어갈 일이 아닌 것 같다.

이게 다 막국수 때문에 벌어진 일이다. 화요일이 휴무다 보니 맛집을 놓칠 수는 없었다. 그렇다고 손님도 없는 변두리 펜션보다야 마을에 있는 여인숙이 낫다는 생각엔 변함이 없다.

냄새가 좀 빠질까. 창문을 활짝 열어놓고 마을 구경 나섰는데 사람 사는 곳 다 거기가 거기다. 잠은 곤함만큼 드는 법이라 했지만 어째 우리 마님 잠을 청하기가 쉽지 않아 보인다. 걱정이다.

홍천 부성장여관

홍천 미약골 테마공원

2019년 7월 3일(월)

7시에 집을 나섰다. '홍천강발원지' 를 내비에 찍고 가는 길이다. 홍천 3경이라는 곳이다. 주차장은 10여 대면 찬다. 협소하긴 해도 오가는 차량이 적은 길이라 길가에 주차해도 무리는 없을 것 같다. 후진 곳일 수도 있지만 조용하고 공기 맑은 곳이라 하루 쉬다 오면 후회는 안 할 곳이다. 공원이 나무랄 데 없는데 관리까지 소홀하지 않다.

나무와 계곡 작은 바위들이 있는 능선을 따라 암석폭포까지 걷는 길은 핫 코스다. 누구나 도전할 수 있는 산책길이다. 공원에 앉거나 누워 바람 쏘이며 쉬어도 좋다. 왕복 3km를 걷는 길인데다 난이도는 '하' 다. 쉬엄쉬엄 걸으면 넉넉잡아 두 시간이면 누구나 충분하다. 징검다리를 건너고 그렇게 또 걷는데 지루하지가 않다. 오늘은 5명이 출발했다. 홍천이 고향이라는 한 남자가 엄마 누이동생과 함께 모처럼 나선 산행이라는데 우리처럼 초행이란다.

징검다리를 예닐곱 번은 건넜을 걸요. 방석만 한 평평한 돌다리를 건너고 또 건너다보면 암석폭포가 나온다. 그 위일까 아랠까 확실히 모르겠으나 용천수가 솟아 홍천강의 물줄기를 이룬다는 곳은 짐작 가는데도 없어 포기했다. 더는 길이 없다며 앞선 젊은이가 손사래를 치기 때문이었지요.

서로 힘이 되어주어 고마웠다며 인사를 나누었고 우리가 먼저 자리를 떴다. 이 공원에선 '연잎 꿩의 다리' 와 큰 까치수염을 찾아내어 반가웠고 나뭇가지 높은 곳에 외롭게 피어있는 함박꽃 한 송이의 고운 자태에 우리 부부는 정신 줄을 놓고 올려다보았다. 더 있다 가라고 발목을 잡는데 배에서 꼬르륵 소리가 멈추질 않네요.

운두령 살둔과 용소계곡

정감록에 있는 '삼 둔 사거리' 는 전염병이나 난리를 피해 숨어들만한 깊은 산골로 사거리는 인제군 기린면의 아침가리, 연가리, 적가리, 명지가리, 삼 둔은 홍천군 내수면의 살둔, 월둔, 달둔 계곡을 일컫는 말이다. 지도에 표시된 살둔 계곡은 미약골 테마공원에서 27km라니 호기심이 불을 지피고 말았네요.

일정에 없었다. 산 좋고, 물 좋고, 경치 끝내주는 한적한 길을 달리다 보면 이곳이 무릉도원이 아닐까 착각하게 하는 곳이다. 이 길은 아주 드문드문 몇 가구씩 모습을 드러낼 뿐 산짐승과 산새들의 고향이었다. 깊은 골짜기를 따라가다 보면 길 옆에 '운두령 살둔샘터' 가 있다. 샘물 한 사발은 여행의 꿀이다. 우린 속이 뻥 뚫릴 정도로 시원한 샘물 한 사발씩 들이키고도 심이 안찼는지 아내를 불렀다.

"저기 잠깐만요. 이 물 받아 갔으면 좋겠다. 트렁크에 빈 물병 있을 걸요."

샘터에서 살둔계곡은 2.7km. 둔이란 펑퍼짐한 산기슭을 이르는 말이라는데 밭농사를 지을 수 있을 정도의 경사진 너른 땅을 말한다. 과연 땅이 너르긴 했다. 양배추를 심은 농부는 한창 바쁠 땐가 보다. 유럽 어느 농촌과 비교해도 손색이 없을 만큼 그림 같은 집 두 채가 평화로운 농촌풍경을 그렸다. 부지런하기만 하면 수십 명은 너끈히 먹을 곡식을 수확하고 도 남을 '만한들' 이라고 한다.

내비 끝점의 한 귀퉁이에 차를 세우고 농로를 따라 살둔계곡으로 들어갔다. 다행이다. 어름치, 열목어가 서식한다는 1급수인 이곳 계곡물은 안심해도 될 것 같다. 경관이 수려하다는 살둔계곡은 '과연' 이란 말이 나 올만 했다. 계곡 물소리며 자연이 주는 평안함이 어떤 것인지 알 것 같았다. 깊고 길도 험하고 주차시설이며 숙박시설도 전무하니 오랫동안 이 모습으로 남아 있지 않을까.

"어떻게 하면 자연과 인간이 서로 어울리며 살아갈 수 있을까" 그 해답이 이 계곡에 있었다. 여긴 청정지역이었다. 하늘이 가까우면 별도 따갑네. 그러며 자리를 떴다.

해발 1013m라는 백두대간 '구룡령' 에 도착했다. 산들을 내려다보며 기지개 한번 켜면 또 달릴 수밖에 없다. 쉴 곳이 마땅치 않아 오래 머물 수는 없다. 장사치가 가로채고 앉았으니 별수 없는 일이다. 우린 내설악에 견줄 만하다며 기기묘묘한 계곡이 10km에 이른다는 '용소골(용소계곡)' 을 아주 천천히 달렸다.

우거진 숲과 이어지는 계곡 물소리. 한여름에는 너른 바위와 맑은 물이 고여 있는 소는 아이들의 물놀이터요, 나무 그늘은 자연 파라솔이 될 것이다. 내려다보던 봉우리는 어느새 눈썹을 추켜세워야 보인다.

"거들먹거리지들 마시게. 내 니들 눈 딱 내리깔고 보던 걸 금세 잊은 건 아니겠지비. 구경한 번 잘 하고 간데이."

여행이란 오란 데는 없어도 갈 데는 많다.

홍천은행나무숲

2019년 10월 6일(일)

아내에 대한 사랑으로 34년을 가꾸어왔다. 해마다 10월이면 한 달 동안만 개방한다. 꼭꼭 숨겨두었던 그 은행나무 숲의 노란 단풍이 그리워서 만이었겠습니까. 부부의 애틋한 사랑을 느끼고 감동받고 싶은 마음이 더 컸겠지요.

만성소화불량으로 고생하는 아내를 위해 가칠봉 삼봉약수의 효험을 믿고 1985년 이곳에 정착하면서 사랑, 정성, 믿음을 담아 은행나무묘목을 심었다고 한다. 꽃말은 장수. 세월 먹고 자라 황금빛 숲을 이루니 입소문을 타고 퍼졌겠지요.

좀 이른 감은 있지만 가을풍경에 퐁당 빠졌다 오기 좋은 계절이다. 아내에게 애틋한 사랑 이야기도 들려주며 손을 꼭 잡는 것도 나쁘지 않은 곳이다. 그 마음으로 200km, 3시간 거리를 달려왔다. 누가 카톡에 글을 올렸던데.

"늙어가는 길은 처음 가는 길이니 아프지 말고 조심해서 가라"

6시 출발. 여행의 시작은 새벽만한 시간이 없다. 가평휴게소에 들렀는데 내린천 휴게소에 또 들른 것은 나이 먹었다는 증거다. 길이 헷갈릴 때 판단은 쿨 하다만 후회하는 날이 많아진다. 순간의 판단 착오로 양양 방향으로 들어서고 말았다. 한참을 더 달려야했다. 은행나무숲에 도착한 시간은 9시 반.

콸콸 시원스레 흐르는 계곡물소리, 휘이익 지나가는 바람소리, 콧구멍의 평수를 넓히는 데는 가을꽃향기도 한 몫 거들었다. 우리를 맞느라 봄부터 준비했을 자연에 감사하고 있다. 바람이 싫지 않은 계절이다. 새벽에는 옷깃을 여밀 정도의 쌀쌀한 날씨가 오히려 기분을 상쾌하게 한다. 그 가을의 정취를 느끼고파 달려온 더 부지런 한 사람들이 있다. 주차장에서부터 상인들의 텐트 행렬도 볼거리다.

"우리 아침은 이따 여기서 먹고 가자. 우리 뭐 먹을까?" , "아무거나."

간단한 대화가 오간 것이 끝. 자연 앞에선 말이 필요 없다. 사방이 절경이니 무슨 말이 필요하겠는가. 두리번거릴 것도 없다. 활짝 열어 놓은 연둣빛 철문을 들어서는 순간 화폭에 가득 찬 가을을 보았다. 알 듯 모를 듯 그리움이 스쳐 지나간다.

화폭에 봄, 여름, 가을을 다 담은 것 같은 묘한 분위기에 빠르게 녹아들었다. 나도 모르게 아내의 손을 덥석 잡고 걸었다.

가을바람이 계절 옷으로 갈아입히는 모습에 동화되고 있었다. 가을 들꽃들도 하나하나 들여다보며 눈 맞추고 황금색 모자를 눌러쓴 은행나무에겐 환한 웃음을 전해주는 걸 잊지 않았다. 아내는 나보다 먼저 노랗게 물들어가는 숲에 퐁당 빠진 것 같다. 아기처럼 좋아한다. 눈가에 엷은 웃음 지으며 조용히 걷고 있으니 알겠다.

두근두근 하다만 왔겠습니까. 예쁜 사진도 남기고, 숲이 주는 것이니 행복만 가슴에 담아갈 생각으로 말없이 걷고 또 걸었다. 지치면 그네벤치에 잠시 쉬기도 했답니다.

가칠봉 삼봉약수(삼봉자연휴양림)

시간이 지나면서 날씨는 포근해지는데 바람은 자자들 기미가 없는가 보다. 몸이 움츠려 들 정도로 바람이 불긴 해도 따뜻한 외투가 생각날 정도는 아니다. 온갖 가을 냄새를 몰아다 준 숲도 이젠 안녕 해야 할 시간이다.

삼봉약수를 내비에 걸었다. 은행나무숲에서 5.6km. 삼봉자연휴양림에 약수터까지 있어 드라이브하며 다녀오기 좋은 코스다. 눈에 익숙한 길로 가더니 이내 호젓한 산길로 들어선다. 그 길 끝에 '삼봉약수 숲속의 집' 이 있었다.

태고의 신비한 약물로 조선시대에는 '실론약수' 라 불렸으나 주위에 가칠봉, 사삼봉, 응복산 세 봉우리가 있어 '가칠봉삼봉약수' 라 부른다고 한다. 한국의 명수 100선에 속하며 빈혈, 당뇨병, 신경통, 위장병에 효험이 있다 하여 천연기념물로 지정된 약수다.

그러니 특별한 맛일 게다. 약수터 옆 이팝나무 그늘에 앉아 은행나무 숲의 애틋한 사랑 이야기를 풀어놓는다면 더 없을 피서가 될 것이다. 벌컥벌컥 시원한 약수 한 사발 들이키면 세상을 다 가진 기분이겠다. 마음과 수고만 있으면 그 신비의 물은 온전히 내 것으로 만들 수 있다. 병에 담아가도 된다.

당일치기 여행 오신 분은 떠다 냉장고에 넣어두고 조석으로 드시면 좋고, 우리처럼 긴 여행을 나오신 분은 이 물을 상복하며 다니면 좋다. 효험이 있을 거란 믿음도 중요하다. 우린 물병 두 개에 약수를 담고 한 바가지 떠서 함께 마시는 것으로 다음 일정을 시작했다.

가칠봉 등반코스는 산다운 매력이 있을 것 같긴 하나 우린 4~5시간은 잡아야 하니 오늘은 무리다. 물론 계획에 넣지도 않았지만 그 대신 1km거리의 '숲 체험로' 를 걷는 산책코스를 택했다. 계곡물 따라 숲길을 걷다보면 다리. 거기서 왼쪽으로 확 꺾어 다시 계곡을 끼고 내려오면 된다. 다리를 경계로 개천을 끼고 누구나 부담 없이 걸을 수 있는 이런 아름다운 길을 만들어준 사람들에 박수를 보내고 싶다.

갈천마을의 갈천약수

양양으로 길을 잡으면 길목에 갈천약수가 있다. 잠시 들른다는 기분으로 내리면 된다. 갖다오길 잘했다 할 만큼 매력 있는 어렵지 않은 길이다. 쉬엄쉬엄 걸어 왕복 4~50분이면 된다. 편안하고 아기자기한 산길의 진수를 맛 볼 수 있을 것이다. 무심히 지나치고 나면 두고두고 후회할 일이지만 마음먹고 걸으면 큰 기쁨과 행복을 준다.

주차장에서 약수교를 건너 타박타박 산골마을에 녹아들기만 하면 된다. 지루하냐 재미있냐는 그 시점의 컨디션에 맡겨야 할 것 같다. 우린 생각보다 지루하게 느꼈다. 1km 거리면 금방이란 생각을 함으로써 지루하게 느껴지게 했는지도 모른다. 마음을 미쳐 챙겨오지 못한 것이 큰 이유일 것이다. 아님 찌뿌듯한 날씨 탓. 허긴 함께 걷는 사람이 적을 때는 지루할 수도 있겠다.

그냥 한 삼십 분 올라가면 되는 거린데 오늘 왜 이렇게 힘들지. 그냥 돌아갈까. 했지만 솔직히 존심이 상해 실행에 옮기지는 못했다. 지금도 그 길을 걷는데 그리 힘들고 지루하게 느낀 이유를 잘 모르겠다. 그 거리는 솔직히 우리에겐 지루할 새도 없는 껌 값이다. 그렇다고 찌뿌듯한 몸 상태도 아니고 왜 힘들어했을까. 어쨌든 연구 대상은 된다. 혹 을씨년스런 날씨 때문이라고 핑계 되는 것은 낯간지럽겠다.

갈천약수도 칼슘, 마그네슘, 망간, 탄산, 철분, 불소 등을 다량 함유하고 있어 빈혈, 위산과다, 충치에 효험이 있다고 한다. 싸한 그 물맛과 공기 좋은 길을 걷는 걸 좋아한다면 보약 한 첩 챙겨먹는 효과는 볼 것이다. 쉬엄쉬엄 걷는 그 길은 여유와 낭만이 있다. 우리 세대에게는 재 넘어 학교 다니던 추억까지 떠올릴 수 있는 그런 길이다. 물병 하나 들고 가면 내려오는 기쁨이 배가 될 것이다. 우린 약수만 벌컥벌컥 들이켜고 내려왔으니 손이 좀 허전하였다.

영동(양양군)과 영서(홍천군)를 가르는 분수령이라는 해발 1031m의 백두대간 구룡령을 차로 달려가는 일만 남았다. 이 재는 주말을 즐기는 오토바이라이더들에게 더 없이 좋은 길이다. 부르릉 소리 내며 수십 대가 줄을 짓고 일사불란하게 달려가고, 머물다 간다.

슈트, 무릎보호대와 재킷을 걸친 모습만 봐도 부럽다. 수컷 냄새를 물씬 풍기니 더 그리울 밖에. 내가 할 수 있는 일이란 고작 표지석에서 폼 잡고 사진 한 장 찍어 달라 부탁하는 일 밖에 없었다.

속초 롯데리조트 634호

홍천 부성장여관

횡 성

횡성 풍수원 성당
횡성호수 1길
횡성 '청태산 휴양림' 을 오르다
횡성 섬강산책로 1코스

횡성 풍수원 성당

2016년 9월 20일(화)

새벽길을 달리다 불시에 튀어나온 유모차 할머니 땜에 식겁하긴 했지만 해발 466m인 '만드리재' 에 올라서서 온 길을 보며 기분 내는 데에는 지장이 없었다. 이미 잊었다.

'만드리재' 는 부락과 부락을 이어주는 유일한 통로였을 것이다. '무수리재' 까지 넘으니 홍천과는 다른 세상이었다. 홍천에선 강원도의 높은 산만 보다, 재를 넘는 순간 뒷동산 같은 산세에 골짜기마다 너른 농토. 비옥한 농토가 펼쳐져 있었다. 한눈에 봐도 풍년 마을이었다. 횡성과 홍천이 이렇게 산세가 달랐다.

우리나라 최초로 한국인 신부가 세웠다는 '풍수원 성당' 은 61Km를 더 달려가야 한다. 100년의 역사를 가진 성당으로 신자들의 성지순례지이지만 드라마 촬영의 명소로 더 많이 알려진 곳이다. 지금도 옛 모습 그대로를 보여주고 있다고 한다. 그 앞에 서는 순간 모두가 숙연해진다. 우린 '성모칠고동산' 에 있는 원두막에서 묵상하고 올라가는데 마음은 콩밭에 있었나보다. 어디 잣송이 떨어진 것 없나 땅바닥만 보고 가다 지나친 것 같다.

기도의 길로 들어서서야 제정신으로 돌아왔다. 신자의 도리는 지키자고 굳게 약속을 했건만 길바닥에 엄지손톱만 한 야생 밤들이 널브러져 있는 것을 보고는 그 마저도 홀랑 까먹고 말았다.

성모님이 주신 선물일 거라며 실한 잣 두 송이에 밤 한 움큼씩을 주어왔다. 잘한 짓은 아닌 것 같은데 횡재한 기분이었다. 공짜 싫어하는 사람 봤어요. 우리라고 별수 있겠어요.

횡성호수 1길

풍수원성당 들머리에 있는 식당의 청국장은 짜지 않고 맵지 않아 내 입엔 정말 맞춤이었다. 맛나다는 표현이다. 이 마을 유현리가 청국장으로 유명하다는 소문이 정말이라면 그 맛은 굳이 말할 필요가 없을 것 같다. 그릇을 깨끗하게 비웠다.

횡성호수공원을 내비에 걸었더니 유치원생들이 뛰어 노는 곳으로 데려다준다. 호수1길 시작점이란 푯말뿐이라 믿음이 가질 않아 횡성 댐 물문화관으로 올라갔다. 세계의 물과 댐에 관한 것을 보여주고 있다지만 나는 아는 게 별로 없어 보는 것도 건성건성 시늉만 했다.

향토작가 김현일의 놀다, 꽃, 물고기를 주제로 한 작품들을 전시한 2층 횡성호 갤러리에선 중생들아! 물고기나 꽃들을 보라. 그들의 삶이 얼마나 행복해 보이는가. 돈, 돈 하지 말고 자신이 좋아하는 일을 하며 살라는 의미로 나는 받아들였다.

"댐 건너편 오른쪽으로 철 사다리가 보이시죠? 그 사다리 타고 올라가 왼쪽으로 가면 정자가 나와요. 그 길을 따라 계속 걸으면, 요 아래 호수공원이 나옵니다. 시간 반 정도 걸릴걸요. 가실 수 있겠어요?"

그 마지막 말에 오기가 생겼다. 아니 힘이 솟았다. 가파른 계단이었다. 올라가니 분칠하지 않은 민낯의 정자가 있었다. 숨 한 번 들이쉬고는 다시 걷기 시작했다. 능선길이라 어려운 길은 아니었지만 사람이 다닌 흔적이 희미해져 새로 길을 내는 마음으로 걸어야 한다. 그렇게 오르내리기를 반복하는 지루한 산행. 우리만의 고독한 길을 걷다보니 어느새 개천에 놓인 징검다리가 보인다.

호수공원에서 본 바로 그 다리였다. 우리는 '횡성호수 1길' 을 완주했다. 2시간 좀 더 걸렸다. "아니 정말 다녀오셨네요." 그 순간 어깨가 뒤로 자빠지는 줄 알았다. 댐을 관리하는 직원들도 놀라는 눈치였다.

저녁은 한일막국수. 달랑 백김치와 무절임이 전부였다. 첫 수저를 뜨는데 살짝 참기름 냄새가 나는가했는데 어디로 숨었을까. 이 집은 백김치가 일품이었다. 메밀국수에 싸서 먹으니 또 다른 맛의 세계다. 겨자와 식초에는 곁눈질도 하지 말라는 말에 충실했다. 강원도 막국수 여행 제대로 하고 있다.

횡성 '청태산 휴양림' 을 오르다

<u>2016년 9월 21일(수)</u>

무슨 착오였을까. 계획표를 들여다 본 순간 알았다. '숲 체험' 이 아니라 '숲 체원 이었다. 덕분에 원 없이 알밤서리 좀 했네요. 겁이 많아 참외서리는커녕 밀서리 콩서리도 못해본 주제에 잘한 짓인 진 모르겠다.

춘천 신도시를 가로질러 왔으니 춘천시내 투어 제대로 하고 가는 걸로 위안 삼자고 했다. 허기가 진다며 횡성휴게소에 들러 한우소시지 한 개 씩을 물고 또 달렸다. 평상시 같으면 어림없는 일이다. 공짜 밤을 줍는 바람에 안 먹어도 배불렀나보다.

'숲 체원' 에 도착은 했는데 일주일 전에 예약해야만 입장할 수 있는 곳이란다. 하루가 참 얄궂다. 어처구니가 없다. 벌써 2시인데 계획대로 된 것이 한군데도 없었다. 점심까지 굶었다. 지근거리에 있는 청태산 휴양림을 찾았다.

3번 등산로를 따라 올라가 청태산 정상을 찍고 다시 3번 코스로 내려오기로 의견이 모아졌다. 아내가 휴양림 주변이나 산책하다 내려가자 할 줄 알았다. 근데 예상외로 올라가잔다. 거꾸로 아내가 앞서고 내가 엉거주춤 뒤따라가는 모양새가 되었다. 배고프고, 무릎도 안 좋은데 솔직히 오기로 버텼다.

참 어렵고 힘든 코스였다. 계단의 폭이 넓고 가팔라서 고생 좀 했다. 정상 가까이에서는 어제 비온 관계로 땅이 질펀하다 보니 미끄럽기까지 했다. 내려올 때는 코스까지 잘못 들었다. 1코스로 내려가고 있었다. 더 길고 험한 코스로 내려온 셈이다. 2시간 20분이면 충분할 거라고 올라갔는데 3시간 반이나 걸렸다. 피곤해야 정상인데 그렇진 않았다. 의외로 몸은 가뿐했다. 웬일이래.

하산 중에 비를 맞을지도 모른다는 생각에 정상을 300m 앞두고 내려온 것이 조금 아쉽긴 하다. 만약 올라갔더라면 어둑어둑해서 산을 내려왔을 테니 잘한 일이긴 하다. 저녁은 육회 한 접시에 한우탕 한 그릇씩 뚝딱 해치웠다. 마님은 맛있으면 그냥 지나치는 법이 없다. 한우탕 5봉을 사들었다.

해프닝만 벌이다 해를 넘길 번한 하루의 결과물치곤 나쁘지 않았다. 오늘도 함께 오를 수 있는 내자가 옆에 있어 너무×3 행복했다. 이 나이에 아내가 말없이 산행을 따라 나서는 용기까지 있다는 건 축복받은 거다.

횡성 COZY 호텔

횡성 섬강산책로 1코스

2016년 9월 22일(목)

거리가 평화롭다. 바쁠 것이 1도 없는 이들은 걸음걸이부터 다르다. 우리도 닮아가고 있었다. 서울의 하루는 눈만 뜨면 바쁘게 살지만 여행지에선 시간 죽이는 게 일상이다. 시간을 호주머니에 넣고 다니면 어떻고, 길바닥에 흘리고 다니면 좀 어떻습니까. 한구석에 아무렇게나 꽂아놓은 들 뭐랄 사람도 없다. 거기다 시간이 없어 못한다는 핑계만 대지 않는다면 어찌하든 상관없는 나이다.

"이보시오 시악시. 오전엔 어딜 가고 싶으신가요? 원주는 요기라 시간도 얼마 안 걸리는 거리지만 우선은 횡성에 왔으니 섬강 산책길 걸어보는 것도 괜찮지 않아요?".

섬강은 볼수록 예술이었다. 강변은 갈대가 빈 공간을 덮었고, 화강암바위들이 적당히 자리 잡은 강에 바위가 불쑥불쑥 튀어나온 걸 보는 건 섬강이 처음인 거 같다. 바짓가랑이를 걷어 올리면 건널 수 있을 것 같은 그런 정겨운 강이었다. 호텔 근처가 섬강의 횡성한우 축제장이다. 산책로 1코스는 온통 몽고텐트, 사각텐트, 공사용 자재들이 어지럽게 널려있었다. 그들도 섬강의 밑그림을 흐트려 놓진 않았다.

섬강의 뒷산이 아깝단 생각이 들었다. 우리를 불러들인 동기가 되었다. 마무리만 남은 삽교다리를 건너면서 산행은 시작되었다. 새로 만든 황토다리, 은빛 아치형지붕, 꼬마전구를 달은 인조나무에 불이 들어오는 밤을 떠올리며 걸었다.

길은 있겠지 은근히 걱정된 건 사실이다. 다리를 건너선 약수터. 다음은 정상을 보고 걷는 거다. 선택의 여지가 없었다. 봉우리를 3개나 넘었더니 그제야 정상에 나눔 쉼터가 있다. 우린 북천리의 다리를 보며 내려갔다. 안내도엔 한 시간 거리라는데 2시간 넘게 걸렸다. 많이 험한 길이던데. 애초엔 계단도 만들어 놓긴 했던 모양이다. 관심에서 멀어지면서 유명무실해진 것 같다. 손을 보지 않아 오르내리기가 무척 힘들었다. 나무계단은 썩고, 흙은 비에 쓸려 내려가 힘든 길이었다.

엄청 너른 우사와 화단도 코스모스 무더기에 가렸다. 여름 내내 만들어낸 신의 작품이 임시로 만든 인간의 손재주와 비교가 될까. 아내를 코스모스처녀로 만드는 건 어렵지 않았다.

인공다리 삽교가 통행금지라지만 우린 다리에 뿌린 흙도 다질 겸 해서라도 건너야겠다. 우린 '횡성한우축제' 전날 결국 섬강의 축제장과 섬강길을 두루 둘러보는 행운을 잡았다. 계획되지 않은 시나리오라 더 재밌었다.

점심은 향교막국수 먹고, 저녁을 위해 삼대천왕에서 소개한 진미통닭집에서 포장해 갔다. 뼈 발라놓은 것이 한 무더기였다. 닭 안 좋아하는 마님 손이 안보일 정도로 바빴다. 닭 뜯고 목욕했으면 피곤이 몰려올 시간이다. 쉬는 것이 보약이다.

오늘이 어제만 같아라. 내일이 오늘만 같아라. 푹 쉬어야 내일 온종일 치악산을 동무삼아 해 저물도록 놀다 갈 것 아닌가.

원주치악산호텔

횡성 COZY호텔

제주도

한영희의 칠순 축하여행

한림공원의 협재와 쌍용동굴

2014년 5월 6일(화)

"여행을 떠나면 즐거움을 맘껏 누려라. 욕심은 바쁘고 초조할 뿐 여유를 주지 않으니 버려라. 여유를 가져보라. 여유는 또 다른 세상을 보는 눈을 뜨게 한다. 여행은 여유를 누릴 줄 아는 이의 반열에 들고 싶은 욕심을 갖게 할지도 모른다."

아내의 칠순 여행이다. 우린 욕심이 아니라 작은 바램, 그건 여유라는 또 다른 세상을 아내에게 선물하고 싶었다. 제주공항에는 햇살이 마중 나와 주었다. 하늘도 가슴이 설렐 만했다.

"와 바다다! 저기 좀 보세요. 바다가 보이잖아요."

바다를 처음 보는 것도 아니면서, 호들갑을 떨며 여행분위기를 띄웠다. 제주와의 첫 대면은 이렇게 시작했다. 차장 밖으로는 그림 같은 마을들이 뒤로 내빼고 있었다. 코를 킁킁거리며 애월-하귀 해안도로를 달리고 있었다.

빨간 뒤웅박을 띄우고 잠수하는 해녀의 모습이며, 평편한 바위에 바닷물을 가두고 소금을 만들었다는 '구엄마을' 도 보고 들으며 가볍게 흘려보낼 수 있었다. 제주의 '한림공원' 과는 이렇게 상견례를 했다.

먼저 도착한 사람들로 북적북적 했다. 표를 끊고 화살표를 따라가니 '협재동굴' 이 보인다. 동굴 안은 소름이 끼칠 정도로 서늘하다. 컴컴한 동굴 안에는 천정에서 뚝 떨어졌다는 '살아있는 돌' 이 동굴 바닥에 누워있다. 비가 오면 실제 폭포같이 물이 흐른다는 '마른폭포' 도 보았다.

검은 용암석에 석회수가 떨어져 덮으면서 황금색으로 변해간다는 황금산맥은 협제동굴의 마스코트였다. 한림공원이 천연기념물로 지정된 것도 이 용암동굴이 석회동굴과 황금산맥이 있는 복합동굴이기 때문이라고 한다. 용암석에 석회석이 있다는 것 자체가 기이한 현상이라고 한다.

출구 양쪽에는 '동자석' 들이 무표정하게 앉아 있거나 어정쩡하게 서 있었다. 하나같이 눈, 코, 귀, 입이 변형되었거나 얼굴형태만 표현한 것들이었다. 내 눈엔 동굴을 지키는 '동자스님' 들 같다만 민초들의 고단한 삶을 이리 표현한 것이 아닌가 그리 생각했다.

'쌍용동굴' 은 용의 흔적이라는 척추부분과 용의꼬리가 빠져나가느라 생겼다는 천정 벽의 구멍은 보면 볼수록 신기했다. 그림자가 만든 '조신한 여인' 은 불빛에 용암덩어리가 만든 신의 작품이었다. 우는 아이를 달래기 위해 허벅을 내려놓은 제주어미의 모습이었다.

제주시 한림공원 사파리 조류원

뜰에는 백년의 세월은 힘겹게 견뎌왔을 고목들이 작은 조경분에 쪼그리고 앉았다. 이리 잘리고 저리 쥐어뜯겨 가며 고통을 감내한 뒤틀린 모습이 안쓰러웠다. 그것이 굳이 분재를 찾아가지 않아도 되는 이유다. 건성건성 보게 되어 있다.

제주의 전통 가옥은 대부분 초가다. 마을의 집들이 좁은 골목길로 연결되어 있는데 그 골목길을 제주어로 '올레' 라고 한단다. 그 골목 끄트머리에는 정낭을 걸쳐 대문을 대신했으니 외지인인 우린 그것도 신기했다. 초가집들은 원형을 살려 복원해 놓은 것이라는데 낮은 지붕을 새끼로 촘촘히 꽁꽁 동여맨 것만 보고 나온 것 같다.

아쉽다. 그러던 차에 우리 앞에 나타난 것은 거대한 돔 형태의 새장이었다. 관리인이 먹이를 주려고 들어가자 새들이 일제히 날아오르는 모습은 정말 장관이었다. 그리 따라 가다 보면 나온다. 사파리 조류원. 아이들이 많이 찾는 곳이라 갈까 말까 망설이는 데 아내가 앞장섰다.

새들을 보고 있으면 영락없는 철부지 아이가 되고, 나오면 무얼 보았는지 까맣게 잊어먹었다. 입에서 가물거리기만 했지 공작, 꿩, 닭, 거위. 왜 그런 이름밖에 떠오르지 않는지 알 수 없다며 혼자 툴툴거리기도 했다.

"그거 외우면 누가 상 준대요. 그럼 우리 다시 들어가서 보고 나와요."

난 수련과 창포가 연못에서 화사하게 웃는 모습을 보고 있었다. 느릿느릿 걸으면서 방금 알았는데 저 꽃 이름이 뭐였더라. 또 까먹었네. 하면서도 팻말만 보면 읽으며 걷는다.

그냥 그리 걷다 왔어요. 여행의 맛을 알아가는 중이랍니다. 여긴 한껏 여유부리고 싶은 곳이던데. 어때요, 꼭 기억해야 돼요? 그건 아닌데….

제 주

바람의 언덕 송악산

2014년 5월 6일(화)

딱히 서로 주고받을 말이 없으면 어떤가. 놀멍, 쉬멍, 갈멍 하는 것이 제주여행이다. 제주의 바다가 준 그 여유는 보석을 검은 돌무더기에 버리고 오느냐, 가슴 한켠에 담아가느냐. 그 또한 이번 여행에서 우리 부부의 몫일 것이다. 한 보따리는 아니더라도 한 옴큼의 추억은 담아가야 하지 않을까.

송악산은 5년 전 우리 부부가 올레길 완주를 목표로 23일 간을 배낭만 달랑 매고 걷고 또 걷기만 했던 추억이 고스란히 남아 있는 곳이다. 태평양 전쟁 당시 일본인들이 최후의 성전을 벌이겠다며 준비한 요새가 있는 곳이다. 해안포진지, 산허리엔 고사포진지, 전투기격납고는 아픈 기억을 떠오르게 한다.

용서는 하되 결코 잊어서는 안 되는 곳이다. 올레길을 걸을 당시 우리는 송악산을 그렇게 넘었었다. 소똥, 말똥이 뒹구는 오름 같은 언덕이란 표현이 어울릴 것 같은 곳, 오늘 보니 그 길도 많이 변해있었다. 우리가 완주했을 당시는 올레 리본이 송악산으로 이어져 있었다. 우리는 새로 생긴 올레 리본을 따라가기로 했다. 입이 가만두질 않았다.

당시도 바람의 언덕에는 걷는 사람들이 많았다. 송악산을 넘느라 무심히 지나쳤던 기억들이 있다. 산방산올레길, 한눈에 보이던 가파도, 형제섬이 그때나 다름없이 오늘도 그 자리에 옥빛의 제주 바다가 있었다.

무슨 말이 필요할까. 당시는 가는 길이 바빠 무심히 지나쳤지만, 오늘은 그것이 그리움으로 다시 새록새록 피어나고 있었다. 이 길을 다시 걸을 수 있어 행복했고, 걸을 수 있는 건강을 준 것에 감사했다.

제주 신라호텔

제주 신라호텔에 여장을 풀었다. 수족처럼 움직여주는 종업원들의 세심한 배려가 마음에 쏙 들었다. 서비스부터 차원이 달랐다. 직접 휴게실로 안내하고, 따끈한 차 한 잔을 내온다.

한 달 전이다. 바다 전망 4층을 계약했었다. 출발하기 얼마 전 그 값으로 5~6층을 준비하겠다고 하기에 그냥 웬 떡이여. 그랬지만 내색은 안했어요. 도착하자 이번엔 7층으로 옮길 수 있겠느냐고 의사를 타진해 오는 것이 아닌가. VVIP들이 사용하는 방이란다. 난 듣고만 있었고, 고개만 끄덕였을 뿐이다. 종업원을 따라 갔을 뿐인데 눈과 가슴이 확 트이는 것을 느꼈다. 멋져 부려.

"마음에 드십니까? 불편한 것 있으시면 콜 해주세요."

침실에서 바라보는 제주의 바다풍경은 또 다른 선물이었다. 푸른 물빛의 야외수영장이며 키다리 야자수, 소나무가 숲을 이룬 동산, 잘 다듬어진 정원, 그 사이로 나 있는 그림 같은 길들, 수평선에 드리운 석양은 수십 폭으로 나누어 그려도 부족할 것 같은 수채화 그림이었다.

에메랄드빛의 바다와 진녹색의 '숨비정원'을 한눈에 담을 수 있는 709호실에 우리는 보금자리를 틀었다. 그림 같은 화폭 안에 우리가 들어와 있다니. 로또 맞은 기분이었다. 꿈이 아니라 현실.

저녁에는 꼬마전구가 반짝거리는 꽃마차를 타고 중문거리까지 달렸으면서 고작 저녁메뉴는 빵 반 조각에 우유 한 컵.

제주신라호텔 709호

아내의 칠순잔치

2014년 5월 7일(수)

"자기야! 칠순 축하해요. 내 곁에 있어 주어 그 동안 행복했어요. 생일축가 불러드려요? 생일 축하 합니다. 생일 축하 합니다. 사랑하는 우리 영님씨. 칠순 축하해요."

우리 같이 해요. 못들은 척했다. 아침 생일상에 가족과 미역국은 빠졌지만 분위기가 고급스럽고 무엇보다 하객이 많지 않은가. 잔치는 하객들로 시끌벅적해야 잔치분위기가 나는 법이다. 주방장이 알아서 음식은 넉넉히 마련했겠다. 게다가 맛까지 있다. 정원의 잔디도 잘 손질해 놓았겠다. 거기다 특별히 건강을 생각한 상차림이라니 여기서 무얼 더 바랄까. 오늘은 우리 색시의 칠순잔칫날이다. 야채와 견과류를 고루고루 담았다. 다른 건 조금씩 맛부터 보았다.

태양빛이 눈부실 정도로 아름다운 아침이다. 고급 요트를 타고 바다로 나가 선상에서 점심을 먹는 호텔 프로그램은 시간차로 물 건너갔다. 어제 도착하면서 바로 신청했어야 했다. 그걸 깜빡했다. 숙박 손님은 아침에 신청하면 되는 줄 알았다. 시작부터 삐걱거리는 건 정보가 부족해서다.

약천사

공항버스를 기다리기로 했다. 버스에서 내리니 길 건너가 '약천사' 다. 3층 건물의 본당 대광보전이 한눈에 봐도 어마어마하다. 경복궁 근정전만하다. 웅장함에 압도된 채 길을 건넜다. 주차장은 텅 비어있었다.

어제가 석가탄신일이었다. 야단법석을 치룬 뒤끝이라 절이 한산한 데다 정리도 덜 되어 있었다. 시간이 이른 탓이겠지. 본당 앞 큰 연등에 이런 글이 있다.

'三好運動, 좋게 생각하자. 좋게 말하자. 좋은 일을 하자.'

가족, 이웃 간에 지켜지면 그곳이 바로 극락이란 얘기다. 부처님을 둘러싼 붉은 연등, 하늘에 늘어진 만국기, 어제 야단법석을 치룬 법당 앞의 연등은 오늘 보아도 화려 엄숙해 보였다. 혹여 경건해야 할 중생들의 불심이 정치인들의 탐욕의 발길에 더럽혀지지는 일은 없었겠지.

본전 안의 부처님과 보살의 크기도 여느 절과 비교가 안 되었다. 우리 부부가 호기심 가득한 눈빛을 흘리는데도 부처님은 자비로운 모습으로 중생을 품어주시는 모습 그대로였다.

절 주위를 둘러보자며 연등을 따라 걷다보니 약사여래보살을 모신 굴법당이 본당 뒷산에 있었다. 스님의 청아한 독경소리가 흘러나온다. 갈증이

나는지 약수를 한 컵 벌컥벌컥 들이킨다. 그리곤 한잔씩 더하자며 권하기까지 한다. 굳이 한잔 더 마시자고? 그래요. 동자승이 보살님에게 감로수를 내리는 모습이 진지해보였다.

이번 인재(세월호)로 숨을 거둔 영혼들의 극락왕생을 위해 노란 리본을 걸을 만큼 마음이 곱고 여린 우리 색시의 소원이 건강하게 살다 죽음을 아름답게 맞이하는 것이라 했다. 예수, 부처, 알라, 산신령님. 아내의 소원만은 꼭 들어주셨으면 좋겠어요. 고희를 맞는 중생의 바램인데 어찌 그 소원을 들어주지 않을까. 어느 보살이 나무판에 적어 놓은 글귀를 간절한 마음으로 읽고 있었다.

'죽음은 반드시 우리를 찾아오므로 우리가 죽음을 찾을 필요는 없다.

우리가 진정 찾아야 할 일은 죽음을 아름답게 맞이할 수 있는 선한 마음이다.'

올레길 외돌게 8-A, B코스

나가는 길목에 지나칠 수 없는 곳이 있으니 오백나한상이다. 그렇다고 불심이 없는 중생이 법당 안에 마구 발을 들여놓는 것도 불경이라 조심스러웠다.

우린 올레길을 걷고 있었다. 대명포구를 지나면서는 좀 지루하다 했다. 영님인 야생열무를 보더니 꽃피지 않은 줄기를 찾느라 열심이다. 아직도 울산대왕암 둘레 길에서 맛본 추억의 맛을 잊지 못하는 모양이다. 이젠 씨앗까지 달고 있으니 늦둥이가 있을라나 모르것다. 겨우 찾아내긴 했지만 오늘은 기억하고 있는 그 맛은 아니었나보다.

올레길 공터에 산딸기가 밭을 이루었다. 땀 흘리며 힘겹게 걷다 목이 마를 때 쯤 산딸기를 발견한다. 손끝에 닿는 짜릿함, 입에 털어 넣을 때의 행복함, 씹힐 때의 상큼함, 목으로 넘기고 나서의 넉넉함. 경험해보지 않은 사람은 알 리가 없지요.

"자기야 이거 자연식품이다."

뒤에 걷는 올레 꾼을 위해 남겨두는 센스는 기본이다. 한 주먹 씩 따서는 입에다 털어 넣고, 또 털어 넣었다. 파란 바다와 검은 돌. 어울릴 것 같지 않은 자연을 업고 아내가 포즈를 취한다. 과거에 취하고, 풍경에 취해 걷다 쉬다 하다 보니 5년 전 추억의 그 화장실 앞에 도착했다. 올레길을 걷던 그날이 떠오르는 모양이다.

당시는 어둠이 깔리기 시작할 즈음이라 더 이상 걷는 건 무리라 생각해 택시를 불러 타고 마을에서 숙박했던 기억이 있다. 그리곤 아침에 좀 더 일찍 서둘렀더라면 그 길을 마저 걸을 수 있었을 텐데. 두고두고 후회하기도 했었다. 그 꿈을 이룰 기회가 왔다. '베릿네 오름' 코스로 정상을 밟는 것이다.

8-A코스는 계단의 연속이긴 하지만 폭이 적당해 오르기가 아주 좋았다. 숨은 비경이라 불리는 '베릿네오름전망대' 에 오르자 서귀포의 바다가 훤히 한눈에 들어오는 거 있지요. 야-호! 오히려 그날 남겨두고 오늘 오른 것이 더 좋았다. 그날 올랐으면 어둑어둑해서 지금의 이 따스한 햇살을 맞으며 걷는 즐거움은 몰랐을 것 아닌가. 찬찬히 경치를 즐기며 조용히 걸을 수 있는 곳이었다. 당시에 느꼈던 쾌감과 후련함 올레 완주의 부스럼을 치유했다는 만족감에 피로가 싹 가시는 기분이었다.

8-B코스는 한 번에 알아보았다. '별내린 계곡' 을 따라 걷는 길이다. 계속 걸으면 올레공원이 나오는 시발점이다. 너무 많이 변해서 몰라볼 뻔했어요. 올레꾼들의 피로를 풀어주겠다는 의도는 좋았으나 당시도 자연의 훼손이 너무 심하니 그대로 남겨두는 것이 더 좋을 걸 그랬나보다. 그리 생각했던 걸요.

'외돌게' 는 어르신들과 중국 관광객들로 탐방로가 비좁을 정도였다. 우린 관광객이 잘 가지 않는 전망대를 찾아갔다. 외돌게가 조금 멀게, 작게 보이긴 해도 온전히 볼 수 있는 곳이다. 아이스크림도 입에 물었다. '중

문색달해변' 을 끼고 걷는 올레길이 익숙한 길이다보니 오늘은 전번에 걸었던 해안코스가 아닌 전망대 코스를 걷기로 했다. 끝이 없을 것 같은 계단의 연속이었다. 어렵게 올라 바다를 바라보고 눈을 돌리면 제주신라호텔이 코앞이다. 언덕길을 따라 0.4Km만 걸어가면 된다.

제주 신라호텔 709호

조각공원

2014년 5월 8일(목)

아침은 느긋했다. 영양가를 따지며 먹다보니 각종 야채와 과일은 일습이고 견과류와 요구르트는 빼놓을 수 없는 먹을거리였다. 오믈렛, 프랑스식 계란요리, 소시지와 연어 한 조각, 돼지구이 한 점, 파인애플주스. 살찐다며 밀가루 종류는 거들떠도 안 봤다. 아니 근처엔 얼씬도 안했다.

'혼저 옵서예! 잘 놀다 갑써'

조각공원에 들어서면 대지의 여신 여자가 하늘을 보며 남자를 받치고 서 있고, 남자는 여자의 체중을 이용해 하늘로 곧게 발을 뻗는 모습이 장관이었다. 대지의 여신과 사랑을 나누고 있었다. 우렁각시의 전설을 형상화한 것이라고 한다.

조각공원에는 볼거리가 많다. 아름다운 대자연속에서 예술과 인간이 만나 함께 빚어내는 화음을 경험할 수 있는 곳이다. 이론만큼이나 좋은 경험을 하는 곳. 현실은 우리처럼 이곳저곳 가리지 않고 찾아다니는 사람이 아니면 들어오기 쉽지 않은 곳이긴 하다. 그것이 우리에겐 행운이었다.

그 넓은 공원을 우리 둘만이 느긋한 마음으로 어깨 펴고 걷는다. 중앙광장에는 대지의 여신이 하늘의 축복인 남근을 갈망하는 모습과 사랑, 모자(母子), 무제(無題) 등 작품이 셀 수 없을 정도로 많다. 눈에 확 띄는 작품이 별로 눈에 잘 안 뜨이더라는 사람도 있겠지만, 작품은 느낌 그대로 간직하면 되는 것. 꼭 명작일 필요는 없다. 어쨌건 조각의 문외한인 우리가 감상하는 데는 이만한 곳이 없겠다.

작품이 많아 지루한 건 작품세계를 몰라 그럴 수도 있으니 그럴 땐 희화적으로 해석하는 것도 나쁘지 않을 것 같다. 야외조각으로 사람들의 마음을 잡으리란 생각을 한 것만으로도 대단하지 않아요.

공원을 나서면서 잠시 망설이긴 했다. 이참에 새로 조성했다는 '산방산둘레길' 이나 갈까. 선택은 빨랐고 참 많이 걸어야 했다. 길에 차가 많아 썩 유쾌하지는 않았다.

건강과 성 박물관

박물관은 걸어서 찾아간 곳이다. 제주 여인 '자청비' 는 그저 선택받은 소극적인 사랑이 아니라, 원하는 사랑을 얻기 위해 노력할 줄 아는 현명하고 용기 있는 아름다운 제주여신이었다고 한다. 세상 시선보다 자신의 시선을 더 중히 여기는 요즘 젊은이들, 그들에게 사랑은 아름다운 것이라는 것을 보여주고 싶었던 것 같다. 인간의 성도 본능이요 번식이다. 다만 인간은 쾌락을 더 필요로 하는 것이 다를 뿐이다.

바다의 밀크 굴을 비롯해 베타카로틴의 보고 토마토, 비타민의 보물 상자 부추와 브로콜리, 치매예방에 좋은 초콜릿, 다이어트의 여신 버섯, 남자의 자존심 마늘, 여성의 꿀 캐비아. 여기 무심히 지나쳤더라면 많이 속상했겠다.

몸이 나른하다. 젊은이들은 삶을 더 윤택하게 하기 위해서라도 꼭 한번은 둘러보아야 할 곳으로 추천할 만하다.

우리에게도 지나온 청춘의 후회와 미련, 남은 아쉬움을 풀어내는 곳이라 손해 볼 것은 없는 곳이다.

제주식물원과 Sunset wine party

입장권을 구입하니 입장권에 감귤초콜릿을 얹어준다. 배가 고픈 시간이었다. 웬 떡이냐 싶어 고마웠다. 입에 넣어보니 살살 녹으며 맛있다.

순환버스로 식물원의 외곽부터 둘러보았다. 꽃터널이 있는 화려한 꽃식물, 황홀한 수련이 살고 있는 수생식물, 사막의 오아시스 같은 선인장들, 과일나무정원에선 샘플과일에 눈길이 더 간다. 엘리베이터를 타고 전망대에 오르자 넓은 바다와 중문단지 그리고 여미지정원이 한눈에 들어오는 곳이다.

Sunset wine party, 파도소리가 들리고 별빛과 반달이 비추는 낭만적인 밤에 젊은이들이 즐기는 축제의 장이다. 인형 같은 남미여인이 라이브음악을 들려주는 밤이다. 꿈같은 선율의 음악파티. 기타 반주도 죽여준다. 회비내고 젊은이들이 멋지게 즐기는 틈에 끼여 남미와인에 치즈 몇 조각. 귀에 익은 노래라곤 We are the world밖에 모르지만 황홀한 밤이었다.

신라호텔은 젊은이들의 천국이었다. 장년들의 파티 장에 악공과 손님 둘만이 자리를 지키고 있었다. 우리 같은 사람은 나이를 잊고 파티 장에 뛰어드는 무리수를 두지 않는 한 외로움을 감수해야 할 것 같다. 둘이 얼굴 마주보고 앉아 와인파티의 불빛이나 내려다보며 와인이나 한 잔 하던가.

제주신라호텔 709호

숨비정원

2014년 5월 9일(금)

오늘은 신라호텔을 떠나는 날. 아쉬움과 다음 미팅이 기다려지는 기대가 있는 날. 이 둘이 묘한 감정들이 뒤섞여 있는 날이다. 언제 또 오겠어. 그러니 내일 아침엔 숨비정원 산책은 하고 가자고. 구석구석 우리 발자취나

남기는 건 어때. 그래놓곤 늦잠 잤다.

어제 와인 몇 잔에 나른했던 모양이다. 혀가 행복하면 피곤한 줄 모른다는 것도 거짓말이다. 세 밤이나 자면서 아침정원 나들이는 처음이다. 소년의 오줌발이 시원스런 작은 개울에 앙증맞은 다리가 있다. 어제 저녁에도 아이들의 웃음소리가 그치지 않기에 내려와 보니 어른들은 모이를 주고, 아이들은 잉어 떼 구경하느라 정신이 없었다.

방에서 본 소나무 숲은 솔 향에 취하며 파도소리와 새소리에 취해 산책하면서 낭만과 여유를 즐기고, 부리는 곳이었다. 생각만으로도 행복할 것 같은 그런 멋있는 그림 같은 곳이었다. 영화 '쉬리' 의 마지막 촬영 장소였다고 해서 붙어진 쉬리벤치가 바다를 향해 있다. 이 순간을 기억하기 위해 쉬리벤치에 영님일 앉히고 찰칵. 남의 손도 빌렸다.

새벽의 전령사 꼬끼오의 주인공 토종닭, 귀여운 앵무새가 미니동물원의 터줏대감이었다. 억새풀이 헐떡거리며 자라고 있는 억세원엔 이런 글귀가 있었다. '들판엔 억새꽃이 흐르고 하늘엔 구름이 흐르고 바람이 부는 곳으로 여윈 마음이 자꾸만 흘러간다.'

우린 말없이 우체통이 있는 첫사랑언덕으로 방향을 잡았다. 그곳은 누군가와의 첫사랑을 생각나게 하는 그런 작은 언덕이 있다. 우체통이 붉은색이 아니고 왜 검은색일까. 오래도록 그것은 수수께끼로 남을 것 같다. 그 숲길을 우리 둘은 말없이 걷기만 하다 들어왔다. 무슨 얘기가 필요할까. 2년 안에 이곳에 다시 올 수 있을 것 같으면 편지를 남겨놓겠다만 부질없는 짓인 것 같아 그만 두었다.

검은 색은 다시 돌아올 수 없는 인연을 뜻하는 건 아닐까.

제주 함덕 선샤인 호텔

호텔버스로 제주공항까지. 이번엔 택시로 함덕에 있는 선샤인 호텔로 가는 것이 반나절의 계획이라 보면 된다.

310호실에 들어가 창문을 열던 그 순간은 잊지 못할 것 같다. 햇살이 눈부시다는 표현으론 부족하다. 햇살 속에 드러난 에메랄드빛의 바다가 속살을 드러내 보이고 있다는 표현도 어울리지 않는다. 그냥 이국적인 정원풍경과 어우러진 바다, 그리고 따스한 햇살에 넋을 잃었다.

아름다운 해변이란 표현은 함덕의 바다를 두고 한 말이다. 무슨 말이 더 필요할까. 아! 멋있다. 저기 멀지 않은 곳의 예쁜 다리를 건너면 은하수를 밟을 수 있을 것 같은 그런 그림 같은 풍광들이 눈에 가득했다. 이럴 땐 말을 아껴야 한다.

점 저는 호텔에서 해물스파게티로 해결하고 거리구경에 나섰다. 며칠 묵으려면 거리를 익혀두는 것이 도움이 되기 때문이다. 호텔 앞 버스정류장도 알아 두고 더 걸어 멀지 않은 곳에 슈퍼며 식당이 있다는 것도 눈여겨 봐두었다. 좋은 추억이 될 것 같다.

농협슈퍼에 들러 주워 담기 시작했더니 어느새 한 보따리가 됐어요. 장보기는 늘 그래왔으니까. 일상처럼.

함덕 선샤인호텔 310호

미니미니랜드

<u>2014년 5월 10일(토)</u>

작열하던 태양은 어디다 숨겼는지 날씨는 어제와 딴판이었다. 택시를 타고 들른 곳은 '미니미니 랜드' . 우리가 살고 있는 세상의 축소판이었다. 호기심을 충족시켜주었고 추억을 일깨워주는데 충실했다. 기억력을 시험해보는 재미도 있다.

우리 나이엔 종종 있는 이야기. 역사속의 면면을 두루 만날 수 있어 좋긴 한데, 눈엔 익은데 입안에서 뱅뱅 돌며 내보낼 생각을 않는다. 꼬마들이 실물 같아 둘러보는 동안 입을 다물지 못했다. 세종대왕과 이순신, 미켈란젤로, 부처와 예수도 낯이 많이 익다. 저기 다윈도 있다.

동화의 나라, 공룡의 나라에선 아무래도 건성건성 둘러볼 수밖에 없다. 우리가 아이 키울 당시. 우리 아들이 좋아하던 '은하철도 999' 같은 것이 없어 좀 아쉽긴 했으나 그 때문만은 아니었다. 솔직히 이런 곳은 재미가 없다.

청와대, 만리장성뿐이겠는가. 브라질의 예수상, 칠레 모아이상, 인도 타지마할, 제주의 뒷간까지 있을 건 다 있다. 유럽여행 중에 몰래 동전을 던졌던 트레비분수, 파리의 개선문. 이 모두가 추억을 되살리기엔 충분했다. 난 영님이에게 자꾸 물으며 다녔다. 귀찮을 법도 한데 내 깊은 뜻을 아는지 열심히 대답하고 되묻곤 한다. 그래서 재미가 더 있었다. 실은 나도 잊은 것이 많아 속상하긴 매한가지다. 서로 도움이 많이 되었다.

'거울체험관' 에서는 거울미로를 빠져나오느라 이마를 거울에 셀 수 없이 부딪치고 나서야 겨우 빠져 나올 수 있었다. 우리 부부를 홀쭉이와 키다리로 만들어준 '샤방샤방거울' 앞에선 너무 말라 보인다며 투정하는 아내와 이 정도면 아직은 총각이라 해도 속겠는데 하는 나. 우린 동상이몽이었다. 참 기념으로 사진 한 장 박았는데 그것도 나왔을까.

'서프라이즈' 에선 걸리버의 여행기 중 소인국을 여행하는 이야기를 모형으로 만들어 놓았다. 나이 들면 마음은 동화 속에 살고 싶은가 보다.

걸어서 미니랜드에서 에코랜드

날씨가 꾸물거리는가 싶더니 빗방울까지 뿌리기 시작한다. 날씨가 서늘해진다. 반팔티를 입고 나왔으니 여벌옷이 있을 리 없다. 걱정하는 영님일 달래는 수밖에 없겠다. 걸으면 열이 날 테니 걱정마세요. 여행 중에 무작정 걷는 일은 사실 우리 부부에겐 늘 있는 일이다.

"걸어야지 뭐. 가요. 나가다 교대리 사거리에서 오른쪽으로 꺾어 올라가면 된다고 하니 어디 가봅시다. 멀어야 얼마나 멀겠어."

그러며 걷는 중이다. 허름한 '곶자왈 숲 조성 기념탑' 에선 혹시 기념탑 뒤로 지름길은 없을까 기웃거리기도 했다. 이곳이 제주의 원시림이요 태초 그대로 남겨두었다는 허파요 심장이라는 '용암숲 곶자왈' 이란 걸 깜빡했다. 색시가 뭐란다.

"넓은 길로 가요. 만에 하나 들어갔다 길 잃어버리면 어쩔 건데. 큰일 낼 소리 하시네."

걷는 건 좋은데 걷는 사람이 우리 둘 만이라는 것이 약간 그렇다. 걸을 때 날씨가 꿀렁꿀렁한 것은 문제가 되지 않는다. 쌩하고 바람을 일으키며 달리는 차를 의식하며 걸어가야 하는 것이 마음이 편하지 않다.

옷을 갈아입어 가며 기차들이 들어와서는 손님들을 태우고 저 멀리 사라진다는 그곳을 찾아가는 길이다. 누가 차 좀 안태워주나. 그럴 리도 없겠지만 너무 지루해서 그런 생각도 해봤다.

제주 에코랜드

6~7분에 한 대 꼴씩 출발하는 기차시간을 기다리는 수고는 안 해도 되었다. 대신 바쁘다 바빠. 우리를 태운 기차도 칙- 소리를 내며 메인 역을 출발했다. 덜컹거리며 달리던 기차가 '에코브리지역' 에 정차하니까 타고 있던 사람들이 우르르 내린다. 엉겁결에 따라 내렸다. 그랬더니 기다리던 사람들을 태우곤 바로 가버리는 것이 아닌가. 칙-

어리바리 할 것이 아니라 모르니 잠시만 누군가를 따라다녀야 할 것 같다. 그럼 금방 환경에 익숙해지겠지. 여긴 쌍방향이 아니라 일방통행이었다. 생각지도 않은 호수가 보이면 긴장을 풀고 따라 천천히 걸어가면 된다.

그렇게 호수에 걸린 '에코 브리지' 를 건너면 분위기에 자연스럽게 녹아들게 되어 있다. 우린 솔직히 떠밀려가고 있었다. 그만큼 사람이 엄청 많았다는 얘기다.

이쯤이면 상황파악이 대충 되던데요. 시야도 넓어지고. 그때부턴 자유행동. 들판을 느릿느릿 걸어도 눈동자는 바쁘게 굴러다녀야 한다. 그래 그런가. 풍차를 향해 말 타고 돌진할 기세인 돈키호테 옆 산초가 타던 당나귀의 안장은 비어있을 시간이 없다. 해적선을 탔더니 영화에서 본 외팔이 선장이 인상파 부하들과 함께 마중 나와 주었다.

들어오는 기차가 그새 옷을 갈아입었다. 차창 밖도 별천지니 시선을 떼면 손해다. '피크닉가든 역' 에 내리면 대부분은 아이들의 천국이라는 '키즈가든' 으로 발길을 옮기지만 잠시 여유를 두고 생각할 시간이 필요한 곳이다. 누군가를 붙들고 물어 보던가. 숨고르기를 하는 것도 도움이 된다. 순발력이 떨어지면 눈치라도 있어야지요.

젊은 부부가 대신 숲길을 걸으려고 하는데 멀다며 우리 보곤 10분 거리의 산책길을 걸으라고 한다. 먼 길은 시간이 얼마나 걸리는 데요. 하고 물었죠. '에코로드' 가 1.9Km니까 한 사오십 분 걸린다고 하네요. 물론 더 걸릴 수도 있지요. 나이도 있으신데 따라나서지 말란 소리다. 영님이의 눈빛이 뭐란 줄 아세요? "우릴 뭐로 보고 고놈들 웃기고 있네."

오늘의 메인은 에코로드를 걷는 것. 탐방객에겐 더 없는 추억이 될 것이고, 맑은 공기는 덤으로 얹어주겠다는데 마다할 우리가 아니죠. 발걸음소리부터가 달랐다니까요. 누군 신바람 났어요. 이런 길을 걸으면 행복해지니까. 콧노래 불러가며 폭 빠지다 왔어요.

길에 깐 화산송이는 살균력과 항균에 해독작용까지 있다며 여기서부턴 양말을 벗고 걷는 길이란다. 자기도 신발 벗고 맨발로 걸어보시지 그래. 그럼 나도 같이 걸을 수 있는데 그러긴 했는데 들은 척도 안 하던데요. 맨발로 걸은 분은 발 씻고 가시라고 족욕탕도 마련해 주었다. 낙엽들만 탕에서 멱 감고 있네요.

Small animal's hotel은 작은 생물들의 생활터전을 마련하려는 마음으로 곧 산 교육장이었다. 오색딱따구리가 서식한다니 누가 알아요. 운 좋으면 만날 수 있을 런지. 우린 꿈도 안 꿨다.

'라벤다. 로즈가든' 역은 마스코트인 토끼역장이 손을 흔들며 손님들을 맞는다. 정원에는 농부, 정원사가 인형이었다. 여기가 사진촬영의 명소란다. 여긴 아기들과 엄마의 정원이었다.

친절한 기사가 제주 어딘가에 내려주었고, 영님인 멸치국수, 난 송어회국수 한 그릇씩. 그리곤 함덕행 버스에 곤한 몸을 실었다. 길 헤매지 않은 것만도 어딘데.

함덕 선샤인호텔 310호

제주 비자림

2014년 5월 11일(일)

어제 일기예보에 오늘은 아침부터 비가 온 댔는데, 어쩐 일로 바다에 쏟아 붓는 햇살이 곱다. 길을 나설 때는 그새를 못 참고 해가 구름 뒤로 숨었다. '비자림' 가는 버스노선이 마땅치 않아 택시를 이용했다.

잔뜩 찌푸린 날씨 탓에 마음이 움츠려 들 것 같은데 그렇지는 않았다. 이상하게도 수백 년 수령의 비자나무와 수십 년 수령의 단풍나무가 진녹색과 엷은 녹색의 잎으로 숲의 공간을 잘 배분해주어 숲의 아름다움을 더해주었다. 이끼와 고사리가 검은빛을 덮고 있어 숲은 그야말로 녹색천국이었다.

숲에는 비자나무 외에도 자귀나무(자귀남)가 많다고 한다. 자귀나무는 밤이 되면 잎이 서로 마주보고 닫힌다 하여 부부의 잠자리를 상징하는 합환수. 껍질이 매끄러워 편안한 인상을 준다고 붙여진 후박나무(누룩방)도 있고, 작살나무도 이곳에선 터줏대감이다.

비자림을 걷다 보면 숲에 공기를 뿜어내는 숨골이란 것이 있다. 생명처럼 소중한 빗물이 지하로 흘러들어가는 구멍이란다. 제주의 중산 간 곳곳에는 숨골을 통해 지하로 스며든 빗물이 암석을 통과하면서 깨끗해져 삼다수를 만들었고, 숨골로는 공기가 나오는데 여름철엔 시원한 바람을, 겨울엔 따뜻한 바람을 내보낸다고 한다. 새들의 지저귀는 소리에 귀 기우리고 예쁜 꽃 없나 숲을 살피며 걷다 나왔다. 숲은 그야말로 땅, 숲, 하늘이 모두 푸름이었다.

하늘이 흐려 우릴 긴장시키더니 아니나 다를까 후드득 비를 뿌리기 시작한다. 숲속에서 비를 맞는 불행은 피했으니 다행이긴 하다만 이동이 문제다. 버스정류장까지 걸어가야 한다. 우산은 준비해 왔어도 불편하다. 그렇다고 얻어 타자고 이리저리 입적선 나서기도 남세스럽다.

그 때 기적 같은 일이 일어났다. 손님을 태우고 택시 한 대가 들어오지 않겠음 둥. 색시의 동작이 이리 빠를 줄이야, 다람쥐 같았다. 차를 타자마자 선녀와 나무꾼이요. 이때다 싶었는지 아예 쏟아 붓는다. 오늘 오후 제주중산간 지역에 호우주의보가 내렸다는 걸 우린 그때도 까맣게 모르고 있었다.

괜찮겠수꽈?

선녀와 나무꾼

비가 혼자선 심심했던지 바람까지 불러온 모양이다. 비바람을 피하느라 매표소를 향해 냅다 뛰었다. 멍청이처럼 이런 날씨에 뭐 볼게 있다고 그리 뛰는지는 몰라도 우리 부부만이 아니었다. 정원을 지나면서는 우산을 접었으니 일단은 안심이다.

설화속의 선녀와 나무꾼을 역사 속에서 끄집어낸 것이 아니라 추억 속으로 떠나는 추억여행 떠나는 기차였다. 어릴 적 익숙한 거리 풍경에 낯익은 함지박, 소쿠리에 반닫이, 소반, 귀중품을 보관했던 궤도 보인다. 그리운 시장 골목에는 기름집, 어물전, 그릇 집, 편물점, 주막, 장터국밥집, 없는 건 없고 있는 건 다 있다는 만물상도 보인다.

'숨 가쁘게 달리는 이들이여! 여기 작은 집들이 모여 있습니다. 그리운 얼굴이 생각날 때 옛이야기하면서 그 시절의 향수에 젖어보시지 않겠습니까.'

식구가 많다. 아이가 많다. 빨래를 자주 한다. 심지어 화장실을 자주 간다며 집주인의 타박이 심했던 추억의 단칸 셋방살이, 하숙생이 골방에서 기타를 치는 모습도 있다. 소풍날 기타 매고 가면 인기가 짱이었지. 내 세대네.

달동네 마을풍경을 예리한 눈으로 재현해 놓았는데 정말 놀랍고 그립기까지 했다. 추억의 공기놀이, 딱지치기 등을 익살스런 표정의 인형으로 표현해 주어 웃음이 절로 나오기도 했다.

등사기를 보는 순간엔 교직에 몸담았던 시절, 시험문제를 철필로 긁느라 고생하던 생각도 난다. 나처럼 글씨를 못 쓰는 사람을 위해 그땐 필경사란 직업이 있었다. 교실 난로엔 도시락이 겹겹이 쌓여있었다. 밑에 있는 도시락 주인은 탈까 봐 안절부절못하고, 위에 있는 도시락은 언제 밑으로 내려가나 조바심 내야 했던 시절의 이야기다. 수업 중이라도 언제나 자리에서 일어나 난로 위의 도시락을 만질 특권이 주어졌으니까. 당시 도시락당번의 위세는 대단했다.

농기구 전시실에도 아날로그 추억들이 기다린다. 오줌이나 인분을 담아 밭에 뿌릴 때 사용하는 새갓통. 일명 똥바가지. 피나 보릿짚으로 만든 비옷 도롱이. 보리타작에 쓰던 도리깨도 있다. 각설이패, 찌그러진 냄비나 떨어진 검정고무신을 주고 엿 바꿔먹던 엿장수, 세트장에 밀랍인형으로 익살스럽고 재미있게 재현해 놓고는 잊고 살았던 추억의 끈을 이어주었다.

추억이 머무는 주막엔 주모가 있어야 제격이다. 오다가다 막걸리 한 사발을 들이키는 모습도 익살스럽게 표현했다. 막걸리 한 사발 더. 문득 탁주

한 사발에 얼큰해져 젓가락장단에 맞춰 한 곡조씩 뽑던 그 시절이 나에게도 있었다.

밖에는 일곱 난장이와 공주, 서커스악단이 실물크기로 만들어져 있고, 강남스타일의 아이돌이 멋진 차를 배경으로 실물크기로 세워져 있는 곳엔 강남스타일 노래가 반복해서 흘러나온다. 중독성이 있다. 나도 모르게 따라 부르게 된다. 흥에 겨워 흥얼거려도 흉볼 사람은 없다.

관광객의 발을 묶은 강풍특보

비바람이 갈수록 거세지니 이제부터는 날씨 걱정을 해야겠다. 시간상으론 3시 밖에 안됐는데 천지가 캄캄하다. 관광객들이 웅성거리기 시작한다. 제주도 전역에 강풍특보가 내려지고 산간지역엔 시간당 100mm이상의 폭우가 쏟아질지도 모른다며 서둘러 보금자리를 찾아가느라 주차장이 한동안 어수선했다.

차를 가져온 사람은 차타고 휭 하니 달려가면 그만이지만 우린 어쩐다. 거센 바람 때문에 몇 번이나 우산이 뒤집어지는 수모를 겪었으니 우산 쓰고 버스 타러 가겠다고 나서는 것은 말도 안 되는 행동이다. 버스가 온다는 보장은 있는지. 이런 날씨에 택시가 중산간지역인 이곳까지 와 줄까. 걱정에 앞서 콜부터 했다. 달려왔다.

호텔로 돌아오니 야자수는 부러질 듯 휘어지고, 바닷물은 거칠었다. 제주로 오는 관광객은 끊겼고, 제주를 떠나야 하는 여행객은 발이 묶였다. 1만여 명의 승객이 비행기 뜨기만을 기다린다고 한다. 얼마나 초조할까. 그런 경험은 나도 있었다.

멕시코에서 쿠바의 하바나로 가려고 공항으로 나갔는데 쿠바공항노동자들이 파업하는 바람에 하바나 공항에 비행기가 착륙할 수 없는 상황이었다. 김밥으로 끼니를 해결해가며 무작정 기다릴 밖에요. 늦은 밤이 되어서야 쿠바 행을 포기하고 결국 숙소로 되돌아간 기억이 있다. 비바람이 잦아들어 내일이라고 비행기가 뜰 수 있었으면 좋겠다.

함덕 선샤인호텔 310호

서귀포 일출랜드 미천굴의 소원탑

2014년 5월 12일(월)

각종 야채와 견과류를 곁들인 샐러드에 유채와 오이소박이는 짝꿍이었다. 맛깔스러움을 더해주었다. 남의 살이 없는 데도 계란과 빵 반 조각. 아침 메뉴가 맘에 쏙 든 모양이다. 메뉴란 가짓수를 많이 나열하는 것이 중요한 것이 아니다. 맛나게 먹게 해주는 것이 중요하다.

줄기차게 퍼부었던 비가 우리 소원을 들어주었다. 검은 구름이 보이질 않는다. 오늘은 함덕에서 다시 서귀포로 이사 가는 날이다. 비는 그쳤으나 구질구질한 날씨에 짐도 있으니 오전은 택시로 관광을 하다 숙소로 갈 계획이다.

시원스레 뚫린 삼나무 길을 달렸다. 일출 랜드 입장객 1호를 기록한 탓에 바람소리뿐 인기척이 없다. 어제 강풍특보도 영향을 주었을 것이다. 화살표를 따라 가니 미천굴. 하루방 가슴에 이런 글귀가 있다.

'임댕이에 똠딱으셔. 어두근디 맹심헙셔' (이마에 땀 닦으세요. 어두운데 조심 하십시오.)

안전모를 쓰고, 어두운 계단으로 내려가야 한다. 내려갈 때, 굴 방향으로 잠시 눈을 감았다 뜨면 잘 보인다. 천정에서 떨어지는 물도 감사한 마음으로 맞고 걸으라 했다. 어제 비가 많이 온 탓에 낙수가 심하다. 부처가 검은 돌 위에 앉아있다. 그 옆엔 삼신할머니. 바위에 고인 물을 코에 찍어 바르면 일 년이 건강하고, 이마에 찍어 바르면 소원성취, 턱에 찍어 바르면 재물 운이 온다는 '석삼수' 를 우리는 코에만 찍어 발랐다.

원형돌탑에 그려놓은 龍이 미천굴의 수호신이라고 한다. 용띠 천만 명의 정기를 받아야 이 용이 승천할 수 있다는데 그날이 언제일까. 아직 어린 용이던데. 이곳을 지키는 게 자기 몫인 건 알고 있겠지.

소원 성취탑은 오른쪽으로 3번, 왼쪽으로 3번, 탑돌이를 하면 30년 안에 소원이 이루어진단다. 내 나이가 몇인데 하면서도 짓궂게 돈다. 재미있으니까. 아내는 조신하게 걸었으니 또 모르지요.

복을 빌기 좋아 하는 중국 관광객의 입맛에 맞추는 게 관광 사업은 아니지 않습니까?

제주사람들의 생활의 지혜와 말을 배우다

아무려면 어떤가. 미천굴의 하이라이트는 종유석이다. 바늘같이 가늘고 긴 하얀 종유석이 까만 천정에 매달려있다. 그 종유석에 푸른 이끼까지 끼어 신비할 정도로 영롱한 빛을 낸다. 종유석을 본 사람들은 한마디씩 한다고 했다. 환상적이다. 황홀하다. 신비롭다.

미천굴에서 살았던 선사시대 사람들의 모습을 재현해 놓았으나 작고 초라해 관심을 크게 받지는 못하는 것 같다. 동굴을 빠져나오면 제주양반댁 문에 돌멩이 하나가 끈에 매달려 있다. '날씨를 알려주는 돌멩이' 이라고 한다.

 '돌이 젖었으면 비, 돌 위가 하야면 눈, 돌이 안 보이면 안개, 돌이 흔들리면 지진, 돌이 없으면 태풍.' 제주사람들의 놀라운 생활의 지혜다. 마당으로 들어서면 곳곳에 생활제주 말이 적혀있어 읽고 적고 했다. 예를 들면 '곤밥' 은 쌀밥, 'ᄌᆞ베기' 는 수제비, '소막' 은 외양간, '물팡' 은 물을 길어 나르는 '허벅' 을 두는 곳이란다. '안거리' 는 안채, '박거리' 는 바깥채, '돗통시' 는 변소가 있는 돼지우리.

읽어보고 집 안을 둘러보면 이해도 빠르고, 관심도 많아지는 건 사실이다. 제주소녀가 수줍게 맞고 해녀가 마중 나온 조각거리, 야생화정원은 눈이 즐거운 거리였다. 종료나무에 꽃이 피었다. 놀랍고 신기했다. 예쁜 공주를 원하시면 오른쪽으로, 왕자를 원하시면 왼쪽으로 돌을 손바닥으로 세 번 문지르며 소원을 빌어보란다. 글쎄다.

제주 사려니 숲, 천미천의 참꽃나무

숲이 가까워지자 밤꽃냄새가 진동한다. 운전기사가 제주에서는 조밥나무 혹은 구실잣나무라 부르는 토종밤이라고 일러준다.

아득한 옛날 제주 들녘을 호령하던 테우리와 사농바치들이 걸어 다니던 길이다. 지금은 고사리와 관중이 지천으로 널려있고 활엽수림이 무성한 숲의 박물관이 되었다고 한다. 숲이 오늘 하루는 온전히 우리 부부를 위해 존재하는 것 같았고, 우리는 그것에 감사하고 고마운 마음으로 걸었다. 길을 걸으면 피톤치드뿐이겠습니까. 숲에서 나오는 음이온에 알맞은 온습도까지 유지하고 있어 건강에 도움을 주는 곳이라지 않습니까. 그러니 산림테라피에 좋다는 거겠지요. 힐링과 에코가 공존하는 숲으로 손색이 없어보였다.

너무 숲에 취했나 보죠. 아내는 안경을 잃어버린 것도 모를 정도로 숲을 즐긴 게지요. 길을 되짚어보면 되는 일. 숲이 우릴 그냥 돌려보낼 생각이 없는 모양이라며 우스갯소리로 넘기고 있는데, 아기엄마가 큰소리로 "저기여! 안경 찾으러 오시는 거 맞지요? 예, 여기 있어요.", "아이고, 맞아요. 고맙습니다."

달려와 손에 쥐어주곤 급히 되돌아가는 거 있지요. 선글라스 주인 찾아주러 온 거잖아요. 너무 고마운 분이시다. 우리가 선글라스를 찾으러 되돌아올 거라는 걸 어떻게 알았을까. 내내 그것이 궁금하긴 했다.

맞배기로 순환 길을 한 바퀴 돌고서는 '물찻오름' 길로 들어섰다. 오름 꼭

대기에 물이 차있는 호수가 있어 붙여진 이름이란다. '천미천' 까지는 다녀오고 싶었다. 천미천은 40여개의 오름에서 흐르는 작은 물길들이 모인 하천이라 하지 않는가. 제주중산간에 천미천이란 하천에서 맑은 물이 흐르고 있다.

해발 1,400m에서 발원하여 표선까지 물이 흐르는 하천을 이곳에 가면 볼 수 있다고 한다. 제주는 화산지질구조상 연중 거의 물이 흐르지 않는 건천의 형태를 띠고 있는 걸 생각하면 신기한 하천임에는 틀림없다.

이곳에 가면 하천 주변, 척박한 땅, 돌 틈에서도 잘 자라며 붉은 꽃이 핀다는 참꽃나무가 숲을 이루고 있다고 한다. 5~6월에 핀다는데 주변을 뒤져 붉은 꽃을 달고 있는 세 녀석을 힘들게 찾아내었다. 신기하리만치 꽃은 놀랍게도 여리고 순수한 모습이었다. 이런 성질 급한 녀석들이 가끔 있어 나에게 힘이 되어주는 구료.

오메기떡을 서귀포시장 떡집에서 구입했다. 검은색 차조와 좁쌀가루에 쑥을 첨가하여 떡을 빚은 다음 고운 팥을 속에 넣고, 통팥을 겉에 다닥다닥 붙인 수수팥떡. 우린 맛보기로 산 건데. 좀 더 살걸 그랬냐며 우리 색시가 아쉬워한다. 택시관광의 종착역은 호텔. 오늘 하루 구경 잘 했네.

서귀포 KAL호텔

소정방폭포와 정방폭포

2014년 5월 13일(화)

오랜 여행 끝에 오는 것은 나른함이다. 긴장이 풀리면 나도 모르게 눈꺼풀이 덮힌다. 눕고 싶어질 때가 있다. 오늘 아침이 그랬다.

식당에 다녀와서 옷 갈아입고 나가기로 했다가 8시까지 눈 좀 부치고 나가자며 누었더니 11시가 넘어서 눈이 떠졌다. 많이 피곤했던 모양이다. 이정도면 식곤증이 아니라 피로가 쌓였다고 봐야한다. 실은 어제부터 생각이 몇 번 바뀌었는지 모른다. 아침에 또 바꿨다.

서귀포를 리본 따라, 쉽게 말하면 올레길 따라 걷는 거다. 내가 앞장서고 색시가 뒤따른다. KAL호텔에서 서귀포방향으로 십여 분 걷다 왼쪽으로 길을 잡으면 얼마 걷지 않아 폭포소리가 들린다. 7월 백중날이면 인근 주민들까지 찾아와 물맞이행사를 하며 농사일로 지친 몸을 추슬렀다는 소정방폭포. 한 여름인 7, 8월이면 바위에 엎드려 언 몸을 녹이는 진풍경이 볼만하다고 하는데 이는 폭포물이 워낙 차가워서 그러는 거란다. 시원한 물줄기에 끌렸는지 어렵게 계단을 내려가 사진만 한 컷 찍고 올라왔다. 거긴 천국이고 벗어나면 열기가 장난이 아니다.

계단을 오르기도 하고 그리 걷다보면 정방폭포가 나온다. 물이 떨어지는 곳에서 북과 장구를 두드리면 거북이들이 물 위로 올라와 춤을 추었다고 전해지는 폭포다. 계단이 길어 아래까지 내려갈까 말까 망설이다가 결국엔 내려가긴 했지만 그 보답으로 물보라를 맞고 서 있으니까 피로가 싹 가시는 것 같았다.

서불의 불로장생

갈 길이 있으니 어쩌겠는가. 서불공원과 전시관은 그 길목에 있다. 여기서 뭘 볼 게 있다곤 했지만, 화장실과 무료라는 매력을 뿌리치기는 쉽지 않았다.

깨끗한 화장실에 마당에는 아기자기하게 꾸며놓은 정원이 연못을 두 개씩이나 거느리고 있지 않은가. 하나는 하얀 연꽃이 자주색 붓꽃과 노란 창포와 어우러져 있고, 다른 하나는 붉은 연꽃을 곱게 피워내었으니, 길손들이 쉬어가기엔 더없이 좋은 곳이었다.

정원을 산책하다 먼 바다에 시선을 빼앗기는 것도 용서가 된다. 하긴 제주도에 와서부터는 하루하루가 만족한 웃음과 행복, 그 자체였으니까. 전시실 입구에는 '서불' 이라는 사람의 전신상이 세워져 있다. 불로장생한다는 불로초를 구하기 위해 동정동녀 500인을 거느리고 영주산(한라산)의 제일경인 이곳 해안에 닻을 내리고 불로초를 구해 돌아갔다는 사람이다. 진시황 능의 청동마차와 병마용을 실물의 1/2크기로 만들어 전시한 것도 볼만 했다.

서불이 이곳까지 와서 불로초를 구해간 이유는 중국의 신선사상에 있다. 신선사상은 불로장생하는 신선의 존재를 믿고 그 경지에 오르기를 바라는 사상이다. 장수하기를 바라는 사상이 도교로 발전한 것이다. 지금도 도교는 그들의 생활에 뿌리깊이 남아있다고 봐야 한다.

우리는 신선을 인간과 天界를 맺어주는 존재로, 개인생활의 품위를 높이는 쪽으로 신선을 갈구해 온 것이 저들과 다른 점이다.

제주는 한라산이 뿜어내는 깨끗한 공기와 물로 불로초(영지버섯 금광초)가 자생할 수 있는 천혜의 자연환경을 가지고 있는 것이 증명되었으니 장수의 섬, 제주를 테마로 새로운 관광자원을 개발한다면 대박 날 것 같은데. 아닌가요.

작가의 산책길에서 이중섭을

그때나 지금이나 올레길은 리본을 따라가는 여정이다. 그런데 문제가 생겼다. 서불공원 정문 앞 삼거리에서 리본이 두 갈래로 갈라진다. 새로운 올레길을 개발한 것이다. 천지연폭포로 가는 옛길은 6-1A 코스고, 6-1B 코스는 새로 생긴 유토피아로다. 일러 작가의 산책길.

6-1B코스로 건널목을 건너 유토피아로를 걷다 보면 서귀포가 낳은 서예가 소암기념관이 기다린다. 오늘은 중국비석 글 탁본을 기념전시하고 있었다. 전시공간과 고인이 된 소암이 생전에 붓글씨를 쓰는 백발의 모습을 인물모형으로 다시 태어난 서재가 있다. 한 사람의 성공적인 인생은 그 후손

이 어떻게 마무리하는 것인지를 보여주는 좋은 예라 하겠다.

리본이 가리키는 곳의 종착점은 이중섭미술관이다. 거기서 골목을 따라 조금 올라가면 자그마한 초가집이 한 채 보인다. 1.4평정도의 공간에서 1년간 피난살이하던 뒷방을 보여준다. 찬 없이 밥을 먹고 고구마나 갱이를 삶아 끼니를 때우며 일본으로 간 가족에 대한 그리움을 술로 달랬다니 몸이 온전했을 리가 없었을 것이다.

젊은 나이에 숨을 거둔 한 예술인의 기념관엔 은박지 뒷면에 그린 그림 몇 점이 전부였다. 이곳을 외국인에게 내보이기엔 너무 허술해 보인다. 다행이 지자체가 문화관광을 모토로 작가의 거리를 조성한 노력은 높이 살 만하다.

유명문화예술의 거리답게 건물이며 도로 등에 세심한 배려를 한 흔적이 곳곳에 보여 흐뭇했다. 더 많은 그의 작품들이 이곳으로 되돌아와 영구 전시되는 그날, 이 미술관을 다시 찾아보고 싶다.

올레길을 걷겠다고 나섰는데 여기서 주저앉으면 반칙이다. 더 걸어야한다. 한 곳에 오래 머물러서도 안 된다. 그리 걷다보니 서귀포풍물시장까지 왔다. 리본은 시장 안으로 가도록 되어있다. 제주의 명품을 만날 수 있는 곳이다. 오늘은 오메기떡 한 팩에 쑥과 보릿가루반죽에 팥 앙금을 넣어 만든다는 보리빵 한 봉지. 명품 주전부리를 배낭에 넣었으니 부러울 것이 없다. 천지연폭포가 지근거리에 있다.

천지연폭포

햇볕이 따갑다. 천지연폭포까지 걸어야 오늘의 그림이 완성되는 날이다. 천지연폭포에 입장하는 순간 엄청난 중국인 관광객들에 우리 부부가 되레 이방인이었다. 폭포에서 쏟아지는 물보라를 맞는다니요. 우린 그저 포토존에 들어가 사진 한방 박으면 좋겠다는 소박한 행운이면 만족하는 사람이다.

혹 알아요. 아주 우연히 사진에 무태장어라도 찍힐지. 그건 모르는 거죠. 귀신도 찍은 사람이 있다던데. 다 뻥이었나. 폭포 앞은 그야말로 인산인해였다. 발 디딜 틈이 없다는 표현이 딱 어울리는 장면이다.

명당자리는 입도선매하듯 차례를 기다려야 한다. 웬만한 배짱과 강심장이 아니면 사진 한 컷 찍을 틈을 만들기도 쉽지 않았다. 중국관광객들은 시원한 물보라에 혼이 나간 사람들처럼 가뜩이나 쏼라 쏼라 시끄러운데 아예 불도저에 시동 걸은 줄 알았다. 어찌나 시끄러운지.

인증사진 한두 장 찍겠다고 자리다툼이 치열한 건 어느 나랄 가나 대동소이한 일. 야단법석인 것도 다를 것이 없어 보였다. 아줌마는 똑 같구나 그랬네요. 무엇보다 천지연×2 하는 이유를 알 것 같기도 했고요. 물보라를 맞다니요. 밀치고 들어가면 가까이 갈 수는 있겠지요. 그러나 굳이 그럴 필요가 있을까요? 외국인을 배려하는 것도 국민의 몫이라 생각해서 오늘의 올레순례는 여기서 막을 내려야 할 것 같다.

돌무더기를 그냥 지나칠 순 없었다. 영님인 돌 한 개를 올려보겠다고 주변을 샅샅이 뒤지는 모양이던데 결국 헛수고만 했다. 소원도 아무나 비는 건 아닌 모양이다. 옛사람들은 고목이나 큰 바위 주변에 정성스럽게 돌을 올리면서 무사귀환과 가족의 안녕을 빌었을 것이고, 요즘 세대는 재미삼아 올렸을 것이다.

여의주 하나를 두 마리의 용이 지키고 있다. 연못에 살고 있다는 용에 대한 설화를 형상화한 조형물이다.

'어여쁘고 마음씨 고운 순천이란 여인을 겁탈하려던 남정네를 이 연못에서 용 한마리가 솟구쳐 나와 그 남정네를 물고 하늘로 올라가 버렸는데 여인이 정신을 차려보니 그녀의 발밑에 영롱하게 반짝이는 여의주가 있더란다. 그 후로 여인의 집안이 번성하고 후손도 잘되었다는 설화다.'

지금은 기념촬영의 명당이다. 신선사상을 숭상하는 중국인들이 많이 찾는 것도 아마 이런 설화가 그들의 마음을 사로잡는 것은 아닐까.

피곤하다. 가서 푹 쉬어야 할 것 같다. 무리는 내일을 힘들게 할 수 있다. 긴 여행에 장사 없다지 않는가.

서귀포 KAL호텔

제주 민속촌

2014년 5월 14일(수)

일기예보에 오늘은 제주 먼 바다에서 흐리다 비 가끔. 그런데 그 비가 서귀포에는 이미 들어와 있었다. '제주 민속촌'은 비 때문에 야외활동이 어려울 것 같았다. 이유는 실내는 온도도 적당하여 가벼운 옷차림으로 둘러보고 나오면 무언가 한둘은 건질 것이 있겠기에 그리 정한 것이다.

입장하고서야 나의 기대가 크게 빗나간 것을 알았다. 정보가 부실했음을 실감했다. 그나마 비바람이 잦아든 건 불행 중 다행이었다. 화살표를 따라 걸어가며 관람하도록 돼 있는 민속마을이기 때문이다. 다른 곳을 찾아 나설 생각이 아니라면 망설일 게 아니다. 종종걸음을 해서라도 둘러보고 가야 한다. 안 그러면 한동안 내 자신을 많이 자책할 것 같은 기분이었다. 우산을 받쳐 든 손이 바람에 심하게 흔들리지 않는 것만으로도 오늘 날씨를 고마워했다.

농업과 어업으로 생활하던 농어촌과 해녀의 집, 제주중산간 지역에서 비교적 부유하게 살았다는 토호가. 한약방, 서당 등을 갖춘 마을의 규모. 준평원지대에서 목축 위주의 생활을 했던 막살이집, 북부 목축인의 집, 사냥꾼의집. 다양한 민간신앙을 볼 수 있는 심방집, 점집 등 숱한 이야기를 쏟아낼 것만 같은 분위기로 재현해 놓아 볼 것이 많았다.

귤꽃향기가 모든 시름을 덜어주어 힘이 되었다. 난향 같기도 해 코를 벌름거리며 걷는 축복은 오늘의 덤이 아니라 축복이었다. 비만 안 왔더라면 참 좋았을 텐데. 민속촌을 돌아다니는 내내 그 말을 입술에 달고 다녔다.

정낭과 돌하르방

잇수과(꽝) (계십니까)

정낭에 통나무 하나를 걸쳐놓으면 집주인이 잠시 이웃에 마실 다녀오겠다는 의사표시이기도 하지만 집에 아이들만 있다는 뜻도 있다고 한다. 원뜻은 야외에서 방목하던 말, 소 같은 큰 가축들이 집안으로 들어오는 것을 막는 용도로 쓰였으나 점차 주민의 행방을 알려주는 역할로도 쓰였다는 설이 있다.

두 개는 걸쳐놓으면 저녁이 되어야 집에 들어오니 비오면 우리 집 좀 살펴달라는 의미라고 한다. 세 개는 장거리 여행을 떠났다는 의미란다. 거지가 없고, 도둑이 없고, 대문이 없는 3무의 제주에서만 볼 수 있는 상부상조의 미풍양속이다.

'돌하르방' 은 제주민의 수호신이다. 구멍이 숭숭 뚫린 용암석으로 만들었다. 두 주먹을 불끈 쥐고 크게 뜬 눈망울은 투박하면서도 정겨운 모습이나, 마을에 있는 잡인이나 잡귀를 쫓아낸다고도 믿었다. 벙거지를 꾹 눌러쓰고 은근한 미소를 흘리기도 하고, 익살스러운 모습도 있다. 이들이 바로 제주의 돌부처요 미륵이 아니겠는가.

제주민의 마음은 이 '하르방' 에만 담겨 있는 것이 아니라, 지혜는 곳곳에 묻어있다.

소나 말이 도망가지 못하도록 마당이나 건물 한 편에 구멍을 뚫어 줄을 매도록 한 맴돌, 물이 귀한 산촌에서 흘러내리는 이슬방울이나 빗물까지도 받아내는 항아리 참항. 동백꽃 미로 길에서 주워온 따끈한 단어요, 메모지 꺼내 들고 얻은 수확물이다.

따뜻한 방에 들어가 따끈한 국물 있는 음식을 먹고 싶다. 얼마나 급했으면 걸어서 10분도 안 걸릴 거리를 택시 탈 생각을 했을까. 표선리에서 다시 서귀포로. 이번엔 시외버스를 탔다. 설렁탕집에 들어가 도가니탕으로 몸을 녹였다. 행복은 이런 것이다. 따뜻한 음식 한 그릇에 웃고 웃는다. 내일은 어드레 감수광?(어디로 가십니까?)

서귀포 KAL호텔

서귀포 새섬공원

2014년 5월 15일(목)

일기예보엔 하루 종일 흐릴 것이라 했는데 구름 한 점이 없다. 비온 뒤라 아침 햇살도 유난히 눈이 부실 정도다. 바다는 보석을 뿌려놓은 듯 반짝거린다. 하루를 호텔 앞 정원을 산책하는 것으로 시작할 생각이다. 검은 바위를 향해 거침없이 달려와선 거품 물고 부서지는 파도. 연둣빛 잔디에 진녹색의 야자수 그림자. 남국의 어느 바닷가를 거니는 것처럼 흥분된다.

야자수가 연못에 들어와 잉어와 놀고 있었다. 경치에 취하고 이름도 낯선 꽃에 맴을 빼앗기다 보면 떠날 생각을 잊을까 걱정되어 한 번 더 걷고 싶은 마음을 꾹 눌렀다. 이만하면 되었다. 어제 흠뻑 맞은 비로 움츠러들었는데 얼굴까지 확 펴진 기분이다. 마음은 ‘새섬공원’으로 달려가고 있었다.

“내 꼭 온다는 약속 지켰우.” 그녀(새섬공원)는 여전히 고운 모습이 그대로였다. 예쁜 이름의 세연교를 건너면 ‘새섬광장’이 있는 섬이다. 규모는 작아도 멋은 한껏 부렸다. 광장에 있는 나무 한그루를 보호하듯 나무의자(벤치)가 빙 둘러 앉았다. 이름하여 ‘새연교 뮤직벤치’.

“자기야! 저 벤치에 한번 앉아봐.” 서귀포를 아시나요. 음악이 흘러나오자 움찔하더니 웃음을 참지 못한다. 누군가 터치만 해도 뽕짝멜로디가 흘러나온다. 재미있어 한다. 얼굴에 웃음꽃이 핀다.

“안 일어나요?”

“사람도 없는데 뭐 어때서.”

나는 멜로디에 맞춰 혼자 색 바랜 스텝을 밟고, 아내는 소리 죽여 따라 부른다. 음색은 잘 모르겠지만 어색한 듯 보여도 양말에 구멍 날까 그러는지 손가락만 놀리는 몸짓 하나만은 가보(家寶)다.

'새섬' 은 초가지붕을 잇는 새(억새)가 많이 자라는 섬이라하여 붙여진 이름이다. 전설에는 한라산이 폭발하면서 큰 화산덩어리가 날아와 섬이 되었다고도 한다. 섬은 순로(WAY IN)라는 것이 있다. 걷다보면 '연인의 길' 이 나오고 바람의 언덕에 가선 잠시 쉬었다 가야 한다. '언약의 뜰' 이란 재미있는 이름을 갖고 있는 곳도 있다. 걷다보니 우린 이미 분위기에 취해 있었다.

"우리 한 바퀴 더 걸을까?"

아내의 제의에 섬을 한 바퀴 더 돌고 오니 누군가 의자에 재미삼아 앉았다 일어났다 하며 부르고 있다.

'밀감향기 풍겨오는 가고 싶은 내 고향/ 칠 백리 바다건너 서귀포를 아시나요./

동백꽃 송이처럼 예쁘게 핀 비바리들/ 꽃노래도 흥겨웁게 미역 따고 밀감을 따는/ 그리운 내 고향 서귀포를 아시나요."

우리도 따라 부르고 있었다. 홀가분한 마음으로 서귀포를 떠날 수 있을 것 같다. 우리는 밀감 꽃냄새만 잔뜩 맡고 간다.

제주 삼다도 횟집

오후 늦게 제주시에 도착했다. 호텔에 짐을 풀기 무섭게 용두암해변공원에 있다는 횟집을 가려고 택시를 불렀다. 점심을 건너뛰었으니 시장할 밖에. 분위기가 밥은 먹여주는 줄 알았는데….

무얼 드릴까요? 메뉴판을 내미는데 값이 만만치가 않다. 모듬회 小(12만원)가 어떠냐며 은근히 권유한다. 둘이서 먹을 만 하단다.

전복죽이 나오고 곁음식으로 고등어회, 갈치회, 전복회, 새우, 멍게, 생선구이에 김, 생미역, 배추만으로도 이미 배가 찰 지경이다. 이게 다냐면서도 뭐가 이렇게 허술하냐며 툴툴거리고 있는데 지금이 메인음식이라며 내온다. 또 나온다네. 이거 어떡하지. 우리는 좋아 죽는다.

배터지게 먹어보는 거지 뭐, 실은 아직 위에 공간이 좀 남아 있다. 돌돔, 민어, 광어회가 부위별로 세 조각씩이면 삼인분이다. 그런데 영님인 배부르다면서도 매운탕에 숟가락이 자꾸 간다. 나도 기죽기 싫어 허리끈 풀었다.

해물볶음밥까지 2/3는 먹었으니 대단하달 밖에. 이러다 탈나면 안 되는데.

제주 용두암 해변공원

관광객과 현지인이 뒤섞였다. 현지인들은 산책길, 관광객은 올레길. 같은 길 다른 이름. 아직은 석양이 한 뼘은 걸려있으니 서두르지 않아도 될 것 같다. 올레길 따라 걷다보면 '용두암' 을 보게 될 것이고 우리의 관심을 끄는 것은 리본이 팔랑거리는 해변길을 산책하려는 사람이 계속 늘고 있다는 것이다. 여긴 올레길17의 마무리 구간이다.

'용두암' 은 여느 바닷가에 있는 바위처럼 용암이 흘러내리다 파도와 마주치면서 빨리 식어 만들어진 바위 중 하나에 예쁜 이름을 붙인 것일 뿐. 그곳이 오늘 저녁 최종 목적지로 정한 건 틀림없다.

검은 돌로 쌓은 탑 같은 '나끄네 도대불' 은 그 옛날 밤바다의 뱃길을 밝히기 위해 마을주민들이 직접 만들고 관리해왔던 민간등대를 마을의 상징물로 남겨둔 것이라고 한다. 저 '도대불' 에 깃든 섬사람들의 애환을 어찌 짐작이나 할까. 가슴 메어지는 슬픔, 가슴조이며 바닷가에 나와 기다려야 했던 시간들, 밤이면 횃불까지 흔들며 먼 바다로 나간 아빠, 남편을 불러댔을 여인들의 한, 이 '도대불' 은 그나마 희망이요 믿음이었을 것이다.

항공기들이 꼬리를 물고 머리 위로 날아와 착륙하는 모습도 장관이었다.

참 씨알도 많다. 착륙하려는 비행기에 대고 셔터를 눌러대고, 좋은 장소를 선점하고, 인증 샷을 찍느라 난리도 아니다. 영님일 모델로 두 컷 찍었더니 우리 둘이 한 장 찍잔다. 그런데 아무리 봐도 말을 걸만 한 사람이 없다. 겨우 손짓 눈짓으로 중국여인에게 사진 한 컷 부탁해 멋진 스냅을 한 장 박긴 했는데 영님이는 감쪽같이 사라지고 여객기는 내 머리 위를 날아가고 있었다. 여자는 여자네.

용마마을 앞 해변. '몰머리' 라 불리는 용두암은 중국인들로 북적댄다. 흑룡을 상징하고 있어 이곳에서 소원을 빌면 행운이 깃든다는 중국의 전설 때문이란다. 그 전설을 관광자원으로 이용할 만큼 한 차원 높은 관광대국이 되는 것은 확실해 보인다. 우리가 할 일은 도착했을 때, 어둠이 깔리고 상가의 화려한 불빛이 반짝이는 시간이면 된다. 감탄사를 쏟아내는 일만 남았네 그려.

제주 파크사이드호텔

절물휴양림 삼나무 숲길

<u>2014년 5월 16일(금)</u>

좀 늦은 듯 출발했어도 택시를 탔기 때문에 여유가 있다. 10시. 도착하면 제일 먼저 찾는 곳이 있다. 그래야 하루가 편하고 마음에 여유가 생긴다. '삼나무숲길' 로 들어섰다. 미끈하게 빠진 다리를 자랑하듯 삼나무가 우리 앞에 서 있다. 아! 공기가 싱그러운데. 그 말은 코를 킁킁거리며 걸을 일만 남았다는 얘기다.

예쁜 표지판에 이런 문구가 쓰여 있다.

테마 하나, 크게 호흡하기 ZONE.

'뱃속 가득히 공기를 채우는 기분으로 크게 호흡을 반복하세요. 피로회복에 좋은 나무의 향기 테르펜과 사람에게 생기를 주는 피톤치드와 긴

장된 몸을 풀어주는 음이온 등 다양한 환경을 몸으로 느껴보세요.'

우린 숨을 크게 들이마신다. 이럴 때 우리의 호흡법은 들이마시는 것이 아니라 숨을 맘껏 내뱉는 방법이다. 명치를 지그시 누르고 허리를 직각으로 굽혀가며 얼굴이 상기될 때까지 숨을 한껏 내 뱉는다. 그리고 가만히 있으면 공기가 쑥– 들어온다. 이것을 반복하면 된다. 폐 속의 나쁜 공기를 먼저 빼는 원리다.

"우린 바쁜 거 없잖아. 그럼 유치원 아이들처럼 손잡고 걷자. 삼나무는 피톤치드의 발생량이 편백나무 다음이라며. 지금부터 오후 2시까지가 황금시간대라니까. 계절, 시간대, 날씨. 삼박자가 딱 맞아떨어지는구먼. 실컷 아니 원 없이 마시고 갑시다. 돈 달라는 것도 아닌데. 뭐 어때서."

그냥 가자. 가서 보자. 설왕설래하지만 결국 마님이 어느 손을 드느냐다. 만들기 체험할 것도 아니면서. 야외전시물들 좀 봐요. 죄다 나무로 만든 곤충들이 뿐이구먼. 정리는 끝났다. 눈만 보내고 발은 숲을 향해 걸으란다.

테마 둘, 큰소리로 웃기 ZONE.

'크게 소리 내어 웃으며 스트레스 해소하고, 긴장감 완화하기. 혈압을 낮추고 혈액순환이 좋아져 우리 몸의 건강을 지켜주는 효과가 있단다.'

주변에는 웃음을 도저히 참을 수 없다는 듯 목젖까지 보이며 웃고 있는 목장승들이 자기처럼 정말 웃나 안 웃나 지켜보는 것만 같다. 웃는 얼굴의 박물관이다. 그 모습만 보고 있어도 절로 웃음이 나온다. 안 웃을 수가 없다. 하! 하! 하! 우리는 마주보며 소리 내어 실컷 웃었다. 한번 웃어보니 자꾸 웃음이 나온다. 웃고 또 웃고 아예 배꼽을 쥐고 웃었다. 그랬더니 지나가던 사람들이 보고 또 웃는다. 그러거나 말거나 실컷 웃었다. 배 아플 정도로 웃었더니 기운이 없다.

테마 셋, 크게 박수치기 ZONE.

손바닥 자극으로 긴장을 해소시키고 자신감을 높여 준다. 몸의 구석구석까지 생기가 넘치게 된다. 건강미용은 물론 머리가 맑아지는 효과까지 있다는데. 박수치지 않고 그냥 지나칠 사람이 몇이나 될까요? 우리 걸으면서 박수를 쳤는데도 박자가 잘 맞던데요. 이왕이면 하고 손바닥이 얼-얼할 정도로 쳤어요. 손바닥은 물론이고 손가락까지 딱딱 맞춰가며 친 걸요.

이제 또 뭐가 남았지. 그러나 삼나무숲길을 벗어나자 테마여행도 함께 끝이었다. '절물 오름' 이 그 끝에서 기다리고 있었다.

제주 절물 오름

깜박 잊고 안내책자를 챙기지 못한 것을 후회했다. 삼나무산책로를 걷고 나면 '장생의 숲길' 출구에 '너나들이 길' 과 '절물 오름' 이 있다. 어느 길로 가야할지 정보는 없지만, 세월이란 노하우가 있지 않은가.

오름길이 길고 험하겠지. 오름도 정상은 정상이니까. 이 길로 가면 될 것 같은데, 말이 없다. 난 어디든 자신 있으니까. 맘대로 하란 소리다. 무릎이 가끔 심술을 부릴 때가 있어 계단은 피하고 싶은 1순위에 두고 있다. 몇 시간 걸으려면 이길 뿐이란 것도 알고 있다.

계단을 밟고, 여러 번 쉬어가며 올랐다. 계단의 끝이 보이면 동아줄을 엮은 길이 나온다. 울퉁불퉁해서 발바닥에 닿는 촉감이 흙길과 느낌이 또 다르다. 활엽수림대의 끝은 계단이다.

계단의 끝이 보이면 능선이다. 절물 오름 분화구순환로가 길을 안내한다. 타이어를 길바닥에 깔았다. 독성이 강해 환경에 좋지 않다는 소릴 들은 것 같은데 별문제는 없는 건지 궁금하기도 하고.

그렇게 오름의 능선을 따라 걷다보면 동서남북을 다 볼 수 있다는 제1전망대. 삼나무숲의 조망이 일품이라는 제2전망대가 나온다. 숨 좀 돌리란다. 우측 170m 후방에 '장생의 숲길' 이란 표시판이 보인다. 오른쪽숲길은 3,4Km, 왼쪽숲길은 7.6km. 몇 시간 걸리느냐고 물으니 한두 시간이란다. 아줌마들도 걸었는데 지루하긴 하겠다. 우리도 왼쪽 숲길. 그렇게 들어선 숲이다.

조릿대가 지천으로 널려있고, 숲은 끝이 없을 것처럼 이어지더니 고사리가 뒤를 잇는다. 이끼는 검은 바위를 감싸고 있다. 그냥 걷기만 하는데도 나무며 풀이 향기를 뿜어준다. 꽃은 향기를 내고, 새나 바람이 내는 소리는 귀를 즐겁다. 숲이 주는 천연의 푸르름, 바삭거리는 화산송이, 바스락 밟히는 낙엽소리, 새들이 지저귀는 소리. 소리에 취하고 흙과 나무가 내뿜는 냄새에 취했다. 사람이 보지 못했으니 우리만을 위한 길이라고 할까. 지루하긴 했지만 쉬멍, 놀멍 하며 걸었다. 희한한 건 이상하게도 목이 마르지도 배도 고프지도 않더라는 것이다.

그렇게 휴양림에 도착했고, 산벚나무와 고로쇠나무의 연리목이 목례로 반겨주었다. 아차! 내 선글라스. 제일 아끼는 건데. 없어요. 나 또 한 개 해 먹은 거네 뭐.

제주 국립 박물관

예감이 좋다. 선택의 고민은 무얼 보러 갈까가 아니라 얼마나 걸을 수 있는 곳일까다. 그래서 항상 어렵다. 힐링 에코 하러 온 거지, 역사, 민속학, 지질학 뭐 그런 공부하러 온 게 아니잖아요. 정확히 말하면 우리 영님 씨 칠순축하여행 왔어요. 그걸 잊으면 안 되는데 깜빡깜빡 할 때가 있다.

안내소에서 42분 시내버스를 타고 제주국립박물관 앞에서 내렸다. 선사시대사람들의 생활모습과 고려시대의 역사와 문화, 제주마의 독특한 문화가 완성되고 꽃을 피웠던 탐라국의 탄생과 문화. 그리고 300년 전 '탐라순력 도' 를 통해 제주인의 삶을 이해하고 공감할 수 있는 공간도 마련했다.

그 정도. 볼 것이 많지 않았다. 기말고사를 위해 참고서를 훑어보는 것 같은 느낌이랄까. 건물이 둘로 나뉘어져 공간 활용도도 낮았다.

유·초등생을 위한 방과 후 활동을 겨냥한 박물관이라도 비효율적이라 생각했다. 외국인이 찾을 리는 없겠지만, 우린 딱 10분 걸렸다.

제주 파크사이드호텔 2013호

중국관광객의 아침 식사

2014년 5월 17일 (토)

밤새도록 호텔에 인기척이 없었는데 아침에 식당엘 내려가 보니 시끌벅적한 것이 줄 서있는 손님들로 바글바글하다. 난 이런 분위기가 좋다. 다른 호텔과 달리 아침 식사시간은 짧다. 6시~7시 반. 서둘러야할 텐데 그러는 사람이 없다. 만만디다.

외국에 나가면 얼마나 바쁜가. 보통 6시 기상이다. 아침이면 매일 매일이 전쟁이다. 짐 싸야지. 화장실 다녀와야지. 여자들은 화장도 해야 한다. 아침 식사시간에 맞추는 것도 신경써야 한다. 짐을 챙기고 아침을 먹느냐, 아침 먹고 짐을 챙기느냐. 승차시간은 맞춰야 일행에게 피해를 안 준다.

그러다보니 버스를 타면 대부분 잔다. 차창으로 보이는 경치에는 관심이 없다. 오늘도, 내일도 같은 실수를 반복하면서도 돈 아까운 줄을 모른다. 지금 중국 사람들이 제주도에 와서 똑같은 경험을 하고 있는 것이다.

어제와 오늘의 아침메뉴가 별반 다르지 않았다. 쌀밥, 콩나물국(죽), 식빵, 잼, 양배추샐러드, 나물 한 가지, 버섯볶음, 두부조림(순두부), 생선튀김(돼지고기주물 럭), 생미역, 김치. 그리고 페트병에 들어 있는 감귤주스가 전부다 ( )안은 어제 아침메뉴다.

모두들 맛나게 먹는다. 메뉴야 가짓수가 중요한 건 아니다. 먹을 수 있는 음식 몇 가지면 된다. 조금만 신경을 더 쓰면 좋을 텐데. 물이나 주스를 페트병이 아닌 통에서 받아먹게 한다던가. 제주감귤 같은 과일 한 가지를 후식으로 내 놓는다면 격이 달라 보이지 않을까.

한라수목원

공항 갈 때 택시비 적게 들고, 나무와 숲이 우거져 걷기 좋은 곳. 그렇게 찾은 곳이다. 바람, 꽃, 새소리가 공유하는 한라수목원에 들어서자 밤꽃냄새가 난다. 그런데 밤꽃냄새가 서귀포의 밤꽃냄새와 다르다.

수목원은 나라의 자존심이다. 토종식물의 유전자원을 수집하는 것은 자원전쟁에서 살아남아야 하는 첫걸음이다. 증식과 자원화를 위해 연구를 게을리 하지 않는 노력이 뒷받침 되어야한다. 그곳에 시민과 자연이 함께 할 수 있는 공원을 만들었다. 시민에겐 휴식공간이 되어 주고, 멸종위기식물에겐 안식처가 되어주는 곳이다.

안내도는 1번부터 25번까지가 거미줄처럼 연결되어 있다. 탐방로와 산책길을 최대한 짧은 시간으로 길이 중복되지 않게 걸어보려고 한다. 낙우송 등이 있는 도외수목원(19번)속으로 들어가 동백, 돈나무, 녹나무가 심어져 있는 약용식물원(17)을 거쳐 연구소를 보면서 왼쪽 길로 들어서면 12번 길이 나온다. '수목원탐방길' 의 외곽지역이다. 그 길로 곧장 산림욕장으로 들어갔다.

정상에 도착해서 능선을 한 바퀴 돌고 7부 능선부터는 거미줄 산책길에 미로를 탐방하듯 지그재그로 걷다보니 산림욕장의 구석구석은 다 걸은 것 같다. 그리고 야생화원을 거치니 출구. 시간 반 걸었다.

긴 여행 끝에 짧은 휴식이랄까. 버스정류장에 앉아 기다리는 시간이 꿀 같은 휴식이었다.

ㄱ래콩물

제주에서의 마지막 점심으로는 무얼 먹을까? 순두부나 먹고 갔으면 좋겠다. 그런데 물어보면 사람마다 한결같은 대답은 구 제주에 가면 모를까.

신 제주에서는.

버스를 타고 기사 분한테도 부탁해 봤다. 돌아오는 대답이 한결같다. 그럼 점심이나 먹을 수 있게 어디 식당골목 있으면 아무 곳에나 내려주세요. 그 소리를 듣자 손님들이 거기가 아니라 하고, 기다 카고. 기사 분은 내리라 하고. 시골버스는 그래서 꼭 시골동네 사랑방 같다. 정감이 있어 좋았다. 기사 말을 따르기로 했다. 그것은 옳은 선택이었다.

음식점 간판이 많이 보이는 걸 보니 먹자골목이 맞는 모양이다. 그런데 아무리 둘러봐도 마땅히 먹을 만한 음식이 눈에 띄질 않는다. 영님이가 싫어하는 돼지고기집, 순대국집 아니면 닭집, 해장국집이거나 국수집뿐이다. 그래도 포기하지 않고 좀 더 올라가자 된장찌개도 황송해야 할 판에 순두부 간판이라니.

ᄀ래콩물(맷돌콩물). 간판부터 다르다. 순두부전문집이다. 이게 웬 떡이래. 들어가 보니 손님도 많다. 얼큰한 순두부를 한 그릇씩 시켜놓고 식당 안을 휘 둘러본다. 메뉴판에 눈을 돌렸다. 콩물.

콩물은 경주에서만 맛볼 수 있는 특별한 음식인 줄만 알았다. 순두부도 정말 맛있었다. 한 그릇을 뚝딱했지만 많이 아쉬웠다. 검정콩 콩물을 시켰다. 후루룩 마시니 모처럼 입이 황홀했다고나 할까. 이 집의 마지막 ᄀ래콩물 한 그릇까지 우리 입속으로 들어가고 말았다.

패키지와 자유여행

시인의 거리 올래17과 섬머리 도두봉 오름

2014년 10월 10일(패키지여행 첫날)

제주도에는 오름이 많다. 검색해보면 368개나 된다고 한다. 근데 오름 얘긴 없고 제주도에 갔다 왔다고 하면 "백록담 잘 있더냐?" 며 한라산에 갔다 온 줄 안다. 난 그냥 웃기로 했다. 우리 부부는 빡센 산행보다는 속삭이듯 오름을 걷는 여행을 좋아한다.

바다는 거칠고 섬에선 관리들이 쥐어짜고 거친 자연 앞에 더 이상 갈 곳이 없던 제주였다. 그 제주가 지금은 보물섬으로 바뀌고 있다. 아시는가? 요즘 여행테마가 제주도에서 한 달 살기란다. 그러니 공항에 내리자 멋 부리고 싶은 건 당연하다. 궂은 날씨라 파도가 일렁이며 마중 나와 주었다. 피부가 검다고 몸을 숨기는 법이 없는 제주 미인들이 "혼저옵소예." 하며 손을 흔들어준다. 우린 오늘부터는 내 의지가 아니라, 여행사의 스케줄에 맞추는 패키지여행이다. 타라면 타고 내리라면 내리면 된다. 저길 올라가라기에 걷는 중이다. 그 다음은 때가 되었으니 식당으로 안내할 것이다. 편하기로 하면 짱이다. 신경 쓸 것이 1도 없다. 눈치 빵점만 아니면 여행에는 무리가 없을 것 같다. 이런 여행은 딱 한 번 더 있었다. 우리 마님 칠순기념 여행 처제, 동서들과의 동행(하나여행사).

공항에서 좀 달리더니 간만 보겠다며 내리란다. 올레 17길의 한 구간이다. 시인 이고픈 사람이 아니어도 한번쯤 걷고 싶은 길이라고 했다. 억새가 백발을 휘날리는 모습이 진짜 곱다. 여유까지 부리는 걸 보면 한두 번 손님을 맞은 솜씨가 아니다. 계절에 익숙지 않은 토끼풀도 귀엽고, 해맑은 웃음을 흘리는 털머위가 여기 싯구절과 너무 잘 어울린다.

이 길을 걷다보면 누군가는 수필가, 시인이 되고픈 마음을 갖고 돌아간다는 말이 생겨날 정도란다. 나도 모르게 낙서처럼 흘겨 쓴 글귀들을 읽게 되고, 틈틈이 긴 숨 한번 들이쉬다 보면 묘한 여운이 있는 곳이다. 액운을 막기 위해 세웠다는 쌍둥이 방사탑까지 걸어갈 필요는 없다. 쓱 한번 바라다보곤 다시 단순한 듯 의미가 있는 사람들의 이야기를 읽는다. 꼭 내 이야기 같단 생각이 들 때도 있다.

오늘도 한 가지 슬픈 일이 있었다. 오늘도 또 한 가지 기쁜 일이 있었다.

'노천온천탕 왕천수' 는 차창으로 보게 하고, 우리를 내려놓은 곳은 '섬머리 도두봉공원.' 가볍게 오를 수 있는 길이니 가볍게 오르면 마음이 넉넉해져 내려올 것이라고 한다.

제주 시내 뿐 아니라 비행기의 이륙 장면을 볼 수 있는 활주로가 훤히 들여다보인다. 제주 바다와 중산간 마을도 보인다. 내려오는 길에 분꽃이 흐드러지게 핀 장안사에 들러 세속의 욕심을 내려놓으면 성게알 미역국 한 그릇도 진수성찬이다.

외국여행 갔다 와선 얼마 들여서 며칠 간 어디어디 다녀왔다며 자랑을 늘어놓는다. 그래야 면이 선다. 우린 그들을 겉으론 부러워하지만 속마음은 이런다. 내 고장은 얼마나 아는데.

평생을 다녀도 못가 볼 아름다운 내 나라를 다 둘러보는 것을 목표로 삼았다. 그런 꽁생원이 6개월 만에 또 제주를 찾은 이유가 있을까.

동백수목원 카멜리아 힐

2014년 10월 11일.(패키지여행 둘째 날)

패키지여행이 편해 좋다. 알아서 다 해준다. 신경 끄고 잘 따라다니기만 하면 여러 곳을 아주 규모 있게 둘러볼 수 있는 장점이 있다. 유치원어린이처럼 가이드 뒤를 졸졸 따라다닐 생각이다. 그런 내 모습이 어찌 비춰지건 그건 상관하지 않는다.

졸다 눈을 뜨니 카멜리아힐이다. 우리나라 최대의 동백수목원에 80여개 국, 오백여 품종, 육천여 그루의 동백이 숲을 이룬다니 대단하달 밖에. 봄에는 꽃잔디, 여름엔 수국, 가을에는 분홍동백, 겨울이면 붉은 애기동백 숲이 볼만 하단다. 이런 데선 느림의 미학이 절대 필요하다. 그런데 주어진 시간은 단 한 시간뿐이란다.

꽃동산이라 가을도 지루할 새가 없었다. 늦잠자고 일어난 유두화, 보랏빛 꽃을 깃발처럼 들고 서있는 맥문동. 황금색 털머위, 아직도 품위를 잃지 않은 수국, 蓮池(연지)의 물풀도 우리는 반갑다. 긴가민가하면서도 잊고 살았던 새색시 해당화는 어떤가. 백사장 난개발로 사라진지 오래라 들어서다.

걷고 또 걷고 놀라면서 이곳의 아름다움에 맘껏 취하고 싶으면서도 눈에 시계에 가 있다. 시간에 맞추려면 종종걸음을 해야 한다. 우린 매혹적인 꽃과 그 향기에 취해 발걸음을 멈추고는 코를 벌름거리며 한참을 동백나무 아래 서있다 왔다.

가을의 여신 분홍 동백이 아니라 한 송이를 피워낸 흰 동백꽃을 보았다. 그 향기가 모든 꽃을 압도하는 것 같아 잠시 눈을 감아 보았다. 그림이 되더군요.

코끼리, 오토바이 쇼

누가 직업을 물으면 나는 놀러 다니는 것이 직업인데요. 그런다. 돌아오는 말은 내 우스갯소리로 받아넘기려는 의도와는 달리 대뜸 돈 많으시네.

정작 본인들은 쓰고 싶어도 못 쓴다. 안 쓴다. 아니 쓸 줄 모른다. 움켜쥐고 있다 몇 푼이라도 더 남겨주려는 우리 세대만의 자식사랑 때문이다. 어쩌면 기대수명을 너무 길게 잡아서 그런지도 모른다.

저녁프로그램을 기다리는 자투리시간은 바람과 풍랑이 서귀포의 '새섬 트레킹' 을 '외돌 개' 로 바꾸는 이유를 만들었다. 아쉽다. 시간이 널널하다는 데도 걸음이 빨라지는 건 마음이 바쁜 탓보단 날씨 탓이 크다. 언덕을 걷는 데도 바닷바람이 훼방을 놓아 애를 먹었다.

다음은 오늘의 메인이다. 라오스에서 건너온 조련사들의 코끼리 쇼에 정신 줄 놓고 있었다. 바나나는 날름날름 자기가 받아먹고, 관객이 지전을 주면 넙죽 절하며 받아서는 주인에게 바치는 모습이 재밌다. 관객들은 코끼리에게 돈을 주려고 길게 줄까지 섰다. 나도 코끼리에게 지전 한 장 물려주고 올까. 했지만 생각만 했다.

'7인의 여전사' 가 펼치는 오토바이 쇼는 또 어떻고. 스피드와 놀라운 시간차 경주, 오토바이를 다루는 솜씨도 놀랍지만, 굉음에 가까운 엔진소리를 듣고 있으면 심장을 멈추게 할 만큼 박진감이 있어 좋았다. 어지러울 정도의 속도감과 굉음에 잠시 정신이 쏙 빠져나갔다, 들어오는데 한참 걸렸다. 어린 꼬마친구들이 펼치는 스릴 넘치는 퍼포먼스 공연은 충분히 내 마음을 사로잡았다. 더 무슨 말이 필요하겠는가. 탄성이 절로 나오는걸. 가슴이 후련했다.

오늘같이 궂은 날씨에도 시간을 최대한 활용하는 여행. 이것이 패키지여행의 장점이다.

레일바이크, 몽골마상무예, 조랑말타기

2014년 10월 12일(패키지여행 셋째 날)

내·외국을 막론하고 패키지여행에서 피할 수 없는 것은 쇼핑과 선택 관광이다. 첫 여행지가 제주기념품상점. 일행들이 지갑을 맘껏 연 탓일 거다. 가이드는 한껏 기분이 좋아졌다.

'레일바이크' 는 비 뿌릴 듯 흐린 날씨에도 50분이 꿈같이 지나갔다. 바다와 중산간을 오가며 즐기는 허벅지 근육 늘리기요, 눈의 힐링으로 충분했다.

'몽골마상무예' 는 태어나면서 말과 함께 살아온 몽골리언들이 선보이는 말 위에서 벌리는 쇼다. 기수들의 활달함과 뛰어낸 재주를 보며 부러움에 놀라움을 얹어 손바닥이 벌게질 정도로 박수를 쳤다.

'조랑말 타기' 를 보면 타고 싶은 호기심. 그건 본능이었다. 억새꽃을 헤집고 조랑말을 타보는 승마체험이다. 고삐 잡으면 말 타고 싶어진다고 했던가요. 말을 타보니 마음이 먼저 달려가고 싶어 한다. 기수가 고삐를 꽉 잡고 걷는데 조금 달려보면 안 되겠느냐고 하자 고삐를 더 바싹 쥔다. 사고나면 큰일 난다며 막무가내다. 내가 말고삐를 틀어쥐고 달려보고 싶은데. 말을 타면 균형 잡기가 먼저다. 난 어렵지 않고 오히려 편안했다. 말도 그렇게 느끼는 것 같은데 마부가 고개를 잘래잘래 흔든다. 도리가 없지요. 조련사가 고삐잡고 나는 말 등에 앉았으니. 이런 게 승마체험이다. 아내는 그 때까지도 그 자리에서 안절부절못하고 있다. 선글라스를 떨어뜨려 찾느라 그랬다는데. 도저히 무서워 못 타겠다는 것이 이유였다.

말 위에 앉아 기념사진 한 장 찍으려고 기다리는 시간도 너무 지루했다. 이럴 시간에 말이나 좀 더 태워줄 일이지. 방법이 아예 없는 건 아닐 텐데.

나 혼자 툴툴거리고 있다. 근데 사진 속 아내의 모습을 보니 방금 말 타고 평원을 달려온 기수 같다. 저 여유 좀 보소.

성읍민속마을

고려시대부터 제주의 문지기였던 돌하르방과 500년이란 세월을 버티고 있는 팽나무와 느티나무가 성읍민속마을의 마스코트였다. 예나 지금이나 외국인 관광객보다는 내국인 상대로 먹고 살려고 하는 걸 보고 있자니 갑갑하다.

오래 전엔 여기서 구더기와 지네를 팔았다. 관절에 좋다는 말뼈가루도 팔았을 걸요. 지금은 말뼈를 압력솥에 푹 고았다고 한다. 덧붙여 상황버섯과 동충하초를 특산물로 내놓았다. 다음에 오면 뭘 내놓을까. 나는 그게 더 궁금했다. 가이드에게 얻어들은 말이 있다.

"집 앞에 정낭4개가 걸려있으면 여자만 사는 집이라는 표시고, 3개는 이삼일 출타 중이란다. 지네 같은 해충으로부터 보호하기 위해 갈옷을 입었고, 그 전통이 지금도 성읍마을에는 집집마다 땡감 한 두 그루씩 심어져 있는 이유란다."

제주민속마을

2014년 10월 13일(자유여행)

오늘부터는 온전한 우리만의 자유여행이다. 유랑을 목적으로 다른 고장이나 외국으로 나가듯 정처 없이 떠돌아다니는 것을 여행이라고 한다면 난 여행할 생각이 없다. 여행은 다른 세상에 대한 동경이어야 한다. 그걸 생각하며 준비하는 동안의 즐거움은 말이나 글로 표현할 수가 없다. 5월의 제주여행이 좋았나 보다. 얼마나 되었다고 우리 부부는 그새를 못 참고 제주에 다시 왔다.

봄의 제주에 가을 제주까지 탐할 생각이었나 보다. 계절은 꾸밈이 없었다. 이곳 가을은 특히 간결하고 군더더기가 없는 것이 특징 같다. 마음을 열기만 해도 느림이 있는 여행하기 좋은 계절이다. 공원을 둘러보며 걷는 것도 좋다. 넉넉하고 풍요로운 시골길을 걷는 것은 축복이다. 올레길은 어디를 걸어도 자연이 주는 선물이라 반갑고 고맙다.

제주민속마을도 걷기로 말하면 올레가 있긴 하나 그래도 둘째가라면 서러운 곳이다. 수첩 꺼내들고 걸으면 얻는 것이 하나 둘이 아닐 것이다. 많이 적을 것도 없다. 그저 관심 가는 거 몇 개 끼적거리다 오면 남는 것이 있을 것 같다. 나머지는 눈에 담아 오다 적당할 때 거추장스러운 것은 버려도 된다.

야외전시장으로 꾸몄다. 기괴한 모습의 용암석, 정주석, 동자석, 목선대장군, 그리고 할망당의 석물들과 돗통시(똥돼지우리) 등 볼거리가 풍부했다. 어디서부터 어떻게 보아야할지 걸으면서 그거만 걱정해도 한 짐은 된다. 돗통시에는 진짜 돼지가 산다니까요.

산책하며 공원을 대충 둘러보았으면 박물관으로 들어간다. 제주에선 안방을 '큰 구들', 마루는 '상방', 부엌은 '챗방'. 맷돌은 '고래'. 써서 가지고 나오니 제법 뭘 제법 아는 것 같다. 지붕은 억새(새)로 얹으면 빗물이 쑥쑥 빠지니 물난리 걱정 없고, 뿌리식물인 양파, 고구마, 무, 당근의 품질이 으뜸인 것은 붉은 화산송이 때문이란다.

젊어서 여행을 하지 않으면 늙어서 얘깃거리가 없다는 영국속담이 있다. 틀렸다. 늙어서 여행을 하지 않으면 고리타분한 추억만 있을 뿐 들려줄 새로운 얘깃거리가 없다.

여행은 그리워할 대상이 있어야 한다. 생각하면 미소가 피어오르고 그것이 그리움이 되는. 그것이 네 발과 두 발을 아끼지 않는 이유다.

제주라마다 호텔

산굼부리

2014년 10월 14일

아침은 뷔페.

여행할 때 아내를 동반하는 것은 마치 연회에 도시락을 지참하는 것과 같다고 말하는 걸 보면 영국 사람들은 여행을 무슨 여우 사냥이나 하러 가는 것으로 아는 모양이다.

여행은 일탈이다. 부부가 서로 손잡고 떠나는 더 멋진 삶을 위한 보증수표다. 일상에서 벗어나 마음의 소리를 들어보고 들려주는 것이다. 아내가 꼭 옆에 있어야 하는 이유가 하나 더 있다. 바로 아내라는 직업을 가진 여자는 샘솟듯 솟아나는 꾀주머니를 차고 있기 때문이다. 위급할 땐 남자는 생각 못할 대처능력이 아내는 뛰어나다.

제주 갈 때 넌 차 가져 가냐. 렌트했냐. 묻는데 난 그냥 웃는다. 그런 내가 오늘은 차를 렌트해서 여행할 생각을 하고 있다. 아내가 은근히 부추긴 영향이 있다.

자유여행을 만끽하며 산굼부리로 달리고 있다. 앞서거니 뒤서거니 하며 아이들을 앞세운 젊은 부부와 아줌마부대 뒤를 졸졸 따라가듯 올라갔다. 오름 정상에 올라서서 보니 사방으로 하얀 머리를 흔드는 참억새군락이 눈이 부시도록 아름다웠다.

시간과 자연의 흐름에 순응할 줄 아는 모습이었다. 억새가 오늘은 나의 스승이다. 나는 흰 머리카락을 가리려 안간힘을 쓰는데, 더운 여름날 이슬과 비를 흠뻑 마시며 살아온 세월을 자랑스러워하고 있질 않는가. 이 늦가을에 흰머리를 바람에 날리며 춤을 추기까지 한다. 그 억새의 모습에 내가 부끄러웠다.

마음이야 훠–얼 훨 하늘을 날고픈 그 어느 가을. 다시 오고 싶은 곳이라며 손가락에 올려놓을 것 같다. 이른 봄이면 고운 꽃을 피운다는 변산바람꽃과 고란초가 보고 싶어서라도 다시 찾을 것만 같다. 우리 부부는 말없이 새끼손가락 걸며 웃었다. 5월에 오고 싶을지도 모르겠다. 감귤 꽃향기를 잊지 못하는 그 마음이 아직 남아 있었다.

억새에 취하다 보니 구상나무숲에 도착해 있었다. 이 나무는 우리가 원산지임에도 불구하고 로열티를 주고 외국에서 씨앗을 사와야 한다고 한다. 일제 36년의 아픔이라고 했는데 실은 유교니 당쟁으로 국력을 소진한 당시 정치인들 때문에 빼앗기고 내준 것이 아닌가. 남 탓 할 것이 아니다. 정치인이라면 산굼부리의 억새한테 한 수 배우고 갔으면 좋겠다.

"촌부의 아내만도 못한 것들아. 나랏돈 파먹으면서 해외여행 가지 말고 자기돈 들여 산굼부리에 올라와 보고 배우고 가시요. 자연에 순응하며 늙어가는 자신의 모습을 되돌아보란 말이요. 그리고 이만큼 일군 어르신들에게 감사하며 사시요. 인생은 空手來 空手去라오."

휴애리

기동력이 좋으니까 욕심이 생긴다. 대신 서두르는 감은 있다. 한곳에 오래 머물며 걷다 갈 생각은 까맣게 잊고 있다. 빨리 갑시다. 입술에 달고 다닌다. 산굼부리를 나오면서 별미라고 호떡과 올레 빵을 한 개씩 사서 먹은 건 주전부리다.

'휴애리' 에선 새로운 걸 발견했다. 궁금한 곳이기도 했지만. 느릿느릿 걸으면 몸과 마음이 힐링이 되고 눈은 자연히 시원해진다는 걸 알았다. 아이들에겐 더 없이 즐거운 놀이터요, 야외학습장 같은 그런 곳이었다. 아기엄마들이 제주에 오면 첫손에 꼽는 여행지라 들었다. 손주 녀석들 손잡고 오면 진짜 우리 할부지 할무이 최고. 그 소리 들을 걸요.

가을꽃인 노란 감국(황국)이 참 예쁘다. 토종닭, 토끼, 강아지, 다람쥐, 송아지에 먹이주기 체험까지 어느 하나 눈길 주지 않곤 못 배길 녀석들뿐이다. 아이들의 해맑게 웃는 모습을 보면 안다. 우린 덩달아 신이 나서 엔도르핀이 마구 생겨나는 것 같다. 빨리 가면 볼 수 있을 것 같단다. 매실 토굴과 곤충테마관을 지나면 휴애리의 상징 '흑돼지야 놀자' 가 나온다. 자지러지는 아이들의 웃음소리가 들린다. 그런데 한발 늦었다. 아기돼지들이 작별인사를 하는 시간이었다. 아이들이 자글자글 까르르 웃는 모습이 너무 귀여웠다. 여기가 바로 아이들의 천국이다. 그들은 우리에게 미소와 행복을 안겨주는 천사였다.

또 어디로 데려가고 싶어 저러는 걸까. 아이들은 자리 뜰 생각이 없고, 엄마아빠는 어찌할 바를 몰라 쩔쩔맨다. 소매를 잡아 끌어보지만 소용없다. 한번만 더. 떼쓰고 있다. 울기 직전이다. 저들의 다음 코스는 뻔하다. 맛난 거 먹이려 하겠지.

우리 부부는 화산송이 맨발체험하기로 하고 양말까지 벗어 들었다. 좀 어색하긴 해도 그럼 어떤가. 누가 걷고 싶다는데. 슬금슬금 곁눈질하며 팔짱끼고 킥킥거리며 지나가는 젊은이들이 있긴 한다. 개의치 않는다. 우린 우리 길을 간다.

혼인지

벽랑국 공주님들이 혼수품으로 가져온 송아지, 망아지, 오곡의 씨앗을 뿌리고 소와 말을 기르니 날로 백성이 많아지고 풍요로워져 마침내 탐라국을 이루게 되었다. 그 전설을 낳은 혼인지를 내비에 걸고 또 달렸다.

한곳이라도 덜 가면 손해 볼 것 같다는 생각에 마음이 급하다. 전 같으면 휴애리에서 공기 참 좋고 걷기 좋네. 귤을 벗기며 점심은 까맣게 잊고 두어 시간은 더 이곳저곳 살피며 걸었을 것이다. "한 번 더 걷고 싶으면 우리 걸어요." 하며 웃었을 텐데.

렌트한 것 때문에 마음이 바빴던 모양이다. 더 이상 머물 이유가 없어졌다는 생각이 든 걸 보면. 환경이 사람을 만든다는 말이 맞다. 차 없이 다닐 때는 하루 두 곳이면 감사하게 생각한 우리였다. 올레길 걸을 당시 리본을 보지 못하고 혼인지를 지나친 것이 못내 아쉬워 달려왔다.

제주의 고, 부, 양, 삼신인은 어느 날 온평리 해안가에서 파도에 밀려온 배의 함속에서 푸른 옷을 입은 세 공주를 만나게 된다. 삼신인은 각각 배필을 정하고 혼례를 치른 다음 신방을 꾸며 첫날밤을 지냈다는 신방굴을 들여다보니 참 좁다. 우린 그냥 재미로 들여다본다곤 했지만 꼭 그 맘 만이었겠습니까.

굴의 입구가 세 갈래로 갈라진 것은 맞는데 자꾸 웃음이 나오데요. 실은 굴속에서 세 쌍이 어찌 잤을까. 그것이 난 제일 궁금했거든요.

가을 에코 랜드

2014년 10월 15일

오늘은 시간이 좀 이른데도 라마다 뷔페식당에는 차례를 기다리는 줄이 길게 늘어섰다. 우린 요령 피운다고 지하 한식당으로 옮기곤 바로 후회했다. 줄 서서 기다려서라도 먹을 걸.

택시비로 거금 만 팔천 원을 들여 거문 오름까지 왔는데 예약이 안 되어 들어갈 수가 없다는군요. 아무리 사정해 봤지만 소용없던데요 뭐. 살피지 못한 내 잘못이 크지요.

택시 불러 간 곳이 어딘지 아세요? 에코랜드에요. 머리가 텅 비었는지 여기밖에 생각나는 데가 없는 걸 어떠케요.

"기분도 그렇고. 꼬마기차나 한 번 더 타고 놀다 가지요. '곶 자왈 숲'을 걷는 것도 괜찮고. 그럽시다. 미안해요!"

이런 걸 영혼 없는 멘트라 그런다지요? 어느 오름을 오른 들 꿀꿀한 기분이 없어질 것도 아니면 에코랜드 만한 곳이 없다고 생각한 거지요. 기차만 탔는데도 제주의 가을이 자연스럽게 품에 안기는 걸 느꼈으니 되었다.

가보지 못한 곳도 이번에는 살뜰하게 챙기며 다닌다고 했지만 결국은 곶자왈을 걸은 것이 전부다. 기분이 그다지 나쁘진 않았다. 내 눈엔 5월의 싱그러움이 눈에 선한데 그새 저만큼 물러선 여름이 아쉽긴 했다.

곶과 자왈은 숲과 가시덤불이 합쳐진 제주방언이라고 한다. 숲을 사랑할 수밖에 없는 환상의 숲. 바위와 나무, 얽히고설킨 정글식물이 지천으로 널려있는 콩짜개까지. 싱그러움은 없어도 정글 속 신비로움에 눈을 뗄 수 없는 건 여전했다.

우린 화산송이를 상징한다는 레드색의 링컨기차를 타고 들어갔다가 꽃을 상징한다는 노란색 링컨기차를 타고 나왔다. 봄처럼 설렘은 적었지만 오감을 흔들어 깨우는 건 다르지 않았다. 에코브리지역도 사람들이 전만 못했다. 그래도 호수를 걷다 보면 다 내려놓게 돼 있다. 자연이 속살을 보여주기에 모든 걸 내려놓으면 여유와 멋 부리는 계절로 가을만한 계절도 없을 거란 생각을 했다. 돈키호테와 산토사의 말은 기억나는데 코끼리와 풍차는 오늘이 첫 만남이었다.

우리의 기대를 저버리지 않은 곳은 여전히 '곶자왈 숲' 이었다. 숲에서 뿜어져 나오는 수증기를 보며 오늘도 제대로 힐링하고 간다. 만족할 만큼 걸었으니까.

선사유적지와 목관아

제주시 삼양동 '선사유적지' 는 움집 십여 개와 야외화덕, 토기 가마, 곡물저장구덩이, 외곽엔 고인돌과 무덤공간을 만들어 놓았다. 오전에 가져온 엔도르핀을 이곳에서 다 까먹어버렸다.

진열품은 짝퉁이요, 유적지는 유리로 덮어 잘 보이지도 않는다. 움집은 고증에 의해 만들어진 것인지 의심이 갈 정도다. 오래도록 손이 안 가도 되는 재료를 사용했을 거란 생각을 지울 수 없었다. 이건 돈 낭비다. 거기다 유적지에서 바라본 제주의 바다가 부시도록 아름다워서 속이 더 상했을 것이다.

'제주목관아(관덕정)' 는 이해를 돕는다며 모형으로 방을 채웠는데 설명이 부족해 건성건성 보게 되는 것이 흠이었다. 둘러보는데 20분이면 더 볼 것이 없다. '탐라순력 도' 에 묘사된 목사의 집무실, 연희각, 연회를 베풀던 우련당, 임금의 은덕에 감사의 예를 올렸다는 망경루, 한가한 시간이면 시를 읊거나 바둑을 두었다는 귤림당을 복원해 놓았다. 현제 남아 있는 건물로는 관덕정이 제주에선 가장 오래된 건물이라고 한다.

버스에서 내린 중국인 관광객이 우르르 목관아를 들어갔다 온 모양인데 떨떠름한 표정들이 한결같다. 싸구려관광의 희생양들이었다. 역사를 공부하러 온 것 같진 않으니 하는 말이다.

우리 부부는 육칠십 년대의 거리가 그대로 살아있다는 골목길을 따라 목관아에서 라마다까지 50년도 넘었을 가물가물한 기억을 끄집어내느라 엄청 애쓰고 있었다. 워낙 많이 변해서. 마음이 허해지면 괜스레 군것질이 생각나고 배가 살살 고파진다는 말 실감하고 있다.

저녁은 골목길을 걷다 전복죽 한 그릇씩 비우고, 밤늦은 시간에 입이 궁금하다며 호텔중식당에서 사천탕수육에 자장면까지 먹고서야 잠을 청했다.

제주라마다호텔

제주 5.16도로 숲 터널

2014년 10월 16일

입맛이 없다. 어제 너무 피곤했나. 서귀포로 가는 날, 택시로 이동했다. 3만 8천원. 긴 여행 중에는 이렇게 한 번씩 호사를 부려보는 것도 나쁘지 않다. 5.16도로는 폭이 좀 좁긴 해도 정말 아름다운 도로다. 가을 풍경이 물씬 풍기는 도로였다. 내려서 걷고 싶단 생각이 문득×2 들곤 했다.

보는 것만으론 심이 차지 않을 것 같은 분위기가 있었다. 행복은 이리 차 타고 지나치는 것에도 있었다. 아무데나 카메라를 들이대도 수채화 예술작품일 보는것 같은 그런 도로였다.

여름엔 찐 싱그러움으로 하늘이 안 보일 정도라니 멋있을 수밖에. 지금도 감탄사를 연신 토해내느라 내 입이 바쁘다. 제주 히든 핫플 하나 건졌네요.

호텔은 9층 침실에서 내려다본 조망은 요샛말로 끝내준다. 홀딱 반했다. 잘 조성된 신시가지의 5층 아파트들의 빨간 지붕이 에메랄드빛 수평선과 굴곡진 해안선과 잘 어울리는 한 폭의 그림이었다. 드문드문 바쁘게 달리는 차량들까지 보태면 끝내준다. 조용하기까지 하니 금상첨화다. 이럴 때 딱 어울릴 것 같은 말이다.

서귀포 빠레브호텔

성판악 사라 오름

<u>2014년 10월 17일</u>

"자기야! 오늘은 한라산 등반이니 마음 굳게 먹어요. 성판악으로 올라가 보는 거지 뭐. 죽기 아니면 까무러치기여. 귤 초콜릿은 내 배낭에 잘 챙겨 주세요. 내가 멜 테니까."

그랬다. 780번 버스를 기다리는 시간에도 마음은 이미 백록담에 올라가 있었다. 평일이라 버스에는 빈자리가 많았다. 늦은 시간이기는 하나 들를 곳은 들르고 가야 편하다. 서두른 편인데도 10시를 넘기고서야 안내소를 벗어날 수 있었다.

허긴 우리 부부는 칠순을 넘긴 나이에 시외버스 타고 와서 '사라 오름' 도 아니고 겁 없이 '백록담' 에 도전한다고 신발 끈을 질끈 매었다. 그러나 우리가 얼마나 착한 산행을 하는지는 곧 알게 될 것이다. 마음은 백록담이나 걸음걸이는 산책이었다. 빠르지도 느리지도 않게 쉬지 않고 꾸준히 걷는 것이 포인트다.

바닥이 거친 산을 걸을 땐 주변 경치에 침 바를 여유가 별로 없다. 백록담 가는 거 맞느냐며 묻는다. 처음부터 '한라산 등반' 이라며 호기부렸지만 속으로는 사라오름까지는 갈 수 있으려나. 그걸 고민하고 있는데 눈치가 영님인 펄펄 난다.

지금은 단풍이 산허리까지 내려온 계절이다. 쑥이 지천으로 널려있어 '속밭' 이라 했다는 곳은 쑥을 밀어내고 조릿대가 점령해 버렸다. 사라 오름 입구에 도착하니 12시 20분. 안내판에 이런 글이 있다. '진달래 대피소까지는 30분. 12시 반까지 진달래대피소에 도착해야만 백록담을 오를 수 있습니다.'

"색시야. 어쩌지. 1시간 일찍만 왔더라도 도전장을 던져보는 건 데 아깝다. 10분 안에 가는 건 불가능한 일이고. 어쩌냐. 대피소까지는 아마 4~50분은 잡아야 할 걸. 이 길로 빠지면 1박 2일에서 이승기가 다녀갔다는 '사라 오름' 으로 가는 길인데. 거기도 아무나 갈 수 있는 곳은 아니거든요. 어떡할까요?"

아까와라 하는 표정이었다. 그렇게 오른 사라 오름에는 산정호수가 있다. 날씨도 받쳐주니 너무 좋았다. 구름도 바람도 한 점 없는 가을. 이런 날 작은 백록담이라. 부지런한 사람들이 백록담을 향해 스퍼트 하는 모습이 너무 잘 보인다. 백록담은 구름 모자까지 벗어던졌다.

이 아름답고 황홀함을 정말 어쩔 거니. 너무 아름다워서. 우리는 땀내 풍기면서 힘들게 오른 산행이 아니라 숨고르기 하면서 걸었으니 여기까지 온 것도 복이라 해야겠지요.

5월이면 눈처럼 하얀 꽃이 핀다는 아광나무와 열매가 딸기와 닮아서 산딸나무, 참빗살나무가 숲의 주인이란다. 징그럽게 커다란 까마귀가 터줏대감인 모양인데 정작 산정호수에는 물고기가 왜 안 보이는지 그걸 모르겠다.

내려오는 길은 어둠이 깔리면서부터는 힘이 무척 들었다. 울퉁불퉁한 돌길. 발이 삐끗이라도 하는 날엔 구조대가 와야 한다. 내려와선 깜깜한 밤에 단 둘이서만 780번 버스 오기만을 하염없이 기다렸다. 무섭지 않아요? 아내의 그 소리는 찬바람이 휘이익 물고 가 버렸다.

제주에 살면 오름쟁이가 되어 살고 싶단 사람도 있다던데 그 느낌이 이런 걸까.

배표까지 흘려가며 마라도를

<u>2014년 10월 18일</u>

오늘은 702번 버스를 타고 모슬포 항에서 내려 물어물어 선착장까지 와서 표를 샀는데 화장실에 앉아서 확인해 보니 표 한 장이 안 보인다. 표를 잃어 버렸다며 어디서. 한 장 덜 받았을 수도 있다면 매표소로 달려갔다. 먼저 내 꼴을 보더니 "혹시 화장실에 표 한 장 떨어뜨리지 않으셨어요?" 한다. 그럴 리가요. 일단 우겨는 봤죠. 그러자 매표원이 웃으며 화장실 바닥에 흘린 걸 누가 주어왔다며 표 한 장을 손에 쥐어준다.

어찌나 부끄럽던지. 속으로 이제 나도 별 수 없는 노인이 맞네. 노인취급 받아도 할 말 없게 되었구먼. 서글퍼도 어쩝니까. 지금 내 꼴이 그런 것을. 어깨는 자동적으로 축 늘어지데요. 고맙습니다. 그 한마디 하고는 어찌나 민망한지 서둘러 자리를 떴다.

마라도에 도착했는데 굉음소리가 안 들린다. 귀는 평화로울지 모르나 대신 코가 고통을 감당해야 할 것 같다. '자장면 시키신 분', '처녀해녀 집' 을 비롯해 섬이 온통 자장면동네로 바뀐 모습이 낯설었다. 남대문시장 갈치골목이 무색할 정도로 자장면 집이 많았다.

관광객을 위한답시고 큰 돈 들여 만든 쉼터는 쉴 수도, 전시물을 볼 수도 없게 자물쇠로 꽉 잠가놓았다. 예산 타다가 이 짓들을 한다. 관리할 사람 없으면 자유개방하면 되지. 시골사람들 순박하다는 말 다 옛말이더란 말 믿어야 하나 고민하고 있다.

또 있다. 마라도는 종교박물관이었다. 그래도 절은 스님이라도 계시지. 이 시간엔 자장면 팔기 위해 바쁘셔서 그러나. 성당, 교회는 건물만 있다. 또 있다. 외국인들은 어쩌라고 내가 못 봤나. 설마! 공무원들이 이런 현실을 알면서도 모른 척 하는 건 아니겠지. 자장면 가격표가 안 보여 하는 소리다.

송악산에서 대정읍내까지 걷다.

모슬포 항에서 택시를 탔다. 송악산을 데려다 달랬더니 오월에 왔던 그 장소에 내려다 주고 가버린다. 국토 최남단의 산이자 분화구가 있는 산이 송악산인 걸 오늘 확실하게 알았다. 정상에 오르면 산방산과 한라산의 비경도 감상할 수 있겠다. 꿈은 거기까지. 어제 무리 좀 했더니 발이 말을 듣질 않는다. 게다가 산 입구에 이런 글귀가 쓰여 있어 얼마나 고마웠는지 모른다.

'산이 몸살을 앓고 있어요. 등반을 자제해주세요.'

상가에서 목을 축이고는 형제섬을 끼고 올레길을 따라 거꾸로 걷기로 했다. 해안체육공원에서 산방산 아랫마을까지. 양파, 배추, 무, 감자가 풍년인 밭두렁을 걸었다. 화장실이 있었으면 산방산까지 걸었을 것이다. 아쉽지만 시외버스 타고 숙소로 직행했다.

난 합리주의니 쾌락주의니 물질주의니 그런 건 잘 모른다. 즐기며 살고 싶은 죄 밖에는 없다. 오늘처럼 여행이나 다니며 남은 인생을 보내고 싶은 욕심. 부질없는 짓일까요?

산방산

2014년 10월 19일

어제 저녁에 호텔 근처 식당에서 고등어구이 먹은 것 밖에 없는데, 설사가 장난이 아니다. 오죽 심했으면 아침까지 포기했을까. 식사 도중에 벌어진 참사인 데다 임시방편으로 해결할 수 없을 정도로 커져 버려 황급히 방으로 뛰어 갈 수밖에 없었다.

직장암을 수술한 후로는 장이 약해진 탓인지 조금만 상한 음식을 먹어도 귀신 같이 안다. 오늘 아침에도 한바탕 전쟁을 치렀다. 화장실을 들락날락 한숨 돌리고 침대에 누워있는데 아내가 근심어린 눈빛으로 내려다본다.

괜찮겠어요? 오늘은 그만 호텔에서 쉬지 그래요. 어디 오라는 데도 없는데. 그게 맞는 말이에요. 여행이란 그렇잖아요. 오라는 데는 없지만 갈 곳은 있는, 서둘 필요는 없지만 좀 나아지면 챙길 것은 챙기고 갈 곳은 가야 하는 것. 좀 늦으면 어떤가. 자유여행은 바로 이런 것이다.

"한라산 봉우리가 너무 높아 그랬는지는 모르겠으나 '설문대 할망이 봉우리를 툭 꺾어 바닷가로 던져버리는 바람에 생겨났다는 곳. 한 사냥꾼이 사슴 한 마리를 발견하자 급히 활을 치켜들다 활 끝으로 옥황상제의 엉덩이를 잘 못 건드리는 바람에 화가 난 옥황상제가 한라산 봉우리를 뽑아 획 내던져 버렸는데 그것이 날아와 박혔다는 곳. 산방산."

702번 버스를 타려는 이유가 그 전설의 장소 산방산을 가려는 것이다. 한라산 백록담에 산방산을 올려놓으면 쏙 들어앉을 크기와 형세를 하고 있다는 것도 신기하다. 호기심도 있다. 어찌 생긴 산일까.

아뿔싸. 2021년까진 입산금지란다. 동굴부처까지 걸어 갈 생각에 조심스러워 했는데 핑계거리가 생겼으니 되었다. 아내에게 체면도 섰고. 산방산을 올려다보고 서 있는데 곱게 물든 은행잎 하나가 얼굴에 내려와 앉는다. 산방산이 길손에게 보내는 위로의 편지인가 보다. 온 김에 주변 사찰을 찬찬히 둘러보고 간다면 좋은 기를 받아가지 않겠느냐 그리 말하려는 것은 아니었을까.

보문사 약사여래부처

그래 산방산 보문사의 약사여래부처부터 찾기로 했다. 중생의 질병을 치료해주고 삼재팔난의 위험에 처한 모든 중생을 구제한다고 하니 그냥 지나칠 우리가 아니다. 정성으로 탑을 둘러보고 자리를 떴다.

내 마음이 이리 여린 것은 불신자이지만 지나는 길손의 마음을 담았다. 중병을 앓고 있는 나를 위해서라면 무얼 못할까.

관세음석불의 가슴에 왕생극락(往生極樂)하옵소서 라는 글자가 새겨져 있다. 그 석불을 손으로 만지면 영험한 기운을 느낀다고 한다. 모두들 천국에서 살겠다고 난리도 아닌데 이곳에 들른 김에 극락 가는 꿈 좀 꾸어본다고 허황된 놈이라고 손가락하진 않을 것 아닌가.

난 담당의사 선생님에게 내 육신의 치료를 맡겼다. 나으면 선생님의 치료 덕분이고 그렇지 못하면 신의 뜻이라고 믿고 산다. 절에 가면 자비에도 기대보고 싶은 건 그런 이유에서 일 게다.

'참으로 힘들게 살며 영광을 누리는 중생이시여 너의 모든 것이 빛나 보이는구나.' 그리 말하는 것처럼 들렸다. 관세음보살.

용머리해안

산방산 자락에서 바라봐도 바다의 비경은 참으로 아름다웠다. 한눈에 가득 채우고도 남는다. 빙글빙글 돌아가는 놀이터에 하멜표류선까지 있다면 덤으로 쳐도 볼 것이 한 보따리는 된다.

길쭉한 바위 언덕은 용머리해안. 진시황이 이곳에서 큰 인물이 날 거라 하여 용모양의 꼬리를 잘라버렸다는 전설이 있는 곳이다. 전설보단 우린 왁자지껄하는 놀이터에 더 관심이 많다. 아이들의 까르르 웃음소리가 눈웃음 짓게 만든다. 우리 부부는 손잡고 걸을 공기 좋은 곳만 있으면 욕심부리지 않는다.

영웅이 친구가 그러는데 여기가 제주에서는 유일하게 놀 걸이, 볼 걸이, 즐길 거리를 모두 갖추고 있어 관광객이 사시사철 끊이질 않는 곳이니 가보라고 했다. 그 녀석은 아무래도 손주들이 있으니 몇 번 다녀갔겠지. 우리는 대신 딴 마음으로 욕심을 부렸다.

내려가 봐야한다. 오늘 하루는 여기서 보낼 생각이다. 경로 무료. 이젠 민증을 내미는 폼도 자연스럽고 멋져 보인다며 웃는다. 사실 어색했던 건 사실이다. 나이 먹은 걸 인정하고 싶지가 않았다. 그렇다고 요금을 내고 들어가긴 아깝고.

왼쪽 계단으로 내려가기를 권하는데 몇 발자국 내려가다 포기하고 출구로 갔다. 하멜의 범선을 전시한 곳이다. 계단 오르내리는 것이 무릎에 안 좋다고 하니 피할 수 있으면 피하려고 한다. 경치 하나만으로도 차고 넘치는데 굳이 그럴 필요가 없어서다. 흰 눈썹의 용머리가 세월과 파도에 씻겨 그런가. 내 눈에도 멋져 보였다.

사람들은 누구나 헤프게 웃음을 흘리고 다닌다. 인증사진 찍자며 동료들을 불러 세우는가하면, 좌판을 벌린 할머니의 소라, 멍게안주에 소주 한 잔 걸치고 있는 사람들 때문만은 아니다. 바위를 쳐다볼 틈이 없을 정도로 통로가 좁으니 파도에 옷 젖지 않으려면 정신 바짝 차려야한다.

이런 풍경도 날씨가 받쳐주어야 볼 수 있는 절경이란다. '파도가 거칠면 출입금지.' 오길 잘 했다. 아침의 설사에 따른 불쾌함이 싹 날아간 것 같다. 산방산에서 여기 내려올 때는 어찌나 몸이 무겁게 느껴졌던지 포기할까 여러 번 생각한 걸 후회했다. 잘 왔지요? 자문자답이다.

천제연폭포

산방산 앞 버스정류장. 빈 택시가 지나가기에 기다리던 버스를 포기하고 손을 들었다. 중간에 뒷바퀴가 펑크 나는 불상사가 생겼다. 기사가 귤 한 상자를 내려놓으며 1만원에 가져가라고 하는데, 그 무거운 걸 들고 날보고 어쩌라고. 천제연폭포 가는 길이었다.

원삼릉 귤밭까지 둘러보려면 짐이 된다. 귤 몇 개 골라 배낭에 넣는 것으로 고마움을 전했다.

목욕하던 옥황상제의 일곱 딸(선녀)의 알몸을 동네총각들이 훔쳐보았다는 폭포. 이곳에서 동네 총각이 지극정성으로 기도하여 어머니의 눈을 뜨게 하였다는 전설이 이 나이에는 감명이 되지 않는다.

"다리부터 건너가서는 별 내린 전망대를 찾아가세요. 거기서 폭포의 웅장한 모습을 보면 꿈인가 생시인가 할 겁니다. 자연의 화폭에 쓰여 있는 글이 보인다면 꼭 읽어 보시구요. 실버인생의 소박한 행복의 좌우명이 거기에 쓰여 있거든요."

우린 그곳에서 폭포를 보며 가을을 만끽하다 왔다.

제주신라호텔, 함덕 선샤인호텔, 서귀포 KAL호텔, 제주 파크사이드호텔

늦가을 제주여행

글자 하나 때문에 개 고생한 첫날

2015년 10월 23일(금)

어느 날 기차를 타고 어딘가로 훌쩍 떠난다. 그런 걸 우린 낭만여행이라며 부러워한다. 한번쯤은 그럼 날을 그려보기도 하고, 실행 앞에서 주저앉기도 한 경험이 한번쯤은 있다. 그런 꿈은 성장기에 가질만한 미지에 대한 로망이다.

가족이 생기고, 나이가 들수록 맘먹기는 쉬워도 떠나기가 만만치 않은 것이 여행이란 걸 알게 된다. 준비가 쉽지 않다. 그 대안이 선택만 하면 떠날 수 있는 패키지다. 돈과 떠날 마음만 있으면 된다. 여행 쉽죠. 언제, 어디 갈까 비행기 탈까 크루즈 갈까. 얼마죠?

여행의 품격을 높이는 데는 숙박도 중요하다. 그러나 함께 지혜를 빌리고 입을 모으는 과정이 여행의 품격을 한 단계 높인다는 걸 놓치는 수가 있다. 자유여행의 시작은 편안함보단 즐기는 방법을 찾고 싶은 마음에서 시작해야한다. 그걸 꿈이라고 하지만 일탈이라고 폄하하는 무리도 있다. 등산, 낚시, 종교, 역사여행처럼 자신의 내면을 들여다보고 개발하기 위해 만족을 찾아가는 하나의 취미생활이다.

어쨌건 이번 제주는 FM여행이다. 꼼꼼하게 숙소를 예약하는 등 만반의 준비를 마치고 비행기를 탔다. 여행지에서의 상황은 접시의 물과 같다. 그 상황에 맞추어가는 주체는 늘 우리여야 했다. 놀멍, 쉬멍 하자며 여유를 부린 것이 복이 된 경우다. 공항에서부터 '여행 지킴이' 를 목에 걸고 다니기로 했다.

공항에서 100번 버스로 시외버스터미널까지, 그리고 위치로 봐서 702번 버스를 타고 한림공원 버스정류소에 내려 길 물으면 될 줄 알았다. 순간에 일어난 일이다. 아내가 피곤한 기색을 느끼자 내 마음이 변했다.

"저기요! 피곤하시죠? 거리도 가깝고 짐도 있는데 첫날부터 힘 뺄 필요 없어요. 우리 택시 타요."

"MK호텔이요. 아시죠?"

"예 그럼요. MK호텔로 모시겠습니다."

근데 생각보다 멀긴 하나 워낙 제주시가 넓으니까 했다. 예약이 안 되어 있단다. 아차. 허둥지둥 닷컴과 연결해보니 LK호텔. 알파벳 글자하나가 이리 애를 먹인 것이다. 한립읍 MK호텔이요. 이렇게 지명만 말했어도 막을 수 있는 불상사였다. 한림읍 금릉리 LK호텔은 MK호텔에서 30Km나 멀다. 다시 택시를 불러 타는 해프닝을 벌인 결과는 해 저무는 석양이었다는 것이다.

출발은 여유로웠으나 순간의 방심이 부른 화다. 마음은 바쁘고, 체면은 구겨졌다. '괜찮아요.' 아내의 속 깊은 그 한마디에 민망함이 좀 사그라지긴 했으나 여유부릴 새가 없네요. 우선 버스정류장의 위치, 버스시간표를 알아둬야 하고 끼니도 해결해야 한다. 한림공원에서 고등어구이를 먹고 내친 김에 왕복 2Km거리는 될 거라는 삼거리까지 걸어보았다. 해수욕 철은 아니지만 명색이 주말이다.

해변을 걷고 있는 젊은이들과 바다와 석양이 어우러진 모습에 아내는 엄마미소로 답하고 있었다. 이번 여행은 그 분이 주연이다. 조연으로 하루를 닫으려고 창가로 다가간다. 아- 멋지네. '금릉으뜸해변' 은 저 젊은이들의 열기로 내일은 또 하루를 어떻게 얼마나 달굴라나.

제주 LK호텔

애월읍에서 금릉으뜸해변까지

2015년 10월 24일(토)

눈을 떠보니 푸르다 못해 시린 하늘과 바다가 꼬옥 손을 잡았다. 눈물겹도록 감사 할 시간이 없다. 버스시간에 목숨 걸어야 한다. 여기요! 잠깐만요. 타는데 성공했다. 분위기는 6시 내고향 702번 마을버스다. '금릉으뜸해변' 에서 타고, 애월읍 '애월 우체국' 에서 내린다.

태공식당은 선짓국 해물뚝배기의 명가다. 그러나 우린 순두부찌개 한 그릇씩 먹었다. 그리고 파도소리를 따라가면 고려 삼별초가 대몽항쟁을 위해 쌓았다는 성과 포구가 있는 애월읍 하귀 2리(삼별초마을) 애월 환해장성이 나온다. '애월 바닷길' 을 걸으려는 우리만의 시작점이다.

한담이란 작은 마을에 가면 음료수를 사야 입장할 수 있는 '봄날카페' 가 있다. 예매표를 가지고 대기해야 하는 '해물라면집' 이 젊은 층에겐 인기다. 장한철 산책로에 들어서면 예쁜 팻말에 제주토종선인장, 부채선, 땅채송화, 갯무, 산국(애국), 수선화, 왕 모시풀 등 자생식물들을 알려주어 읽는 재미가 있다. 고래바위를 지나면 투명카약을 타고 노는 모습에 눈동자가 쉴 틈이 없다. 검은 돌을 깎은 석물들의 표정이 재밌으면 걸음이 자꾸 처지기 마련이다.

'곽지과물 해변산책로' 로 들어서면 '곽지 해녀' 의 집이 있다. '곽금 4경' 이라는 장사포에 가면 제주사람들이 멸치 떼가 오면 태우에 몸을 싣고 바다로 나가 그물질을 하고, 만조 때는 원담 안에 갇힌 멸치를 건져 올리며 살았다는 곳이 있다. 햇빛에 반사된 바다물결이 마치 멸치 떼가 파닥이는 것처럼 보이는 착시현상을 보여주었다. 부실정도로 아름다웠다.

해녀와 어부들이 일을 마치면 몸을 씻었다는 탕에는 해녀조각상이 있다. 이 조각상은 이정표처럼 사람들을 끌어 모으고 있었다. 금정리는 샛 오름의 용암이 흘러 용머리를 만들고 물이 고여 곽금 5경을 만들었다는 남당암수가 있는 곳이다.

음력 2월 1일 할망이 봄을 만들기 위해 바람을 뿌린다는 바람의 신 영등대왕, 영등할망, 영등하르방이 언덕 위에 서 있다. 바람이 부는 음력 2월 1일이면 바람주머니에 오곡의 씨앗과 꽃씨를 몰래 넣어 보내준다는 영등 할망의 딸이 보내주는 바람주머니 덕에 제주가 풍요를 누리고 있다고 한다.

도보여행은 마음도 몸처럼 한곳에 머물게 놔두질 않는 것이 매력이다. 앞에서 자꾸 손짓을 하니 걸음을 멈추기가 쉽지 않다. 태두마을에 들어서서야 한숨 돌렸다. 목적지 금릉해변이 멀지 않다. 하늘과 바다 그리고 계절의 상큼함이 도보여행에 농익은 우리와 잘 어울리는 날이었다.

제주 LK호텔

송악산 올레코스

<u>2015년 10월 25일(일)</u>

어제는 제주행. 오늘은 702번 서귀포행 버스에 몸을 싣고 차창에 몸을 기댔다. 시원하게 뚫린 길에 파란 바다 눈부신 햇살. 이런 날씨에는 섬 여행이 제격이다. 하모2리에서 내려 50여m쯤 걸어 모슬포선착장에 도착한 시간이 11시. 파도 때문에 배가 안 뜬단다. 먼 바다에 파도가 심해서 가파도에 배를 댈 수가 없다니 어쩌겠는가.

4,5월의 청보리축제를 떠올리며 올레 10-1코스를 걸을 생각은 접어야했

다. 날씨가 안 받쳐주겠다는데. 화장실에서 나오면서 우리와 같은 운명의 두 여인은 대신 올레길을 걸어 송악산까지 갈 생각이란다.

먼저 보내곤 나는 마님 눈치를 살폈다. 짝을 배려하는 마음은 늘 길벗보다 우선이다. 지름길로 가면 송악산 10코스에서 앞서 간 두 여인을 따라잡을 수 있을 것이란 생각이었다. 그것이 일본 본토 방위를 위해 만들었다는 '가미가재전투기격납고' 가 남아있는 '알뜨르 비행장활주로' 를 가로지르는 여정이 되고 말았다. 어렴풋이 떠오르는 올래길 걸을 때의 그 추억의 올레길이었다.

섯알 오름(4.3유적지)은 일제강점기 때는 비행장수비를 위해 고사포진지를 만들려고 고생하더니, 6,25동란 때는 공산당에 협력했다는 이유만으로 양민 211명이 집단학살당한 현장이다. 이 주변에서도 여기저기 개발이란 명분으로 파헤쳐져 또 길을 잃었고 결국 밭고랑을 밟고 가로질러 힘들게 송악산둘레길 입구인 해송숲길에 도착할 수 있었다.

바람이 엄청 나다. 전선주의 울음소리는 또 어떻고. 바람에 내 몸이 흔들거리자 억새는 알아서 몸을 바짝 낮추었다. 그렇게 정상을 바라보며 부남코지를 지나 송악으로 내려가는 길에 모슬포항의 두 여인을 만났다. 서로 비켜가는 모양새라 반갑다는 목례를 주고받았는데 식당에서, 버스정류장에서도 만났다. 귀갓길엔 같은 버스를 타기도 했다. 참으로 아름답고 길한 인연이 아닌가.

상모리 해변에서 통갈치는 부담스럽다며 성게미역국 한 그릇, 모슬포행 마을버스타고 모슬포읍 하모2리. 한림행 702번 버스를 기다렸다. 이런 여정을 거쳐 숙소로 돌아왔다.

욕시이야. 고산1리에서 내려 수절봉이나 절부암 둘 중 하나를 다녀오기로 한 계획은 버스를 타는 순간 까맣게 잊었다. 몸이 올래! 완주 할 때 같질 않네.

제주 LK호텔

한림공원

2015년 10월 26일(월)

오늘은 이사 가는 날. 바다는 황해바다를 건너온 황사로 뒤덮였다. 짐 싸기 전에 다녀 올 곳은 한림공원이다. 작년 이맘 때 들르기는 했었다. 눈에 익은 풍경들이 눈빛을 보낼 걸 생각하면 그냥 지나칠 수가 없다. 낯 익은 모습들일 테니 편하게 여유부리며 걷는 것도 나쁘지 않을 것 같았다.

연꽃과 수련이 피고, 유두화, 코스모스가 가을을 보낼 준비에 바쁘다. 나비, 메뚜기가 이리저리 날고 뛰어다니는 모습은 우리를 아이로 만드는데 한몫했다. 가을이 여름과 동행하는 공원, 황금굴, 쌍용굴은 물론 협제굴까지 다녀왔다.

작년 가을엔 무심히 지나쳤던 용암수형을 오늘은 모습 하나하나에 호기심을 갖는 내 자신이 놀랐다. 자연은 보는 마음에 따라 눈이 다르다는 것을 알았다. 우린 가슴 가득 한 소쿠리 행복이란 보물을 담아왔다. 자연이 인간에게 주는 메시지다.

여행 가방을 챙겨 금릉해변에서 702번 버스를 타고 모슬포정거장에서 내렸다. 755번으로 갈아탈 생각으로 서 있었는데 택시를 보는 순간 맘이 바뀌었다. 택시! 핑계라면 무거운 짐을 들고 한참을 걸어가야 할 것 같아 싫었다.

제주 중산간지역의 한경면을 둘러보기 위한 여행이다. 마을은 또 다른 모습으로 다가왔다. 제주항공우주호텔은 '오설록' 이며, 중산간의 자연이 손짓하는 것 같아 좋았다.

문제는 길눈이 밝지 않으면 해 떨어짐과 동시에 한 발작도 내디딜 수가 없다는 것이다. 사방이 깜깜절벽이다. 아예 방을 나갈 생각을 안 했다. 우리의 내일은 내일에 맡기기로 했다. 버스든 택시든 타고 호텔서 멀리 있는 볼거리를 찾아 가겠지. 그 다음부터는 걸어서 다음 목적지로 이동하는 도보여행이다. 믿는 구석이라면 '제주 안심지킴이' 이란 동반자가 있지 않은

가.

제주 항공우주호텔

생각하는 정원

2015년 10월 27일(화)

아침에 눈뜨기 무섭게 창문을 열곤 코를 내밀었다. 맑은 공기를 한껏 들이마시는 것으로 하루를 열 생각이었다. 향긋한 냄새가 코끝을 통해 스멀스멀 기어들어오는 것이 느껴진다. 콧물 날 정도로 상큼하다만 하늘을 보면 걱정이 한 짐이다.

빗방울이 부슬부슬 내리는 이런 날씨에 마음 다잡고 길을 나서기가 쉽지 않다. 주저앉을 수도 없다. 그렇다고 나가야 한다며 등 떠미는 건 더욱이 아니다. 결국 한다는 소리가 "오늘 어떡하지. 비 온단 소린 없었는데. 걱정 안 해도 될 것 같은 데…" 혼자 중얼거리고 있었나보다. 영님 씨가 준비 다 마치고는 밥 어디서 먹느냐고 묻는다. 뭘 꾸물거리느냐는 소리다. 나도 주섬주섬 옷을 입었다.

중산간지역이다 보니 빗방울을 뿌리고 으스스한 날씨이긴 해도 나아질 거란 믿음은 있었다. 가장 먼 곳까지 가서 숙소를 향해 걷기로 했다. 산간지역을 걸으면서 숨은 제주도의 비경을 찾아 나선다. 오늘도 우리 부부는 자연에 감사할 줄 아는 행복한 여행가가 되는 꿈을 꾸고 있었다.

올레길이 아니어도 아름다운 땅에 흠뻑 녹아들다 가고픈 마음이 아니겠는가. 택시 콜 타고 간 첫 방문지는 혼이 깃든 곳이라는 '생각하는 정원' 이었다. 자연의 아름다움을 예술로 승화시켰다는 창조의 정원이다. 그곳엔 '영혼의 정원' , '비밀의 정원' 등 저마다의 특색을 가진 테마가 있는 정원이었다. 예술의정원에는 오름이 있고 실개천이 흐른다. 이것들이 주변에 심어진 나무들과 조화를 이루고 있는 모습이 나그네 가슴을 포근하게 하는 힘이 있었다.

'철학의 정원' 에서의 분제는 좀 그랬다. 일본식 분재와 수석, 한국식 자연 친화를 잘 엮어낸 곳이라는데 난 분재만 보면 가슴이 답답하다. 꼭 저렇게 생명에 고통을 주어가며 인간의 욕심을 채워야 예술적 가치가 만들어지는 건 아닐 텐데. 비록 식물이지만 인위적인 고통만 강요하는 정원은 반대한다면서도, 그것들이 연못과 수석 그리고 오름까지 어우러져 잘 그려진 한 폭의 풍경화 같았다. 눈을 뗄 수가 없었다. 이런 걸 알다가도 모를 것이 마음이라는 거다. 정말 사람과 분재는 많은 상처를 받을수록 아름다워지는 걸까?

'쉬영 갑서예' 푯말 앞에는 1300년은 되었다는 향나무 앞에서 사진 한 컷 찍었다. 제주도에선 흔히 볼 수 있는 것들인데 여기서는 영혼이 맑아지며 깊이 빠져드는 건 아마도 배치의 미학 때문이 아닐까.

부슬부슬 멈출 줄 모르고 내리는 비가 거들어서일까. 굳이 표현하자면 자연을 통해 자신의 삶을 돌아볼 수 있는 곳. 그냥 다녀왔다가 아니라 떠나고 나서도 오래도록 가슴 한 구석에 남아 그리움을 키워낼 것 같은 그런 곳. 기분 좋은 날이다.

허파 곶자왈

비오면 우산 펴면 되고, 길 위에 섰으니 걸으면 된다. 다음 목적지인 Miracle Art Museum 은 휴관. 짐작컨대 관광객들로부터 매력을 잃었으니 외면당한 거다. 주차장이 잡초로 무성하다.

서두르지도 않았다. 에코힐링여행으로 제격일 것 같은 한경면의 환상숲(곶자왈)에 도착했다. 12시 20분이면 점심시간이다. 우린 사무실에서 차 한 잔의 여유를 즐기고 있었다. 같은 관광객이 쥐어준 귤로 요기했다. 13시.

해설자는 '허파곶자왈' 의 안주인이었다. 남편이 이 곶자왈을 개간하면서 불치병을 고쳤다 하여 작업치료의 효험을 톡톡히 본 곳이라며 자랑부터 한다, 손바닥만 한 땅을 한라산만큼이나 의미를 부여하며 얘기하는데도 지루하지가 않았다.

"곶자왈은 용암이 남긴 신비한 지형, 돌로 덮여 있는 숲이에요. 다양한 동식물이 함께 살아가는 돌 위의 숲이랍니다. 숨골 주변은 물이 빠지고 습기를 머금은 지하공기가 올라오는 곳으로 콩짜게 습지식물이 자생하구요. 아이비나무는 소나무를 타고 올라가는 나무라 해서 여기선 송악이라 불러요. 특히 제주에 연리지가 많은 이유는 나무가 빽빽하게 자라기 때문이랍니다. 우린 나무들이 서로 공생하면서 생존 경쟁하는 모습을 보고 있는 거예요."

그런 얘기다. 한라산에선 녹나무가 극상이란 것도 오늘 처음 들어 알았다. 제주에는 이곳을 비롯해 4곳의 곶자왈이 있는데 이곳의 곶자왈은 상록수가 봄에 낙엽을 떨어뜨리면서 새싹이 나오므로 늘 푸르게 보인다고 한다.

여름은 시원하고 겨울은 따뜻한 곳이 곶자왈이라며 겨울에 딸기를 구해와 효도했다는 효녀딸기의 전설이 바로 이곳이라고도 했다. 피톤치드로 콧속과 폐부까지 씻어낸 건 행복한 덤이었다.

유리의 성

차들이 씽씽 달리는 길 따라 걷다보면 유리의 성이 나온다. 이제 마법의 숲으로 여행을 떠날 채비만 하면 된다. 신비로운 유리예술. 유리의 화원에 들어서는 순간 감탄사를 연발하며 더 이상 눈을 어디에 두어야 할지 혼란스러워해야 한다.

설레면서 가슴이 뛰는 경험을 했다. 이동할 때마다 무엇이 또 우리 부부를 놀래킬까 기대에 어긋나지 않는 놀라움에 환호성을 지르고 있다. 유리꽃밭가든, 유리다리, 유리감귤나무, 유리하트, 유리연꽃, 호박밭, 거대한 유리잔, 거기에다 짜릿한 투명화장실에선 용변까지 보고 왔어요. 요기까지는 맛보기다.

곶자왈 숲은 진기한 유리예술작품들을 보며 걷는 산책로였다. 한마디로 말하라면 기가 막히게 좋았다. 한 두어 시간 족히 걸으며 건강까지 챙겨왔으니 본전 뽑고도 남은 장사다.

오설록

카페만 눈에 띄는 한적한 시골길. 걷는 데는 이만한 길이 없을 것 같은 길을 또 40여분은 족히 걸었을 거다. '비밀의 정원' 이 나왔으나 그냥 지나쳤다. 또 한참을 걸었다. 그리 도착한 곳이 '오설록' 이다.

우리가 묵을 호텔이 건너다보인다. 오설록에서 한 일은 줄 서는 일이었다. 관광객들이 길게 늘어서 있는 걸 보고 그 꼬리 뒤에 붙으면 된다. 아내가 섰다. 자기가 쏜다내요. 내가 '유리의성' 에서 점심 샀으니까. 난 그 옆에서 줄어드는 줄을 보고 있으라고 밀치는 거 있지요.

결국 끈질기게 기다린 끝에 제주녹차아이스크림하고 오설록 롱 케이크 한 조각을 들고 테이블에 앉았다. 세상을 다 가진 기분이었다. 그만큼 만족하고 행복했다.

긴 여행 끝에 갖는 휴식. 우린 그걸 즐기고 있었다. 그리곤 녹차밭을 걷다, 녹차밭을 걷고 있는 사람들을 보며 숙소까지 걸어갔던 것 같다.

호텔에 도착하니 오설록의 주차장은 이미 텅 비어 있었다. 빠르게 어둠이 찾아왔다. 오늘은 본 것보단 더 많이 걸은 하루가 아니었나, 아님 그 반대일수도 있겠다. 분명한 건 잊혀진 나를 그리고 영혼의 자유가 무언지를 조금은 알 것 같다는 것이다.

난 남은 삶도 깊은 생각 없이 쉽게×2 살고 싶다. 영혼이 자유롭기 위해서라도 걷는 여행을 계속하고 싶은 것이다. 건강이 받쳐주는 그날까지.

제주항공우주호텔

1100습지공원

다음 숙박지로 가기 전에 하멜상선을 전시한 산방산 앞 "순천미향" 에서 김치찌개를 시켰는데 계 탄 기분이었다. 제주 중산간지방을 다니는 버스는 양방향이 아니라 한 방향이다. 만일 오설록에서 산방산을 가려면 755번 버스를 타고 한림읍까지 가서 702번으로 갈아타고 산방산 방향으로 와야 한다. 택시를 탄 이유이기도 하다. 702번을 타고 서귀포터미널에 내렸다. '호텔 섬 오름' 까지는 짐이 적거나, 다음 일정이 없으면 걸어도 멀지는 않다. 올레길 7코스에 있어 올레꾼들에겐 좋은 숙박지다. 우린 짐을 카운터에 맡기고 돌아섰다. 같은 방법으로 국도 1139번 도로 시발점에서 기다렸다.

1100습지공원은 '남조로' 를 달리는 730번 버스를 타야 한다. 서귀포자연휴양림과 영실 입구까지도 갈 수 있다. 그러나 우린 오로지 습지공원. 왜 그랬느냐고요. 필이 그냥 꽂혔어요. 한동안 후회했지요. 말없는 아내도 속은 부글부글 끓었을 걸요. 하필이면 오늘이었냐고 한마디 하고 싶었을 거예요. 우리나라에서 제일 높은 곳에 있어 고산습지생물을 관찰할 수 있는 최적의 장소라고 한다. 거기다 시시각각 변하는 한라산의 날씨를 체험할 수 있다기에 만사 제쳐두고 찾았다.

어젯밤 강풍에 실려 온 진눈깨비로 공원산책로에 흩어져 있다는 솔비나무, 주목, 산철쭉이 다 벗었다지 않습니까. 금년 첫추위가 하필이면 어젯밤이었다니. 기온이 뚝 떨어지면서 차가운 비가 세차게 부는 바람에 잎사귀가 가지를 붙들고 있기엔 역부족이었나 보다. 완전 나목. 게다가 기온이 뚝 떨어졌으니 오들오들 추위에 떤 것은 물론 황량한 누런 습지만 보고 왔다.

'할망' 이 도와주지 않으니 어쩌겠는가. 까만 열매, 노란 열매, 붉은 열매들이 굳세게 나뭇가지를 붙들고 있어 그나마 위안은 되었다. 둘러보는데 40분. 날은 어둡고, 바람 피할 곳은 없고, 버스는 감감 무소식이다. 덜덜 떤 생각을 하면 다신 가고 싶지 않을 것 같다.

산장의 주인은 "어제 날씨가 좋았는데 오시지 그랬어요. 어리목에 가면 지금쯤 단풍이 절정일 걸요." 그걸 위안이라고 한다. 바램은 오직 이 추운 곳을 벗어나는 거다.

노익장을 뽐내고 싶었는데 글렀다. 버스에서 핸드폰까지 잃어버렸다. 702번 버스를 타고 오다 내릴 때 배낭을 메느라 흘렸는지. 아님 택시 옆 좌석에다 놓고 깜빡했는지 감이 전혀 잡히지 않는다. 이런 황당한 사건을 저질렀는데 무슨 할말이.

그래도 어쩌겠느냐. 곱고 건강하게 늙고 싶은 것이 지금의 내 유일한 꿈인데.

호텔 섬오름

법환 잠녀마을에서 외돌게(해안올레 7코스)

<u>2015년 10월 29일(목)</u>

매일 매일이 특별한 날이다. 오늘도 그 특별한 날 중 하루다. 여행은 빤한 일의 연속이다. 눈뜨면 걷는다. 오늘은 숙소에서 남원 방향으로 '해안올레 7코스' 걷기다.

어젠 핸드폰 잃어버리고, 1100고지의 겨울을 온몸으로 맞느라 맘이 춥다 못해 시렸다. 그 후유증으로 감기기운이 있어 늦잠을 잔 탓에 9시가 넘어서야 눈을 떴다. 여행 중 처음 있는 일도 아니다. 숙소를 나선 시간은 11시.

첫 마을은 '범 섬' 에 웅거하여 항거하는 목호들을 10일 만에 평정하였다 하여 세운 최영 장군승전비가 있고, 잠녀들의 생활문화가 잘 보존되어 있는 해녀마을이다. 제주에서 잠녀들이 제일 많은 마을이기도 한 법환 잠녀마을이다. 우린 '법환 포구식당' 에서 우럭매운탕으로 아침을 먹었다. 자리돔조림이 입에 착 감긴다. 호박찜, 자리돔젓갈, 콩나물도 나왔는데 어느 건 안 맛있었을까.

그리 놀멍, 쉬멍, 걸으멍 하다 보니 목호세력을 감시하기 위해 망대를 세웠다는 망대다리를 지나게 된다. 달을 바라보는 정취가 그만이라는 곳이다. 갈대가 여름의 진객 유두화와 가을의 터줏대감 산국이 어울려 피는 것은 제주에서만 볼 수 있는 선물이었다.

대륜동 마을에 있는 '붉은 story우체통' 에 이런 글이 있다. '보내지 못하는 편지를 넣어주세요. 편지는 1년 후에 배달됩니다.' 가슴에 묻어둔 사연을 이곳에서 풀고 떠나라는 것으로 해석했다.

해식동굴이 있는 절벽을 지나면 낭만의 징검다리와 미락원이 나오고 당종료나무가 병풍처럼 둘러싸고 있는 속골마을에서 화장실에 다녀왔는데 경찰이 기다리고 있었다. 지킴이에서 위험신호는 잡히는데 전화는 안 되고, 목표물이 계속 이동하는 바람에 어렵게 만날 수 있었다며 경찰차로 원하는 데까지 데려다 주겠다며 친절을 베푼다. 핸드폰 분실 사건을 얘기하곤 정중하게 거절했다.

돔베낭골에 들어서자 그제야 펜션과 예쁜 카페도 있었지만, 우린 커피 한잔 앞에 놓고 바다를 바라보느니 그냥 걷는 것이 더 좋았던 모양이다. 커피향이 우리의 발길을 멈추게 하는 데는 실패한 것 같다.

최영장군이 장군모습으로 변장시켜 목호(원나라 사람)를 물리쳤다 하여 장군바위로 불렀다는 외돌게는 중국인들이 출입금지선을 넘어가 바닷가 바위를 점령하다시피 했다. 찢겨져 너덜거리는 안내문을 보았다. 우리의 자존심을 망가뜨려가면서까지 중국관광객을 끌어 모아야 하는지를 묻고 싶었다. 자존심을 파는 일은 없어야한다. 싱가포르처럼 엄한 벌금을 내게 할 수도 있지 않은가. 언제까지 뒷짐만 지고 있을 건지 묻고 싶다.

호텔 섬오름

남원읍 영화박물관

2015년 10월 30일(금)

2+1여행. 오늘이 바로 그 날이다. 우리 영님인 아침부터 마음이 들떠있다. 나도 다를 것이 없다. 덤덤한 척 했을 뿐이다. 섬 오름 레스토랑에서 아침은 주스 한 잔에 아메리칸 스타일. 다음 여행지로 가야하는 숙명적인 이동을 시작했다.

서귀포버스터미널에서 702번을 타고 남원읍 광지동에 내렸다. 택시기사분이 걸어가면 얼마 안 되는 거리라며 난색을 표한다. 정류장에서 걸을 수 있는 거리인지 묻지 않은 것을 후회했다. 펜션에 짐을 풀었다.

걷는다는 걸 몸이 먼저 알고 있다. 영화박물관은 영화배우 신영균이 자신의 자산을 털어 세운 곳이라 의미가 크다. 초입에다 그의 방을 만들고, 빨간 마후라, 실미도, 태극기 휘날리며 등의 포스터 등 자신의 소장품을 전시했다. 영사기의 발달도 한눈에 볼 수 있었고, 많은 배우들의 핸드프린팅도 보여주었다. 한국의 어머니상을 대표하는 황정순이 애용하던 분장가방, 윤일보의 유품에는 수십 가지에 이르는 영사기와 영화촬영기기가 포함되어 있었다.

배우들의 삶은 일반인들과는 달리 인기를 먹고사는 직업인이다. 그들의 일상을 엿볼 수 있어 좋았다. 화장실이며 옥상전망대도 예술적 감각이 톡톡 튄다.

그림자놀이에서 아내의 멋진 그림자는 남겼는데 난 실패했다. 정원까지 둘러보려면 분위기에 퐁당 젖었다 나와야 할지 모른다.

2+1의 제주민속촌 나들이

갑자기 마님의 목소리가 커진다. 1한테서 연락이 온 모양이다.

"그래 제주터미널에서 남원행 버스를 타고 광지동에서 내려. 우리 그리로 갈게." 그 다음부터는 전화만 기다렸다.

우린 조용하고 멋스러운 길을 걷는 것이라면 딸은 또 나름대로의 여행 스타일이 있을 것이다. 그리고 한심스럽고 놀라운 건 한 번도 성장한 딸을 데리고 여행을 해보지 못했다는 것이다. 이번이 처음이다. 그러니 많은 기대를 하고 올 게다. 그런 우리 딸에게 보여주고 싶은 곳의 일 순위는 우리가 가본 곳. 남원의 제주민속촌. 우리 부부는 두 번 찾았는데 두 번 다 비가 오는 바람에 별로였다. 그래서 결정했다.

또디어 도킹에 성공했고 오늘은 날씨도 좋고 관람객도 붐비지 않을 정도로 많았다. 딸과 영님인 그냥 좋아죽는다. 딸이 무슨 생각을 하며 저렇게 환하게 웃는지 엄마가 무엇에 취해 저리 걸음이 가벼워졌는지 그건 잘 모르겠다. 난 그냥 보이는 데로 가이드에만 열심이었다. 그냥 흘려보지 않는 내 성격이 이럴 때는 요긴하게 써 먹는다.

그냥 지나쳤던 것 중에 하나가 태우였다. 오늘은 읽어보기까지 했다. 제주도에서 자리돔을 잡는데 쓰는 떼배라고 부르며 테, 테위, 티우 등 여러 가지 이름이 있지만 중요한 건 부력이 뛰어난 한라산 구상나무로 만들었다는 것이다.

우린 날이 저물면 숙소로 가는 것이 일상이다. 그런데 딸은 밤거리 구경을 해야겠다며 보챈다. 여행은 밤이라며 나간다. 걱정은 되지만 따라 나가기도 뭐하다. 지 엄마 애간장이 다 녹기 직전에 들어온 거 같다. 반가워하는 모습과 얼굴에 웃음기가 가득한 걸 보니 엄마는 마음을 놓았고 딸은 만족한 것 같다.

모녀는 위층에서 침대에, 난 아래층에서 소파에. 정말 오랜만에 딸과 함께 여행지에서 한 공간을 쓰고 있다는 것이 꿈만 같다. 제주야 고맙다.

바다산책 펜션

오조해녀의 집과 시흥광치기 올레길

2015년 10월 31일(토)

참 많은 생각을 하게 만드는 곳이다. 나와 같은 생각일까 아니면. 제주에 대해 모른다니 오늘은 내 의견에 따를 모양이다. 올레코스의 상징적인 곳이라 할 수 있는 1코스를 걷자고 해야겠다.

올레는 온전히 걸어서 여행하는 사람들을 위한 길이다. 이 길을 걷다보면 자신도 모르게 자연을, 평화를 사랑하는 사람이 되어 있음에 깜짝 놀란다고 한다. 그것이 바로 이 길의 매력이다. 그 길을 딸과 함께 걸으며 서로의 소중함을 느꼈으면 싶다. 엄마아빠가 왜 그토록 제주를 자주 찾는지도.

우린 701번 버스에 몸을 싣고 성산읍 오조리에 내렸다. 여기서부터는 눈썰미를 동원해야 한다. 오조해녀의집을 찾는 데는 그리 어렵지 않았다. 딱 한번 물었다. 그 때는 아내와 함께 올레길 완주를 한다며 호기 있게 와서는 1코스를 걷고 이곳에 도착하니 어느새 어둠이 깔렸었다.

해녀들이 직접 잡아와 직영하는 곳이다. 숙박까지 해결할 수 있는데 그날은 수리 중이라 부랴부랴 잠자리부터 알아보고 와서 전복죽을 맛나게 먹은 기억이 있다. 그날 그 맛과 향이 살아있기를 바랄 뿐이다. 오늘도 실망시키지는 않았다. 전보단 좀 향이 약한 것 같다는 건 배가 덜 고픈 탓이고, 손님이 많은 것은 맛에 변함이 없단 얘기다.

택시타고 시흥초등학교 앞에 내렸다. 시작 표식점 1과 푸른색 간세가 반갑게 맞아주었다. 딸아이에겐 올레길을 걷는 것이 중요한 의미가 될 것 같아 출발하기 전에 설명부터 해주었다. 표지석의 숫자는 올레코스 출발점을 알려주고, 간세는 가는 방향을 알려주는 나침반 같은 역할을 한다. 리본이나 화살표를 따라 걸으면 된다. 만약에 걷다가 표식이 보이지 않아 잘못 들었다 싶으면 마지막에 본 지점으로 다시 돌아가 찬찬히 주변을 살펴보아야 한다는 것도 알려주는 걸 잊지 않았다.

또 있겠지 하는 막연한 생각으로 올레길을 걷는 것은 아주 위험할 수 있다는 것을 상기시켰다. 그리곤 아무 말 없이 걷기만 한 것 같다. 수다며 길 안내는 아무래도 내 몫일 수밖에 없다. 길가에 당근 양파 등을 심은 밭길을 한참 걷다보면 올레 안내센터인 목화휴게소가 나온다. 들어가서 알아도 물어보면 손해 볼 건 없다. 두산봉 트레킹코스를 따라 계단을 밟았다. 쇠오름을 지나 말 오름에 오르면 성산일출봉과 바다가 아름답다 못해 눈이 부시는 건 여전했다.

마님은 바다경치와 시원한 바람을 한껏 즐기고, 딸은 멋스러운 풍경 하나하나에 정신 줄을 놓은 것 같다. 사진 찍기 바쁘다. 천천히 말똥, 쇠똥냄새에 적응할 즈음이면 조랑말들과 먼 거리에서 상견례는 하고 가야 한다. 능선을 내려와선 들판을 가로질러 전복식당으로 들어서야 하는데 아차! 실수. 길을 잘못 들었다.

올레 마지막 코스의 끝점을 밟고 말았다. 천년을 쌓아온 제주 농부의 고단한 삶이 묻어있다는 제주 돌담(산담, 밭담)을 보면서도 그들의 힘겨웠던 삶이 그려지질 않는다. 그렇다면 오늘은 제주올레의 기점과 끝점을 함께 찍은 날이었다고 기억하고 가야할 것 같다.

바다산책팬션

에코랜드

2015년 11월 1일(일)

옛날에도 김장하고, 콩 타작 끝내면 제주의 일 년이 갔을 것이다. 그 제주 들녘에는 지금도 억새가 옷을 갈아입기 시작했다. 억새를 보면 우리 부부도 인생이 저무는 것을 느낀다. 딸아이가 어느새 중년의 티가 난다. 희끗한 머리에 부모를 보호하려는 마음이 슬쩍슬쩍 비칠 때마다 대견하다.

제주에서 볏짚은 일 년인데 억새를 엮어 김치 울을 만들면 삼년은 간다고 한다. 딸아이가 하고 싶은 일을 하며 산다면 더 바랄 것이 없을 것 같다. 다만 내가 딸에 대해 아는 것이 별로 없다는 것이다.

어릴 적 추억만 아련히 남기고 어느새 훌쩍 커버린 마흔 살 딸아이와의 여행은 그래서 어색했던 모양이다. 아직은 주머니가 두둑한 우리 부부와 사회생활에 젖은 딸이 복주머니의 쟁탈전이라도 벌려야 하지 않을까. 이번 제주에선 내가 주도권을 확실하게 쥘 생각이다.

그냥 따라와 보면 알아. 아이처럼, 주니어처럼, 실버처럼 행동해도 누구도 눈치주지 않는 여행코스로는 제격이지. 자, 출발! 화장실 다녀오면 바쁘다. 대합실 풍경을 느껴볼 시간이 그만큼 줄어든다. 화산송이의 색을 입힌 미니기차를 타고 메인 역을 출발해 곶자왈 기차여행을 떠났다.

에코브리지역에 도착해선 내려야한다. 발품을 팔아야 여행의 맛을 제대로 볼 수 있는 여행지다. 호수를 가로지르는 수변산책길을 걸으며 여유와 자유로움을 만끽하고, 동키호테와 풍차를 만나면 동심으로 돌아간다고 누가 뭐랄 사람도 없다.

날씨가 조금 쌀쌀한 건 문제가 되지 않지만, 태연이가 적응속도가 늦다 보면 우리가 범퍼보트를 즐기는 아이들의 웃음소리, 디스커버리 존에서의 해적들과의 조우, 제주의 자연을 표현한 삼다정원만으로도 정신 줄을 놓고 걷는데 딸내미는 볼 것이 너무 많아서 그런가. 정신 줄을 꼭 잡고 걸어도 너무 환상적이라며 말문을 잃을 수도 있겠다.

"그래 여기 어떠냐. 우린 이곳을 제주의 자연을 벗 삼아 산책하는 코스일 거라 해서 왔는데 맘에 드느냐?"

이럴 땐 우리 식으로 간다. 피크닉가든 역에선 무얼 할까 망설일 필요가 없다. 미지의 땅을 밟듯 걷는 것이다. 무조건 에코로드. 제주도보존자원1호라는 화산송이의 붉은 카펫을 밟으며 곶자왈 숲길을 걷는 것이 좋단다.

유경험자인 우리도 처음처럼 설렌다. 억새길과 이끼고사리가 자라는 원시림까지 돌면 한 시간거리는 된다.

뭐니 뭐니 해도 우린 숲길을 걸으면 심신이 치유된 느낌일 것이고, 딸아이는 새로운 여행의 패러다임을 경험하며 놀랐을 것이다. 오늘은 서울서 엄마를 기억하는 예쁜 딸로 열심히 살았으면 좋겠구나.

바다산책펜션